#murder

Pour John, mon cœur, qui ne trouvera pas cette histoire glauque.

Mise en pages : Petits Papiers
Correction : Laurent Palet et Manon Le Gallo
Design de couverture : Marci Senders ; Natalia Sheinkin/Shutterstock ; Browndogstudios/Shutterstock ; Azuzi/Shutterstock

Ouvrage publié originellement aux États-Unis et au Canada par Freeform Books sous le titre #MURDERTRENDING.
Publié en France avec l'accord de Freeform Books.

1, rond-point du Général-Eisenhower, 31101 Toulouse Cedex 9, France.

Dépôt légal : octobre 2019
ISBN : 978-2-4080-0587-0
editionsmilan.com

Gretchen McNeil

#murder

Traduit de l'anglais (États-Unis)
par Florence Chevalier

MILAN

« La peine capitale doit être un événement capital. »
— Le Postman

Un

Dès que Dee Guerrera ouvrit les paupières et contempla l'entrepôt faiblement éclairé autour d'elle, elle sut qu'elle était foutue.

Cinquante millions de personnes sont sur le point de me regarder mourir.

Étendue sur le sol en béton, le froid pénétrant ses vêtements, elle se rappela les événements déments qui l'avaient conduite ici. Trois semaines auparavant, les choses les plus importantes dans sa vie consistaient à s'occuper de ses candidatures à l'université et à s'assurer que quelqu'un l'accompagnerait au bal de fin d'année.

Puis le cadavre, le procès.

Elle avait à peine eu le temps de digérer ce qui s'était passé qu'elle s'était retrouvée dans une salle de tribunal, à écouter un jury la déclarer coupable de meurtre avec préméditation.

Ça s'est passé ce matin ? Hier ? Dee essaya de se rappeler combien de temps s'était écoulé depuis le verdict, mais son esprit était embrouillé, sa respiration laborieuse comme si on l'avait droguée…

L'huissier de justice. Alors que le juge lisait sa sentence, l'huissier de justice était arrivé derrière elle. Elle s'était attendue à ce qu'on la raccompagne dans sa cellule, mais au lieu de cela, elle avait senti une main sur son poignet, un pincement sur son bras. Sans doute une aiguille. Ils l'avaient endormie pour la transporter à Alcatraz 2.0.

Alcatraz 2.0. Elle avait entendu le juge prononcer ces mots, mais elle avait encore du mal à y croire. Cette sentence était généralement réservée aux meurtriers les plus tristement célèbres. Ils faisaient parler d'eux. Ils étaient dangereux. Ils obtenaient de bonnes audiences. Dee était une inconnue de dix-sept ans incapable de donner un coup de poing, et encore moins de rester vivante suffisamment longtemps sur Alcatraz 2.0 pour susciter le moindre engouement.

Pourtant, elle était sur le point de devenir l'attraction vedette de l'émission la plus regardée du pays.

Youpi ?

Alcatraz 2.0, l'île dans la baie de San Francisco où les condamnés étaient traqués par des tueurs approuvés par le gouvernement afin de divertir les États-Unis. Le concept était né de l'imagination d'un magnat de la télévision seulement connu sous un pseudonyme : le Postman. Quand une ancienne star de la télé-réalité avait été élue à la présidence du pays, le Postman avait utilisé son influence pour vendre au gouvernement fédéral l'idée de transformer la peine capitale en spectacle. Diffuser les simagrées délirantes des tueurs du Postman – chacun avec sa propre marque de fabrique en matière de meurtre – rappelait non seulement aux citoyens ce qui les attendait s'ils enfreignaient la loi, mais les gardait aussi collés à leurs écrans, devant lesquels ils étaient encore moins susceptibles d'enfreindre ladite loi.

L'appli Postman avait connu un succès fulgurant. Les fans pouvaient regarder vingt-quatre heures sur vingt-quatre, sept jours sur sept les retransmissions en direct, grâce à des caméras qui couvraient toute l'île. Ils voyaient les détenus « chez eux » dans leurs appartements, « au travail » dans la rue principale d'Alcatraz 2.0 et, bien sûr, lors des exécutions. Une notification avec double sonnerie alertait les utilisateurs d'une exécution en cours, qu'ils pouvaient voir en live ou en replay. Ils pouvaient « booster » leurs vidéos préférées. Rapidement, tous les tueurs du Postman avaient eu leurs propres communautés de fans, forums, goodies, jeux vidéo et jeux de rôle, sans oublier les paris lucratifs contrôlés par Postman Enterprises.

Les tueurs du Postman étaient tous des célébrités médiatiques, autant que le Président, bien qu'ils soient anonymes et masqués. Il y avait même des théories conspirationnistes qui spéculaient sur les identités secrètes des tueurs. Les sœurs Impitoyables étaient-elles mères de famille dans la vie civile ? La voix d'Al Gaz-Toxique ne ressemblait-elle pas à celle du présentateur du *Juste Prix* ?

Tout cela était carrément délirant.

Dee s'était toujours refusée à regarder même si ses amis et sa demi-sœur, Monica, étaient obsédés par le Postman. En effet, le simple fait d'entendre le *ding-dong ! ding-dong !* de la notification provoquait chez elle une crise de stress post-traumatique. Elle revivait aussitôt les six jours qu'elle avait passés prisonnière dans une pièce blanche sans fenêtre quand elle avait onze ans.

Dee avait toujours détesté tout ce qui concernait le Postman, même si *en théorie* son show était un moyen de rendre la justice.

La justice, justement, avait été l'argument commercial principal du Postman. Mais qu'en était-il vraiment ? Le procès de Dee pour le meurtre de Monica avait été une farce grotesque : des preuves ADN douteuses, une psychiatre qui avait eu un seul et unique entretien avec Dee, mais avait témoigné qu'elle éprouvait une profonde jalousie et de la haine pour sa demi-sœur. Que des conneries.

Pourtant, le jury ne partageait pas son opinion, ce qui avait conduit Dee à Alcatraz 2.0, dans cette salle au sol en béton. Une salle d'exécution ?

Elle avait imaginé qu'elle disposerait au moins de quelques semaines pour s'habituer à sa vie sur l'île. La plupart des détenus n'étaient-ils pas laissés tranquilles un moment, le temps que le public s'intéresse à leur histoire, à leur personnage, leur travail et leurs relations avec les autres condamnés ? Merde. Dee aurait dû faire plus attention à l'appli Postman quand elle en avait eu l'occasion. Cela lui aurait permis de savoir ce qui l'attendait. Désormais, elle devrait se fier à ce qu'elle avait appris de Monica, ou pendant son procès, où on l'avait forcée à regarder sans arrêt les retransmissions d'Alcatraz 2.0 dans sa cellule de prison.

Enfin, une chose était certaine : un des tarés du Postman était sur le point de faire couler son sang. Mais qui ?

Finirait-elle comme principal ingrédient dans un des plats cannibales d'Hannah Vorace ? Ou comme vedette dans une reconstitution gore d'*Autant en emporte le vent* de Cecil B. DeViolent ? Gucci le Bourreau était-il en train de fabriquer une corde de créateur spécialement adaptée à son cou, assortie à son teint et inspirée des dernières tendances de la Fashion Week de New York, avec laquelle il l'étranglerait lentement jusqu'à ce qu'elle rende son dernier souffle ? Ou Molly la Déchiqueteuse allait-elle inonder la pièce, la remplir de piranhas et la faire choisir entre mourir noyée ou dévorée ?

Non, ce n'était pas possible. Molly avait déjà fait le coup des piranhas la semaine dernière. Un braqueur de banque qui avait trucidé un agent de sécurité… Donc pas de piranhas cette semaine. Des méduses, peut-être ?

Avec un profond soupir, Dee se redressa sur ses pieds et évalua la situation. Baissant les yeux sur ses vêtements, elle se rendit compte que son uniforme de prisonnière orange avait été remplacé par une longue robe de bal en tulle et en satin bleu pâle irisé. Elle portait aussi des chaussures à petits talons en plexiglas transparent. Une tenue digne d'une princesse, ce qui signifiait…

– Merde.

Elle s'apprêtait à devenir la prochaine victime du prince Tranchant.

Tranchant était le pire. Il faisait se déguiser ses victimes en princesses de dessins animés puis il les pourchassait à travers des labyrinthes bourrés de pièges, armé de tout un arsenal de couteaux à gâteaux aussi grands que bizarres. Dee se retourna, à la recherche d'un miroir – Tranchant en laissait toujours un pour ses victimes – pour voir de quel conte de fées tordu elle était sur le point de devenir l'héroïne. Accroché au mur par un clou rouillé, le miroir fendu se trouvait à environ trois mètres d'elle. Une robe bleue, un ras-de-cou noir, des gants lui arrivant jusqu'aux coudes et un serre-tête brillant assorti. Et ses cheveux châtain foncé avaient été relevés en chignon.

– Cendrillon ?

Une servante blonde. Vraiment ? Il n'aurait pas au moins pu choisir une princesse brune ?

Ça craint pour tellement de raisons !

La dernière victime de Tranchant avait été déguisée en Raiponce. Avec la panoplie complète, la pauvre fille ne cessait de trébucher sur sa perruque extralongue quand Tranchant était venu la tuer. Monica avait été obsédée par sa mort, visionnant encore et encore Raiponce qui tentait de s'échapper en rampant et demandait grâce de façon pathétique. Aussitôt, des millions de gens avaient critiqué la prestation de Raiponce et le hashtag #RampeRaiponce avait inondé l'appli Postman. Qu'est-ce qui ferait le buzz à la mort de Dee ? #CrèveCendrillon ? #CitrouilleExplosée ? C'était tellement humiliant. Il ne lui restait que quelques secondes avant de recevoir une lame d'une trentaine de centimètres dans le sternum, et elle devait en plus s'interroger sur sa popularité ?

Elle savait qu'il valait mieux ne pas se défendre. Il n'y aurait pas d'échappatoire, pas d'appel. Il n'y en avait jamais après une sentence Alcatraz 2.0. Elle n'avait aucune chance contre les tueurs du Postman. Même la dure à cuire Nancy Wu, spécialiste des arts martiaux, n'avait survécu que quatre mois. Non, au mieux Dee pouvait espérer offrir un bon spectacle lors de ses derniers instants, peut-être faire vendre ainsi des produits dérivés dans la boutique en ligne du Postman pour aider son père et sa belle-mère à rembourser les frais juridiques.

Elle imaginait déjà les T-shirts représentant son cadavre mutilé, une coque de smartphone avec sa silhouette de Cendrillon se faisant embrocher, le hashtag #LeRêveDuneVieCestLaMort et un mug en forme de pantoufle de verre ébréchée.

Le monde était devenu fou.

Des pas brisèrent le silence de l'entrepôt, ramenant Dee à la réalité.

Ça commence.

Une seule ampoule éclairait la pièce qui s'ouvrait sur deux étroits couloirs. Dans chaque coin, un point de lumière rouge indiquait une caméra en train de la filmer. Tranchant arrivait de sa droite, elle était donc censée courir dans la direction opposée. Comme une bonne tueuse condamnée.

Parce que peut-être que tu en es une.

Arrête ! se raisonna Dee. *Tu n'as pas tué Monica.*

Ce n'était pas la première fois que le doute à propos de son innocence l'assaillait. Déjà pendant son enfance, les médecins avaient prévenu son père qu'elle avait peut-être été plus traumatisée par son enlèvement qu'il n'y paraissait. Et puis il y avait eu le témoignage du Dr Farooq pendant le procès...

Les yeux de Dee se remplirent de larmes, et elle se mordit la lèvre à s'en faire saigner pour ne pas pleurer. *Tu ne l'as pas tuée*, se répéta-t-elle en silence. *Peu importe ce qu'ils disent.*

Puis une idée lui vint. Pourquoi devait-elle absolument être la victime ? Le pays voulait voir du sang, mais pas nécessairement le sien, si ? Le prince Tranchant avait brutalement assassiné des dizaines de personnes, et, du point de vue de Dee, il méritait plus qu'elle que « justice » lui soit rendue. En plus, si elle mourait, il n'y aurait plus personne pour trouver le véritable meurtrier de Monica. C'était une bonne raison pour se battre, non ?

Dee ne bougea pas. Elle ne prit pas aveuglément la fuite dans le couloir où il faisait nuit noire, risquant de tomber dans tous les pièges sadiques que Tranchant avait tendus pour elle. Au lieu de cela, elle attrapa la seule chose susceptible de lui servir d'arme : le miroir. Elle l'arracha du mur – le clou émit un petit son aigu quand il tomba sur le sol – puis elle attendit sous l'ampoule.

Une silhouette émergea dans le couloir. Le prince Tranchant était habillé tout en blanc : un pantalon droit impeccable, des chaussures en cuir verni lustrées et un manteau avec des épaulettes dorées et orné de boutons assortis. Il était le prince de Cendrillon, exactement comme le personnage du dessin animé que Dee adorait quand elle était petite. Mais à la place d'une pantoufle de verre, il tenait dans la main un énorme couteau denté, et son visage était dissimulé par une paire de lunettes de vision nocturne.

Oh, alors il pourra voir dans le labyrinthe tandis que moi, je serai dans le noir total. Lâche !

La situation était si ridiculement déséquilibrée qu'il n'aurait aucun mérite à la tuer. Un chaton contre un guépard. Sauf que

Dee avait regardé assez de blockbusters hollywoodiens pour savoir que même les guépards ont un point faible.

Dans l'ombre, le prince Tranchant l'observait, la tête penchée sur le côté, perplexe. Dee se demanda si la cote de cette vidéo le préoccupait. Le prince Tranchant était très populaire. Toutefois, chacune de ses mises à mort devait obtenir un nombre de boosts élevé pour qu'il ait droit à une part des bénéfices. Donc, que Dee refuse de jouer le jeu devait l'inquiéter.

Bien. Qu'il aille se faire foutre, je ne suis pas un jouet!

Il fit signe en direction du couloir opposé, l'incitant à courir, mais d'un air de défi, elle secoua la tête.

Le prince Tranchant soupira, ses épaulettes s'affaissèrent. Il était clairement agacé. Cette fois, il pointa la lame en direction du couloir, comme un parent ordonnant à son enfant d'aller tout de suite dans sa chambre.

– Va te faire foutre! lança Dee.

Ce fut le déclic. Le prince Tranchant baissa le menton, la transperça de son regard par-dessus ses lunettes puis traversa la pièce.

Dee eut à peine le temps de réagir. Elle inclina le miroir sous l'ampoule et dirigea le faisceau vers les lunettes de vision nocturne du prince Tranchant.

– Merde! dit-il avec une sorte d'accent.

Personne n'avait jamais entendu la voix du prince Tranchant, et Dee imagina que le hashtag #TranchantParle deviendrait populaire en quelques secondes. Tranchant protégea ses yeux avec son bras et chargea.

Dee esquiva juste au moment où il projetait sa lame vers son visage et la manqua de quelques centimètres. Elle recula et lui donna un coup de pied au niveau des jambes. Il trébucha, et Dee en profita pour casser le miroir contre l'arrière de son crâne.

Le prince Tranchant s'effondra sur le sol, agitant les bras et les jambes un moment, avant de s'immobiliser. Tout devint calme... et une flaque de sang commença à se répandre sous son corps.

Eh bien, merde.

Deux

Miroir à la main, Dee regarda le cadavre du prince Tranchant.

Merde, que venait-elle de faire ? Maintenant, tous les tueurs du Postman allaient la pourchasser, pas simplement pour s'amuser, mais pour venger leur copain. Et s'ils la capturaient à plusieurs ? Elle s'imagina transpercée par une des flèches de Robin des Bois pendant qu'Al Gaz-Toxique l'asphyxiait avec du cyanure d'hydrogène.

Elle entendit un bruit, des pas dans l'un des couloirs. Et si les tueurs étaient déjà dans l'entrepôt en ce moment même ?

Une lumière artificielle agressive inonda soudain la pièce miteuse. Dee cligna des yeux et tourna sur elle-même, à la recherche d'une issue, prête à s'échapper si tous les cinglés du Postman l'attaquaient de concert.

Au lieu de cela, un garçon blond d'environ son âge, maigre, avec des cheveux soigneusement ébouriffés et de grandes dents entra dans la pièce, comme le prince Tranchant l'avait fait avant lui.

– Eh bien, tu viens de devenir la fille la plus célèbre au monde ! déclara-t-il avec un accent britannique prononcé.

– Ne m'approche pas ! cria-t-elle, tenant le bout de miroir devant elle comme un bouclier. Ou... ou je te tue, toi aussi.

Le Britannique marqua une pause, et ses yeux d'un bleu anormalement vif scrutèrent Dee de la tête aux pieds. Il désigna ensuite l'un des coins de la pièce.

– Ne t'inquiète pas, ils ont arrêté de filmer.

Le regard de Dee dériva vers les caméras. Effectivement, les voyants rouges s'étaient tous éteints.

– Oh.

Qu'est-ce que cela pouvait bien signifier ? Encore une fois, elle se maudit de ne pas avoir fait plus attention à cette stupide appli.

– Tu sais que ce n'est pas vraiment toi qui l'as tué, n'est-ce pas ? poursuivit-il. Il est juste tombé sur son propre couteau.

Dee resserra sa prise sur le miroir. Il l'avait regardée. Et si le Postman en personne profitait de l'absence de caméras pour l'accueillir ?

Le Britannique hocha la tête en direction du cadavre du prince Tranchant.

– Je ne suis pas l'un d'entre eux, si c'est ce qui t'inquiète.

Il sourit, pour l'inviter à lui faire confiance, mais Dee hésita. Ce type n'était pas assez vieux pour être le producteur hollywoodien qu'était le Postman selon la rumeur. Pour autant, il avait carrément attendu de la voir se faire assassiner sans bouger le petit doigt. Peut-être était-il là pour terminer le travail ?

Elle devait rester sur ses gardes.

– Qui es-tu ?

Au lieu de lui répondre, il s'accroupit près du cadavre du prince Tranchant pour l'examiner.

– Chapeau ! Même si ce n'est pas entièrement de ton fait, je n'ai rien vu de tel depuis que Nancy Wu a donné un coup de pied circulaire au Capucin à la Cape et lui a brisé le cou.

Il siffla doucement, admiratif.

– Quand le Postman va l'apprendre, il va devenir fou.

– C'est-à-dire ?

Son attitude insouciante était désarmante. Il sourit d'un air entendu.

– Tous les Maliaques vont être après toi.

Il haussa un sourcil puis continua sans laisser à Dee le temps de réagir :

– Qu'est-ce que t'en penses ?

De quoi ? De lui ? Du fait que, par un étrange concours de circonstances, elle était encore en vie ? Des dix autres serial killers sur le point de se lancer à sa poursuite ?

Il se redressa sur ses pieds et s'avança, évitant soigneusement le sang de Tranchant en train de coaguler.

– « Maliaques », répéta-t-il. C'est un jeu de mots que j'ai inventé. Le « mal », pour signifier la douleur, auquel j'ai associé le terme « maniaques ». Tu penses que ça deviendra populaire, ou alors que je devrais faire une référence plus explicite au Postman, comme « Postmaniaques » ? En fait, j'ai déjà pensé à « Postmanatiques » pour désigner les fans, alors ça pourrait porter à confusion.

– Euh…

Il se rembrunit, comme déçu qu'elle n'approuve pas.

– Ce n'est pas définitif, j'y réfléchis encore.

Il était vraiment sérieux, là ?

– Un gars gît dans une mare de son propre sang à moins d'un mètre et toi, tu t'inquiètes pour ton hashtag ?

Il soupira.

– Désolé, j'ai oublié que c'était tout nouveau pour toi. Personnellement, je déteste la violence, mais après un certain temps ici, on s'habitue.

Un certain temps ?

– Depuis combien de temps es-tu ici ?

– Sept mois, une semaine et trois jours, répondit-il sans hésiter.

Les yeux de Dee s'écarquillèrent. Elle n'avait jamais entendu parler de quelqu'un ayant survécu si longtemps sur Alcatraz 2.0.

– Il n'y a pas de quoi être impressionnée. Exceptionnellement, mon affaire est en appel, alors ils n'ont pas le droit de me toucher pour le moment. Cette parodie de justice que vous, les Américains, appelez un procès, a été terminée si vite qu'au moment où le verdict est tombé, ils ignoraient qui était membre de ma famille.

Dee arqua un sourcil.

– La reine d'Angleterre ?

Il poussa un grognement.

– « La reine d'Angleterre » ? l'imita-t-il avec une voix de fausset. Certainement pas. Mais le mari de la cousine de ma mère est le deuxième assistant du ministre des Affaires étrangères. Il a demandé un recours en prétextant l'immunité diplomatique.

– Oh… je vois.

C'était une histoire plausible, ou bien un ramassis de conneries, un autre piège.

Je ne prendrai pas le risque de le croire.

– En fait, poursuivit-il, je suis surpris qu'il m'aide, vu ce dont je suis accusé.

Dee recula d'un pas, examinant le cadavre. Si le gars se jetait sur elle, elle pourrait éventuellement retourner Tranchant, sortir le couteau de son ventre et s'en servir pour se défendre.

– Qu'est-ce que tu as fait ?

Le visage du jeune homme était impassible.

– J'ai été reconnu coupable du meurtre de mes parents.

Voilà la preuve qu'il ne faut faire confiance à personne sur cette île. C'était un bon mantra. Alcatraz 2.0 était une prison de sécurité maximale, donc, en plus des tueurs du Postman, tous les codétenus de Dee étaient des assassins.

– J'aimais mes parents.

Ses yeux bleus s'étrécirent, ses manières affables disparurent.

– Autant que tu aimais ta… sœur, je crois ?

– Demi-sœur, répliqua sèchement la jeune fille. Comment sais-tu ça ?

Le Britannique se plaça entre Dee et Tranchant, puis mit la main dans sa poche. Dee se raidit, jetant aussitôt un coup d'œil au couloir. Allait-il sortir une arme ? Elle ne pouvait plus atteindre le couteau désormais, mais peut-être que si elle lui lançait le miroir au visage, elle aurait le temps de s'enfuir.

À la place d'une lame affûtée, Dee vit dans la main du jeune homme un morceau de papier plié.

– « Dee Guerrera, lut-il, reconnue coupable de meurtre avec préméditation. Victime : Monica Patterson, 17 ans. Demi-sœur. »

L'image de Monica étranglée, le visage violacé, défila devant les yeux de Dee. C'est elle qui avait trouvé le corps, appelé le 911 tout en essayant d'administrer à Monica les premiers secours. Même si la raideur des membres de sa demi-sœur indiquait qu'il était déjà trop tard.

– Je ne l'ai pas tuée.

Elle ignorait complètement pourquoi elle éprouvait le besoin de clamer son innocence à cet inconnu.

– Bien sûr que tu ne l'as pas tuée. Nous sommes tous innocents sur Alcatraz 2.0.

Le sarcasme transpirait de chacune des paroles du Britannique. Il ne la croyait pas une seule seconde.

Mais au lieu de la traiter de menteuse, il fourra les mains dans les poches de sa veste en velours côtelé noir et demanda :

– On y va ?

Le regard de Dee balaya la pièce.

S'agissait-il d'un piège ?

– Je ne vais nulle part avec toi.

Le jeune homme inclina la tête sur le côté, tout comme Tranchant quand elle avait refusé de courir dans le labyrinthe.

– Et pourquoi pas ?

Son sérieux la déstabilisa.

– Je…

Je pense que tu pourrais être un psychopathe ? Je ne te fais pas confiance, même si ton accent est craquant ?

– Je ne sais même pas qui tu es, finit-elle par dire.

Il lui sourit, son regard à nouveau chaleureux.

– Oh, désolé ! Je m'appelle Nyles.

Il se tut, comme si cette explication suffisait, ce qui était loin d'être le cas.

– Et tu viens de me rejoindre ici parce que… ?

– Parce que le travail qu'on m'a assigné sur Alcatraz est de faire découvrir aux détenus la vie sur l'île pendant leurs premiers jours ici. Un mot comme celui-ci, précisa-t-il en montrant le papier replié, est glissé sous ma porte le matin ; il m'indique où trouver les petits nouveaux. D'habitude, je dois juste me rendre à la barrière du poste de garde, c'est la première fois qu'on me donne pour instruction d'aller dans la salle d'exécution d'un Maliaque. Ça doit être une erreur administrative. Je veux dire, pourquoi tu aurais eu besoin que quelqu'un t'aide à t'intégrer si tu n'étais pas censée survivre à ta première heure sur l'île ? En tout cas, j'ai failli ne pas venir. C'est dingue, non ?

Il rit comme s'il avait fait une blague hilarante.

– Ouais, répliqua-t-elle platement. C'est dingue.

– Si je n'étais pas venu, j'aurais manqué la mort du légendaire prince Tranchant, continua Nyles. Ça, ça aurait été une tragédie, Dee. Au fait, Dee, c'est un diminutif de Dorothy ? Deirdre ?

Il croyait qu'ils étaient amis ou quoi ?

– Non.

– Ah, je vois.

Il la regarda un moment, puis haussa les épaules.

– Viens, alors.

Dee ne lui faisait toujours pas confiance. Et si en chemin pour quitter le labyrinthe, il la conduisait dans un piège inspiré de Cendrillon, avec des rongeurs affamés, des bombes en forme de citrouille et des éclats de verre comme projectiles ?

Là encore, les possibilités qui s'offraient à elle n'étaient pas nombreuses : suivre Nyles ou bien rester avec le cadavre de Tranchant jusqu'à ce que quelqu'un d'autre vienne. Aucune des deux options n'était particulièrement attrayante.

– Où est-ce qu'on va ?

Le sourire de Nyles s'élargit, laissant apparaître ses très grandes dents.

– Ça te dirait une glace ?

🕒 7 min

Regina Showalter @MassacreuseDeChopin2017
C'est quoi ces conneries ? Impossible que le @PrinceTranchant soit mort ! Il va se relever et la poignarder, hein ? Il ne peut pas laisser cette traînée de meurtrière s'en sortir. J'HALLUCINE.

← 2440 ∞ 87

🕒 7 min

Benny Nda Jetts @EltonJohnPourToujours
J'ai toujours dit que Tranchant ferait mieux de ligoter ses victimes. Il a constamment sous-estimé les femmes et ça s'est retourné contre lui. #LaMisogynieTue

← 34 ∞ 11

🕒 6 min

ArMeLiO rInCoN @PasCon_RinCon
HA HA @EltonJohnPourToujours. Tu sais de quoi tu parles, vu que si tu voulais qu'une fille t'approche, il te faudrait un lasso.

← 336 ∞ 20

🕒 6 min

Regina Showalter @MassacreuseDeChopin2017
@EltonJohnPourToujours Tu prétends donc avoir prédit sa mort ? C'est la meilleure... #Crétin #JHALLUCINE

← 2001 ∞ 62

🕒 6 min

Regina Showalter @MassacreuseDeChopin2017
Les gars, c'est pas le sujet : une TUEUSE CONDAMNÉE vient de s'en tirer en toute impunité après un meurtre. Encore. #QueJusticeSoitFaite

← 727 ∞ 43

5 min

L'Informateur @réveillélesyeuxgrandsouverts
Mais vous êtes aveugles ou quoi ? Tranchant vs un miroir ? C'est un COMPLOT. TOUT EST FAUX ! #TranchantVit #FakeNews #OuvrezLesYeux #NeCroyezPasCeQuonVousMontre

← 5 332 ∞ 4250

---

5 min

ArMeLiO rInCoN @PasCon_RinCon
@réveillélesyeuxgrandsouverts Toi t'es sans doute pas aveugle, mais t'es clairement stupide, non ?

← 67 ∞ 8

---

1 min

Benny Nda Jetts @EltonJohnPourToujours
Vos disputes sont amusantes, mais vous passez à côté de l'essentiel : @PrinceTranchant est mort. Et Cendrillon ? C'est une survivante. #CendrillonLaSurvivante

← 89 211 ∞ 50 734

Trois

La météo à San Francisco était décevante.

Bien que le ciel soit bleu vif, parsemé de fins nuages s'étirant depuis l'ouest, le soleil ne dégageait aucune chaleur, et Dee avait la chair de poule sous le fin tissu de sa robe de Cendrillon. C'était tout le contraire de novembre à Los Angeles, où il faisait probablement vingt-quatre degrés. Là-bas, elle aurait eu suffisamment chaud avec son déguisement pourri.

Est-ce que je viens vraiment de comparer cette colonie pénitentiaire et ma ville natale pour savoir quel endroit était le plus adapté pour porter ce costume de princesse ? Comme si cette journée n'était pas déjà assez étrange !

Bien que Dee ait regardé les retransmissions en direct depuis sa cellule de détention provisoire, elle ne comprit pleinement à quel point Alcatraz 2.0 était terrifiant qu'en sortant de l'entrepôt.

La prison avait été établie au milieu de la baie de San Francisco sur une île artificielle, qui était reliée à une formation rocheuse naturelle à mi-parcours du vieux Bay Bridge. Autrefois connue sous le nom de Treasure Island, elle avait été construite pour une exposition internationale, presque un siècle auparavant, puis transformée en installation militaire. Par la suite reconvertie en studios hollywoodiens, elle avait finalement été réhabilitée en une petite ville avec des logements, des commerces et des bâtiments communautaires. Mais après la construction du tunnel pour relier San Francisco à East Bay et la démolition du Bay Bridge, l'île avait été abandonnée.

Jusqu'à ce que le Postman l'achète.

Ce qui foutait le plus les jetons, c'était que l'île avait conservé son infrastructure d'antan et n'avait pas l'allure d'une prison. Des duplex, des devantures de magasins, une bibliothèque, des entrepôts : on avait redonné une seconde jeunesse à tous les vestiges de son ancienne gloire pour les réutiliser d'une autre manière. Maintenant, des meurtriers condamnés comme Dee y exerçaient des emplois banals, vivaient dans des maisons traditionnelles et faisaient des activités quotidiennes comme cuisiner des repas, fréquenter des voisins et... essayer de rester en vie le plus longtemps possible en évitant d'être pris dans une embuscade, enlevés et brutalement exécutés sous les yeux du monde entier.

C'était carrément surréaliste.

Nyles était devenu silencieux et semblait nerveux depuis leur sortie de l'entrepôt décrépi. Cette partie de l'île était remplie d'énormes structures de tôle ondulée et de bois détrempé, en grande partie abîmées. Certaines n'avaient plus de toits ; il manquait à d'autres des morceaux entiers de revêtement. L'air lui-même sentait le moisi et la pourriture.

Alors que Dee se dépêchait de suivre Nyles, qui marchait rapidement dans la grande rue déserte, elle remarqua qu'il n'y avait pas de caméra alentour, bien que le quartier lui semble vaguement familier. D'après ce qu'elle avait vu de l'appli Postman, elle s'attendait à ce qu'il y en ait partout : attachées à des barrières, montées sur des réverbères, alignées au sommet des bâtiments. Mais les seuls ornements de cette friche industrielle délabrée étaient des dizaines de corbeaux noirs, stoïques et immobiles, perchés sur les toits des entrepôts.

Nyles continua d'avancer à grandes enjambées, passant devant une station-service abandonnée avec, sur une fenêtre barricadée, une pancarte peinte à la main qui disait : « NE NOURRISSEZ PAS LES OISEAUX. »

Il y avait donc des règles sur Alcatraz 2.0 ? C'était bon à savoir.

Nyles brisa le silence tandis qu'ils tournaient dans la rue principale, bordée de boutiques aux couleurs vives.

– Tout d'abord, nous allons nous rendre sur ton lieu de travail, dit le jeune homme. Comme ça, tu pourras rencontrer tes collègues.

Dee grimaça.

– Des collègues ?

Traduction : les criminels avec qui je vais traîner tous les jours.

– Tout le monde a un travail sur Alcatraz, déclara Nyles avec un regard narquois. Même la princesse Cendrillon.

– Ha, ha, répliqua-t-elle sans une once d'humour dans la voix.

– Ce ne sera rien de compliqué, je t'assure, dit-il gaiement, comme s'il lui présentait son futur petit boulot au centre commercial après le lycée. Des horaires normaux, de dix heures à dix-sept heures et tout ça.

Rien n'est normal ici.

– Et si je refuse ?

Il haussa les épaules.

– À toi de voir. Mais si tu ne travailles pas, tu n'auras pas d'argent sur ta carte de crédit de l'île, et donc tu ne pourras pas t'acheter de nourriture.

– C'est une bonne raison d'y aller.

Nyles sourit.

– Tu trouves aussi ?

Il lui lança un autre regard à la dérobée et ses yeux passèrent de son serre-tête brillant à sa robe. Pendant une seconde, son air insouciant le quitta, laissant place à une expression nettement plus sombre. Puis celle-ci disparut aussi vite qu'elle était apparue, et Nyles se retourna.

– Quoi qu'il en soit, poursuivit-il sur un ton léger et désinvolte, on devra rejoindre les Baraquements avant la nuit. Personne n'a envie d'être dehors après le coucher du soleil. C'est généralement à ce moment-là que les Maliaques…

Il s'arrêta, comme s'il réfléchissait au terme, puis secoua la tête.

– C'est généralement à ce moment-là que les tueurs frappent. À moins qu'il y ait du brouillard. Ou de la pluie. Et aussi une éclipse, je suppose.

S'interrompant à nouveau, il fit face à Dee.

– En gros, ne sors que quand il fait jour.

– C'est noté.

Il désigna, de l'autre côté de la rue, un bâtiment pittoresque qui ressemblait à un ancien cottage réaménagé.

– Nous avons donc la papeterie là-bas, puis la bibliothèque à côté. Ensuite, il y a l'épicerie, le salon de coiffure et la salle de sport.

– Pour que je sois jolie et en forme pour mon exécution ?

Nyles sourit, ses yeux bleus brillant d'amusement.

– Tout à fait.

Il tourna son regard vers un point situé au-dessus de la tête de Dee.

– Nous y voici.

Ils se tenaient devant un ancien glacier avec un auvent à rayures roses et des lettres peintes à la main sur la vitrine.

Dee lut le nom de la boutique :

– Ice Crime ? Dis-moi que c'est une blague.

– Tu trouveras énormément d'humour noir sur l'île.

Nyles poussa la porte vitrée. Au-dessus d'eux, une clochette argentée tinta pour annoncer leur arrivée.

Dee le suivit à l'intérieur et eut l'impression d'avoir remonté le temps. Sur le sol en damier noir et blanc se trouvaient des tables en fer forgé blanches richement décorées, avec des chaises assorties. Comme l'auvent extérieur, les murs étaient rose chewing-gum, et ils étaient encombrés de photographies sépia de glaciers d'autrefois. Des tabourets également roses étaient alignés devant un comptoir sur lequel se trouvaient des bocaux remplis de bonbons. Juste à côté, une grande vitrine offrait une vue alléchante sur différents parfums de glaces. C'était propre, chaleureux et totalement délirant. Tout comme dans le labyrinthe de Tranchant, Dee remarqua rapidement les caméras fixées au plafond à chaque coin du magasin : de forme arrondie et noires, elles couvraient toute la pièce. Un frisson lui parcourut l'échine : toutes pointaient dans sa direction.

– Je suis de retour ! annonça Nyles.

Une porte sur le mur du fond, camouflée par du papier peint en toile rose, s'ouvrit, et une belle fille très maquillée apparut dans l'embrasure. Dee la reconnut aussitôt : Griselda Sinclair.

Griselda avait de nombreux admirateurs inconditionnels, et chaque fois que la chaîne principale de l'appli montrait son appartement ou une de ses séances à la salle de sport, le nombre de commentaires explosait. Comme les fans ont toujours la classe, elle avait droit à des hashtags très distingués : #DesVisitesConjugalesPourGriselda ou #GriseldaJaiEnvieDeToi.

Mais Griselda semblait heureuse de jouer le rôle de la fille sexy d'Alcatraz 2.0. Elle portait une minijupe écossaise, des rangers lacées aux genoux, ainsi qu'un chemisier court à épaules dénudées qui laissait apercevoir la bretelle droite de son soutien-gorge noir en dentelle. Ses longs cheveux blond cendré paraissaient avoir été lissés au fer. Sur le seuil, elle les arrangea et les mit derrière ses oreilles. Puis elle tira fort sur sa manche droite au point qu'elle montra pratiquement un côté de son sein. Elle se passa ensuite la langue sur les dents pour s'assurer qu'il n'y ait pas de rouge à lèvres dessus et pénétra dans la pièce.

C'était comme regarder une actrice dans les coulisses avant son entrée sur scène. Quand Dee aperçut les caméras pivoter vers Griselda, elle réalisa que c'était précisément ce à quoi elle avait assisté.

– Tu es la seule personne sur cette île assez stupide pour traîner dans le quartier des entrepôts alors que la nuit va tomber, déclara Griselda.

– Ça me touche de savoir que ça t'inquiète, Gris.

Nyles jeta une carte en plastique blanche sur le comptoir, puis plongea la main dans un grand bocal en verre et y attrapa un réglisse rouge.

Elle prit la carte et la glissa dans une sorte de lecteur électronique avant de la lui rendre.

– Je vois que tu as ramené la petite nouvelle.

Nyles s'inclina en faisant un grand geste avec son réglisse.

– Griselda Sinclair, je te présente ta nouvelle collègue, Dee Guerrera.

– Sa-salut, bégaya Dee, essayant de paraître décontractée.

Elle ne voulait surtout pas qu'ils perçoivent sa peur.

Mais Griselda ne chercha pas à se montrer gentille. Elle croisa les bras sur sa poitrine et examina Dee de la tête aux pieds.

– Alors c'est toi, Cendrillon la Survivante ?

– Qui ? demanda Dee.

Les yeux de Nyles s'écarquillèrent tant il était excité.

– Est-ce que c'est comme ça qu'ils l'appellent ?

Griselda acquiesça, avec un coup d'œil à l'avant de la boutique.

– Regarde par toi-même.

Sur le mur au-dessus de la porte se trouvait un grand écran plat. Plusieurs fenêtres, qui composaient une sorte de mosaïque, diffusaient des retransmissions ainsi que des directs. La plus grande partie de l'écran était occupée par les images étrangement familières d'une fille vêtue d'une longue robe tenant un miroir. Dans le coin supérieur droit, Dee aperçut un symbole qu'elle reconnut immédiatement : PE en lettres majuscules rouges, le bas du P se prolongeant dans la barre verticale du E; le logo de Postman Enterprises.

Il lui fallut plusieurs secondes pour réaliser qu'elle regardait un replay de ses premiers instants dans le labyrinthe de Tranchant.

À côté de la vidéo, le fil des commentaires défilait à vitesse grand V. Le hashtag #CendrillonLaSurvivante revenait encore et encore.

– Notre petite princesse a récolté vingt millions de boosts, commenta Griselda, impassible.

Nyles siffla tout bas, comme s'il était impressionné, mais Dee était pratiquement sûre que ce n'était pas une bonne chose.

– Qu'est-ce que ça veut dire ?

Griselda sourit gentiment. Une fossette parfaite apparut au creux de sa joue droite.

– Ça veut dire que tu ne vas pas survivre une semaine, princesse.

Quatre

Pendant que celle qu'ils appelaient Cendrillon la Survivante s'asseyait sur un siège en fer forgé à Ice Crime, le Postman lançait un regard furieux à l'écran, les mâchoires tellement serrées que ses dents lui faisaient mal.

Elle a tué Tranchant.

Au début, il n'y avait pas cru, un peu comme les fans, qui avaient fait part de leur incrédulité et évoqué des théories du complot dans les commentaires. Cela semblait trop bizarre. Une adolescente avec un miroir venait d'éliminer le meilleur tueur du Postman ? Impossible.

Improbable mais pas impossible. Avant que les gardiens n'arrivent pour l'évacuer, le Postman avait vu le cadavre de Tranchant, il avait pu constater lui-même qu'il n'avait plus de pouls, que son corps était déjà rigide et froid. À ce moment-là, le sang avait cessé de couler de sa blessure ; la flaque était collante et épaisse. De temps à autre, les tueurs du Postman pouvaient avoir recours à un subterfuge pour faire croire qu'ils étaient morts et donc inoffensifs, mais cette fois-ci le sang et le cadavre étaient réels.

– Et maintenant, je vais m'occuper de son cas personnellement, dit tout haut le Postman, même si personne ne pouvait l'entendre. Commande vocale !

Le panneau de contrôle à reconnaissance vocale émit deux bips pour confirmer qu'il avait été enclenché.

– Activer la détection automatique sur les caméras trente-deux à trente-sept.

Cendrillon la Survivante rejoindrait bientôt les Baraquements, et il voulait s'assurer qu'elle serait filmée à chaque instant.

– Je te surveillerai constamment.

Elle était sa seule priorité.

Des mois de préparation avaient été réduits à néant en un instant. Dès que le cadavre de Tranchant avait touché le sol, le destin de Dee avait été scellé. Elle serait brisée, torturée, elle implorerait de mourir.

Et elle regarderait mourir tous ceux qui comptaient pour elle.

Cinq

Nyles rit nerveusement.

– Gris, ne fais pas peur à la nouvelle.

– Tu veux lui donner de faux espoirs ? répliqua Griselda, arquant un sourcil. Lui faire croire qu'elle peut s'en sortir ?

Son regard se dirigea vers Dee.

– Que les choses soient claires : c'est impossible.

Dee s'attendait à ce que l'assurance de Griselda masque une peur sous-jacente, mais ses yeux étaient durs, ses lèvres ne tremblaient pas. Elle semblait seulement vouloir lui dire « C'est comme ça que ça se passe, princesse » et lui conseiller d'adopter une attitude pragmatique, comme celle qu'elle avait eue en se pomponnant méthodiquement avant d'entrer dans le champ de la caméra. Entre la bonne humeur de Nyles et l'indifférence désinvolte de Griselda, Dee était quasiment certaine que tous deux étaient cinglés.

Nyles tira une chaise vers lui, les pieds en métal raclant contre le carrelage. Le son évoquait le crissement d'un ongle sur un tableau noir.

– Elle a tout de même réussi à tuer Tranchant.

Griselda se raidit, clairement irritée.

– C'était la chance du débutant.

Tu n'as qu'à essayer pour voir.

Quelqu'un derrière le comptoir se mêla à la conversation.

– Si c'est la chance du débutant, j'aimerais en avoir aussi.

Dee se retourna, instantanément sur ses gardes bien que la voix féminine paraisse amicale et que Nyles et Griselda ne semblent pas inquiets.

Une petite femme asiatique avec des taches de rousseur sortait de la réserve deux grandes boîtes sur lesquelles était inscrit « Postman Enterprises ». Elle était maquillée avec une couche de fard à paupières bleu clair et un rouge à lèvres tout aussi bleu. Lorsqu'elle passa sous la lumière du plafonnier, Dee remarqua que ses cheveux noirs mi-longs étaient striés de bleu.

Nyles sauta sur ses pieds et parut sur le point d'offrir son aide, se comportant toujours en gentleman, mais la femme secoua la tête.

– Je peux m'en sortir toute seule, dit-elle en faisant glisser les boîtes sur le comptoir avant de les ranger dans un congélateur. La première règle sur Alcatraz est de ne jamais proposer son aide à personne.

Nyles retomba sur sa chaise.

– Je n'ai jamais vraiment su suivre les règles.

– Alors tu as de la chance de bénéficier de l'immunité.

La nouvelle venue se tourna vers Dee et lui tendit la main.

– Je suis Blair, ta patronne.

Dee se leva et fit quelques pas hésitants vers elle. S'agissait-il d'un test ? Une règle qu'elle n'avait pas encore apprise ? Devait-elle lui serrer la main ou ne pas s'approcher ?

– Je ne vais pas te trancher la gorge, déclara Blair sans mâcher ses mots.

– Désolée… Je m'appelle Dee.

Blair pressa fermement la main qu'elle avait fini par lui tendre, avant de la relâcher.

– C'est un diminutif de Daphné ? Dulcinée ? essaya à nouveau de savoir Nyles.

Dee grimaça.

– Non.

Son prénom n'était pas un diminutif. Plus maintenant.

– Eh bien, Dee-qui-n'est-pas-un-diminutif-de-Daphné-ou-Dulcinée, bienvenue sur la magnifique île d'Alcatraz 2.0, tu vas adorer ! dit Blair en se hissant sur le comptoir.

– Euh... merci ?

– La princesse devrait apprendre ce qu'est le sarcasme, commenta Griselda en levant les yeux au ciel.

Et tu devrais apprendre à la fermer.

– Tu t'habitueras à Gris, dit Blair. Elle aboie mais ne mord pas.

Dee en doutait sérieusement.

Blair s'assit à califourchon sur le comptoir. Elle portait un legging noir sur ses jambes épaisses, une paire de Uggs grises et une tunique gris chiné avec une fermeture Éclair sur le devant et un cordon à la taille.

– Je vais te faire le même sermon qu'à tous les autres à leur arrivée.

Griselda tira la chaise en face de Nyles et s'y installa, jambes croisées.

– J'ai besoin d'un verre.

– Il y a deux sortes de règles, commença Blair. Les leurs... et les nôtres. Les leurs sont simples : travaille, comme ça tu seras payée et tu pourras manger.

– C'est ce qu'on m'a dit, marmonna Dee.

– Va au travail tous les jours, et des fonds seront transférés sur ta carte de crédit de l'île.

Nyles sortit un porte-clés de la poche de son jean et le tendit à Dee. Y étaient accrochées une clé de maison argentée et une carte en plastique ornementée du logo de Postman Enterprises. En la retournant, la jeune fille vit son nom et sa photo imprimés au dos. C'était sa photo d'identité judiciaire, celle qui avait été prise lors de son arrestation. Merveilleux.

– Elle fonctionne dans tous les magasins de la rue principale, expliqua Nyles, tu peux aussi l'utiliser comme carte de bibliothèque.

Pour que je puisse lire un petit roman tout en me sauvant à toutes jambes. C'est un concept intéressant.

– Ne la perds pas, insista Blair. On ne t'en donnera pas d'autre.

C'est bon à savoir.

– Et obligation de rester seule chez toi le soir, continua-t-elle, ou ils mettront ton compte à zéro.

Cette règle était parfaitement inutile. Dee se voyait mal inviter un meurtrier condamné à prendre un café chez elle, une fois la nuit tombée.

– Oh, et il est interdit de se tuer entre détenus, ajouta Nyles avec un sourire narquois. Même si tu en as très envie.

– Et pourquoi pas ?

Dee n'envisageait pas de s'attaquer à quelqu'un, mais ils étaient tous condamnés, alors qui se souciait de la façon dont ils mourraient ?

– Le Postman ne veut pas de carnage qu'il ne peut pas contrôler, expliqua Blair en haussant les épaules.

Griselda sortit un tube de brillant à lèvres et en remit.

– C'est mauvais pour les audiences.

Dee avait du mal à y croire.

– Pourtant, j'ai vu des documentaires sur le milieu carcéral à la télé : les détenus essaient de s'entre-tuer à tout bout de champ.

– Pas sur Alcatraz 2.0, rétorqua Nyles sur un ton sinistre. Ce n'est pas une prison comme les autres.

Blair rit.

– On dirait que tu n'as jamais utilisé l'appli !

– Tu rigoles ? Tout le temps ! mentit Dee.

Les gens qui n'appréciaient pas le Postman étaient considérés comme anti-américains ou complètement fous : il valait mieux jouer la comédie.

Blair glissa du comptoir, les yeux rivés sur Dee.

– Moi, je crois que tu n'as jamais regardé le show…

– Mais si !

Ce n'était pas un mensonge : on l'avait forcée à le faire dans sa cellule de prison après son arrestation. Comment pouvait-elle leur expliquer qu'elle avait toujours évité l'appli comme si sa vie en dépendait ? *J'ai été séquestrée par une psychopathe pendant six jours ; je n'ai pas besoin de revivre ça grâce à une appli sur mon téléphone, mais merci ?*

Dee n'avait partagé son passé qu'avec une seule personne, et cela s'était mal terminé. En plus, se confier à un groupe de criminels – qu'il s'agisse de ses collègues ou non – n'arrivait pas en tête de sa liste de choses à faire pour son premier jour sur Alcatraz 2.0. Elle ne pouvait pas leur faire confiance.

Blair et Nyles échangèrent un regard. Pendant un instant, Dee pensa qu'ils allaient insister pour obtenir plus d'informations. Elle releva le menton d'un air de défi. Elle se préparait à une avalanche de questions, mais celles-ci ne vinrent jamais.

– OK, poursuivit Blair, adossée au comptoir. Eh bien, sache que si tu tues un autre détenu, c'est un sort pire que la mort qui t'attend.

Dee songea aux meurtres qu'elle avait vus depuis sa cellule, et imagina difficilement comment ça pourrait être pire.

– Pire que d'être passé au grill d'Hannah Vorace ? demanda-t-elle. Ou que le Barista Barbare t'écorche la totalité du corps au rasoir ?

– Si tu te soucies des gens que tu aimes, dit Blair d'une toute petite voix, alors oui, c'est pire.

Il fallut un moment à Dee pour réaliser l'horreur de cette déclaration. Elle imagina son père piégé dans une des salles de torture d'Al Gaz-Toxique et dut se mordre la lèvre pour refouler les larmes qui lui montaient aux yeux.

Blair prit une profonde inspiration.

– Bon, et rappelle-toi, les caméras observent tout, en permanence.

– Elles observent tout en permanence, répéta Dee.

Cet endroit ne cessait de gagner en charme.

Puis Blair sourit et toute son attitude changea.

– Nos règles sont plus compliquées, continua-t-elle, mais elles pourraient t'aider à survivre, alors écoute bien.

Rester en vie était une bonne raison d'être attentive.

– Règle numéro un, dit Blair en levant son index droit, tu as déjà...

– Attends...

Dee observa du coin de l'œil la caméra la plus proche. Blair venait tout juste de dire qu'ils étaient constamment observés. Comptait-elle vraiment partager des tactiques de survie devant les objectifs ?

– Ne te soucie pas d'eux, poursuivit-elle en agitant les mains devant le voyant rouge. Regarde.

Elle se racla la gorge, puis déclara haut et fort :

– Je vais expliquer à la nouvelle comment sauver sa peau le plus longtemps possible. Vous êtes sûrs que vous voulez que ça soit diffusé en direct ?

Dee fixa la caméra avec ébahissement : avant que Blair ait fini de parler, la lumière rouge s'était éteinte. Elle se retourna et constata que c'était le cas de toutes les caméras de l'établissement.

C'est quoi ce bordel ?

– Ils ne veulent pas nous humaniser, expliqua Nyles. Si les fans venaient à prendre conscience de notre lutte pour rester en vie, les audiences risqueraient de baisser.

– Vraiment ?

Blair le confirma d'un hochement de tête.

– Lis les commentaires à l'occasion. Les fans adorent justifier leur soif de sang sous prétexte que nous sommes tous d'odieux assassins et que nous méritons de mourir. Entamer une conversation sur la façon de survivre est un moyen infaillible pour qu'une retransmission en direct soit coupée.

– Le Postman n'a pas envie de savoir ce qu'on manigance ?

– Il continue de regarder, c'est une certitude, répondit Blair avec une grimace. Mais pour lui, c'est du réchauffé.

– Oh...

Soudain, son enthousiasme pour les tactiques de survie lui parut ridicule. Quel était l'intérêt si le Postman et ses tueurs les connaissaient déjà ?

– Revenons à la règle numéro un, enchaîna Blair, que l'absurdité de cette démarche ne semblait pas perturber. N'aide personne. La moitié du temps, c'est un piège, l'autre moitié du temps, c'est aussi un piège.

Donc, pour rester en vie, il faut se comporter comme un enfoiré ? L'attitude de Griselda lui parut soudain plus sensée.

– Règle numéro deux : ne sors pas après le coucher du soleil.

– Celle-là, je la lui ai déjà dite ! s'écria Nyles, excité comme un enfant qui aurait la bonne réponse à une interro. Tu vois, je suis capable d'apprendre les règles.

– C'est bien, mon petit.

Blair piocha un fil de réglisse rouge dans un des bocaux avant de le lui jeter.

– Attrape ! Celui-ci, je te l'offre.

– Nyles, tu peux aussi donner la patte et faire le beau ? ricana Griselda.

– Trois : ne dors pas la nuit. Le nombre de spectateurs augmente entre 20 heures et 2 heures du matin, et c'est là que se déroulent la plupart des exécutions.

Blair remua son index de gauche à droite.

– Ce n'est pas parce que tu es enfermée chez toi que tu es en sécurité.

Dee doutait qu'aucun endroit sur l'île soit sûr.

– Règles quatre, cinq et six…

Blair semblait s'amuser, sa voix était pleine d'entrain, comme si elle récitait une comptine.

– Avant de la consommer, assure-toi que ta nourriture n'ait pas été ouverte. Si tu as l'impression qu'on te regarde, c'est que c'est le cas. Et celle-là est importante : si on te pourchasse, cours dehors.

– Dehors ? s'étonna Dee.

Cela lui paraissait défier toute logique. Il n'y avait nulle part où se cacher dehors, et avec les rues à découvert et les entrées des magasins, n'y avait-il pas plus d'endroits d'où les autres bourreaux pouvaient surgir pour l'attraper ?

– Les meurtres à l'extérieur obtiennent moins de boosts, expliqua Nyles. Si tu réussis à sortir, il y a environ soixante pour cent de chances que le tueur abandonne et essaie de s'en prendre à toi une autre fois.

Dee arqua un sourcil.

– Soixante pour cent de chances ?

Ce n'était pas tout à fait infaillible.

– Il y a quatre-vingt-dix pour cent de chances que Nyles invente ses statistiques, intervint Griselda.

Il pinça les lèvres.

– Jusqu'à preuve du contraire, on n'a pas vraiment le dispositif scientifique nécessaire pour réaliser une étude précise des taux de survie en se basant sur l'intérieur et l'extérieur.

– Je plaisantais, Nyles, enchaîna Griselda.

Puis elle ajouta, dans un excellent faux accent britannique :

– Ne monte pas sur tes grands chevaux.

Eh bien, au moins Dee n'était pas la seule à faire les frais de son sarcasme.

– Ah oui, c'est hilarant, dit Nyles, qui n'appréciait visiblement pas la plaisanterie.

– Et enfin, reprit Blair, bien décidée à rediriger la conversation vers les règles, n'attire pas l'attention sur toi de façon négative. Plus les fans te haïssent, plus les tueurs du Postman tenteront de t'éliminer avec acharnement pour augmenter leur nombre de boosts.

– Trop tard, commenta Griselda.

Les yeux de Blair se posèrent sur l'écran accroché au mur.

– Oh ! Eh bien, ne te soucie pas trop de ta cote de popularité.

Dee expira lentement. Blair essayait d'être gentille, ce qu'elle appréciait, mais elle pouvait le lire dans le regard de sa nouvelle patronne : Griselda avait raison, elle ne survivrait pas une semaine sur Alcatraz 2.0.

Soudain, Dee se sentit épuisée. Ses bras et ses jambes lui paraissaient lourds et ses yeux la brûlaient. Elle savait qu'elle n'était pas censée dormir la nuit, mais elle ne pourrait pas lutter contre la fatigue beaucoup plus longtemps.

Peu importait. À ce stade, qui s'en souciait ? Peut-être serait-il préférable qu'elle soit abattue rapidement pendant son sommeil. La vie sur Alcatraz 2.0 avait l'air d'un cauchemar, et avec vingt millions de boosts et un hashtag #CendrillonLaSurvivante, c'était pratiquement comme si elle avait autour du cou un panneau avec inscrit dessus : « HÉ ! C'EST MOI QUE TU

DOIS TUER ! » Alors pourquoi prolonger ainsi son agonie ? S'échapper était impossible, et elle doutait que son père et sa belle-mère se battent activement pour la faire sortir d'ici, malgré la possibilité d'appel normalement réservée aux seules personnes bénéficiant de l'immunité diplomatique. Comme tout le monde, ses parents la croyaient coupable, et ils essayaient probablement de l'oublier.

C'était raté pour sa folle idée de rester en vie assez longtemps pour retrouver le véritable assassin de Monica. Qu'est-ce qu'elle imaginait ? Si des anciens détenus comme une experte en arts martiaux, un assassin de la mafia et un garde du corps professionnel n'avaient pas survécu sur Alcatraz 2.0, comment une fille lambda de dix-sept ans en serait-elle capable ? Jusqu'à présent, ses plus grandes réussites consistaient à avoir publié un poème dans le journal local et à ne pas avoir ébruité son enlèvement, préservant ainsi sa vie privée : on n'avait jamais parlé d'elle comme de « la fille qui a été kidnappée ».

Le visage de Dee devait refléter son désespoir, car les sourcils soigneusement dessinés de Blair se froncèrent.

– Écoute, la situation n'est pas si désespérée, OK ?

– Qui n'apprécie pas d'avoir constamment peur pour sa peau ? grogna Griselda.

– Ignore-la, dit Blair.

Vexée, Griselda se releva brusquement.

– Voici mon conseil, princesse. Habitue-toi à l'idée de bientôt crever. Ça va être violent, douloureux et terrifiant. Personne ne viendra t'aider et personne ne se souviendra de toi quand tu ne seras plus là.

Puis elle tourna les talons et se dirigea vers la réserve.

– Je vais vérifier comment elle va, enchaîna Nyles, se dépêchant de la suivre. Elle ne devrait pas rester seule.

Il avait l'air inquiet, et Dee se demanda s'il y avait quelque chose entre eux.

Arrête ça ! Pourquoi spéculait-elle sur la vie amoureuse de Nyles ? C'était une distraction qu'elle ne pouvait pas se permettre. Elle avait besoin rester en vie, et pour ce faire, la seule personne dont elle devait se soucier, c'était d'elle-même.

– Suis les règles et ça se passera bien, conclut Blair.

Puis elle baissa la voix et ajouta, à peine plus haut qu'un murmure :

– Il y a des gens qui survivent ici depuis plus longtemps que tu crois.

Six

Pour la première fois depuis le début de la journée, Dee sentit une lueur d'espoir naître en elle.

– Vraiment ?

Blair ouvrit la bouche pour développer, mais quelque chose dans le coin de la boutique attira son attention. Dee suivit son regard et vit que les voyants rouges des caméras étaient de nouveau allumés.

– Les fans ont une mémoire de poisson rouge, alors contente-toi de ne pas te faire remarquer pendant quelques jours, dit Blair, la voix désormais claire et forte.

– OK, acquiesça Dee, détournant les yeux de la caméra. Merci.

Blair était-elle vraiment gentille ou cela cachait-il autre chose ? Qu'avait-elle été sur le point de partager avec Dee ? *Il y a des gens qui survivent ici depuis plus longtemps que tu crois.* Avait-elle trouvé une astuce pour rester en vie sur Alcatraz 2.0 ? Dee nota mentalement de ne pas oublier d'aborder de nouveau le sujet plus tard. Peut-être quand elle et Blair seraient seules, peut-être quand elles seraient loin des caméras. Mais était-ce seulement possible ici ?

Nyles émergea de la réserve, un petit sac à dos à l'épaule.

– On rentre à la maison ? demanda-t-il. Il commence à faire assez sombre dehors.

– Tu as dit à princesse qu'elle devrait faire l'ouverture ?

Griselda remonta la fermeture Éclair de sa veste en daim marron pendant qu'elle le suivait.

– Je ne me réveille jamais avant midi.

– Tu seras là à dix heures comme d'habitude, intervint Blair. Vous serez là toutes les deux. J'ai pris ma matinée.

Griselda fit claquer sa langue.

– Tu veux que moi, je la forme ?

C'est un glacier. Qu'est-ce que je suis censée apprendre ? Comment faire une boule de glace parfaite tout en évitant le piège d'un taré ?

Avant que Blair puisse répondre à Griselda, un homme noir, musclé et au crâne rasé fit irruption dans la boutique. Il dut pratiquement se tourner sur le côté pour que ses bras costauds passent l'encadrement de la porte. Malgré l'air frais, il ne portait qu'un short de sport qui lui descendait jusqu'aux genoux et un T-shirt en Lycra sans manches qui épousait son torse athlétique.

– Allons-y, les gars, dit-il. Je parie que les connards vont sortir en force ce soir puisque Tranchant s'est fait buter par une…

Il se figea, ses yeux braqués sur Dee.

– Tu as tué Tranchant !

– Ethan, voici Dee, intervint Blair. C'est la nouvelle collègue de ta petite amie.

– Je ne suis pas sa petite amie, rétorqua Griselda, les dents serrées.

Ethan redressa le menton.

– Ah bon ?

Vu la tension entre ces deux-là, il semblait à cent pour cent certain que Griselda et lui étaient en couple.

Cette dernière le frôla pour sortir dans la rue.

– Non.

Au lieu de paraître découragé, Ethan se contenta de sourire et tendit la main à Dee.

– *Hasta la vista, baby.*

Elle la lui serra, embarrassée.

– Euh, ça veut dire « à plus tard ».

Le sourire d'Ethan s'élargit.

– Je sais.

– Ethan aime les répliques de films d'action, expliqua Nyles en constatant que le nouveau venu empoignait toujours la main de Dee. Je crois que celle-là est de *Predator*.

Ethan secoua la tête.

– Tu as tout faux. C'est de *Terminator*. Vous n'avez donc pas de films d'action dans ton pays ?

– Non, rétorqua Nyles, totalement impassible, alors qu'il les faisait sortir. On y va ?

Dee attendit dehors pendant que Blair éteignait les lumières et fermait. Tous remontèrent la rue principale. Ethan, qui marchait à côté de Griselda, essayait de temps à autre de lui passer le bras autour de la taille, mais la jeune femme le décourageait en frappant son large torse.

– Le Postman aime arranger des relations, l'informa Nyles. Il contrôle également nos garde-robes, nos emplois, l'endroit où nous vivons. Tout est préparé à l'avance. Ce qui est parfaitement logique, puisque nous sommes dans l'émission de téléréalité ultime.

– Sauf que contrairement à *Survivor*, on ne peut pas gagner à ce jeu, répliqua Dee.

Nyles pinça les lèvres, songeur.

– Non, j'imagine que non.

– Tu t'en sors mieux que la plupart, intervint Ethan.

Il s'éloigna de Griselda et se retrouva face à Dee avant d'ajouter :

– Ça faisait longtemps que quelqu'un de notre équipe n'avait pas eu l'un des leurs.

– Elle n'est pas dans notre équipe, rétorqua Griselda.

On a compris. Tu ne m'aimes pas.

– Quiconque élimine Tranchant est quelqu'un que je veux de mon côté, affirma Ethan, ne se laissant pas décourager par la désapprobation de sa fausse petite amie.

Il leva les poings et donna des coups dans le vide en sautillant autour de Griselda, à la manière d'un boxeur à l'entraînement.

– C'est pour ça que je tiens à rester au meilleur de ma forme. Je dois être prêt à botter des culs et à causer un maximum de dégâts.

– Avant Alcatraz 2.0, Ethan étudiait pour devenir coach sportif, expliqua Blair.

– C'est vraiment quelque chose qu'on étudie ? demanda Nyles.

– Putain, ouais, mon pote ! répondit Ethan en se tournant vers lui.

D'un geste vif, il plaqua sa large paume contre le ventre de Nyles.

– Ça, ce sont tes abdos. Ils soutiennent ta colonne vertébrale et le reste. Tu vois ? J'ai étudié.

– Oui, bredouilla Nyles en se penchant légèrement en avant pour tenter de reprendre son souffle. Tu es un véritable Hippocrate.

De la rue principale, ils tournèrent dans un boulevard bordé d'arbres qui allait vers l'ouest. De chaque côté de la route, il y avait de grands parcs qui s'étendaient sur la longueur du pâté de maisons ; sur l'un d'eux était aménagé un terrain de football avec des buts aux extrémités, sur l'autre un terrain de baseball.

– Les parcs sont agréables, commenta doucement Nyles.

– Est-ce qu'on peut s'y cacher ? s'enquit Dee.

Perplexe, il pencha la tête.

– Pourquoi tu voudrais faire ça ?

– Règle numéro six, récita Dee, « si on te pourchasse, cours dehors ». Je ne vois aucune caméra dans le parc.

– Oh, tu crois ça ?

Nyles s'arrêta et désigna les buts au bout du terrain.

– Tu vois cet oiseau ?

La lumière du jour déclinait rapidement, mais Dee distinguait le contour noir d'un corbeau ressortant sur le ciel qui s'assombrissait. Perché au sommet de la structure métallique, il ressemblait à ceux qu'elle avait vus plus tôt, à l'extérieur de l'entrepôt de Tranchant.

– Oui, répondit-elle.

Un oiseau sur une île, incroyable.

– Regarde-le de plus près quand nous passerons devant.

Elle garda les yeux sur le corbeau quand ils furent à proximité. Il lui fallut un certain temps pour se rendre compte que le corps du volatile semblait les suivre. Elle laissa échapper un cri de surprise.

– C'est une caméra !

– Ouais, confirma Nyles. Maintenant, dis-moi combien tu en vois.

Les yeux de Dee balayèrent les deux côtés de la rue. Ethan, Griselda et Blair avaient déjà parcouru la moitié du pâté de maisons. Partout où elle regardait, Dee aperçut des caméras corbeaux : au sommet des réverbères, des barrières et des lignes électriques. Même une sur un bâtiment en béton abandonné. L'animal caméra était dirigé droit sur elle. Elle pouvait voir le voyant rouge dans la cavité de son orbite, ce qui signifiait qu'ils étaient filmés.

Il y avait des caméras absolument partout, couvrant chaque centimètre d'Alcatraz 2.0.

À nouveau, elle se remémora les corbeaux immobiles sur les toits à l'extérieur de l'entrepôt de Tranchant. Dee était persuadée que ces caméras-là n'avaient pas fonctionné. Peut-être que le Postman ne voulait pas que le public la voie quitter le labyrinthe après l'élimination du tueur ?

– Rappelle-toi, poursuivit Nyles, sur Alcatraz 2.0, le pire arrive uniquement quand il y a une caméra à proximité.

Forum du Postman * Caméras *

Sujet : Point caméras

7 nov., 16 : 42 **#7560**
LaNuitTombe (Modérateur) Membre depuis : Avril 2017
La nuit tombe sur l'île Messages : 27 822

J'ai des nouvelles du centre de contrôle :

> <<Message direct de **CentredeContrôleduPostman**>>
> *Les coupures des caméras 13, 14 et 15 ont été résolues. Les retransmissions en direct de toutes les caméras sont désormais disponibles. Nous vous prions de nous excuser pour la gêne occasionnée.*

---

7 nov., 16 : 42 **#7561**
Ohio_1989 Membre depuis : Décembre 2018
Tout Remettre En Question Messages : 3 442

Gêne occasionnée ? J'ai plutôt l'impression que les caméras à l'extérieur des entrepôts ont été coupées juste après que #CendrillonLaSurvivante a tué Tranchant. Quelqu'un ne voulait pas que nous voyions ce qui s'est passé ensuite. Désolé, mais ça pue le complot.

---

7 nov., 16 : 43 **#7562**
LaNuitTombe (Modérateur) Membre depuis : Avril 2017
La nuit tombe sur l'île Messages : 27 823

Ohio_1989, c'est une pratique courante du Postman de couper les retransmissions en dehors de la zone d'exécution, pour empêcher les détenus de déterminer la localisation de ces événements. L'émission d'un communiqué officiel du centre de contrôle à propos des coupures tend à prouver qu'il s'agit plus d'un événement normal que d'un complot. Une coupure des caméras après une exécution n'est pas inhabituelle.

---

7 nov., 16 : 44 **#7563**
Ohio_1989 Membre depuis : Décembre 2018
Tout Remettre En Question Messages : 3443

Mais tuer un bourreau EST inhabituel !!! Je m'en fous, crois ce que tu veux, mec.

7 nov., 16 : 44 **#7564**
321Podcast Membre depuis : Janvier 2018
Drôle à tout prix ? Messages : 18 340

#CendrillonLaSurvivante ET #GriseldaJaiEnvieDeToi vont travailler ensemble chez Ice Crime ? Putain, j'adore quand le Postman réunit des meufs canon !

---

7 nov., 16 : 45 **#7565**
L'Informateur Membre depuis : Juillet 2017
Réveillé Les Yeux Grands Ouverts Messages : 37105

Ouais, 321Podcast, mais c'est juste ENCORE UN COMPLOT. Tu ne trouves pas ça ÉTRANGE que depuis six mois tous les nouveaux meurtriers soient jeunes et séduisants ? Tu ne trouves pas ça ÉTRANGE qu'ils aient tendance à vivre plus longtemps que les vieux de l'année dernière ? CES GENS SONT DES ACTEURS !!! Tranchant n'est pas mort.
En réalité, #CendrillonLaSurvivante n'est pas une ado stupide reconnue coupable du meurtre de sa demi-sœur. Tout est TRUQUÉ. Tout. SUIVEZ LES AUDIENCES !!!!!

---

7 nov., 16 : 45 **#7566**
321Podcast Membre depuis : Janvier 2018
Drôle à tout prix ? Messages : 18341

L'Informateur, tu devrais réduire la caféine. Et la drogue aussi.

---

7 nov., 16 : 47 **#7567**
BébéMonteur Membre depuis : Avril 2018
Final Cut Pro est meilleur que MAGIX Movie Messages : 272

Est-ce que quelqu'un peut regarder la chaîne 43 ? J'hallucine ou quelqu'un est en train d'escalader la paroi rocheuse ?

---

7 nov., 16 : 47 **#7568**
LaNuitTombe (Modérateur) Membre depuis : Avril 2017
La nuit tombe sur l'île Messages : 27824

BébéMonteur, tu ne rêves pas. On dirait qu'il y a de l'action. J'envoie tout de suite une alerte. Merci de nous avoir avertis !

Sept

Dee se figea sur place. *Sur Alcatraz 2.0 le pire arrive uniquement quand il y a une caméra à proximité.* Nyles était-il en train de se foutre d'elle ? Il n'y avait pas un seul centimètre carré de l'île qui ne soit couvert par l'une de ces monstruosités en forme de corbeau.

– Ne traînez pas ! cria Blair d'un peu plus loin. Plus on est nombreux, plus on est en sécurité.

Dee en doutait sérieusement.

– Désolée.

Elle remonta sa robe et courut pour rejoindre Nyles, qui avait accéléré le pas. Nombre de ses questions demeuraient sans réponse.

– Je croyais que nous avions environ soixante pour cent de chances de survie dehors ?

– En effet, dit-il distraitement, parce que les caméras sont plus éloignées, pas parce qu'il n'y en a pas.

– Je vois…

L'espoir de survivre qui avait grandi en Dee cette dernière heure s'amenuisait lentement.

Blair se mit à marcher à côté d'elle.

– Rappelle-toi, les fans ne boostent pas autant pour les meurtres en plein air. C'est plus difficile pour les caméras de te suivre et le zoom n'est pas aussi bon. Les bourreaux du Postman veulent des gros plans haute résolution pour leurs vidéos.

– Les Postmanatiques, commença Nyles, testant son terme pour les fans du Postman, veulent voir un maximum de peur.

Blair acquiesça, admirative :

– Postmanatiques, ça me plaît.

– Je suis content que tu approuves.

– Mais ce ne serait pas mieux de rester à l'intérieur ? insista Dee. De trouver un endroit sans caméras et de juste se cacher ?

Elle avait un besoin urgent de connaître toutes les façons possibles de sauver sa peau.

Au lieu de répondre, Nyles continua sa conversation avec Blair, parlant encore plus fort qu'avant :

– Et que penses-tu de celui-là : Maliaques, pour les bourreaux ?

Bourreaux. Bien que ce soit exact dans les faits, chaque fois que Nyles ou Blair utilisaient le terme, cela l'énervait. Elle préférait le ridicule « Maliaques » à un mot légitimant de quelque manière les tueurs du Postman.

– J'aime bien, commenta Blair. Je veux dire, pas autant que Postmanatiques, mais ça sonne vraiment bien.

Dee soupira, exaspérée. Ils avaient ignoré ses questions.

Comme si elle sentait sa frustration grandissante, Blair serra amicalement son bras.

– Admire un peu la vue.

Dee était tellement obsédée par les caméras qu'elle n'avait pas remarqué qu'ils étaient arrivés au bout de la rue. Une rangée de palmiers bordait une paroi rocheuse léchée par les vagues, par-dessus laquelle se projetaient de temps à autre des embruns saumâtres. Une pancarte en bois avait été enfoncée dans une crevasse : « PAS DE BAIGNADE, ZONE DANGEREUSE ».

Nyles, Ethan et Griselda marchaient sur le chemin qui longeait la plage, mais Dee se tenait au bord des rochers et contemplait la baie. Un cargo traversait le chenal, si proche qu'elle pouvait compter les conteneurs rectangulaires empilés comme des briques de Lego sur le pont. Les lumières de San Francisco brillaient dans le jour déclinant tandis qu'une épaisse couche de brouillard provenant de l'ouest se répandait autour.

Le brouillard arriva rapidement, déferlant sur la ville comme une avalanche. À chaque seconde qui passait on voyait moins la ligne d'horizon, avalée par des nuages gris. L'humidité imprégnait l'air. Elle s'accrochait à la peau et aux vêtements de Dee, si bien qu'elle eut l'impression d'être glacée jusqu'à l'os. Le temps changea si soudainement qu'il lui sembla presque avoir traversé un portail pour entrer dans une autre dimension.

Sauf que San Francisco était toujours là au-delà du voile. Dee apercevait des lueurs à travers les volutes de brouillard. S'agissait-il de son imagination ou entendait-elle les klaxons de voitures résonnant dans la circulation à l'heure de pointe, les conversations et les éclats de rire des gens se promenant le long du quai ? C'était comme si la brume transportait les bruits de la ville sur l'eau. Tandis que des millions de personnes profitaient de leur train-train quotidien, Dee était coincée dans cet enfer. Combien la regardaient sur l'appli Postman en ce moment même, suivant la première nuit de #CendrillonLaSurvivante sur Alcatraz 2.0 ?

Tout semblait si proche : le bateau, la ville. C'était tellement tentant. Et il n'y avait pas de barrière autour de l'île. Qu'est-ce qui les empêchait de fuir à la nage ? Un stupide panneau interdisant la baignade ? Dee n'était pas vraiment une athlète, mais peut-être qu'en s'entraînant un peu à la salle de sport, elle deviendrait assez forte pour tenter sa chance.

– C'est beau, n'est-ce pas ? dit Blair à voix basse.

– Si on veut, mentit Dee.

– C'est mon chez-moi.

– Tu viens de San Francisco ?

Blair acquiesça.

– J'y suis née et j'y ai grandi. Toute ma vie est juste en face : ma femme, ma maison, mon chat. C'est étrange. Quand le Président a annoncé qu'ils transformaient Treasure Island en une prison où les détenus seraient filmés, je me suis dit : « Ouais, pas sûr que ce soit une bonne idée. » J'ai pensé que quelqu'un enterrerait ce projet, tu sais ? Le Congrès... la Cour suprême.

Elle soupira et conclut :

– Mais personne ne l'a fait.

Cela s'était déroulé deux ans auparavant. Dee ne se souvenait que vaguement des débuts d'Alcatraz 2.0. Son père et sa belle-mère venaient de se marier, et bien qu'il se soit à l'époque passé quatre ans depuis son enlèvement, le père de Dee la protégeait toujours de potentiels éléments déclencheurs qui le lui rappelleraient. Il ne mettait jamais les informations à la maison. À cette époque, ce qu'elle savait du Postman se résumait à ce qu'elle avait appris à l'école.

– Ma femme détestait cette appli, enchaîna Blair, la voix rêveuse, en observant la ville de l'autre côté de la baie. Mais j'ai regardé au début. Rapidement, je suis devenue accro. Et toutes ces horreurs me semblaient justes, compte tenu des choses odieuses que ces gens avaient faites.

« Ces gens ». Je suis l'une des leurs, désormais.

– J'imagine.

– À mon arrivée sur Alcatraz 2.0, j'imaginais qu'un jour je rentrerais à la maison. Je rêvais que ma condamnation soit annulée, qu'on découvre une nouvelle preuve démontrant que je n'avais pas tué la vieille dame d'à côté, poursuivit Blair en jetant un coup d'œil à Dee. Je ne l'ai pas tuée. Je sais qu'on dit tous ça, mais c'est la vérité.

Elle marqua une pause. S'attendait-elle à ce que Dee reconnaisse son innocence ? C'était son impression et la tension devint soudain palpable entre elles. Dee ignorait quoi lui répondre.

– Je suis victime d'un coup monté, lâcha-t-elle brusquement.

Elle n'avait pas prévu de partager cette information avec qui que ce soit, mais même si elle n'était pas sûre de pouvoir faire confiance à Blair, à Nyles ou à aucun des autres, elle avait éprouvé le besoin viscéral de clamer son innocence.

– Toi aussi, hein ? Une psy a déclaré que j'étais schizophrène paranoïaque. Selon elle, j'avais la certitude que Mme Pacini, notre voisine âgée de quatre-vingt-cinq ans, nous volait depuis des années. Comme si c'était crédible !

Alors Dee n'était pas la seule ?

– Et le juré a avalé ça ?

Blair haussa les épaules.

– Ils ont fait ce qu'on leur a dit de…

Avant qu'elle puisse finir sa phrase, le son d'une sirène déchira l'air.

Comme les chiens de Pavlov au son d'un sifflet, Nyles, Ethan et Griselda se précipitèrent pour remonter le chemin bordant la paroi rocheuse et balayèrent l'eau des yeux. Dee les imita, hésitante, et il ne lui fallut que quelques secondes pour trouver ce qu'ils cherchaient : au milieu des vagues de la baie de San Francisco, agitées en ce début de soirée, elle aperçut la silhouette solitaire d'un nageur.

– Qui c'est ? demanda Blair.

Griselda secoua la tête.

– Il est trop loin, je n'arrive pas à…

– Merde, intervint Ethan, les yeux écarquillés, c'est Jeremy.

Blair inspira rapidement et s'écarta de Dee.

– Oh non !

Une autre lueur d'espoir s'éveilla en Dee.

– Il essaie de s'échapper, dit-elle, se rendant compte que son fantasme de s'enfuir à la nage n'était pas si extravagant après tout.

Nyles mit les mains en coupe autour de sa bouche.

– Jeremy, tu n'y arriveras jamais !

Ethan se joignit à lui :

– Reviens ! Il n'est pas trop tard !

– Pourquoi ferait-il ça ? demanda Dee, déconcertée. Ça pourrait fonctionner !

Nyles se tourna vers elle, livide.

– Il y a une raison pour laquelle personne ne tente de s'échapper par la mer.

Quelque chose dans son ton donna la chair de poule à Dee.

Le sillage du cargo ondulait vers Alcatraz 2.0 et, à intervalles réguliers de quelques secondes, de profondes vagues engloutissaient Jeremy, le rendant momentanément invisible à leurs yeux. À chaque fois, Dee était sûre qu'il avait été attiré dans les profondeurs, et à chaque fois, sa tête réapparaissait : Jeremy nageait vers la liberté.

En dépit de la couche de brouillard, c'était le pire moment de la journée pour une tentative d'évasion : il faisait encore jour, la mer était particulièrement agitée, et bien que San Francisco soit relativement proche, elle savait que la traversée serait un défi même pour les nageurs les plus expérimentés.

– Pourquoi ne pas essayer au milieu de la nuit ?

– C’est trop dangereux car le courant est super fort. Jeremy a décidé d’utiliser le cargo comme couverture, expliqua Nyles, dont les yeux faisaient des allers-retours entre le navire qui s’en allait et Jeremy. Il attendait une occasion comme celle-ci.

– Putain d’abruti ! dit Ethan. Je l’ai averti de ne pas essayer un truc pareil !

À l’extrémité sud de l’île, les lumières d’une structure de béton monumentale s’allumèrent. Le bâtiment semblait avoir été taillé directement dans la roche, comme un repaire de méchants dans *James Bond*. Des vigies en béton recouvraient la balustrade du dernier étage, offrant une vue panoramique sur Alcatraz 2.0 et les eaux environnantes. Pendant que les projecteurs balayaient les vagues à la recherche de l’évadé, Dee réalisa qu’il devait s’agir du poste de garde que Nyles avait mentionné plus tôt, lors de leur rencontre.

Des silhouettes apparurent, vêtues de noir et grouillant comme des fourmis. En l’espace d’un instant, des dizaines de gardiens s’alignèrent le long de la balustrade, leurs armes pointées vers la mer.

Des coups de feu retentirent. Autour de Jeremy, l’eau semblait électrifiée tandis que des petits jets s’élevaient à la surface, les balles la frappant avec une force meurtrière. Mais soit ces tireurs d’élite étaient les moins bien entraînés des forces de l’ordre américaines, soit ils manquaient intentionnellement leur cible. Des dizaines de balles se dispersèrent dans l’eau dans un large cercle autour du nageur, aucune ne s’approchant à moins d’un mètre.

Jeremy ne semblait pas découragé. Il continuait de nager vers l’ouest, tout droit vers le continent, luttant contre les vagues de toutes ses forces.

Puis les tirs cessèrent.

– Ils le laissent partir ? demanda Dee.

Du peu qu'elle avait vu en direct dans sa cellule, rien de tel ne s'était jamais produit. Peut-être le Postman ne voulait-il pas que le public sache qu'on pouvait s'échapper de sa prison ? Peut-être avait-elle effectivement une chance de s'évader et de trouver le vrai tueur de Monica !

– Ça n'arrivera jamais, princesse, déclara Griselda, annihilant ses espoirs de sa voix glaciale.

Un vrombissement de moteurs résonna derrière eux, de plus en plus fort à chaque seconde. Dee se retourna à temps pour voir deux drones se diriger à toute vitesse vers Jeremy. Ils ralentirent, puis planèrent au-dessus de lui. Des caméras. Qu'avait dit Nyles, déjà ? *Sur Alcatraz 2.0, le pire arrive uniquement quand il y a une caméra à proximité.* Maintenant qu'elles étaient arrivées, Jeremy allait-il mourir ?

Soit il n'entendit pas les drones, soit il choisit de les ignorer. Il ne semblait plus avancer. Comme ses compagnons, Dee l'observait dans un silence tendu. Elle aurait pu jurer que quelque chose de rouge se répandait dans l'eau.

– C'est du sang ! cria-t-elle. Les gardiens l'ont touché.

Nyles laissa échapper un long soupir.

– C'est du sang. Mais pas celui de Jeremy.

Hein ?

– Mais alors celui de...

Le reste de sa phrase resta bloqué dans sa gorge quand elle aperçut à nouveau du mouvement dans l'eau, des ailerons bleu-gris – une douzaine ou plus – qui la firent frémir.

Jeremy était entouré de requins.

Il les remarqua lui aussi. Il cessa complètement de battre des mains et des pieds et tourna désespérément sur lui-même pour trouver un moyen de s'échapper. Puis brusquement, sa tête et ses épaules furent englouties sous les vagues. Il refit surface une fraction de seconde plus tard : ses bras battaient l'eau frénétiquement et il haletait, tentant de reprendre son souffle. Soudain, il sombra à nouveau. Les requins s'amusaient avec lui.

Cette fois-ci, quand Jeremy remonta à la surface, il laissa échapper un cri effrayant. Son désespoir sembla inciter les requins à agir.

Leurs nageoires s'agitèrent furieusement et firent bouillonner l'eau autour de Jeremy : les prédateurs se battaient pour un morceau de lui et l'écume à proximité se teinta de rose.

Puis Jeremy disparut définitivement.

⏱ 5 min

Tom Ecklestein @TommyEcksEstDansLaPlace
#DentsDeLaMer #PasDéchappatoire
Pas mal mes #, non ? Qui dit mieux ?
← 12 ∞ 1

⏱ 5 min

Bradley Fornow @BradleyForever
C'est littéralement la chose la plus stupide que j'aie jamais vue. Tu réalises que ces hashtags ont déjà été utilisés environ QUATRE MILLIARDS DE FOIS, HEIN ?
#LoriginalitéEstMorte #ViveLesSynonymes
#Requins74_vs_Détenu0
← 122 ∞ 28

⏱ 4 min

Professor Xtant @MollyLaDéchiqueteusePrésidente
Je sais que je le répète à chaque fois, mais je me demande si #MollyLaDéchiqueteuse est énervée par le fait que le système de sécurité d'Alcatraz 2.0 empiète en quelque sorte sur son territoire ? #PasDéchappatoire
#CampagneDeBoostsPourMolly
← 418 ∞ 42

⏱ 4 min

L'Informateur @réveillélesyeuxgrandsouverts
J'ai vu de meilleurs effets spéciaux dans le projet de sciences de mon neveu, qui est en primaire. Où est le cadavre ? C'est évident, Jeremy a plongé pour atteindre ce cargo.
TOUT ÇA, C'EST DU MYTHO, LES GENS ! #FakeNews
#OuvrezLesYeux #NeCroyezPasCeQuonVousMontre
← 370 ∞ 284

⏱ 4 min

MmeChasseuseDeFantômes @LadyGhostbuster
Je ne m'en lasse pas. #Requins74_vs_Détenu0
← 22 ∞ 8

3 min

Stef Hoff @StefHoff_15
@MollyLaDéchiqueteusePrésidente Je refuse de booster ces tentatives d'évasion ratées. On aurait pu avoir tellement mieux... c'est rageant. Je suis quand même content qu'il soit mort. On ne peut pas échapper à la justice, Jeremy.

← 3 ∞ 1

---

2 min

Tom Ecklestein @TommyEcksEstDansLaPlace
Et celui-là : #BienTentéJeremy
C'est mieux ?

← 31 ∞ 11

---

2 min

Bradley Fornow @BradleyForever
Tu fais des progrès, petit scarabée.

← 14 ∞ 9

Huit

Les projecteurs restèrent braqués sur l'endroit où Jérémy avait disparu, et les drones continuèrent de planer au-dessus des vagues jusqu'à ce que la frénésie des ailerons s'apaise et que l'eau redevienne calme. Puis les lumières s'éteignirent, les drones se retirèrent et l'île redevint silencieuse.

Tout était terminé, mais le cœur de Dee tonnait toujours dans sa poitrine.

– Merde, qu'est-ce qui vient de se passer ?

– C'est notre système de sécurité, répondit Blair.

– Pourquoi ils ne l'ont pas juste abattu ?

– Ça n'aurait pas été assez spectaculaire, tu ne trouves pas ? intervint Nyles.

Il avait retrouvé son attitude désinvolte. Dee se demanda si c'était ainsi qu'il gérait la cruauté d'Alcatraz 2.0 pour ne pas perdre complètement la tête.

Ethan ne pouvait pas détacher ses yeux de l'eau, même si le brouillard l'empêchait désormais de voir les flots rougis.

– Jeremy ! Mais pourquoi, mon pote ? Je t'ai pourtant dit que c'était impossible d'échapper à ces putains de requins !

– Ils peuplent la baie de requins makos, précisa Blair, attirant l'attention de Dee. Ils tirent dans l'eau des gélules remplies de sang de porc. Après, ce n'est qu'une question de minutes avant que les grosses bébêtes passent à table.

– Ça correspond pile au temps nécessaire pour que les drones arrivent et filment tout, c'est pratique, ajouta Nyles.

– Tu vois ? insista Griselda. On ne peut pas s'échapper.

– C'est horrible.

Les audiences, les boosts, les fans. Un type venait d'être mangé vivant par des requins et, dans quelques instants, des millions de personnes applaudiraient. Dee jura que si elle rencontrait le Postman, elle lui donnerait un coup dans les couilles.

– Viens, dit Blair. On doit rentrer chez nous.

***

Les Baraquements d'Alcatraz 2.0 ressemblaient exactement à ce que Dee avait vu de sa cellule de prison : un quartier de duplex regroupés autour de l'extrémité nord de l'île, des maisons à un étage insipides avec deux appartements mitoyens peints alternativement en bleu, beige ou gris. Chacun avait une place de parking couverte par un auvent – qui était bien sûr vide, puisqu'il était hors de question que le Postman fournisse à chaque détenu une arme, euh, un véhicule – et une passerelle en béton menant à la porte d'entrée. Les deux côtés du duplex étaient symétriques, avec les mêmes toits en tuiles marron, la même parcelle de pelouse vert-beige, les mêmes lampadaires projetant une faible lueur sur le trottoir et les mêmes caméras corbeaux perchées dessus, dirigées fixement vers eux.

Ethan et Griselda quittèrent le groupe environ à la cinquième maison de la rue. Dee regarda Ethan essayer de suivre la jeune femme dans son appartement : cette dernière utilisa de nouveau ses poings pour l'en empêcher.

– Je voulais juste faire un tour pour m'assurer que personne ne soit caché chez toi, se plaignit-il.

– Personne ne se cache dans mon tiroir à culottes, rétorqua-t-elle. Je m'en sortirai toute seule.

Et elle lui claqua la porte au nez.

D'une certaine manière, Dee admirait Griselda : elle ne se laissait pas marcher sur les pieds. Elle était peut-être une garce absolue, mais au moins son comportement était cohérent.

– Le Postman aime tout ce qui est mélodramatique, commenta Nyles. Faire habiter Ethan et Griselda l'un à côté de l'autre, c'est bon pour les audiences, j'imagine.

– Est-ce que les gens… tu sais…

Dee buta sur les mots et sentit le rouge lui monter aux joues.

– Couchent ensemble ? suggéra Blair.

– Ouais…

– La plupart des choses que tu vois sur l'appli ne sont pas vraies, déclara-t-elle en la guidant dans l'allée d'un des duplex. Je veux dire, pas les meurtres, mais tout le reste. Les disputes mesquines, les mélodrames. Ça alimente les scénarios que les fans aiment inventer à notre sujet.

– L'appli a une chaîne dédiée pour chacun des détenus, intervint Nyles avec un sourire malicieux. Ce que, bien sûr, tu savais déjà, puisque tu suivais ça de *très* près avant ton arrivée ici.

Dee se rendit compte qu'il la taquinait. Pour ne pas avoir à expliquer pourquoi elle n'avait jamais vraiment regardé l'appli, elle décida de jouer le jeu.

– Bien sûr !

– Les fans doivent payer un supplément pour ces chaînes, enchaîna Blair. Ils peuvent ainsi se connecter et regarder ce que tu fais à tout moment de la journée, même lorsque tu n'es pas sur le flux principal. Avoir beaucoup d'abonnés peut maximiser ton temps de survie sur l'île.

Dee se remémora Griselda se préparant pour les caméras avant d'entrer dans la pièce principale d'Ice Crime : elle jouait pour ses fans, ceux qui avaient payé en plus pour avoir accès à elle vingt-quatre heures sur vingt-quatre, sept jours sur sept. Elle-même serait-elle capable d'en faire autant ? Elle grimaça ; chaque fibre de son être se rebellait et lui hurlait de résister.

– Tu as ta clé ? demanda Blair en s'arrêtant à la porte.

Dee tira du devant de sa robe l'anneau avec la clé et la carte d'identification.

– Ne la perds pas, parce qu'on ne t'en donnera pas d'autre, récita-t-elle consciencieusement.

Blair sourit.

– Tu es une bonne élève. Tu devrais donner des leçons à Nyles.

Celui-ci afficha une expression faussement vexée. Il ouvrit son sac à dos et en sortit un sachet en plastique qu'il lui tendit.

– J'ai pris de la nourriture pour moi, mais je te la donne volontiers. Je ne croyais pas que...

Il s'interrompit, l'air penaud.

– Tu croyais que je ne vivrais pas assez longtemps pour en avoir besoin ? le questionna Dee.

– Oui, c'est un peu ça. Désolé.

Elle jeta un coup d'œil au sachet. Il contenait une portion individuelle préemballée de lasagnes à faire réchauffer au micro-ondes, une pomme coupée en morceaux et une bouteille d'eau minérale. Un peu comme les déjeuners que sa belle-mère lui préparait pour le lycée.

– Merci, dit-elle, se forçant à sourire.

– Ta voisine s'appelle Mara, enchaîna Blair. Une fille rousse, du genre réservée, un peu distante. Elle travaillait à l'épicerie, mais ça fait environ deux semaines que je ne l'ai pas croisée.

Dee jeta un coup d'œil à la maison d'à côté.

– Tu penses qu'elle…

– A été tuée ? suggéra Nyles. Non, on aurait vu son exécution.

– D'accord…

Bien évidemment, chaque mort était publique sur Alcatraz 2.0.

– À moins qu'elle ne se soit suicidée, poursuivit-il après réflexion, ça arrive.

La seule chose pire que de vivre à côté d'un meurtrier serait de vivre à côté d'un cadavre. À moins que ce ne soit l'inverse.

– Je suis sûre que Mara va bien, déclara Blair en haussant le ton, comme si elle voulait que la voisine de Dee l'entende, avant de se tourner vers Nyles : Du moins, nous l'espérons tous.

Celui-ci baissait les yeux, comme s'il avait été réprimandé :

– Oui. Bien sûr.

– La première chose que je te conseille de faire, c'est de fouiller ta maison, enchaîna Blair. Il y a un cagibi dans la cuisine : commence par là. Puis la salle de bain en haut des escaliers, et les deux chambres. Les placards sont au bout de chaque pièce. C'est la partie la plus stressante.

L'estomac de Dee se retourna. Quel était l'intérêt d'avoir une porte fermée à clé, si quelqu'un pouvait se cacher chez elle à chaque fois qu'elle y rentrait ?

– Il devrait également y avoir des vêtements en haut, poursuivit Blair, ce qui te donnera une meilleure idée du rôle que le Postman souhaite que tu joues.

– Un rôle ?

– Ouais. Je suis le garçon manqué grande gueule. Nyles est le geek européen. Ethan, le sportif. Griselda, l'aguicheuse énervée.

N'oublie pas qu'il vend une marque et qu'il souhaite qu'on intègre ses scénarios.

– Je parie dix livres qu'il s'en tiendra au thème de la princesse, intervint Nyles.

Dee arqua un sourcil.

– Tu as dix livres ?

Il se décomposa.

– Non. Mais si je les avais, je parierais sur ça.

Dee ne pensait pas pouvoir supporter une armoire remplie de robes de princesse. En fin de compte, peut-être aurait-elle dû prier pour que quelqu'un se cache dans sa penderie et l'éviscère sur place.

Elle fixa la porte d'entrée, verrouillée. Le heurtoir était en train de rouiller, et la lumière sur la sonnette vieillotte clignotait. La jeune fille espérait presque que Blair et Nyles lui proposent d'entrer avec elle pour l'aider à localiser les intrus. Mais c'était un signe de faiblesse, et elle savait qu'il ne fallait pas en montrer.

Blair dut percevoir son hésitation, car elle lui dit sur un ton encourageant :

– Entre Tranchant et Jeremy, je pense que les Postmanatiques ont eu assez de divertissement pour un jour. Les Maliaques devraient te laisser tranquille pour ce soir.

Dee n'était pas totalement sûre de la croire, mais elle appréciait que Blair essaye d'apaiser ses craintes.

– Merci.

– Et demain, continua Blair en serrant amicalement son épaule, nous pourrons parler de l'avenir, d'accord ? Ce soir, repose-toi.

– Et je ne dois pas dormir avant deux heures du matin, c'est ça ? enchaîna Dee en réprimant un bâillement.

Elle ne savait pas comment elle pourrait rester éveillée aussi longtemps.

– Tu apprends vite, répondit Blair avec un sourire. À demain, princesse. Tout ira mieux quand il fera de nouveau jour.

Dee songea à Jeremy en train de se faire dévorer vivant.

Ça m'étonnerait beaucoup.

PARIONSTRAZ.COM

(une filiale de Postman Enterprises)

DÉTENUE : Dee Guerrera (#CendrillonLaSurvivante)
NOMBRE DE JOURS EN VIE : <1
PÉRIODE : 7 novembre 0 : 00 – 7 novembre 23 : 59
CONDITIONS : Faible visibilité pour cause de brouillard

BOURREAU	PARI SUR LE VAINQUEUR	COTE	GAIN POUR UNE MISE DE 2 $
Barista Barbare	3-2	8-5	5,20 $
Cecil B. DeViolent	4-1	7-2	9,00 $
Ynona la Bricoleuse	9-2	6-5	4,40 $
Al Gaz-Toxique	1-1	1-1	4,00 $
Gucci le Bourreau	1-2	3-5	3,20 $
Hannah Vorace	6-1	7-1	16,00 $
Sœurs Impitoyables	7-5	4-5	3,60 $
Molly la Déchiqueteuse	9-2	9-1	20,00 $
Prince Tranchant	SUSPENDU		
Robin des Bois	7-2	3-1	8,00 $

Neuf

Nyles et Blair étaient déjà rentrés chez eux plus loin dans la rue, mais Dee se tenait toujours devant sa nouvelle maison. *Enfin, maison temporaire. Je ne serai clairement pas ici longtemps.*

Peut-être Griselda avait-elle raison : elle avait besoin d'accepter le fait qu'elle allait mourir sur cette île.

Dee frissonna. Le brouillard avait traversé l'eau et se répondait désormais sur Alcatraz 2.0. Il se glissait entre les duplex, et les maisons aux deux extrémités de la rue avaient déjà disparu derrière ce voile épais et humide. L'air sentait la mer, un mélange de nature et de décomposition, comme si le brouillard apportait avec lui une partie de l'océan Pacifique en envahissant la baie de San Francisco. Dee ne savait pas si le soleil était officiellement couché, mais elle se remémora l'avertissement de Nyles : « Ne sors que quand il fait jour. »

Plantée devant sa porte verrouillée, la clé dans sa main tremblante, elle ne put cependant se résoudre à entrer.

Avait-elle peur que quelqu'un l'attende à l'intérieur ? Peut-être. Pourtant, Nyles et Blair semblaient croire qu'il n'y aurait plus d'exécution pour la journée, suffisamment de sang ayant été versé par les Maliaques.

Maliaques. Oui. Le terme aurait peut-être plus de succès que Nyles ne le pensait.

Si ce n'était pas ce qui la tracassait, de quoi avait-elle peur ?

Elle connaissait la réponse : elle craignait que sa situation lui paraisse presque normale. Elle avait une maison avec un placard plein de vêtements, une cuisine où elle pourrait se préparer à manger. Le lendemain elle aurait un travail où se rendre. Un trajet. Des collègues.

C'était une vie, comme celle des gens du monde réel, et il serait si facile de succomber à la tentation de se sentir normale à nouveau. Elle pouvait endosser ce rôle que le Postman avait choisi pour elle, l'interpréter jusqu'à la fin, faire semblant jusqu'à ce qu'elle se fasse étrangler par Gucci le Bourreau, ou qu'elle serve de cible aux flèches de Robin des Bois. Si elle adhérait à l'illusion, sa vie sur Alcatraz 2.0 serait-elle plus facile ?

Dee serra la mâchoire à l'idée d'accepter les règles du jeu du Postman.

– Non, c'est hors de question, dit-elle tout haut.

Un mouvement à sa gauche la surprit. Un rideau à la fenêtre d'à côté venait d'être écarté. Dans l'obscurité grandissante, Dee put distinguer un visage. Des grands yeux verts, une peau diaphane et de longs cheveux roux. La fille la regarda dans les yeux pendant une fraction de seconde, puis le rideau se remit en place.

Bonjour, Mara. Au moins, sa voisine était toujours en vie. Elle se demanda depuis combien de temps Mara l'observait. Assez longtemps pour entendre la conversation de Blair et Nyles à son sujet ? Probablement.

Peu importait. Ce n'était pas son problème. Elle prit une profonde inspiration et ouvrit la porte de sa nouvelle maison temporaire.

***

La pièce dans laquelle elle pénétra était sombre, seulement éclairée par une lueur bleuâtre. Dee glissa la main le long du mur jusqu'à ce que ses doigts frôlent un interrupteur. Elle s'attendait presque à ce que la lumière ne fonctionne pas, comme un autre tour qu'aurait pu lui jouer le Postman, mais quand elle appuya dessus, une douce lumière jaune jaillit des appliques du salon. L'espace était petit mais propre. Malgré l'unique fenêtre située à côté de la porte, la pièce n'était pas aussi déprimante que ce à quoi elle s'était attendue. Le mobilier était ordinaire – un canapé, un fauteuil, une table basse en chêne. Le tissu des sièges était marron avec des rayures bordeaux. L'ensemble rappelait à Dee la décoration d'un hôtel d'affaires dans lequel ses parents et elle avaient séjourné quelques années plus tôt lorsque sa belle-mère était à Dallas pour le travail. Il y avait néanmoins un détail « convivial » sur le canapé : un oreiller brodé d'un arc-en-ciel descendant d'un nuage jusqu'à une maison avec, à côté, les mots « QU'ON EST BIEN CHEZ SOI ».

Ça alors, merci, le Postman ! Connard !

Des caméras de sécurité rondes, en forme de demi-sphères – comme celles à l'intérieur d'Ice Crime – étaient fixées à chaque coin du plafond. Leurs voyants rouges s'allumèrent lorsque Dee entra, juste au cas où elle aurait l'illusion de pouvoir profiter d'une certaine intimité.

Cette maison avait probablement plus de caméras qu'un casino de Las Vegas. Comme pour lui rappeler que chacun de ses gestes serait filmé, une large télévision, accrochée au-dessus de la cheminée, était allumée : elle retransmettait les derniers instants de Jeremy. La terrible vidéo tournait en boucle, entrecoupée par des GIF ridicules mettant les requins à l'honneur et le hashtag #BienTentéJeremy.

Dans la barre latérale, les Postmanatiques s'exprimaient sur le contenu de la vidéo : environ 60 % y étaient favorables. Dee se demanda ce qui se passait à ce moment-là sur la chaîne dédiée à Jeremy. Une retransmission de sa maison vide ? Ou peut-être que la chaîne, comme lui, avait disparu.

Elle se détourna, ne supportant plus de regarder la mort du prisonnier, mais ses hurlements étaient tout aussi perturbants. Le volume était-il réglé au maximum ? Elle scruta la table basse et le canapé à la recherche d'une télécommande. Comme par hasard, elle n'en trouva pas. Il n'y avait donc aucun moyen d'éteindre l'écran ou le son.

De mieux en mieux. Et moi qui déteste les snuff movies…

Une arche au bout du salon ouvrait sur une cuisine-salle à manger dans laquelle se trouvait un escalier qui montait à l'étage supérieur. Une table ronde à quatre places était parfaitement centrée sous un luminaire en verre et en chrome, et des lampes à bras articulés bordaient une cuisine blanche. Cuisinière, réfrigérateur, micro-ondes, lave-vaisselle, caméras sensibles au mouvement. Tout le confort d'une maison. Caché sous les marches se trouvait le cagibi auquel Blair lui avait dit de faire attention. Heureusement, la porte était ouverte, dévoilant un simple lave-linge. Malheureusement, il y avait aussi suffisamment d'espace pour abriter un sociopathe armé.

Si Dee rentrait chez elle et trouvait Ynona la Bricoleuse dans sa buanderie avec des aiguilles à tricoter trempées dans du poison ou un nécessaire de soudure, il y avait quand même une bonne nouvelle, elle disposait d'un moyen d'évasion secondaire : une baie vitrée à portes coulissantes occupait tout le mur du fond de la maison. Bien sûr, la porte-fenêtre était aussi très facile à briser pour entrer, mais Dee refusa d'y penser pour le moment. Elle tira sur la poignée pour s'assurer que c'était fermé, puis actionna un interrupteur à proximité. Des projecteurs extérieurs illuminèrent la cour. C'était un rectangle de béton avec des chaises de jardin en osier qui avaient connu des jours meilleurs. Une palissade composée de planches en bois espacées et gondolées séparait sa cour de celle de Mara.

Dee laissa la lumière extérieure allumée et se détourna de la porte vitrée pour surveiller la cuisine. Elle se sentait impuissante et avait l'impression d'être mise à nu par la multitude de caméras qui suivaient ses moindres faits et gestes. Avait-elle déjà des abonnés sur sa chaîne personnelle ?

– Rien à foutre, dit-elle à voix haute alors qu'elle ressentait tout le contraire.

Elle jeta dans le réfrigérateur le sac de courses de Nyles et se tourna vers les tiroirs de la cuisine. Peut-être y trouverait-elle un couteau. Merde, même une fourchette, tout ce qu'elle pourrait utiliser comme arme ferait l'affaire.

Dee fouilla dans les tiroirs, les ouvrant avec rage : ils étaient tous vides sauf un, qui contenait une collection de couverts en plastique blanc. Des cuillères-fourchettes. Rien que des cuillères-fourchettes, et certainement rien qui ressemble un tant soit peu à une arme, à moins que son agresseur soit un dessert.

Malgré tout, elle en prit une et la glissa dans le devant de sa robe. Elle ne ferait probablement pas grand mal à un assaillant avec, mais cela lui donnait l'impression d'avoir une chance de contre-attaquer. Bien que ce ne soit pas le cas.

Les hurlements de Jeremy emplirent à nouveau ses oreilles. Ce fut un déclic. Sa terreur ressurgit et Dee sentit son rythme cardiaque s'accélérer. Une cuillère-fourchette contre l'un des tueurs du Postman ? Elle était cinglée ou quoi ?

Elle se précipita dans le salon, cherchant frénétiquement de quoi se défendre. Peut-être pouvait-elle casser un pied de la table basse. Elle traversa la pièce, fit basculer la table sur le côté et essaya d'en arracher un. Il ne bougea pas, et elle comprit vite pourquoi : la table, le canapé, le fauteuil, chaque meuble était fabriqué d'un seul tenant, avec un seul morceau de bois. Pour arriver à ses fins, Dee aurait eu besoin d'une scie ou d'une masse. Elle doutait sérieusement de trouver l'un ou l'autre sur Alcatraz 2.0.

Si c'était impossible, peut-être pouvait-elle utiliser la table pour casser autre chose. Elle sourit en la soulevant du sol et en la balançant directement sur la télévision.

Elle s'était attendue à provoquer un court-circuit et à couper l'image, ou au minimum à ce que l'écran se fissure, comme cette fois où elle avait fait tomber son iPhone : l'écran s'était craquelé au point de ressembler à un tableau cubiste de Picasso. Au lieu de cela, la table se contenta simplement de rebondir sur la télévision, heurtant le mur à côté de la porte d'entrée avant de s'écraser – toujours en un seul morceau – sur le tapis en peluche marron.

Du verre incassable pour une télévision ? Pas croyable !

Dee essaya avec une des chaises en métal de la cuisine. Même résultat. Elle observa les caméras en demi-sphère. Si les meubles et la télévision étaient indestructibles, elles le seraient probablement aussi. Mais ne pourrait-elle pas les démonter à l'aide de sa cuillère-fourchette ? Ça valait le coup d'essayer.

Elle redressa la table, la plaça contre le mur sous l'une d'elles et grimpa dessus, imaginant ses narines filmées en gros plan. Elle sortit la cuillère-fourchette de sa robe et tendit la main vers la caméra. Au moment où ses doigts touchèrent la lentille, une douleur cuisante lui traversa le bras.

Elle retira brusquement la main. Les caméras étaient électrifiées. *Formidable !* Dee ne pouvait pas éteindre la télévision ni s'approcher des caméras pour couper la retransmission. Le Postman avait pensé à tout.

Sa main lui faisait encore mal quand Dee monta lentement les escaliers jusqu'au premier étage, où le bruit de la télé était moins fort. Depuis le palier, une porte s'ouvrait sur la salle de bain. La jeune fille espérait que cette pièce était épargnée par les caméras. Quand elle inspecta la baignoire – standard avec un pommeau de douche et un rideau en plastique transparent –, un point rouge vif s'alluma au milieu de l'immense miroir au-dessus du lavabo.

Au début, Dee crut qu'il s'agissait du reflet d'une lumière dans le couloir, mais en s'approchant, elle se rendit compte qu'une caméra était incrustée dans la glace.

Merde alors. Même là, elle n'avait pas droit à un peu d'intimité ? Heureusement, les toilettes étaient hors du champ de la caméra, mais le voyant rouge faisait directement face au rideau de douche.

Elle osait à peine penser au nombre de pervers qui regardaient les vidéos des salles de bains d'Alcatraz 2.0.

C'est décidé, je vais me doucher en sous-vêtements.

Au moins, le rideau transparent excluait la possibilité d'une scène de douche à la *Psychose* : elle verrait assurément un attaquant arriver à travers.

Maigre consolation, certes, mais Dee décida de s'en contenter.

Comme dans les tiroirs de la cuisine, elle ne trouva aucune arme dans la salle de bain, juste une brosse à cheveux, divers accessoires de maquillage pailletés et un kit d'hygiène dentaire avec une brosse à dents, un dentifrice et du fil dentaire.

Dans le couloir, à côté, elle découvrit une armoire à linge : une douzaine de serviettes de bain et d'essuie-mains vert clair, deux fois moins de gants de toilette, des draps supplémentaires et des couvertures y étaient empilés sur des étagères. Dee en saisit une et tira. Si les étagères étaient amovibles, elle voulait le savoir. Comme rien ne bougea, la jeune fille en déduisit que son armoire à linge n'était pas une cachette potentielle pour l'un des tueurs du Postman.

Deux chambres identiques encadraient la salle de bain, l'une donnant sur l'avant de la maison et l'autre sur la cour. Chacune avait un lit queen size, un bureau, une table de chevet et un placard. Les tiroirs de la table de nuit étaient vides, à l'exception d'une paire de bouchons d'oreilles en mousse orange fluo. Un acte de gentillesse pour l'aider à dormir malgré le bruit constant de la télévision ? Ou une ruse pour permettre aux tueurs de pénétrer dans sa chambre sans qu'elle s'en aperçoive ? Dee laissa les bouchons où ils étaient. Elle préférait ne pas dormir plutôt que de se réveiller nez à nez avec Al Gaz-Toxique.

Bien qu'elle s'attende presque à ce que les sœurs Impitoyables ou le Barista Barbare lui sautent dessus, Dee, armée de sa cuillère-fourchette, se força à ouvrir les armoires de celle de derrière. Heureusement, le placard de la chambre à l'arrière était vide et les portes en accordéon de l'autre étaient déjà ouvertes. Peut-être que le Postman lui proposait une trêve ? Peut-être était-ce sa façon de dire « Rassure-toi, personne ne se cache ici… pour le moment. » Mais Dee refusait de baisser sa garde. C'était ce qu'il souhaitait : lui donner un faux sentiment de sécurité.

Et d'après la garde-robe, le Postman avait bien l'intention de s'amuser avec elle.

D'abord, il n'y avait pas de pantalons. Pas de jeans, pas de shorts, pas de leggings. Rien de ce qui était l'essentiel de la garde-robe de Dee à Los Angeles : un jean, un T-shirt, des baskets. Un short en jean, un débardeur, des tongs. Un jean, un pull, des bottes. Encore et toujours les mêmes combinaisons.

Elle aimait les couleurs sombres, se refusait à porter des imprimés voyants et, occasionnellement, elle s'autorisait un T-shirt clamant sa fierté d'être une geek. Le contenu du placard qu'elle avait sous les yeux était tout le contraire.

Des robes, des jupes et des chemisiers à froufrous pendaient fièrement à des cintres, pour qu'il soit plus facile de se servir. Une robe champêtre jaune avec des manches à épaules dénudées. Une robe trapèze bleu glacier avec un cardigan blanc translucide. Une jupe crayon verte avec un débardeur violet à volants. Une jupe jaune avec un T-shirt à manches bouffantes bleu roi et un serre-tête rouge...

La dernière tenue lui parut familière – la combinaison de jaune, bleu et rouge. Dee baissa les yeux sur la robe qu'elle portait encore et poussa un gémissement.

Belle. La reine des Neiges. La Petite Sirène. Blanche-Neige.

Nyles avait raison : le Postman voulait la transformer en une princesse de conte de fées des temps modernes.

Dee jeta le déguisement de Blanche-Neige à travers la pièce. C'était déjà assez difficile d'avoir perdu sa sœur, puis d'avoir été condamnée à tort pour meurtre. Maintenant commençait son humiliation : elle allait devoir parader dans ces vêtements stupides pendant que des millions de personnes se moqueraient d'elle et feraient des paris sur les circonstances de sa mort.

Que le Postman aille se faire voir, que le système de justice pénale aille se faire voir, que le gouvernement aille se faire voir pour avoir laissé faire tout ça. Elle ne jouerait pas à leur jeu, et si cela signifiait qu'elle mourrait plus vite, alors qu'il en soit ainsi.

Dee serra plus fort sa cuillère-fourchette. Elle était peut-être une cible sur Alcatraz 2.0, mais elle n'abandonnerait certainement pas sans se battre.

Dix

Installer des pièges dans sa maison lui prit des heures. Quand Dee finit par s'asseoir sur le canapé, elle se sentit satisfaite de ne plus pouvoir être prise au dépourvu. Elle savait pourtant qu'elle n'était pas entièrement en sécurité.

Après avoir enfilé un pyjama bleu canard composé d'un sarouel et d'un débardeur-brassière façon Jasmine dans *Aladdin*, elle avait pris le fil dentaire et les cuillères-fourchettes et construit sa première ligne de défense. Elle avait péniblement attaché une douzaine de couverts en plastique à un long fil dentaire menthe verte, puis avait placé celui-ci en travers de la porte d'entrée en le fixant à la tringle à rideaux d'un côté et à la charnière de la porte de l'autre. Elle se rendait bien compte que les caméras filmaient chacun de ses gestes, mais elle s'en fichait. Même si les tueurs du Postman étaient au courant de son système d'alarme, ils n'auraient toujours aucun moyen d'entrer sans déclencher ses carillons de fortune en plastique. Si elle dormait sur le canapé, le bruit la réveillerait et lui donnerait une longueur d'avance pour fuir à l'arrière de la maison.

Les fenêtres du salon et des deux chambres ainsi que la porte-fenêtre en verre étaient plus problématiques car elles coulissaient horizontalement et non verticalement. Le fil dentaire avait également été utile dans ce cas-là. Dee avait trouvé des gobelets en carton dans un placard de la cuisine. Après avoir percé deux trous dans chacun avec une dent de cuillère-fourchette, elle avait passé le fil dentaire à travers, puis fixé les extrémités à chaque poignée de fenêtre. Ensuite, elle avait rempli les récipients avec tout ce qu'elle avait pu trouver : le reste des cuillères-fourchettes, des tubes de brillant à lèvres et des palettes de fard à paupières, un collier de perles moche d'une des tenues de princesse. Si quelqu'un essayait d'ouvrir une fenêtre ou la porte vitrée, cela tirerait le gobelet attaché, qui déverserait son contenu sur le parquet et ferait suffisamment de bruit pour la réveiller.

Du moins elle l'espérait. Elle n'était certainement pas la première détenue à penser à créer son propre système d'alarme, et le Postman avait probablement un plan de secours pour ce genre de situation. Dee doutait de pouvoir dormir sur ses deux oreilles. Elle s'assit donc sur le sol du salon, appuyée sur le mur côté rue, avec cette ridicule cuillère-fourchette en plastique serrée dans la main.

Griselda dormait-elle ? Et Ethan ? Et Blair ? Ou, comme Dee, passaient-ils ces heures dangereuses à attendre sur le qui-vive, avant de s'endormir quelques heures pour ensuite aller au travail ?

Elle tressaillit en entendant un bruit dehors. Un crissement, comme des chaussures sur du gravier. Cecil B. DeViolent venait-il se venger de la mort du prince Tranchant ? Elle retint son souffle, les sens aux aguets, s'attendant à tout moment à entendre l'un de ses pièges se déclencher lorsqu'un tueur pénétrerait dans sa maison.

Les larmes lui montèrent aux yeux. C'était à cela que sa vie ressemblerait désormais. Chaque nuit, la même paranoïa, le même épuisement. Combien de temps tiendrait-elle avant de ne plus se soucier qu'un Maliaque la tue ? Combien de temps avant qu'elle arrête de vouloir retrouver le véritable meurtrier de Monica ?

Dans l'obscurité, son désir de prouver son innocence lui sembla voué à l'échec.

***

Dee ne savait pas exactement quand elle avait enfreint la troisième règle de Blair et s'était endormie profondément, mais elle était pratiquement sûre d'être en train de rêver.

C'était un cauchemar qu'elle avait fait de nombreuses fois auparavant et où elle était piégée et luttait pour sa vie. Comme sur Alcatraz 2.0.

Dans ce rêve, Dee avait de nouveau onze ans, elle se réveillait dans une pièce d'un blanc immaculé avec des murs en métal lisses et pas de porte. Elle appela à l'aide jusqu'à ce que ses cordes vocales lui fassent mal. Elle martela les murs avec ses poings jusqu'à ce que ses bras et ses mains soient douloureux. Elle pleura jusqu'à être trop épuisée pour sangloter.

C'est à ce moment-là qu'elle l'entendit. Une fille à proximité.

– Hé ! Tu m'entends ? Est-ce que ça va ?

Sa voix étouffée provenait de la bouche d'aération située dans un coin de la pièce, près du plafond.

– Y… y a quelqu'un ? fit Dee, la voix rauque.

– Tu peux m'entendre ! Oh mon Dieu, j'avais si peur toute seule !

Où était-elle ? Que s'était-il passé ? Elle se rappela être allée à la bibliothèque, où elle faisait ses devoirs après les cours. Comme tous les jours, elle était sortie pour attendre son père qui devait venir la chercher. Cette fois, quelqu'un l'avait approchée par-derrière. Puis c'était le trou noir jusqu'à son réveil dans cette pièce.

– Où on est ? demanda-t-elle. Qu'est-ce qui s'est passé ?

– Tu ne te souviens pas ?

La fille fit une pause. Quand elle parla à nouveau, son ton avait changé. Elle ne paraissait plus optimiste, juste en colère.

– Tu es l'une d'entre eux, n'est-ce pas ? Tu penses que je suis stupide à ce point ? Je ne te fais pas confiance. Je ne te ferai jamais confiance !

Puis la voix se tut.

Dee supplia la fille de ne pas partir, de ne pas la laisser seule.

Le rêve changea. Dee ne savait pas depuis combien de temps elle se trouvait dans la pièce blanche – des heures ou des jours. Elle avait tellement faim et elle se sentait si faible qu'elle pouvait à peine tenir debout. Mais elle avait trouvé une nouvelle amie : Kimmi, la fille de l'autre côté de la bouche d'aération.

– Dolores, dit Kimmi d'une voix chantante, tu es réveillée ?

– J'ai tellement peur, Kimmi, répéta-t-elle pour ce qui semblait être la millionième fois. Est-ce que je vais mourir ?

– Je peux t'aider.

– M'aider ?

Dee se redressa sur ses pieds. Les larmes coulaient sur son visage. Cette fois-ci, elle pleurait, car l'espoir renaissait en elle.

– Oui, tiens bon.

Il y eut du mouvement en haut, puis le son d'un objet métallique qu'on retirait de son emplacement. Ensuite, des doigts se glissèrent à travers la grille d'aération, puis poussèrent celle-ci sur le côté.

Dee retint son souffle : un visage de fille apparut dans l'ouverture.

La peau de Kimmi était pâle, translucide, comme si elle n'était pas sortie au soleil depuis des années. Ses longs cheveux blonds pendaient en boucles parfaites et ses yeux bleus étaient écarquillés par la peur.

Plus tard, Dee réaliserait que la coiffure de la jeune fille aurait dû être son premier indice. Kimmi était propre, soignée, parfaite. Rien à voir avec une captive qui n'aurait ni mangé ni pris de douche depuis des jours.

– J'ai quelque chose pour toi, Dolores.

Kimmi brandit le sac en papier facilement reconnaissable d'une grande chaîne de restauration rapide.

– J'ai tellement faim ! gémit Dee. Comment est-ce que...

– C'EST MOI QUI POSE LES QUESTIONS !

La voix de Kimmi résonna à travers sa cellule.

– Et tu y répondras correctement si tu veux manger, ajouta-t-elle en agitant le sac au-dessus de la tête de Dee.

– Mais...

– Bon, on va commencer par une facile, enchaîna Kimmi, le ton de nouveau sirupeux, comme si sa rage avait disparu. Tu veux être ma sœur ?

Onze

Dee ouvrit les yeux. Elle n'était plus dans la pièce blanche. Elle n'était pas non plus dans le labyrinthe de Tranchant, habillée en robe de Cendrillon. À la place, elle portait un pyjama à froufrous et était pelotonnée sur le sol de son étrange nouvelle maison.

Elle s'assit, clignant des yeux face à la lumière vacillante du téléviseur. La chaîne principale avait cessé de rediffuser la mort de Jeremy et montrait des images des Baraquements. Dee regarda pendant un moment, pour en apprendre plus sur les différents détenus. Elle n'en reconnut aucun à l'exception d'Ethan, qui faisait des pompes inclinées sur sa table basse. Même si le son était toujours présent, Dee s'y était déjà habituée, c'était comme un bruit blanc en fond.

Elle bâilla et se releva péniblement en étirant ses membres endoloris. Une lumière tamisée s'infiltrait à travers les stores verticaux, tellement diffuse qu'elle ne laissait aucune ombre sur les lattes. Cela pouvait être l'aube ou la mi-journée – difficile à dire avec la nappe de brouillard qui était descendue sur l'île la nuit précédente –, mais Dee était sûre d'une chose :

– J'ai survécu à ma première nuit sur Alcatraz 2.0, dit-elle à voix haute, comme si entendre ces mots allait lui donner l'impression d'avoir remporté une première bataille.

Elle aurait déjà dû être morte, et il ne se passerait probablement pas longtemps avant que le Postman et sa bande de tarés rectifient le tir.

Elle jeta un coup d'œil à une caméra placée dans un coin du salon. On l'avait probablement filmée pendant tout son sommeil, et les fous qui s'étaient abonnés à sa chaîne personnelle avaient aussi pu en profiter en continu. L'avaient-ils entendue se vanter d'avoir survécu ? En plus des caméras, la maison était-elle également infestée de micros ? Peu de doutes là-dessus.

Bien. Cela n'avait que peu d'importance. La tête de Dee était déjà mise à prix, alors elle ne gagnerait rien à faire profil bas. Elle n'allait pas faire attention à ce qu'elle disait. La liberté d'expression était l'une des rares choses dont elle bénéficiait encore.

Se laver et se changer améliora encore son humeur, bien que la caméra derrière le miroir de la salle de bain soit perturbante. Elle accrocha un drap sur la barre du rideau un peu trop transparent pour que ses fervents fans ne puissent pas la voir prendre sa douche. Mais au moment où elle sortait de la baignoire, une serviette enroulée autour du corps, elle se souvint de Griselda. Devrait-elle aussi jouer la comédie pour ses fans ? Les laisser voir… vraiment tout ? Était-ce un moyen infaillible pour rester en vie ?

Dee fixa le miroir un moment, puis ouvrit le tiroir rempli de produits cosmétiques rose pailleté. *C'est ce que les fans veulent voir. C'est ce que le Postman veut de moi.*

Elle referma le tiroir d'un geste brusque. Cette pensée la rendait malade. Dee n'était pas un jouet et Alcatraz 2.0 n'était pas un jeu. Le Postman pouvait essayer de contrôler chacun de ses gestes, mais elle trouverait des moyens de se rebeller.

Dee entra dans la chambre et regarda sa garde-robe. Ces tenues pour la journée en mode « princesse décontractée », qui l'avaient profondément démoralisée la nuit précédente, la firent soudain se sentir plus forte. Plutôt que de sortir une combinaison de vêtements toute prête du placard, elle associa un haut lavande de Raiponce avec une jupe rose de la Belle au bois dormant. Par-dessus, elle enfila une veste à franges Pocahontas et des bottines en daim. Peut-être que ce total look princesse n'était pas une si mauvaise idée, après tout. Comme les princesses de contes de fées, Dee voulait croire que #CendrillonLaSurvivante pouvait elle aussi connaître un destin heureux.

Mais son nouvel optimisme en prit un sacré coup quand elle redescendit dans le salon. L'écran rediffusait à présent la scène du labyrinthe de Tranchant. Même s'il s'était écoulé des heures depuis leur affrontement, les Postmanatiques commentaient encore sa prestation par milliers. Le flux dans la barre latérale défilait si vite que Dee avait du mal à lire les messages.

En vraie fan, Monica s'était comportée comme les Postmanatiques. Collée à son écran après chaque meurtre, elle commentait frénétiquement sous son pseudo « LeMeilleurDuStyle ». Elle qui aspirait à devenir styliste pour le cinéma et la télévision avait été obsédée par Gucci le Bourreau et la façon dont il intégrait la mode à ses meurtres. Elle ne manquait jamais une de ses vidéos.

Pourtant, Monica n'avait pas bêtement utilisé l'appli Postman sans jamais se poser de questions. De temps en temps, elle avait eu des doutes.

– Ce n'est pas grave, parce que ce sont des meurtriers… hein ? demandait-elle à Dee.

Celle-ci n'était jamais sûre de comment répondre. Rendre la monnaie de leur pièce aux criminels, était-ce acceptable ? Le Président devait penser que c'était le cas, puisqu'il avait vendu la sous-traitance du système de justice pénale au Postman. Ce genre de « justice » avait horrifié Dee, mais elle faisait clairement partie de la minorité. Des centaines de millions de personnes regardaient les vidéos du Postman – elles ne pouvaient pas toutes se tromper, n'est-ce pas ?

– C'est la loi, répondait Dee de manière très évasive.

C'était la meilleure réponse qu'elle parvenait à trouver, et cela avait paru suffire pour apaiser les doutes de Monica. Du moins temporairement.

Secrètement, Dee pensait qu'il était dangereux de faire appel aux instincts les plus bas de l'homme, de banaliser quelque chose d'aussi horrible que des tueurs en série cautionnés par l'État. Mais c'étaient là les conséquences de l'élection d'une ancienne star de la télé-réalité au poste de Président.

Monica postait suffisamment souvent et était assez populaire pour être suivie par un petit groupe de fans. Ce qui, lors du procès de Dee, était ressorti comme l'une de ses motivations. Le Dr Farooq, la psychiatre nommée par la cour, avait déclaré qu'elle souffrait d'une profonde jalousie envers sa demi-sœur. Ce qui était totalement faux : la notoriété était la dernière chose que Dee désirait.

Ironie du sort, #CendrillonLaSurvivante avait désormais fait le tour de la Toile, surpassant largement la popularité qu'avait LeMeilleurDuStyle. Monica aurait-elle été impressionnée ? Fière de sa demi-sœur ? Ou se serait-elle enfin rendu compte de la vraie nature du Postman et du danger qu'il représentait ?

Difficile à dire. Monica était douce et pétillante, le genre de fille que tout le monde aimait, mais l'introspection n'avait jamais été son point fort. Elle aurait probablement été terrifiée pour Dee mais aurait aussi rédigé un commentaire pour augmenter le nombre de ses followers.

Bien sûr, Monica était morte. Dee l'avait retrouvée étranglée sur le sol de sa chambre. Aujourd'hui encore, la panique qu'elle avait éprouvée à ce moment-là était palpable. En voyant sa sœur étendue par terre, Dee avait immédiatement compris que quelque chose ne tournait pas rond. Aussitôt, elle avait désespérément essayé d'aider Monica, luttant contre sa nausée tout en essayant de la réanimer. Quand elle s'était rendu compte qu'il était trop tard, la douleur et la colère l'avaient terrassée.

Dee se rappelait les détails comme si cela s'était passé une heure plus tôt. Les yeux exorbités et vitreux de Monica qui fixaient le ventilateur du plafond. Sa tenue : une tunique cintrée avec une large ceinture sur un legging avec un motif très coloré et, comble de l'ironie, plein de vie. Son haut était déchiré au niveau du cou, probablement parce qu'elle avait lutté contre son assassin, et un cœur avait été taillé dans la chair de son épaule dénudée.

Cette image était gravée dans la mémoire de Dee : la peau déchiquetée et une traînée de sang coagulé. Les incisions dessinant le cœur étaient profondes et irrégulières, comme si elles avaient été faites à la hâte. Pour autant, la forme était facilement reconnaissable et tout à fait perturbante.

Les avocats en charge de l'accusation avaient laissé entendre que cette mutilation, de par sa symbolique affective, démontrait la jalousie de Dee envers sa demi-sœur plus belle et plus populaire – une théorie confirmée par le Dr Farooq, qui, en dehors d'une séance d'hypnose, n'avait jamais posé une seule question à Dee.

Les enquêteurs n'avaient jamais trouvé l'arme utilisée pour la mutiler, mais des spécialistes de la police scientifique avaient déclaré qu'il s'agissait probablement d'un objet fin et pointu, comme une aiguille ou une boucle d'oreille…

… ou d'une pince à épiler à bouts pointus rose vif avec des pois blancs : exactement comme la paire que Dee avait trouvée cachée dans le tiroir du haut de sa commode en allant chercher son Xanax après avoir appelé les secours. Le sang sur les pointes n'était même pas sec.

Elle ne savait pas comment elle était arrivée là – qui l'avait mise dans sa commode et pourquoi –, mais elle avait su instinctivement qu'elle devait s'en débarrasser. Elle l'avait donc jetée dans les toilettes avant de tirer la chasse d'eau. Mais même sans cette pièce à conviction qui la désignait comme coupable, un jury l'avait condamnée – principalement sur la base du témoignage du Dr Farooq.

Dee était la seule personne qui croyait encore en sa propre innocence, la seule à pouvoir retrouver le véritable assassin de Monica. Pour faire éclater la vérité, elle avait besoin de rester en vie.

Son estomac gargouilla, lui rappelant que pour survivre, elle allait devoir manger quelque chose. Elle ignorait combien de temps s'était écoulé depuis son dernier repas, mais son corps protestait ostensiblement.

Elle se dirigea vers la cuisine, d'où elle pouvait encore entendre la vidéo du labyrinthe. Les pas lourds de Tranchant résonnaient dans toute sa maison, mais au moins elle n'avait pas à se regarder en boucle. Après avoir pris les lasagnes, elle retira soigneusement le film en plastique, remarquant avec une certaine satisfaction que l'opercule était intact.

Blair le lui avait dit : « Avant de la consommer, assure-toi que ta nourriture n'ait pas été ouverte. » Elle avait eu de la chance de la rencontrer, ainsi que Nyles, si peu de temps après son arrivée sur Alcatraz 2.0. Même chose pour la méchante Griselda et Ethan le culturiste. Elle ne s'autoriserait jamais à leur faire confiance, mais elle pourrait au moins utiliser leur expérience pour résister le plus longtemps possible.

Il y a des gens qui survivent ici depuis plus longtemps que tu crois.

À cause du ton énigmatique employé par Blair, Dee avait toujours ce commentaire à l'esprit. Comme si elle faisait allusion à un secret. Cela impliquait-il l'existence d'un endroit sans caméras sur l'île ?

Si c'était le cas, Dee devait absolument le trouver. Pas de caméras signifiait pas de meurtres.

Explorer l'île seule faisait probablement partie des trois choses les plus stupides à faire sur Alcatraz 2.0. Dee commencerait d'abord par questionner Blair à ce sujet, dès son arrivée à Ice Crime.

Elle termina les lasagnes, puis jeta le plateau sans cérémonie dans la poubelle sous l'évier. Même si elle avait encore faim, elle décida de conserver sa pomme pour plus tard. Elle aurait pu tuer pour une tasse de café – peut-être même littéralement, si tuer d'autres détenus n'avait pas été contre les règles de l'île –, mais elle décida qu'à la place l'air frais du matin lui suffirait. Elle retira le verrou de la porte coulissante en verre et sortit sur sa terrasse.

Le soleil colorait d'une lueur jaune le brouillard gris qui commençait lentement à se retirer et elle pouvait déjà le sentir réchauffer l'atmosphère. Blair avait raison : tout allait mieux quand il faisait de nouveau jour. Au sens propre et au sens figuré.

Enfin, c'était sans compter l'état du mobilier de jardin. L'osier était recouvert d'une fine couche de mousse ou de moisissure (ou les deux). Dee ne bronzerait pas au soleil sur ces trucs dégoûtants. En soupirant, elle se retourna pour rentrer, et se retrouva alors face à face avec une paire d'yeux verts qui la fixait entre deux planches branlantes de la palissade.

Comme Griselda, Mara semblait avoir quelques années de plus que Dee. Elle portait un jean et un blazer en velours côtelé vert boutonné sur un chemisier à rayures. Ses cheveux auburn étaient coiffés en une tresse basse et la couleur de ses yeux paraissait encore plus vive à la lumière du jour. Elle ressemblait à une élève fréquentant un établissement privé, et Dee fut aussitôt jalouse de son jean et de ses vêtements confortables.

Contrairement à la nuit précédente, Mara la fixa longuement.

Dee était-elle censée dire quelque chose ? Se présenter ? Blair lui avait expliqué que Mara était du genre réservé, mais qu'elle la scrute sans rien dire commençait à lui ficher la trouille.

– Je m'appelle Dee, déclara-t-elle. Je suis arrivée hier.

Mara pencha la tête sur le côté l'air de dire : « Sans blague ? Tout le monde sait qui tu es ! »

OK. Clairement, Cendrillon la Survivante était la nouvelle célébrité d'Alcatraz 2.0. Génial.

– Et tu es Mara, c'est ça ?

Qui as-tu as assassiné pour finir ici ?

Mais au lieu de confirmer qu'il s'agissait bien là de son prénom, Mara tourna les talons et se dépêcha de rentrer chez elle, refermant la porte coulissante.

Ainsi, la voisine de Dee ne voulait rien avoir à faire avec elle ou était complètement cinglée. Peut-être les deux. Une folle associale comme voisine. Décidément, Alcatraz 2.0 n'en finissait pas de dévoiler ses charmes.

Forum du Postman * Tueurs * Prince Tranchant *

Sujet : Très jolie princesse

8 nov., 8 : 27 **#1**
MassacreuseDeChopin2017 Membre depuis : Décembre 2017
Massacre de la musique note après note Messages : 587

Le Postman s'est totalement racheté. Cette garde-robe de princesse est ultime !

---

8 nov., 8 : 29 **#2**
MiamiMachineAntibruit Membre depuis : Mars 2018
La Troisième Sœur Impitoyable Messages : 112

> « Posté par MassacreuseDeChopin2017 »
> Le Postman s'est totalement racheté. Cette garde-robe de princesse est ultime !

On dirait qu'une armée de Bisounours lui a dégueulé dessus.

---

8 nov., 8 : 33 **#3**
321Podcast Membre depuis : Janvier 2018
Drôle à tout prix ? Messages : 18 555

Un peu de tenue, MiamiMachineAntibruit !

---

8 nov., 8 : 38 **#4**
MiamiMachineAntibruit Membre depuis : Mars 2018
La Troisième Sœur Impitoyable Messages : 113

Arrête, tu pensais la même chose.

---

8 nov., 8 : 40 **#5**
Reine des Neiges en hiver Membre depuis : Août 2017
Libérée, délivrée ! Messages : 12 576

OH MON DIEU, ENFIN ! Ça fait tellement longtemps que j'ai envie d'une garde-robe de princesse.
J'hallucine ! J'hallucine ! J'hallucine ! J'aimerais TROP avoir ces tenues. Je suis TROP jalouse ! Je veux être #CendrillonLaSurvivante !
Postman, ce sera possible de faire une vente aux enchères pour avoir ses vêtements quand elle aura passé l'arme à gauche ?
Steuplé, steuplé, dis oui !

8 nov., 8 :42 **#6**
MassacreuseDeChopin2017 Membre depuis : Décembre 2017
Massacre de la musique note après note Messages : 588

Jalouse ? Tu n'aurais pas survécu cinq minutes dans le labyrinthe de Tranchant.

---

8 nov., 8 : 43 **#7**
Reine des Neiges en hiver Membre depuis : Août 2017
Libérée, délivrée ! Messages : 12 577

Si j'avais su qu'une robe de Reine des neiges m'attendait dans mon placard, j'aurais éliminé TOUS les tueurs.

---

8 nov., 8 : 43 **#8**
321Podcast Membre depuis : Janvier 2018
Drôle à tout prix ? Messages : 18 556

Honnêtement, je trouve que c'est dégradant pour les femmes. C'était déjà assez nul que Tranchant ne fasse que pourchasser des jeunes femmes à travers ses labyrinthes, maintenant le Postman oblige #CendrillonLaSurvivante à se conformer à une sorte de norme féminine puritaine ?

---

8 nov., 8 : 45 **#9**
MassacreuseDeChopin2017 Membre depuis : Décembre 2017
Massacre de la musique note après note Messages : 589

> « Posté par Reine des Neiges en hiver »
> OH MON DIEU, ENFIN ! Ça fait tellement longtemps que j'ai envie d'une garde-robe de princesse à porter au quotidien. J'hallucine ! J'hallucine ! J'hallucine ! J'aimerais TROP avoir ces tenues.
> Je suis TROP jalouse ! Je veux être #CendrillonLaSurvivante ! Postman, c'est possible de faire une vente aux enchères pour avoir ses vêtements quand elle aura passé l'arme à gauche ? Steuplé, steuplé, dis oui !

JE VALIDE ! Et comment ça se fait que #CendrillonLaSurvivante n'ait PAS immédiatement craqué pour la robe jaune de Belle ? Est-ce qu'elle est AVEUGLE ? OK, la tenue d'Aurore est pas mal, mais celle de Belle est ouuuf !!!
s'évanouit

Douze

Aussi merdique que soit Alcatraz 2.0, Dee était ravie de son autonomie : elle contrôlait ce qu'elle faisait dans la journée. Chez elle, on la conduisait au lycée, on la ramenait en voiture, ses activités étaient supervisées, et elle avait rarement un moment seule. Après ce qu'elle avait vécu, elle pouvait difficilement reprocher à son père son côté surprotecteur. Pourtant, même si techniquement elle était en prison, Dee se sentit plus libre sur le trajet jusqu'à Ice Crime qu'elle ne l'avait été depuis son enlèvement.

L'île était belle quand la lumière du soleil et la chaleur chassaient lentement le brouillard, ses vrilles vaporeuses serpentant dans son quartier autour des duplex. De la verdure s'épanouissait tout autour d'elle, du gazon fleuri et des arbustes. Les oiseaux – les vrais, pas les caméras glauques – qui gazouillaient la mirent de bonne humeur. À l'endroit où se terminaient les Baraquements, Dee remarqua un panneau qu'elle avait raté la nuit précédente : « 9e RUE ». Il y avait aussi probablement une

8e et une 10e Rue. Tout semblait si normal, si totalement et complètement ordinaire.

Un moteur bourdonnait dans le lointain, le bruit devenant de plus en plus fort, jusqu'à ce qu'un drone passe au-dessus de sa tête en se dirigeant vers l'autre bout de l'île. D'accord, tout était « normal » sauf si on tenait compte des caméras omniprésentes attendant de filmer sa mort imminente.

La 9e Rue semblait être l'artère par laquelle on circulait pour aller des Baraquements à la rue principale, et Dee n'était pas la seule personne à se rendre au travail. Une femme de l'âge de Blair, avec des racines noires d'environ cinq centimètres sur des cheveux blonds décolorés, se dépêcha de passer devant elle. Elle ne la regarda pas, les yeux fixés sur le trottoir, comme si elle était plongée dans ses pensées.

Dee ralentit l'allure, laissant une certaine distance entre elle et la femme. Comme avec Mara, elle se demanda qui elle avait tué pour être condamnée. Son conjoint ? Un parfait inconnu ? Un collègue ? Plusieurs autres détenus suivirent : une brune très maigre dans un tailleur-pantalon en tweed, un petit blond qui boitait légèrement, un homme avec des dreadlocks et une parka épaisse. Ils la dépassaient tous en fonçant, sans lui accorder un regard. Savaient-ils qui elle était ? Accéléraient-ils le pas pour rester aussi loin que possible de Cendrillon la Survivante ? Cela lui convenait parfaitement.

– Putain, ma belle, dit une voix masculine derrière elle, cette tenue te fait un cul d'enfer.

Dee jeta un coup d'œil par-dessus son épaule. Un type baraqué aux cheveux gras la suivait de près, reluquant ostensiblement ses fesses. Elle pressa le pas et ne dit rien, mais au lieu de saisir l'allusion, l'inconnu se hâta de la rejoindre.

– Le Postman nous envoie de jolis petits lots ces derniers temps, déclara-t-il. Sympa de sa part.

Dans des circonstances normales, Dee lui aurait mis un coup de genou dans les parties avant de s'enfuir à toutes jambes, mais l'avertissement de Blair la tracassait : si elle ne pouvait tuer d'autres détenus, que risquerait-elle si elle en abîmait un ?

Dee ignora donc l'importun, espérant qu'il la laisserait tranquille. Mais elle n'eut pas cette chance.

– Quoi ? s'indigna-t-il. Tu ne me remercies pas pour le compliment ?

Elle voulait lui signaler que « joli petit lot » n'était pas un compliment, mais avant qu'elle puisse répondre, il l'attrapa par le poignet.

– Tu crois que t'es trop bien pour moi, c'est ça ? grogna-t-il tout en passant son autre bras autour de sa taille.

Dee essaya de se dégager, mais il tenait son poignet si fort qu'elle avait l'impression qu'il lui coupait la circulation sanguine.

– Tu veux savoir ce que j'ai fait à la dernière garce qui m'a ignoré ? continua-t-il. C'est une bonne histoire qui m'a fait atterrir ici. Laisse-moi te la raconter, elle pourrait même te faire de l'effet.

Tout à coup, il lâcha le poignet de Dee et lui saisit le menton. Le visage de l'inconnu était désormais très proche de celui de la jeune fille.

L'haleine de l'homme puait l'animal mort et ses yeux étaient fous, injectés de sang, comme s'il n'avait pas dormi depuis des semaines.

La panique submergea Dee. Au moment où elle ouvrit la bouche pour appeler à l'aide, l'inconnu la lâcha. Il la repoussa, en fait, comme s'il était toxique de la toucher. Il avait blêmi. Il jeta un coup d'œil nerveux aux caméras corbeaux à proximité, toutes les cinq dirigées vers eux avec leurs voyants rouges. Sans un autre mot, il partit en courant, disparaissant dans la rue principale.

Haletante, Dee n'osait plus bouger.

Merde, c'était qui ce type ?

– À quoi tu penses ?

Dee hurla. Son cœur fit un bond dans sa poitrine et elle lança instinctivement son poing vers la voix. Nyles réussit à esquiver à temps – le coup atterrit sur son épaule plutôt que sur son visage.

– Oh, mon Dieu ! cria-t-elle en réalisant qui c'était. Je suis vraiment désolée !

Nyles tituba.

– Bordel ! Ça fait mal !

– Tu n'aurais pas dû me surprendre comme ça !

– Je ne suis pas vraiment du genre à passer inaperçu, pourtant ! En plus, j'ai vu que tu discutais avec Rodrigo alors, je me suis dit…

Il fit rouler son épaule visiblement douloureuse.

– Ça n'avait rien d'une discussion ! répliqua Dee, la voix toujours tremblante.

– Ah, dit Nyles après une pause. Oui, j'ai entendu les rumeurs. Est-ce qu'il t'a fait mal ?

– Non, mentit-elle.

Nyles se mit à rire sous cape.

– Pas étonnant qu'il se soit enfui comme s'il avait le Diable aux trousses quand il t'a reconnue. Cendrillon la Survivante en personne ! Il te laissera tranquille, à partir de maintenant.

En effet, elle était célèbre – la nouvelle star du Postman et la nouvelle cible des Maliaques. Sa notoriété était synonyme de mort rapide et aucun des autres détenus ne voudrait y être associé. À l'exception de Nyles, qui avait l'immunité diplomatique.

– Ça va ? demanda Dee alors qu'il frottait l'endroit où elle l'avait frappé.

– Eh bien, je suis toujours sur cette île, déclara-t-il, alors ma réponse sera par conséquent toute relative.

Dee savait qu'elle devait se montrer froide et distante, ne s'attacher à personne si elle voulait survivre, mais elle ne put s'empêcher de sourire.

– Si tu es sarcastique, c'est que tu n'as pas de blessures irréversibles.

Il sourit.

– En effet. Tu te bats bien, au fait. Mais Ethan pourrait te donner des tuyaux, à mon avis.

– Ah bon ?

Dee n'avait pas envisagé d'améliorer ses techniques d'autodéfense. Ce n'était pas une mauvaise idée.

– Une salle de sport sur Alcatraz 2.0… c'est tellement bizarre ! ajouta-t-elle.

– Pas si bizarre que ça quand on y pense. C'est plus drôle de nous voir mourir lamentablement alors qu'on s'est entraînés à se défendre pendant des semaines. Comme avec Jeremy. C'était l'un des clients d'Ethan. Il a passé tout le mois dernier à se muscler, clairement pour tenter de s'échapper à la nage.

En se tournant vers Dee, il précisa, les sourcils levés :

– Laisse-moi te dire que la nage est toujours une mauvaise idée.

– C'est ce que j'ai remarqué.

Ils marchèrent en silence. Quand ils entrèrent dans la rue principale, Dee aperçut un autre panneau qu'elle avait raté la veille, fixé au lampadaire à l'angle de la rue, avec des lettres en couleurs vives : « BIENVENUE À ALCATRAZ 2.0, VOTRE CHEZ-VOUS LOIN DE CHEZ VOUS ».

Un faux corbeau était perché dessus.

Vous avez un charmant sens de l'humour, monsieur Postman.

– Tu as dit hier que…, commença Dee, les yeux fixés sur la caméra.

– Oui ?

Elle ne savait pas à quel point elle pouvait lui faire confiance et réciproquement, mais elle avait besoin de réponses.

– Tu as dit hier que rien ne se passait sur l'île sans une caméra à proximité.

– En effet, répondit Nyles avec entrain, c'est tout à fait vrai. Tu as vu ce qui s'est passé avec Jeremy.

– Ils l'ont laissé tranquille jusqu'à l'arrivée des drones, se rappella-t-elle.

Mais ce n'était pas ce qu'elle voulait savoir.

– Et tu as également dit que tous les endroits de l'île n'étaient pas couverts par les caméras.

Nyles s'arrêta. Ses yeux balayèrent autour de lui, comme s'il cherchait quelque chose ou quelqu'un.

– Je n'ai pas dit ça.

– Tu l'as sous-entendu.

– Non, rétorqua-t-il brusquement, c'est faux.

Pourquoi était-il si têtu ?

– Quand on rentrait, tu m'as indiqué le terrain de baseball et…

Sans prévenir, Nyles passa son bras autour de sa taille, l'attira contre lui et l'embrassa.

Sous le choc ou peut-être parce qu'elle n'avait jamais embrassé un garçon auparavant, Dee le laissa faire au lieu de le repousser.

Quand il la libéra, il était rouge cramoisi.

– Merde, mais qu'est-ce que tu fais ? demanda-t-elle, paraissant plus en colère qu'elle ne l'était en réalité.

– Euh, je t'embrasse ?

Ses lèvres vibraient encore de leur baiser.

– Ouais, je sais. Pourquoi ?

Nyles rougit encore plus en haussant les épaules.

– Juste comme ça.

– Comme ça ? Je te posais une simple question sur les caméras de l'île, puis tu as...

Avant qu'elle sache ce qui se passait, Nyles l'avait de nouveau prise dans ses bras.

Cette fois, son baiser était plus intense, plus déterminé. Dee était sur le point de lui donner un coup de genou à l'entrejambe et de s'enfuir quand elle entendit sa voix à son oreille :

– On peut pas... parler... ici, murmura-t-il dans un souffle au moment où il s'écartait.

Et tout aussi soudainement qu'il l'avait serrée contre lui, Nyles la relâcha et lui sourit d'un air penaud. Face à son expression contrite, Dee comprit que les baisers avaient été une couverture, un moyen de lui dire de se taire sans attirer l'attention.

Parce que, comme toujours, quelqu'un regardait. Et écoutait. Il ne l'avait pas embrassée pour de vrai.

Une vague de chaleur lui monta aux joues. Dee n'aurait su dire si elle était soulagée ou terriblement déçue.

Treize

– Tu es en retard, déclara Griselda au moment où la clochette de l'entrée d'Ice Crime cessa de tinter. Blair ne va pas être contente.

– C'est ma faute, dit Nyles, qui affichait de nouveau son habituelle bonne humeur.

– Ouais, je vous ai vus vous rouler une pelle. La princesse ne perd pas de temps.

Dee commençait à en avoir assez d'être le punching-ball de Griselda.

– Je suis sûre qu'Ethan serait plus que ravi de te rouler une pelle à toi aussi.

– Oooh, la princesse se rebelle ? roucoula Griselda. Je suis si terrifiée !

– Mes coups de poing sont plutôt efficaces, la contra Dee en la fusillant du regard.

Nyles leva la main.

– Je peux en attester.

Griselda roula des yeux.

– C'est quoi cette tenue arc-en-ciel que t'as aujourd'hui ? Je pensais que le Postman avait meilleur goût que...

Une sonnerie électronique s'éleva dans la boutique. *Ding-dong ! Ding-dong !*

La notification de l'appli Postman : comme dans le film *Le facteur*[1] *sonne toujours deux fois*, elle retentissait à deux reprises. À ce moment-là, des millions de téléphones portables et de tablettes à travers le pays alertaient les utilisateurs qu'un meurtre était sur le point d'être diffusé en direct.

Griselda blêmit en pivotant vers l'écran au-dessus de la porte. Nyles serra les mâchoires et agrippa le comptoir à deux mains, si fort que ses jointures blanchirent. Même s'il s'agissait d'un inconnu, Dee ne voulait pas assister à une autre exécution. Pourtant, impossible de détourner le regard.

Au début, l'écran était noir. Dans le coin supérieur gauche, « EN DIRECT » clignota en caractères jaune vif, pour que tout le monde sache qu'il ne s'agissait pas d'un replay. Ensuite, la retransmission débuta.

Rien qu'au plateau richement décoré, Dee sut qu'il s'agissait d'une exécution mise en scène par Gucci le Bourreau. Le décor était somptueux et foisonnant : la marque de fabrique du tueur.

De lourds rideaux de brocart bordés de glands dorés ornaient le mur derrière une ottomane capitonnée en velours lavande. Des statues de sphinx dorées encadraient le canapé, disposées sur un tapis avec un imprimé guépard. Dans la lumière tamisée, de la fumée de bâtons d'encens serpentait autour de quatre colonnes d'angle en imitation marbre. Au sommet de chacune d'elles se trouvait un panier en osier dont pendaient de longs câbles métalliques.

---

1. (N. D. T.) : En anglais, *postman* signifie « facteur ».

Les haut-parleurs de la télévision diffusèrent un cri étouffé, suivi de raclements. Quelques instants plus tard, Gucci apparut à l'image.

Il s'était vraiment surpassé pour l'occasion, coordonnant le décor de son studio avec une tenue tout aussi voyante. Il s'était travesti en drag-queen. Tous les posters que Monica avait de lui le représentaient ainsi. Son costume du jour était un chef-d'œuvre de style rococo : une robe cintrée mi-longue dans un tissu chatoyant avec un motif cachemire bordeaux et or mettait en valeur sa peau foncée. Gucci avait associé sa tenue avec des babies à plateformes parsemées de perles. Son visage était enveloppé dans un énorme foulard Gucci, orné du célèbre logo du créateur. Dee se demanda si la maison italienne avait payé pour ce placement de produit.

Penché en avant, Gucci avançait d'un pas lourd. Dee comprit alors d'où provenait ce bruit de raclement sur le sol : le tueur tirait un sac de toile de jute géant derrière lui.

Avec une grâce étonnante, Gucci souleva le sac au-dessus de l'ottomane et en versa le contenu. Il s'agissait d'une personne. Une personne que Dee connaissait.

– Blair ?

Même s'il était difficile de distinguer les traits de la femme ligotée et bâillonnée, les mèches bleues dans ses cheveux révélèrent son identité avant que Gucci n'exhibe son visage face caméra. Sa couche de fard à paupières bleu avait disparu, et elle paraissait porter un pyjama. Elle avait probablement été enlevée chez elle après s'être préparée pour aller au lit. Blair s'était-elle autorisée à dormir la nuit dernière en dépit de ses règles, se pensant en sécurité après la confrontation de Dee avec Tranchant et la tentative d'évasion ratée de Jeremy ? Ou avait-elle été emmenée ce matin, avant de rejoindre Ice Crime dans l'après-midi ?

Gucci l'installa sur l'ottomane, faisant toute une histoire quant à la façon de la positionner, comme un photographe préparant une prise de vue.

Ce qu'il croit sans doute être, j'imagine.

Blair était bâillonnée avec un autre foulard Gucci argent irisé, ses chevilles et ses poignets maintenus par des attaches en plastique.

Gucci la redressa. Blair se retrouva assise sur l'ottomane, ses genoux pliés devant elle et ses pieds touchant le velours violet. Ses poignets liés étaient coincés sous elle.

Blair ne se débattit pas. Elle ne cria pas, ne paniqua pas ou ne donna à Gucci aucune occasion de se réjouir de sa peur. C'était un acte de résistance courageux, et Dee l'admira profondément d'agir ainsi.

Une fois qu'il fut satisfait de sa position, Gucci se pavana pour sortir du champ de la caméra. La musique commença, un morceau d'électropop pourri. À son retour, Gucci exhibait des foulards qu'il laissait fièrement pendre sur son épaule.

Ils étaient tous identiques – longs et beiges avec un imprimé diamant et les rayures rouge et vert caractéristiques de la marque. Il faisait tout un cirque avec, tel un magicien qui présente ses accessoires au public pour qu'ils vérifient leur authenticité. Il prit un foulard et fit le tour de la pièce en le brandissant comme un gymnaste rythmique cherchant à décrocher l'or. Synchronisant sa danse au rythme de l'irritante musique, il forma un nœud coulant à une extrémité du foulard.

L'estomac de Dee se serra.

– On ne peut pas faire quelque chose ?

Elle voulait sortir de la boutique et courir vers le quartier des entrepôts d'où Nyles l'avait escortée hier. Blair devait sûrement être détenue là-bas.

– Comme quoi, princesse ? s'enquit Griselda, tournant ses yeux bleus et froids vers elle. *La sauver ?*

– Euh… (*Ouais, en gros !*) Nyles pourrait savoir…

– Je ne sais pas du tout où Gucci la retient, intervint doucement Nyles, devinant manifestement ce qu'elle pensait. On m'a uniquement mis au courant de la localisation de l'entrepôt de Tranchant parce que c'était ton premier jour. Sinon, les lieux de mise à mort des Maliaques sont un secret bien gardé.

Dee ne comptait pas abandonner.

– Mais on pourrait…

– Il y a des salles d'exécution réparties à travers toute l'île, la coupa Nyles comme s'il anticipait ses paroles. Blair pourrait être dans l'entrepôt de Tranchant ou dans une douzaine d'autres lieux. Même si on savait où les localiser et qu'on se décidait à les inspecter un par un, elle serait morte avant qu'on tombe sur le bon.

Morte.

Le mot résonna dans la tête de Dee. La panique monta en elle, encore plus que lorsqu'elle s'était réveillée dans le labyrinthe de Tranchant. Son sentiment d'impuissance face au sort de Blair était encore plus insupportable.

– Alors on ne va rien faire ? demanda-t-elle.

Griselda secoua la tête.

– Je te l'ai dit hier, plus tu t'habitueras vite au fait que tu vas crever, plus tu seras heureuse.

– Heureuse ? Vraiment ? C'est à ça qu'on aspire ici ?

Griselda ne répondit pas.

Blair avait maintenant quatre nœuds coulants autour du cou. Les extrémités des foulards étaient accrochées aux câbles métalliques par de larges boucles. Chaque cable se terminait par un panier au sommet d'une colonne. Perché sur un marchepied clinquant, Gucci termina le dernier nœud de sa création, puis en descendit. Après avoir déplacé l'escabeau hors du champ, il retira son bâillon à Blair.

– Blair Huang, déclara-t-il de sa voix grave et guindée. Vous avez été reconnue coupable d'avoir tué votre voisine âgée afin d'hériter de ses biens. Avez-vous quelque chose à déclarer avant de mourir ?

Blair le fixa, rebelle jusqu'au bout.

– Va te faire…

– Trop tard ! cria Gucci, qui tira aussitôt sur un cordon à glands pendant de la colonne la plus proche.

Instantanément, chaque panier en osier se retourna, libérant d'énormes poids auxquels les câbles avaient été attachés. Dans les quatre directions, les foulards se tendirent, serrant les nœuds coulants.

Dee n'aurait su dire si la force des poids avait brisé instantanément le cou de Blair, mais cette dernière ne lutta pas. Son corps se contracta une fois, ses yeux écarquillés et dilatés. Quand, à force de pression, sa tête fut sectionnée au niveau du cou et catapultée dans les airs comme un bouchon de champagne, elle s'affaissa.

Dee voulut crier, mais elle craignit de se vomir dessus si elle ouvrait la bouche. Elle ne put même pas cligner des yeux, ceux-ci étaient rivés sur l'écran : le corps décapité de Blair basculait sur le côté, du sang coulant de son cou ouvert.

La vidéo zooma sur son cadavre, comme si Gucci avait retiré la caméra d'un trépied et traversait la pièce avec.

Le torse de Blair était couvert de sang qui pénétrait son pyjama ; la force de la strangulation avait déchiqueté la peau autour de sa gorge. Les os blancs de sa colonne vertébrale se dressaient où son crâne avait été arraché.

Gucci posa quelque chose sur le coussin placé à côté du corps. Dee eut un nouveau haut-le-cœur en réalisant qu'il s'agissait de la tête de Blair. Malgré l'horreur de la scène, elle ne put détourner le regard des yeux encore ouverts de la victime. Gucci poussa le vice jusqu'à faire pivoter la tête comme pour lui faire observer le reste de son corps.

Espèce d'enfoiré ! Comment il se sentirait, lui, si on lui arrachait la tête ? Même dans l'éventualité où elle aurait été coupable, Blair ne méritait pas ça.

Toujours obnubilée par l'écran, Dee vit quelque chose qui transforma sa rage en peur. Gucci poussa le cadavre de Blair sur le côté, puis tira sur une fine bretelle de son haut pour libérer le devant de son épaule. Il tenait à la main un objet que Dee reconnut aussitôt – une pince à épiler, rose vif avec des pois blancs –, qu'il utilisa pour lentement tailler quelque chose dans la chair de Blair.

Un cœur.

⌚ 4 min

Reginald Houseman @teufchezreggie
Putain de merde, vous avez vu ça ? La tête de Blair en train de s'envoler, c'était encore plus fort que les #AirBall dans les prolongations entre les Lakers et les Bulls. #Basketball #Airball #TeamGucci #LesDragQueensAssurent

← 💧301 ∞ 44

⌚ 4 min

Tamara Gucci @MmeGucci_troisième_du_nom
La scène dans la salle du trône de @GucciLeBourreau, c'était carrément une Expérience Extra-Corporelle. #EEC, les petits. #TeamGucci

← 💧323 ∞ 65

⌚ 4 min

Naydeen Doyle @NAYDEEEEEEEEEEEN
Je donnerais à la dernière exécution de @GucciLeBourreau la note de 4/10. Ce n'était pas à la hauteur de la créativité de @RobinDesBois. #JoyeuxCompagnons #UniversDeNottingham

← 💧48 ∞ 13

⌚ 3 min

Jazzy Jayson @docteurfusionbebop
C'ÉTAIT UNE PUTAIN DE #déCACApitation ! Parce je suis quasiment sûr que la meuf s'est fait dessus lorsque @GucciLeBourreau lui a fait sauter la tête. Avouez qu'il est réussi mon jeu de mots, non ?

← 💧86 ∞ 36

⌚ 3 min

Morris Davis @morrisdavis72195
Comme d'habitude, la #TeamGucci fait son éloge comme si c'était un dieu. Ces crétins dénués de goût ne regardent-ils pas les autres exécutions ? Ce type est vraiment un amateur comparé à @MollyLaDéchiqueteuse. C'est à elle qu'il faut ériger un monument ET PLUTÔT DEUX FOIS QU'UNE !

← 💧665 ∞ 240

3 min

L'Informateur @réveillélesyeuxgrandsouverts
C'est impossible que ce soit réel, les gens ! Une décapitation comme celle-là ne serait pas conforme à la loi. Selon le huitième amendement, il est interdit d'infliger des peines cruelles ou inhabituelles. RÉVEILLEZ-VOUS ET RENDEZ-VOUS COMPTE QUE TOUT ÇA C'EST DU BARATIN ! #FakeNews #OuvrezLesYeux #NeCroyezPasCeQuonVousMontre

← 87 ∞ 65

---

2 min

Super WOMAN @SuperGirlVersionWoman
Qui sont les plus fous : ceux qui nient l'existence du #Postman ou les #JoyeuxCompagnons? @RobinDesBois serait meilleur que @GucciLeBourreau ? Vous prenez quoi pour dire un truc pareil ? #TeamGucci #PourLesVainqueurs

← 52 ∞ 18

---

2 min

Heather Oesterman @heatherdetampa
Euh, quelqu'un peut m'expliquer ce que signifie ce cœur ? Utiliser une pince à épiler pour tailler un cœur dans sa chair ne ressemblait pas du tout à @GucciLeBourreau. Ça ne m'a vraiment pas plu.

← 177 ∞ 60

Quatorze

Dee continua à voir l'image du cœur ensanglanté longtemps après qu'elle eut disparu de l'écran. La chaîne principale diffusait un replay au ralenti des derniers instants de Blair. Il y avait des arrêts sur images à des moments clés, lors desquels des commentaires dans des fenêtres pop-up avaient été ajoutées.

< PAUSE > « Ça va faire mal ! » avec une flèche pointant vers l'un des poids.

< PAUSE > « Un autre meurtrier mord… le velours ! »

< PAUSE > « Tu es sûre que c'est la bonne taille ? Ça a l'air un peu serré ! » tandis que les nœuds commençaient à se tendre.

< PAUSE > « Air ball ! » lorsque la tête de Blair était catapultée dans les airs.

Des milliers de personnes regardaient le replay du Postman, et leurs commentaires inondaient l'appli. #AirBall devint instantanément populaire, suivi de près par #déCACApitation et #EEC. Le compteur des boosts augmenta de façon exponentielle : quatre-vingt-dix mille. Cinq cent mille. Un million.

Quelle était la règle de Blair concernant les audiences, déjà ? N'étaient-elles pas censées être plus élevées le soir ? C'était le milieu de la matinée et son exécution avait accumulé un million de boosts en seulement quelques minutes.

Même si une petite partie de son cerveau enregistrait ces informations, Dee était surtout obsédée par le cœur découpé. Ce n'était pas une coïncidence. Elle rejeta cette possibilité d'emblée. Qu'un Maliaque taillade l'épaule d'une femme morte était du domaine du possible, mais la pince à épiler, rose avec des pois blancs...

Gucci essayait-il de lui envoyer un message ? C'était sa première impression, mais comment pouvait-il savoir pour la pince à épiler ? Gucci le Bourreau était-il l'assassin de Monica ?

Cela n'avait pas de sens. Sa demi-sœur était une des plus grandes fans du tueur. Grâce à la communauté grandissante de Monica, le Bourreau avait probablement amélioré ses ventes de produits dérivés. Alors pourquoi l'aurait-il éliminée ? En plus, les tueurs du Postman ne tuaient pas en dehors d'Alcatraz 2.0, de peur de se retrouver eux-mêmes détenus.

Peut-être que Gucci utilisait le cœur pour dire à Dee qu'elle serait la prochaine à mourir. Cette marque laissée sur le cadavre de Monica était un fait connu du grand public, alors cette explication était presque plausible.

Déboussolée, les genoux tremblants, Dee tituba vers une table et s'assit.

– Merde !

Nyles tira la chaise à côté d'elle et dit d'une voix douce :

– La première fois que c'est quelqu'un que tu connais, c'est toujours le plus difficile à regarder. Au moins, elle n'a pas souffert.

– Oh ouais, t'as raison ! se moqua Griselda, la voix aussi coupante que du verre. Je suis sûre qu'elle n'a absolument rien senti quand sa tête a été arrachée avec sa colonne vertébrale.

– *De* sa colonne vertébrale, corrigea Nyles. Techniquement, la colonne vertébrale se termine au niveau de l'atlas ou vertèbre C1, qui forme l'articulation reliant le crâne à la colonne vertébrale, bien que…

Il jeta un œil à l'écran, observant de plus près l'image figée sur les os dépassant du moignon sanglant qui était autrefois le cou de Blair.

– Bien que, apparemment, la C3 ou la C4 dépasse ici du cou, ce qui voudrait dire qu'au moins une partie de la colonne vertébrale traditionnelle a effectivement été arrachée avec la tête de Blair. Donc, je suppose que ta description était exacte.

Il se retourna vers Dee et précisa :

– J'étais étudiant en médecine à Stanford.

Griselda le regarda d'un air ahuri.

– Tu fais flipper…

Nyles reprit son attitude de médecin au chevet d'un patient :

– Tout ça pour dire que la première fois est toujours la plus difficile à regarder, répéta-t-il. Ça devient plus facile par la suite.

Plus facile ? Dee devait-elle être réconfortée à l'idée qu'elle finirait par s'habituer à ces exécutions ?

– Ça ne devrait pas.

– Heureusement que tu es là, princesse ! s'exclama Griselda en tapant des mains avec un enthousiasme feint. Nous avons vraiment besoin de ta supériorité morale pour nous signaler quels horribles enfoirés nous sommes devenus !

– Gris, intervint Nyles, ce n'est pas ce qu'elle voulait…

– La ferme, Nyles, le coupa-t-elle sèchement. Ce n'est pas parce que tu lui as roulé un patin que tu peux lui trouver des excuses. Ce n'est pas parce que je ne suis pas tremblante et sur le point de m'évanouir que je me contrefous de la mort de Blair.

Ses paroles sous-entendaient qu'elle était bouleversée… mais son comportement suggérait plutôt le contraire. Même Nyles, d'ordinaire si nonchalant, était plus pâle que d'habitude. La voix de Griselda demeurait ferme, sa respiration était régulière et toute son attitude transpirait le calme. Soit c'était la plus grande démonstration de maîtrise de soi que Dee ait jamais vue, soit Griselda ne se souciait pas vraiment de la scène à laquelle elle venait d'assister.

Les yeux plissés, la jeune femme poursuivit :

– En même temps, princesse, tu as toutes les raisons d'être contrariée. Après tout, Blair a sans doute été tuée par ta faute.

– Gris !

La voix de Nyles était acerbe, mais à peine plus forte qu'un murmure.

Dee retint son souffle.

– Qu'est-ce que tu veux dire ?

Griselda haussa les épaules.

– Blair ne faisait pas de vagues depuis des mois. Puis tu arrives, elle est gentille avec toi, et bam, elle meurt dans les vingt-quatre heures.

– Gris, tu deviens ridicule.

Nyles se leva, déplaçant son poids d'un pied à l'autre comme si le sol d'Ice Crime était jonché de charbons ardents.

– Pourquoi ? le contra Griselda. Parce que j'embête ta nouvelle petite amie ?

Nyles et Griselda continuèrent à se chamailler, mais dans la tête de Dee, leurs voix s'estompèrent en bruit de fond. Aurait-elle pu causer la mort de Blair ? Elle songea à Mara, qui ne voulait visiblement rien avoir à faire avec elle, à Rodrigo, qui avait été près de s'en prendre à elle avant de réaliser qui elle était, et aux autres détenus qui l'avaient dépassée sur le chemin du travail en évitant tout contact.

Griselda avait raison. Oui, Gucci aurait pu scarifier l'épaule de n'importe qui, mais il avait choisi quelqu'un avec qui Dee avait établi un lien. C'était la faute de Cendrillon la Survivante. Sa faute à elle et à ses vingt millions de boosts.

Je tuerai tous ceux que tu aimes...

En un instant, Dee eut l'impression d'avoir de nouveau onze ans. Elle était de retour dans la pièce blanche sans porte et essayait désespérément de comprendre ce que la fille dans la bouche d'aération voulait d'elle, de deviner quelles réponses lui permettraient de rester en vie. *Mais qu'est-ce qui se passe ? Et pourquoi ? Est-ce que j'ai fait quelque chose de mal ? Est-ce de ma faute ?*

Kimmi lui avait révélé des secrets. Des secrets que Dee n'avait jamais partagés avec personne. Pas même la police. Elle avait été si terrifiée !

« Si jamais tu en parles à quelqu'un, avait dit Kimmi, je tuerai tous ceux que tu aimes. Promets-moi que tu ne le répéteras pas. PROMETS-LE-MOI ! »

Alors Dee avait gardé pour elle les secrets de la pièce blanche. Pendant six ans. Jusqu'à ce qu'elle craque et les confie à quelqu'un.

Monica.

Deux semaines plus tard, sa demi-soeur était morte.

Le même scénario se répétait-il ?

Monica n'aurait pas été le premier choix de Dee en tant que demi-sœur. Elles n'avaient rien en commun. Dee était morose et désabusée. Bien que son père lui ait fait voir un psy pendant des années après son enlèvement, cela ne semblait pas avoir été très efficace. Elle avait fait en sorte de s'isoler, trouvant trop difficile de faire confiance à quiconque. À un moment donné, elle avait cessé de se reprocher l'enlèvement et avait commencé à en rejeter la faute sur tout le monde : les inconnus, les amis, peut-être même son père. Au cours des trois années qui avaient suivi son kidnapping, sa colère grandissante n'attendait qu'une chose : exploser.

Au lycée, Dee déjeunait toujours seule à la bibliothèque. Comme lorsqu'elle était enfant, elle griffonnait des poèmes dans son cahier. Quand elle était petite, ses créations parlaient de ce qui la chagrinait le plus : sa solitude de fille unique. Un de ses textes avait même été publié dans le journal local.

Mon cœur veut une sœur
Une amie que je pourrais dire mienne
Mais je ne sais pas ce que cela signifie
Avoir une sœur ou un clone.

Tout ça, c'était avant la pièce blanche. Après cette expérience traumatisante, les poèmes de Dee reflétaient les ténèbres et la panique qui la tourmentaient. Elle craignait d'être hantée à jamais.

Monica était son exact opposé, joyeuse et gaie, rien ne semblait jamais la déranger. Suite à l'épisode de la pièce blanche, Dee et son père avaient emménagé à Burbank et changé de nom. Monica et elle avaient donc fait connaissance l'année de leurs onze ans, alors qu'elles étaient dans la même classe. Lorsque leurs parents avaient commencé à se fréquenter, deux ans plus tard, puis que leur relation était devenue sérieuse, Dee s'était juré qu'elle et Monica ne seraient jamais amies.

Le serment de Dee n'était semble-t-il pas du tout réciproque. Après qu'ils eurent tous emménagé ensemble, Dee s'était efforcée de lui faire comprendre qu'elles n'étaient et ne seraient jamais amies. Mais chaque fois, Monica affichait son doux sourire chaleureux et essayait à nouveau de sympathiser avec sa nouvelle sœur.

Cela avait pris un an, mais Dee avait finalement cédé.

Elles s'étaient rapprochées grâce à quelque chose de totalement inattendu : un livre. Dee était une lectrice passionnée : lire lui permettait de s'évader, d'échapper à sa vie, à ses souvenirs et à ses décisions.

À part pour ses devoirs, Dee n'avait jamais vu Monica un livre entre les mains. Puis un jour, alors qu'elle lisait *Jane Eyre* pour la énième fois, Monica était entrée en disant :

– J'adore M. Rochester.

– Tu as lu *Jane Eyre* ?

Monica lui avait lancé son fameux sourire chaleureux.

– Bien sûr ! J'aime les bonnes romances qui parlent de gens brisés.

« Gens brisés ». Dee aimait ce roman par-dessus tout et trouvait que les mots de Monica le résumaient parfaitement.

Tout à coup, c'était comme si les vannes s'étaient ouvertes : elle voulait l'amitié de Monica, son approbation, son avis. Et être proche de Monica l'avait conduite à fréquenter les amis de sa demi-soeur. À la fin de sa deuxième année au lycée, Dee avait un groupe d'amis et, pour la première fois depuis des années, elle participait à des activités à l'école. Elle avait même contribué au magazine littéraire de son lycée avec quelques-uns de ses poèmes.

Puis un jour, l'inévitable s'était produit : Dee avait révélé à Monica le secret de Kimmi.

Elles traînaient au bord de la piscine dans le jardin, profitant de la fin de l'été californien, lorsque Monica l'avait interrogée au sujet de son enlèvement. Juste comme ça, à brûle-pourpoint. Elles n'en avaient jamais parlé auparavant, et sa question l'avait prise au dépourvu.

Ce n'était pas la première fois qu'elle racontait cette histoire. Les détectives l'avaient entendue. Les psychologues l'avaient entendue. Ils avaient entendu ce qu'elle avait bien voulu leur dire.

Monica était la première personne à qui elle s'était entièrement livrée.

Dee lui avait raconté son réveil dans la pièce blanche et sa rencontre avec Kimmi, qu'elle pensait être une prisonnière comme elle au début. Elle avait fini par réaliser que Kimmi était sa ravisseuse, celle qui la retenait de force pour son divertissement personnel. Cela lui avait paru étrange qu'une adolescente puisse être si vicieuse, mais ensuite Kimmi avait parlé de son père… et Dee avait compris.

Sur le point de révéler le secret de la pièce blanche à Monica, elle pouvait presque entendre son cœur tambouriner dans sa poitrine.

– Son père…

Je tuerai tous ceux que tu aimes…

– Oui ?

Dee avait ravalé sa peur. Kimmi n'était plus une menace. Il était temps de se décharger de ce fardeau. Sa ravisseuse avait raconté que son père avait tué des gens dans la pièce où Dee avait été séquestrée. Plusieurs fois. Elle le savait parce qu'elle l'avait regardé faire depuis la bouche d'aération. Selon Kimmi, la cellule était blanche car son père aimait l'aspect du sang quand celui-ci se répandait sur le sol et éclaboussait les murs.

En parler à quelqu'un après toutes ces années avait fait du bien à Dee. Elle avait eu l'impression que le poids de son traumatisme ne lui pesait plus autant.

Monica avait souri.

– Elle essayait juste de t'effrayer. Je suis sûre que personne n'est jamais mort dans la pièce blanche.

– Ouais, avait répondu Dee, tu as probablement raison.

À l'époque où elle était parvenue à s'échapper, le spectre de Kimmi était partout. Bien que cette dernière ait été enfermée dans un hôpital psychiatrique pour une période indéterminée, Dee était restée persuadée que son ancienne ravisseuse accomplirait sa vengeance si son secret était révélé.

Pourtant, Dee n'avait jamais vu le père de Kimmi durant sa captivité. Peut-être que Monica avait raison, et que cette histoire avait pour seul objectif de la terroriser.

Mais si c'était vrai ? Et si, en gardant son souvenir pour elle, Dee avait contribué à ce que le père de Kimmi ne soit jamais arrêté ? Et si, par sa faute, plus de personnes étaient mortes dans la pièce blanche ?

Le poids de son secret l'avait rongée pendant des années, mais Dee avait fini par surmonter sa peur en se confiant à quelqu'un en qui elle avait confiance.

Puis, en un clin d'œil, Monica était morte, et Dee s'était retrouvée accusée de son meurtre.

Celle-ci fit taire les craintes de son enfance. Kimmi n'était pas responsable de la mort de Monica. Désormais, elle était convaincue de l'implication de Gucci le Bourreau dans le meurtre de sa demi-sœur. Elle devait juste trouver un moyen de le prouver.

– Griselda a raison, déclara Dee, interrompant le flot incessant des chamailleries entre Nyles et Griselda.

– À propos de quoi ? demanda cette dernière, les sourcils arqués. Que tu as fait une descente dans le placard d'une maternelle quand tu t'es habillée ce matin, ou que tu es à l'origine de tous les maux de la terre ?

Ni l'un ni l'autre ?

– Blair. C'est ma faute. Je pense qu'elle a été tuée à cause du meur…

De nouveau, Nyles fondit sur Dee sans la prévenir. Il prit son visage dans ses mains en coupe, planta un baiser sur ses lèvres et s'éloigna presque aussitôt d'elle.

– Là, tu le fais vraiment exprès, murmura Griselda.

Avant que Dee puisse répondre, Ethan entra en trombe dans la boutique.

– Ma puce, je suis tellement désolé pour Blair !

Griselda essaya de faire comme si de rien n'était.

– Pourquoi, c'est toi qui l'as tuée ?

Ethan inclina la tête sur le côté.

– Non, mais vous étiez amies et tout ça, hein ?

– Les amis meurent, répondit simplement Griselda. C'est comme ça que ça se passe ici.

Encore une fois, elle ne parut pas éprouver une seule once de vrais sentiments.

Ethan se hissa sur le comptoir et tendit la main pour prendre la sienne.

– Je sais que tu es triste à l'intérieur.

– Et moi, je sais que j'ai pitié de toi, répliqua-t-elle.

Ethan lui sourit largement, comme si Griselda venait de lui offrir le plus beau compliment du monde. Un instant, Dee fut jalouse de sa capacité à trouver le bonheur dans à peu près n'importe quoi.

Pendant ce temps, Nyles regardait attentivement Dee.

– Gris, dit-il au bout d'un certain temps, j'aurais bien besoin d'un milkshake. Une de tes créations spéciales. Fais-en un pour Dee aussi. Si ça ne te dérange pas.

– T'es sérieux, là ? s'enquit Griselda.

Nyles jeta sa carte de crédit sur le comptoir.

– Je crains que oui.

Elle soupira profondément, comme si on venait de lui demander de faire une corvée qu'elle détestait, puis elle frappa Ethan sur le bras.

– Va me chercher un sac de glaçons dans le congélateur.

Tandis qu'Ethan se dirigeait vers la réserve comme un chiot excité à qui on aurait jeté un os, Griselda s'empara de la carte de Nyles et alla d'un pas lourd derrière le comptoir. Là, elle rassembla les ingrédients, en claquant au passage les portes des placards et les vitres des frigos. Du sirop de chocolat, de la glace à la vanille, des bananes.

Nyles continua de sourire en dévoilant ses grandes dents. Ce sourire artificiel semblait figé sur son visage, comme si ses zygomatiques étaient retenus par du ruban adhésif.

– Tu vas adorer ça, déclara-t-il, les joues contractées par l'effort qu'il fournissait pour continuer de sourire. Je te le promets.

Bien que Dee ne sache pas pourquoi, il était clair que Nyles voulait qu'elle joue le jeu et que la conversation reste légère et générique. Il ne souhaitait pas qu'elle pose de question ou en dise trop, comme elle s'apprêtait à le faire avant qu'il ne l'embrasse. Pour la troisième fois.

– J'en suis sûre, dit-elle lentement.

Ethan revint de la réserve avec un lourd sac de glaçons. Il le déposa dans l'évier derrière le comptoir, puis Griselda en attrapa des poignées et les jeta dans le mixeur de taille industrielle. Il y en avait beaucoup, plus que nécessaire pour cette portion de glace, de sirop et de fruits. Quand elle mit le couvercle d'un coup sec puis alluma le mixeur, le grincement des lames contre les glaçons emplit tout le magasin d'un rugissement assourdissant.

Apparemment, c'était exactement ce que Nyles avait voulu.

À l'instant où le bruit envahit ses oreilles, il se pencha en avant, son souffle chaud sur sa joue, et murmura juste assez fort pour que Dee puisse l'entendre par-dessus le vacarme :

– Dis-moi pourquoi Blair a été tuée.

Quinze

Dee ouvrit la bouche pour répondre, mais les mots restèrent coincés dans sa gorge. Si elle avouait la vérité à Nyles – à savoir que Gucci le Bourreau était d'une manière ou d'une autre impliqué dans l'assassinat de Monica –, elle lui confierait une partie de son passé. Non seulement faire confiance à des inconnus n'était pas son fort, mais en plus cela ne se terminait jamais bien.

Pourtant, l'alternative – essayer de prouver son innocence seule – lui paraissait impossible. Dee ne savait presque rien de l'île, et s'il existait vraiment un moyen de rester en vie sur Alcatraz 2.0, elle aurait besoin de l'aide de Nyles pour le trouver.

– La mort de Blair est liée au meurtre de ma demi-sœur. Je pense que Gucci le Bourreau voulait m'envoyer un message.

Nyles la fixa un instant, son regard indéchiffrable, puis fit un signe de tête presque imperceptible. Instantanément, le mixeur s'éteignit et la pièce redevint silencieuse. Dee ne savait pas si elle devait ajouter quelque chose et risquer qu'il plante ses lèvres sur les siennes ou s'asseoir tranquillement. Elle choisit la seconde option.

– Permettez-moi, madame, intervint Ethan.

Il attrapa quatre verres sur l'étagère et les posa sur le comptoir à côté de Griselda, qui y versa sa préparation. Quand elle eut terminé, il prit un verre et l'avala d'une traite, puis se mit soudain à tousser, pulvérisant du milkshake partout.

– Ce truc est trop froid, ça m'a congelé le cerveau ! Putain de merde, ça fait mal !

Griselda l'ignora. Elle alla déposer deux milkshakes devant Dee et Nyles.

– Alors ?

Dee était à peu près sûre que Griselda s'adressait à Nyles. Ce dernier contemplait son verre et demanda calmement :

– Ethan, combien de calories dirais-tu qu'il y a là-dedans ?

Celui-ci tordit sa bouche sur le côté et leva les doigts, comme s'il comptait dans sa tête.

– Beaucoup.

On repassera pour les maths.

– C'est bien ce que je pensais. Je crains que ça ne nécessite une séance de sport très longue cet après-midi pour éliminer tout ça. Un jogging autour de l'île, peut-être ?

– Absolument, répondit Ethan.

Nyles se pencha vers Dee.

– Tu te joindras à nous, hein ?

Courir n'était pas exactement l'activité préférée de Dee, mais il la suppliait pratiquement du regard de dire oui.

– Euh… bien sûr !

– Excellent.

Nyles termina son milkshake, puis se leva de sa chaise.

– On se rejoint à seize heures à la salle de sport ?

***

L'après-midi de Dee à Ice Crime fut… bizarre.

D'une certaine manière, cela ressemblait à un travail normal chez un glacier normal que n'importe quelle autre adolescente dans le pays aurait pu avoir. Griselda montra à Dee comment nettoyer et réapprovisionner le frigo, vérifier l'inventaire du grand congélateur à l'arrière, faire briller le sol, nettoyer les tables et laver la vaisselle. Tout cela était assez ennuyeux, voire d'une banalité à pleurer.

Mais aussi totalement bizarre. Par exemple, elles avaient un flux constant de clients – heureusement, aucun Rodrigo – que Griselda semblait tous connaître. Et bien que les tables soient occupées, mis à part les politesses de circonstance et plusieurs regards furtifs en direction de Dee (qu'elle remarqua parfaitement), personne n'interagissait. Chacun était assis seul, évitant tout contact visuel et refusant d'engager une conversation avec Dee, Griselda ou l'un des autres clients.

Bon, toujours dans le genre bizarre, il y avait aussi la télévision qui diffusait sans interruption l'exécution de Blair. Dee ne pouvait pas couper le son – la playlist électropop de Gucci, sa voix tonitruante, la réponse étranglée de Blair et l'affreux bruit de succion de sa tête quand le bourreau l'avait posée sur le coussin à côté de son corps –, mais elle essaya de ne pas regarder.

Bien malgré elle, elle entrevoyait parfois la tête de Blair projetée dans les airs telle une carcasse de cochon lancée par un trébuchet médiéval par-dessus les murs d'un château assiégé. C'était troublant comme elle semblait toujours tomber sur le même passage : la décapitation. Le Postman diffusait la scène en boucle, en accéléré ou au ralenti. Grâce aux caméras placées partout chez le Bourreau, la tête de Blair se décollant de ses épaules pouvait être vue sous tous les angles, en 360°.

Des flèches et des schémas venaient enrichir le replay comme une leçon d'anatomie tordue dans l'un des cours de médecine de Nyles. Le fan art et les GIF affichés dans la barre des commentaires dégénéraient totalement.

Parfois, un GIF de Cendrillon, tiré du célèbre dessin animé, s'affichait au moment où la tête de Blair était projetée dans les airs. Le sous-entendu était clair : Blair avait payé de sa vie le « succès » de Dee contre Tranchant.

Si Dee arrivait tant bien que mal à ne pas regarder le grand écran, c'était parce que son cerveau fonctionnait à mille à l'heure. Environ trois douzaines de fois pendant la journée, à des moments où la boutique était momentanément vide, Dee fut sur le point de demander à Griselda ce qui se passait. Ces cachotteries la rendaient dingue et elle avait tellement de questions qu'elle se sentait sur le point d'exploser.

Mais elle ne le fit pas. Exploser ou interroger Griselda. Au lieu de cela, elle ramassa, nettoya, mixa et compta. Son anxiété devenant quasiment insupportable, Dee tenta même d'échanger des banalités avec Griselda pendant que celle-ci faisait l'inventaire lors d'une accalmie.

– C'est plutôt calme ici en ce moment.

– Si être forcé d'écouter ta patronne se faire assassiner encore et encore équivaut à du calme pour toi, alors oui.

Un point pour Griselda. Dee essaya une autre approche.

– Il y a plus de gens sur Alcatraz 2.0 que je ne le pensais.

– On n'est plus que vingt-sept maintenant, répondit Griselda, ses yeux fixés sur son carnet. On était quarante-huit quand j'ai débarqué. Plus d'une centaine à l'arrivée de Nyles.

De plus d'une centaine à vingt-sept ? Cela semblait étrange, mais elle ne gâcherait pas une question pour en savoir plus à ce sujet. La patience de Griselda envers elle arrivait à ses limites.

– Qu'est-ce que tu as fait pour arriver ici ? demanda Dee, pas totalement certaine de vouloir le découvrir.

Griselda grogna. Une réaction autre que du sarcasme était clairement un progrès. Elle jeta son carnet sur le comptoir et posa les mains sur ses hanches.

– Apparemment, j'ai assassiné ma camarade de chambre de la fac et mon petit ami après les avoir surpris en train de s'envoyer en l'air. C'était un crime passionnel, avec de la jalousie et plein de détails olé olé.

Elle fit une pause puis se pencha vers Dee et précisa :

– Je leur ai tranché la gorge pendant qu'ils dormaient.

– Oh…

Griselda se redressa et se remit à travailler.

– Bien sûr, je ne l'ai pas fait. Est-ce que je leur aurais tranché la gorge si je m'étais sentie trahie qu'ils couchent ensemble ? Carrément. Mais ce n'était pas du tout le cas. Déjà, j'étais beaucoup plus canon que Julie. Ensuite, Jasper n'était même pas mon petit ami, c'était juste un mec avec qui je hackais de temps en temps. D'ailleurs, ses compétences étaient plutôt basiques… Bref, j'étais beaucoup trop bien pour lui. Mais c'était un bon coup et parfois… c'est suffisant. En tout cas, je n'étais clairement pas amoureuse, ni jalouse, contrairement à ce qu'a affirmé cette pétasse de psy lors de mon procès.

Elles se connaissaient depuis près vingt-quatre heures, et jamais encore Griselda n'avait adressé autant de mots à Dee.

– Il est quinze heures quarante-cinq, déclara Griselda, changeant brusquement de sujet. C'est l'heure de ta séance de sport, princesse.

Même s'il restait une heure avant la fermeture, Griselda verrouilla la boutique, comme Blair l'avait fait le soir précédent. Dee se demanda si cela était contraire aux règles et aurait des conséquences sur leur argent pour acheter des rations, mais à ce moment-là, elle s'en fichait. Elle était quasiment sûre que toute cette histoire d'« aller faire un long jogging » n'était qu'une couverture. Et elle était plus que prête à découvrir ce que Nyles, Griselda et Ethan savaient vraiment sur l'île.

Le bâtiment qui abritait la salle de sport ressemblait à une ancienne quincaillerie avec sa large vitrine et son plafond bas. Il n'y avait qu'une demi-douzaine de machines, dont un tapis de course qui tomberait probablement en morceaux si on l'utilisait et un rameur qui paraissait fait en bois. Bien qu'elle n'ait pas l'habitude de fréquenter les salles de sport, elle était à peu près certaine que celle-ci était nulle.

Ethan était allongé sur un banc de musculation, en train de faire des développés couchés. Quand elles entrèrent, il remit la barre en place et s'assit.

– Bienvenue à la fête, camarade.

– La fête ? demanda Dee.

Nyles émergea de l'arrière, vêtu d'un long pantalon de jogging et d'un sweat à capuche zippé.

– Ça vient d'un film d'action, expliqua-t-il. Ethan aime les citer. *Ad nauseam.*

– *Ad nauseam* ? Mais pas du tout ! s'exclama joyeusement Ethan. Ça vient de *Die Hard*, mon préféré.

– Achève-moi, marmonna Griselda.

Ethan fit signe à Dee d'aller dans l'arrière-salle.

– Allons te trouver une tenue.

Il réussit à lui dénicher des vêtements de sport qui lui allaient presque. Le pantalon de yoga moulant trop petit de deux tailles serrait tellement ses cuisses et ses fesses qu'elle devait ressembler à de la chair à saucisse dans un boyau pas assez grand. Heureusement, Ethan lui trouva aussi un sweat-shirt XXL. Dee dut rouler trois fois chaque manche pour apercevoir ses mains, et le vêtement pendait comme une tunique jusqu'à mi-cuisse. Mais au moins, le pantalon hideux était caché. Même si elles étaient défoncées, avec des lacets dépareillés et du ruban adhésif le long d'une semelle, au moins les chaussures de course étaient à la bonne pointure.

Griselda, elle, était bien sûr magnifique. Elle portait un legging et un T-shirt de running qui paraissait sur mesure, soulignant chaque courbe parfaite et chaque angle gracieux de son corps. Son haut noir mettait en valeur la blondeur de ses cheveux et le bleu de ses yeux. En comparaison, Dee avait l'air mal fagotée, mais elle se rappela que cela n'avait pas d'importance. Qui essayait-elle d'impressionner, de toute façon ? Pas Ethan, et certainement pas Nyles.

Ils commencèrent à courir lentement depuis la salle de sport. Ils longèrent la rue principale, puis se dirigèrent vers le nord de l'île. La salle de sport était nichée à côté de plusieurs magasins vides avec des devantures barricadées : de vieux bâtiments à un étage avec un revêtement en pierre et de grandes fenêtres. Au-delà, il y avait un autre espace ouvert, mais contrairement aux installations pour le football et le baseball près des Baraquements, c'était un terrain vague abandonné envahi par la végétation plus qu'un terrain de sport.

Comme d'habitude, les caméras étaient partout et les atrocités en forme de corbeaux se tournaient lentement sur leur passage. Dee commença à désespérer de jamais trouver une oasis sans caméra sur Alcatraz 2.0.

Elle fit de son mieux pour suivre le rythme de ses collègues manifestement plus sportifs.

Ethan trottinait comme un chiot en laisse ayant un besoin urgent d'être détaché. Souffrant du rythme relativement lent du reste du groupe, il projetait ses genoux haut devant lui, comme pour tenter de s'entraîner véritablement. Toutes les trois minutes, il courait à une centaine de mètres devant eux, puis revenait. On aurait pu croire qu'il frimait, mais Ethan était plus un enfant hyperactif que l'habituel jeune adulte obsédé par le sport. Selon Dee, il avait juste besoin de brûler de l'énergie.

Nyles et Griselda réglaient leur allure l'un sur l'autre, courant côte à côte en totale harmonie. Grands, beaux, en forme. Ils avaient les cheveux du même blond et auraient pu se faire passer pour un frère et une sœur.

Dee était à la traîne, peinant à cause de l'exercice et de ses vêtements mal ajustés. Le sweat-shirt la submergeait, le pantalon la serrait et, à chaque pas, ses jambes lui paraissaient plus lourdes : elle avait l'impression de courir dans de la boue.

Le terrain vague laissa la place à des vestiges industriels. Un grand tas de terre se dressait comme une butte à côté d'une rangée de silos en béton, sans doute une ancienne station de traitement de l'eau. Les restes de remorques en métal et de conteneurs maritimes, rouillés et abîmés par le vent et la pluie, étaient éparpillés à travers cette extrémité de l'île. Manifestement, celle-ci n'avait pas été réaménagée dans le cadre des plans du Postman pour Alcatraz 2.0. Dee se demanda si ce quartier, comme les entrepôts situés à l'est où elle s'était réveillée l'après-midi précédent, abritait les salles d'exécution des Maliaques.

Trop occupée à émettre des hypothèses sur son environnement, elle ne se rendit pas compte que la route devant elle s'était arrêtée brusquement et fonça directement dans le dos de Nyles.

– Désolée, dit-elle, haletante.

Elle trébucha à moitié pour retrouver son équilibre. Nyles enroula un bras fin mais fort autour de sa taille pour la maintenir debout.

– Pas de souci ! Mais ce serait peut-être bien de regarder devant toi.

– Oui. Bonne idée !

Elle jeta un coup d'œil autour d'elle. Un grillage d'environ trois mètres cinquante de haut bloquait la route et portait un panneau d'avertissement oxydé et déformé :

« RISQUE BIOLOGIQUE : QUARANTAINE.
ACCÈS RÉSERVÉ AU PERSONNEL AUTORISÉ. »

– Qu'est-ce que c'est que cet endroit ? chuchota-t-elle.

– C'est la fin du monde, dit Ethan en écartant une partie découpée du grillage.

Seize

Griselda lui donna un coup dans le bras.

– Arrête de faire l'idiot.

Puis, sans attendre de réponse, elle se faufila à travers le trou de la clôture et trottina le long du chemin qui s'étirait de l'autre côté.

– Après vous, madame.

Ethan fit signe à Dee de la suivre.

La jeune fille hésita, se souvenant du panneau d'interdiction de baignade non ironique sur la paroi rocheuse, près des Baraquements.

– Euh, quarantaine ? Risque biologique ? Ça ressemble à de très bonnes raisons pour ne pas s'approcher.

Nyles rit.

– Tu as peur de développer un cancer et de mourir ? Je pense que nous affrontons un danger bien plus imminent sur Alcatraz 2.0.

Il avait raison.

Pourtant, même si Hannah Vorace ou Cecil B. DeViolent ne l'attendaient pas de l'autre côté, des meurtriers condamnés comme Nyles, Griselda et Ethan pouvaient avoir de mauvaises intentions à son égard. *En faisant confiance aux gens, on risque d'être tué plus vite.* Mais sans aide, impossible pour Dee de prouver son innocence. Qu'ils soient des assassins ou pas, Nyles, Griselda et Ethan étaient ses seules bouées de sauvetage.

Dee prit une profonde inspiration et se hâta de suivre Ethan.

Si la majeure partie d'Alcatraz 2.0 semblait ne plus être habitée depuis une vingtaine d'années, la pointe nord de l'île paraissait bien plus ancienne. De l'autre côté de la clôture, l'asphalte paraissait vieux sous les pieds de Dee. De hautes herbes avec des fleurs blanches avaient poussé dans les fissures du bitume, certaines atteignant presque le mètre soixante-deux de Dee.

Les buissons se propageaient de façon anarchique. Les arbres s'épanouissaient et les branches de certains d'entre eux avaient tellement grandi qu'elles s'affaissaient sous leur propre poids. Aucune ligne électrique ou antenne ne gâchait le paysage. Les seuls signes laissant à penser que cette partie de l'île avait autrefois été habitée étaient la route délabrée et les vestiges d'un bâtiment abandonné depuis longtemps dont Mère Nature avait presque totalement repris possession.

Les vagues se brisant contre la paroi rocheuse étaient plus bruyantes à cette extrémité de l'île, qui subissait de plein fouet la force du courant. Et le vent paraissait plus froid sans la barrière des tours de San Francisco et des Baraquements.

– C'est l'un des anciens chantiers navals, expliqua Nyles.

Il se tenait juste derrière Dee, avec Griselda d'un côté et Ethan de l'autre.

– Apparemment, des navires radioactifs étaient envoyés ici pour être décontaminés, et le travail était mal fait. La zone a donc été mise en quarantaine.

– Je me sens tellement en sécurité, remarqua Dee, sarcastique.

Mais Ethan prit son commentaire au pied de la lettre :

– C'est normal, c'est le seul endroit sur l'île où on l'est vraiment !

Il inspira profondément, retint l'air une seconde dans ses poumons, expira et poursuivit :

– C'est pour ça que Blair nous a révélé ce secret.

– C'est elle qui a trouvé cet endroit ?

Était-ce à ça que Blair avait fait référence quand elle avait évoqué des gens qui survivaient sur Alcatraz 2.0 ?

– Oui, dit Nyles. Blair et quelques autres. Ils sont tous morts maintenant.

– Et qu'est-ce qu'on fait là ?

Nyles balaya l'espace autour de lui en un geste circulaire.

– Regarde autour de toi. Qu'est-ce que tu ne vois pas ?

Il fallut à Dee un moment pour comprendre ce qu'il voulait dire.

– Il n'y a pas de caméras.

– Elle n'est pas aussi bête qu'elle en a l'air, remarqua Griselda.

– Très drôle, répliqua sèchement Dee. Je ne peux pas en dire autant à ton sujet.

– Pan, dans les dents ! s'exclama Ethan. Elle t'a bien eue.

– Nous n'aurions pas dû faire venir princesse ici, enchaîna Griselda. Je ne lui fais pas confiance pour garder nos secrets.

Elle ne savait pas à quel point Dee était douée pour ça.

– Moi si, dit doucement Nyles.

– Quand tout ça te pétera à la gueule, rappelle-toi juste que je t'avais prévenu, répliqua Griselda.

Nyles lui jeta un coup d'œil, comme pour lui dire de se calmer. Quand il se tourna vers Dee, son visage était plus sérieux qu'il ne l'avait jamais été depuis leur rencontre.

– Peux-tu nous en dire plus sur la mort de Blair ?

– Je...

Dee s'interrompit et scruta le ciel.

– Et les drones ?

– Ils font des survols occasionnels, mais ce n'est pas fréquent, dit-il avec un haussement d'épaules. En plus, tu peux les entendre venir. Cache-toi sous un arbre et ils ne te verront pas.

– D'accord.

Sans caméras alentour, les conversations secrètes, les partages d'informations ou planifications d'évasions pouvaient donc se dérouler loin des yeux et des oreilles indiscrètes du Postman et du monde entier. Si Nyles, Griselda et Ethan connaissaient cet endroit, peut-être avaient-ils d'autres secrets à lui révéler. Tout ce qui était susceptible de l'aider à rester en vie et à prouver son innocence était une bonne chose.

– Le mode opératoire de Gucci est assez répétitif, non ? commença-t-elle. Des décors élaborés, une pendaison, beaucoup de foulards Gucci.

Nyles inclina la tête.

– Tu es fan de Gucci, j'imagine ?

Dee plissa le nez, dégoûtée par cette idée.

– Pas du tout. Mais ma demi-sœur était obsédée par lui. Elle gérait même l'un de ses forums de fans.

Griselda s'éloigna.

– Elle était charmante, apparemment !

– Hé !

S'emporter n'était pas son genre – la plupart du temps, Dee intériorisait ses émotions –, mais Griselda dépassait les bornes en se moquant de Monica.

– Fous-moi la paix ! Compris ?

Griselda ne broncha même pas.

– Bien, donc elle était douce, gentille et parfaite. C'est pour ça que tu l'as tuée ?

– Je ne l'ai pas tuée !

– Bien sûr que non. Toi, tu es pure et innocente tandis que tous les autres ici sont des abrutis doublés de meurtriers.

– Pas tous les autres, répliqua Dee. Juste toi.

– Génial ! s'exclama Ethan, assis par terre. Une bagarre entre filles. Si seulement j'avais du pop-corn.

Griselda l'ignora.

– Tu crois que tu es vraiment spéciale, c'est ça ?

Elle pointa Dee du doigt, la touchant presque.

– Tu es ici depuis un jour, princesse. Un seul petit jour. Moi, quatre-vingt-sept. Reste en vie aussi longtemps, et alors tu pourras agir comme si tu y connaissais quelque chose au malheur et à la souffrance.

Dee serra la mâchoire, tellement en colère qu'elle eut le tournis.

– J'ai déjà souffert plus que tu ne peux l'imaginer.

Nyles s'avança devant elle.

– Écoute, ça n'a pas d'importance, OK ? Coupables ou non, on est tous coincés ici.

– Mais si, justement, c'est important, répondit Dee, repoussant tant bien que mal son énervement.

– Comment ça ? demanda Nyles.

Il était temps pour Dee de s'expliquer.

– La scarification que Gucci a infligée à Blair. Le tueur de ma demi-sœur a fait la même chose à son cadavre après l'avoir étranglée.

– La mutilation post-mortem n'est guère inhabituelle par ici, enchaîna Nyles.

– Oui, mais la découpe en forme de cœur, poursuivit Dee, c'est exactement la même que celle de Monica.

– Euh, fit Ethan, les sourcils froncés, qui est Monica ?

Griselda soupira en s'asseyant à son tour.
– Sa demi-sœur.
– Celle qui est morte ?
– Comment tu arrives à te rappeler de respirer en étant aussi stupide ? répliqua-t-elle.
Ethan se tapa la tempe.
– Facile ! Le cerveau est un muscle comme les autres, telle est ma devise.
Griselda laissa tomber son front contre ses genoux.
– T'es vraiment impossible !
– Dee, reprit Nyles, visiblement impatient. Je suis sûr que ça a été horrible pour toi, mais je ne vois pas en quoi la profanation du cadavre de Blair peut être liée à toi ou à ta demi-sœur.
– Et si je te disais que Gucci a utilisé exactement le même objet pour découper ce cœur que l'assassin de Monica ?
Nyles plissa les yeux tandis qu'il essayait de se rappeler.
– Et c'est…
– Une pince à épiler, compléta Dee, rose vif avec des pois blancs.
– Vous voyez ? déclara Griselda. Je vous avais dit que c'était sa faute si Blair est morte !
– Alors le Postman se sert d'un élément de ton procès pour connecter la mort de Blair à ton personnage de Cendrillon la Survivante, dit Nyles, pensif. Il fait parfois ça avec les nouv…
– Non, l'interrompit Dee, ça n'a pas fait partie de mon procès. La pince à épiler n'a jamais été retrouvée.
– Alors comment tu sais que c'est ce qui a été utilisé ?
Dee fit une pause. La réponse à sa question ne jouerait pas forcément en sa faveur.
– Parce que j'ai trouvé une pince à épiler à pois cachée dans ma chambre. Le sang frais de Monica était toujours dessus.
Nyles fronça les sourcils.

– Et ensuite ?

– Je l'ai jetée dans les toilettes et j'ai tiré la chasse d'eau.

Désabusée, Griselda leva ses bras.

– Se débarrasser d'une preuve ! Comme c'est intelligent !

– Vous ne comprenez pas ? rétorqua Dee. Je n'ai jamais parlé de cette pince à épiler à personne. J'avais trop peur. Je pensais que quelqu'un essayait de me faire accuser du meurtre de Monica. Seules deux personnes sont au courant de ce détail : le vrai tueur et moi. Alors, comment ça a pu être intégré à l'un des scénarios du Postman ?

Les yeux bleus de Nyles s'écarquillèrent.

– Tu penses que Gucci a tué ta demi-sœur.

– Ou qu'il sait qui l'a fait, précisa-t-elle.

– Si nous trouvons qui est responsable…, commença-t-il.

– Comment ça « nous » ? le coupa Griselda.

– Tu seras innocentée, termina Nyles.

Il comprenait. Ouf.

– Et si on peut faire annuler ma condamnation…

Après Nyles, Dee regarda Griselda avec son air renfrogné, puis Ethan, qui semblait totalement perdu. Elle n'était pas vraiment convaincue que l'un d'eux soit innocent, mais s'ils avaient l'impression de gagner quelque chose dans cette histoire, ils seraient plus susceptibles de l'aider, non ?

– Si nous réussissons à démontrer que tout ça n'est qu'un complot, alors on pourra peut-être prouver qu'aucun d'entre nous n'est coupable.

Dix-sept

– Putain, mais où sont-ils ? cria le Postman, bien qu'il n'y ait personne autour pour l'entendre.

C'était intentionnel, bien sûr. Il assumait seul le contrôle total d'Alcatraz 2.0.

Il ne pouvait en être autrement : les secrets de l'île étaient les siens. Personne de l'extérieur n'avait jamais été autorisé à voir les coulisses d'Alcatraz 2.0. Le Postman contrôlait tout depuis une simple interface informatique, tel un monarque gouvernant son royaume.

Les gardiens ? Ils recevaient leurs ordres directement de lui par e-mail ou par SMS. Ils étaient prévenus de l'arrivée des prisonniers et aussi de celle des tueurs, de même que de l'envoi de provisions.

Le Postman s'occupait aussi du système électronique de sécurité du poste de garde, déverrouillant seulement l'armurerie en cas de besoin. Comme quand cet idiot avait tenté de s'échapper à la nage. C'était le Postman qui avait été averti de sa tentative de fuite, le Postman qui avait déployé les gardiens et les drones, et le Postman qui avait tout parfaitement arrangé pour que la mort de Jeremy soit diffusée en direct.

C'était lui qui contrôlait quels tueurs devaient être sur l'île et à quel moment. Il coordonnait personnellement leurs arrivées et leurs départs, et choisissait même les victimes. Il y avait eu un débat animé à ce sujet sur les forums de fans. Les gens se demandaient si les victimes étaient choisies au hasard, et si les tueurs avaient des raisons personnelles de s'en prendre à tel ou tel prisonnier. Bien qu'il soit le créateur de l'application, personne ne se doutait de l'implication directe du Postman. Tout le monde ignorait qu'il décidait qui serait exécuté, quand, où et par qui.

Il devait en être ainsi. Pour les audiences. Si elles étaient mauvaises, les bénéfices l'étaient également, ce qui ne plaisait pas au président des États-Unis. Le profit était tout ce qui lui importait. Aussi longtemps que le Postman avait du succès, il avait carte blanche sur Alcatraz 2.0. C'est pourquoi récemment, certaines modifications avaient été apportées quant au recrutement des prisonniers.

Cela avait pourtant bien fonctionné au début : la nouveauté des exécutions en direct permettait des audiences incroyablement hautes dans toutes les catégories démographiques du pays. Mais après un certain temps, regarder la fin sanglante de criminels grisonnants était clairement devenu… ennuyeux.

Nancy Wu avait tout changé. L'experte en arts martiaux qui avait tué un videur après une bagarre dans un bar était jeune, belle, excitante. Le Postman avait joué sur ces aspects en contrôlant sa garde-robe : il ne lui faisait porter que des pantalons en cuir moulants et des corsets sans bretelles. Le nombre de vues sur ses vidéos avait crevé le plafond. Après avoir tué le Capucin à la Cape – qui de toute façon avait vraiment besoin d'être remplacé –, Nancy Wu était devenue une poule aux œufs d'or.

Produits dérivés, revenus publicitaires… l'appli n'avait jamais été aussi rentable depuis son démarrage.

Suite à cela, les choses avaient changé sur Alcatraz 2.0. Les procès-verbaux d'arrestation pour homicides présumés avaient été passés au crible, à travers tout le pays, à la recherche de personnes jeunes, belles et intéressantes. Un peu d'argent faisait beaucoup quand on contrôlait déjà une partie du système de justice pénale, et même des preuves peu convaincantes contre un accusé pouvaient donner lieu à une condamnation pour meurtre. Une fois que les nouveaux arrivants étaient sur l'île, le Postman leur choisissait des rôles, établissait des relations entre eux et créait des scénarios pour rendre les spectateurs accros.

À présent, le Postman se débarrassait des personnes âgées, laides et inintéressantes, pour ouvrir la voie à une population de détenus soigneusement sélectionnée. L'appli allait de nouveau atteindre des sommets en popularité. C'était garanti.

Mais pour le moment, tout cela était secondaire. La stratégie globale devrait attendre, car le Postman avait à gérer des problèmes plus urgents.

D'une façon ou d'une autre, Cendrillon la Survivante avait réussi à se glisser hors du quadrillage de surveillance des caméras. Comme Blair était morte, Griselda, Ethan et le Britannique auraient dû mettre plus de temps à faire confiance à la nouvelle, mais ils lui avaient manifestement déjà montré les lieux non couverts par les caméras au bout de l'île. Bien sûr, le Postman pourrait simplement envoyer un drone pour balayer la zone si cela s'avérait nécessaire.

Non. Je vais les laisser croire qu'ils sont en sécurité.

C'était ainsi que les gens commettaient des erreurs. Comme Blair. Elle s'était crue en sécurité avec les morts de Jeremy et du prince Tranchant.

Mais on n'était jamais en sécurité sur Alcatraz 2.0.

Jamais.

Dix-huit

– Ah mais moi, je suis coupable ! J'ai bien tué quelqu'un !

Ethan s'appuya sur les coudes en croisant ses jambes au niveau des chevilles.

– Vraiment ?

Dee était tellement habituée à ce que les détenus clament leur innocence qu'elle fut choquée qu'il admette si facilement son crime. Son attitude était complètement nonchalante, comme s'il décrivait ce qu'il avait mangé au petit déjeuner.

– J'ai brisé le cou d'un mec. J'ai l'ai juste tordu et…

Il se fourra deux doigts dans la bouche, les plaçant sur la partie charnue de sa joue, puis il les sortit d'un coup avec un grand *pop* sonore.

– Il était mort.

– Dégueu !

Ethan se contenta de hausser les épaules.

— Il valait mieux que ce soit lui plutôt que moi. Le mec m'avait attaqué avec un putain de couteau à cran d'arrêt.

Dee ne comprenait pas pourquoi quelqu'un aurait voulu le tuer.

– Pourquoi ?

– C'était l'un de mes élèves à la salle de sport. Il n'arrêtait pas de me demander de sortir avec lui, mais je ne suis pas du genre à mélanger le plaisir et le travail. Et il a totalement perdu la tête quand il m'a vu à un rendez-vous avec un type, Kristoph.

– Alors c'était de la légitime défense.

– Ouais, lui confirma Ethan avec un sourire. Mais le juge a rejeté l'argument et maintenant, bim, me voilà ici.

Dee enviait presque à Ethan son insouciance face à l'injustice de sa situation. Mais ce qu'elle ressentait, c'était de la colère.

– Je ne devrais pas être ici, commença-t-elle. Toi non plus. Et aucun d'entre vous.

– Es-tu certaine que nous sommes tous innocents, princesse ? l'interrogea Griselda, souriant à moitié. Comment peux-tu être sûre que je n'ai pas coupé la gorge de Julie et de Jasper de sang-froid ? Que Nyles n'a pas empoisonné ses parents avec du cyanure ?

Dee écarquilla les yeux et se rapprocha de Nyles.

– Ils ont été empoisonnés ?

Le jeune homme acquiesça.

– Ils étaient venus me rendre visite à Stanford. Je les ai trouvés roulés en boule sur le sol de leur chambre d'hôtel. Ils ont dû mourir dans d'atroces souffrances.

– Oh, Nyles… Je suis tellement désolée !

– Vous ne pourriez pas vous prendre une chambre tous les deux ? intervint Griselda.

– La ferme, Gris, la contra Nyles. Tu as dit toi-même que tu étais innocente, et moi, je n'ai pas assassiné mes propres parents.

– J'imagine que vous avez tous eu des procès rapides comme moi, lança Dee. Expédiés sans qu'on vous laisse beaucoup de chances, non ?

– La procédure a été une vraie farce, commenta Nyles en se passant la main dans les cheveux. Ça commence à puer le complot.

– Quel genre de complot ? demanda Griselda. Chaque année, il y a tellement de crimes passibles de la peine de mort que cet endroit pourrait facilement être plein à craquer.

– Pourtant, ce n'est pas le cas, n'est-ce pas ? enchaîna Nyles. Les Baraquements pourraient contenir cinq à six fois plus de personnes qu'actuellement.

– Et vous ne trouvez pas ça un peu étrange qu'on soit presque tous jeunes et plutôt canon ? ajouta Ethan.

Il fit un clin d'œil à Griselda, qui roula des yeux, se leva et dit :

– Et alors ? Vous réalisez que ça n'a pas d'importance, n'est-ce pas ? Même si princesse a raison, nous ne pouvons rien y faire en étant ici.

– Tu es prête à baisser les bras ? demanda Dee. Et à mourir ? Tu ne veux pas te battre ?

– Écoute, Blair nous a montré cet endroit pour nous donner une chance de survivre le plus longtemps possible, dit Griselda en perdant patience. Certainement pas pour nous inciter à attaquer l'ensemble du système de Postman Enterprises. Nous allons juste mourir plus vite, si nous le faisons.

– Tu sais aussi bien que moi que Blair aurait été la première à se défendre si elle en avait eu l'occasion, intervint Nyles.

Ethan acquiesça.

– Elle a dit à Gucci d'aller se faire foutre. Faut avoir du cran.

– Ouais, et maintenant elle est morte.

La jeune femme inspira profondément puis redressa les épaules et regarda Dee droit dans les yeux.

– Tu as fait tuer Blair, et maintenant tu veux qu'on meure tous par ta faute ? Non merci.

– Mais est-ce que tu n'es pas déjà morte de toute façon ? l'interrogea Dee.

Elle se sentait suffisamment coupable de la mort de Blair sans qu'on lui retourne en plus le couteau dans la plaie. Elle avait beau prétendre être forte, Griselda était lâche.

– Quitte à mourir, je préfère que ce soit en me battant jusqu'au bout.

– Ma pote, j'aime ton style, dit Ethan en tapotant le dos de Dee.

Son approbation ne fit qu'accroître la rage de Griselda.

– Arrête avec tes grands airs, princesse. Tu ne sais rien de...

– Je sais que tu es une garce.

Nyles leva la main.

– Vous pourriez arrêter toutes les deux ? Ça ne nous mène nulle part.

Il montra Ethan du doigt.

– On en est où, question temps ?

Ethan jeta un coup d'œil à la grosse montre électronique à son poignet gauche.

– Ça fait douze minutes que nous avons traversé le grillage.

– OK, alors on va devoir terminer rapidement.

– Pourquoi ? l'interrogea Dee.

– Des caméras nous ont suivis jusqu'à l'ancienne usine de traitement de l'eau, expliqua Nyles. Il faut vingt minutes pour parcourir la longueur de l'île en courant et faire le trajet en sens inverse. Donc, si nous ne sommes pas à portée de caméra d'ici là, il est possible que quelqu'un le remarque et envoie les drones.

– Oh... je vois.

Le jeune Britannique poursuivit :

– Allons à l'essentiel. Je suis sensible au fait que tu ne sois pas coupable et que tu penses qu'en prouvant ton innocence, tu pourras également nous sortir de là. Mais que proposes-tu de faire exactement ?

D'accord, Dee aurait probablement dû passer sa journée à Ice Crime à fomenter un plan plutôt que d'essayer de faire la conversation à Griselda.

– Je peux demander à parler à mon père, dit-elle, partageant la première idée qui lui venait à l'esprit. Et lui mentionner la pince à épiler.

– Mais quelle bonne idée ! répliqua Griselda. Il va forcément te croire !

– Il m'écoutera.

Enfin... je crois ?

Dee se remémora l'expression sur son visage pendant le témoignage du Dr Farooq et n'en fut plus si certaine.

Griselda secoua la tête.

– Princesse, faire passer un message, c'est impossible. Qu'est-ce que tu crois ? Que tu peux simplement demander à communiquer avec tes proches quand tu es sur l'île ? Nous sommes complètement coupés du monde. Pas de téléphone, pas d'accès à un ordinateur, rien.

Cela semblait logique. Après tout, Alcatraz 2.0 était une prison d'un autre genre, mais une prison tout de même.

– Et s'il y a un tremblement de terre ou quelque chose dans le genre ?

– Il y a des gardiens, intervint Ethan. J'imagine qu'ils sont supposés aider en cas d'urgence.

– Une urgence, commenta Griselda, elle est bonne celle-là !

– Les gardiens ! Peut-être que l'un d'eux pourrait envoyer un message à mon père.

Dee était surprise que Nyles n'y ait pas pensé.

– Oh, bien sûr, dit Griselda, désabusée, nous allons simplement monter la colline et sonner à leur porte.

– C'est impossible de s'approcher du poste, expliqua Nyles, et les sentinelles ne nous parleraient même pas. Elles ont une politique stricte de non-fraternisation.

– Et les livraisons de nourriture ? questionna Dee, songeant aux pots de crème glacée dans le congélateur d'Ice Crime. Qui en est chargé ?

– Les gardiens, dit Griselda. Ils viennent la nuit dans un véhicule blindé, mais on ne peut même pas les approcher suffisamment pour leur cracher dessus, encore moins pour leur parler.

Dee n'aurait pas été surprise qu'elle le sache d'expérience.

– En plus, ajouta Griselda, ils ne sont pas de notre côté. Alors, même si tu pouvais leur parler, je doute fort qu'ils soient prêts à transmettre un message à ton père, à ton avocat ou à qui que ce soit d'autre.

– Nyles parle à ses avocats, intervint Ethan qui regardait les hautes herbes comme s'il contemplait le sens de la vie.

Dee se tourna vers Nyles.

– Et quand comptais-tu le mentionner ?

– Je ne suis autorisé à consulter mes avocats qu'en raison de mon...

Dee se joignit à Griselda et Ethan pour dire :

– Immunité diplomatique.

Nyles pinça les lèvres.

– Mais seulement le deuxième mercredi du mois.

– Mon pote, enchaîna Ethan, sortant de sa réflexion, c'est dans deux jours.

C'était parfait.

– Donc, tu feras passer un message à mon père par le biais de tes avocats, OK ? déclara Dee.

Nyles se mordit la lèvre.

– Je vais essayer. Mais ça ne sera pas facile. Ces rencontres se déroulent dans l'un de ces parloirs vitrés pour prisonniers.

– Ça va marcher.

Elle ne savait pas exactement comment ils allaient s'y prendre, mais elle était prête à tout. Finalement, il y avait une lueur d'espoir sur Alcatraz.

Le petit groupe se dirigeait vers le grillage quand Nyles ajouta :

– Maintenant que nous avons plus ou moins un objectif, il ne nous reste plus qu'un défi à relever.

– Lequel ? demanda Dee.

– Faire en sorte que tu restes en vie jusque-là.

***

Ils retournèrent à la salle de sport pour se changer avant de reprendre le chemin des Baraquements. Dee était heureuse d'avoir de la compagnie car elle ressentait plus que jamais le besoin d'être entourée. Elle angoissait rien qu'à l'idée de devoir passer une nouvelle nuit seule. Heureusement, cela ne représentait qu'une petite partie de son nouveau quotidien. Le reste du temps, elle aurait du soutien.

Alors qu'ils parcouraient la rue principale, ils s'arrêtèrent à l'épicerie d'Alcatraz 2.0. En plus de quelques pauvres rayonnages et d'un comptoir, la boutique se résumait à un grand distributeur automatique 24 heures sur 24, 7 jours sur 7. Deux employés y travaillaient : une blonde décolorée que Dee avait croisée sur le chemin ce matin-là et qui était à présent en train de faire l'inventaire, et un gars aux cheveux gras, assis derrière le comptoir, qui feuilletait un vieux magazine de sport.

Dee le reconnut aussitôt. C'était Rodrigo, le pervers qui avait tenté de l'agresser.

Prise de dégoût, Dee se figea à l'entrée de l'échoppe. Elle se rappela la puanteur de son souffle, la façon dont il avait férocement serré son poignet et le désir inquiétant qu'elle avait discerné dans ses yeux. Elle ne voulait pas se trouver à proximité de ce sale type. Pourtant, l'épicerie était le seul endroit où acheter de la nourriture préemballée pour le dîner.

Nyles étonna Dee quand il passa un bras autour de ses épaules et l'invita à pénétrer dans le magasin.

– Rodrigo ! Tu te souviens de Dee, n'est-ce pas ? Je crois que tu l'as rencontrée ce matin.

L'homme leva les yeux de son journal, et son visage prit une teinte jaune, comme s'il était malade.

– C'est notre fameuse Cendrillon la Survivante, tu sais, poursuivit Nyles, la voix aussi enthousiaste que d'habitude. Je parie qu'elle fait fureur sur les forums de fans. Je suis donc ravi que vous soyez déjà de très bons amis.

Rodrigo déglutit, comme s'il se forçait à avaler un peu de vomi qui lui était remonté dans la gorge. Il marmonna quelque chose à propos de livraisons et se dépêcha d'aller à la réserve. Nyles jeta un coup d'œil à Dee et sourit.

– Voilà, maintenant que les présentations sont officiellement faites, il ne devrait plus te déranger.

Depuis leur rencontre, Nyles lui avait inspiré de l'irritation, de la confusion et de la méfiance, mais à ce moment-là, Dee ne ressentait plus que de la gratitude pour lui.

– Merci.

– Ce n'est rien ! Allons te trouver de quoi manger.

Ils s'arrêtèrent devant les compartiments réfrigérés et Dee sortit sa carte de crédit de la poche de sa veste.

– Tu penses qu'il y a des sous dessus ? Je ne travaille à Ice Crime que depuis un jour.

– Ne t'inquiète pas, la rassura Nyles, tu auras assez pour t'acheter le dîner et le petit déjeuner.

– Encore faut-il que tu trouves quelque chose de correct à manger, ajouta Ethan. C'est quoi ce bordel, Rod ? cria-t-il. Cet endroit est pratiquement vide !

La blonde décolorée qui faisait l'inventaire haussa les épaules.

– Nous étions censés recevoir une livraison aujourd'hui, mais il n'y a rien eu.

Ethan fronça les sourcils.

– Je vais me plaindre.

– Ouais, dit Griselda en lui donnant un coup de coude en passant, le Postman va sûrement être déçu que son choix de plats surgelés ne te plaise pas.

Ethan avait raison : la plupart des compartiments étaient vides. Dee se demanda si le Postman était au courant de la pauvreté de l'approvisionnement en nourriture sur son île. S'agissait-il d'un autre de ses stratagèmes pour rendre leur vie encore plus pénible ? Les meurtres ne suscitaient plus assez d'attention, alors il avait opté pour une version littérale des *Hunger Games*, les Jeux de la faim ?

Dee espérait bien que non. Elle n'avait rien d'une Katniss et doutait de pouvoir survivre très longtemps si elle devait se battre pour se nourrir. Pour le moment, elle avait juste besoin de manger. Ne sachant pas combien d'argent elle avait sur sa carte, elle décida d'y aller progressivement : tout d'abord un paquet de deux burritos surgelés aux haricots et au fromage – selon Ethan, c'étaient des pets assurés –, puis deux portions de lasagnes, une bouteille d'eau, une banane et enfin, un paquet de granules de café instantané. Rien à voir avec les savoureux *lattes* en capsule qu'elle buvait chez elle, mais c'était mieux que rien.

Dee remarqua que Nyles, Griselda et Ethan examinaient tous soigneusement les emballages. Ils vérifiaient que tous les opercules étaient intacts. Griselda alla même jusqu'à jeter une bouteille de jus d'orange parce que selon elle, les encoches en plastique qui retenaient le bouchon non ouvert avaient été sectionnées.

On ne pouvait jamais être trop scrupuleux en matière de nourriture potentiellement empoisonnée.

Il faisait nuit quand ils quittèrent la 9e Rue et entrèrent dans le quartier des Baraquements. Ethan et Griselda les quittèrent à leur duplex, et Nyles s'arrêta devant chez Dee.

– Au fait, je suis désolé de t'avoir embrassée, déclara-t-il, gêné.

Il évitait le regard de Dee, qui fit de son mieux pour ne pas rougir.

– Je sais que tu l'as juste fait pour me faire taire.

– Oui, dit Nyles, catégorique. Enfin, non. Je veux dire, ce n'était pas entièrement dénué d'émotions.

Dénué d'émotions ?

– Euh, d'accord.

– Ce n'est pas ce que je voulais dire.

– Vraiment ?

Nyles soupira.

– C'est juste que… Je suis content que tu sois là.

– Tu es content qu'on m'ait condamnée à mort sur Alcatraz 2.0 ?

– Eh bien, oui, en quelque sorte.

Ce fut au tour de Nyles de rougir.

– Je ferais mieux de m'arrêter maintenant… Bonne nuit !

Dix-neuf

Dee regarda Nyles disparaître au bout de son allée avant d'entrouvrir juste assez la porte de chez elle pour se glisser à l'intérieur. Elle se dit qu'il serait sans doute impressionné par son système d'alerte fabriqué à base d'ustensiles en plastique, même si en réalité, piéger sa maison avec des tubes de brillant à lèvres et des gobelets à café en carton ne faisait pas exactement d'elle une dure à cuire.

Qu'est-ce qui n'allait pas dans sa tête ? Elle n'aurait pas dû se soucier de ce qu'il pensait et elle n'aurait certainement pas dû flirter avec lui.

– Tu ne peux faire confiance à personne, dit-elle à voix haute, comme pour se le rappeler.

Nyles, Griselda et Ethan étaient un moyen d'atteindre un but, un outil qu'elle pouvait utiliser pour gagner sa liberté. Ils n'étaient pas et ne seraient jamais ses amis.

Elle avait besoin de rester concentrée sur son objectif : prouver son innocence et s'assurer que le véritable meurtrier de

Monica soit puni. Pour cela, elle devait suivre les règles et rester en vie. Flirter avec un Britannique mignon n'était absolument pas une priorité.

Avec un gros soupir, Dee se traîna dans la cuisine, faisant attention à ne pas laisser ses yeux errer vers l'écran de télévision qui montrait toujours le meurtre de Blair. Elle allait dîner, peut-être boire une tasse de café instantané pour se tenir éveillée.

Elle venait de déposer son sac à provisions sur la table quand elle se figea. Une demi-douzaine de cuillères-fourchettes en plastique jonchaient le sol près de la porte coulissante au lieu d'être dans le gobelet en carton suspendu à la poignée par son attache en fil dentaire.

Peut-être que le verre s'est renversé tout seul. Qu'une forte brise a secoué la porte.

Ou bien il y a quelqu'un dans la maison.

Merde !

OK, quelles étaient ses options ? Elle pouvait partir. Courir dehors, comme le lui avaient suggéré Blair et Nyles. Que lui avaient-ils dit exactement ? Environ soixante pour cent de chances de survie, c'était bien ça ? Elle se dirigea vers la porte vitrée. Le loquet était soulevé, bien que Dee soit sûre de l'avoir verrouillé ce matin-là. En ouvrant lentement la porte, elle entendit un bruit provenant du cagibi. Un léger craquement, comme si quelqu'un avait changé de position.

Il y avait un Maliaque dans le placard du lave-linge ! Et si elle parvenait à l'enfermer là-dedans ? Cela voudrait dire qu'il y aurait un tueur de moins en circulation. Elle jeta un coup d'œil aux chaises de la salle à manger. Elles étaient en métal massif. Dee pouvait en caler une sous la poignée du placard et appuyer les pieds contre le comptoir de cuisine à proximité. Quiconque était à l'intérieur serait piégé.

Elle ne se laissa pas le temps de débattre de l'idée. Aussi vite que possible, elle se jeta sur la chaise la plus proche et la mit en position.

Le Maliaque à l'intérieur réalisa aussitôt que quelque chose n'allait pas. Il ou elle essaya de pousser la porte, mais la chaise resta fermement en place. Juste au cas où celle-ci céderait, Dee recula vers la porte vitrée.

Ses yeux se posèrent sur la caméra la plus proche dans le coin de la cuisine : elle s'attendait à voir le voyant rouge révélateur qui lui indiquerait qu'elle était filmée ; après tout, Cendrillon la Survivante était confrontée à un autre Maliaque.

Rien. Le voyant était éteint.

Dee se retourna, observant chacune des caméras visibles. Pas une seule lumière rouge sur aucune d'entre elles.

– Mais merde alors !

– Dee ?

La voix étouffée venait de l'intérieur du placard.

– Dee, c'est moi, Mara. La… la voisine.

On aurait dit qu'elle était en train de sangloter, mais Dee n'était pas totalement convaincue. Peut-être était-ce un piège d'Hannah Vorace ou d'Ynona la Bricoleuse.

– Mais oui, c'est ça ! s'écria Dee, essayant de paraître courageuse.

L'intruse ne l'implora pas. Au lieu de cela, Dee l'entendit gigoter dans le cagibi, puis un objet blanc glissa sous la porte. C'était une carte d'identification. Exactement comme celle de Dee, sauf que la photo au recto représentait une fille aux longs cheveux roux.

– Qu'est-ce que tu fais dans ma maison ? demanda Dee, toujours dubitative.

Des sanglots éclatèrent dans le placard.

– Je… Je…

– Ouais ?

– J'avais faim, gémit la voix.

Cela n'avait pas de sens. Tant que les détenus allaient à leur stupide petit boulot, ils avaient de l'argent pour se nourrir.

– Pourquoi tu n'utilises pas ta carte à l'épicerie pour…

– Il n'y a pas d'argent dessus.

Qu'avait dit Blair au sujet de Mara ? Personne ne l'avait vue depuis deux semaines.

– Comment ça se fait ?

Sans que ce soit son intention, la voix de Dee s'était adoucie. Immédiatement, les sanglots de Mara s'atténuèrent avant de s'arrêter.

— Je travaillais à l'épicerie, dit-elle entre deux reniflements. Mais mon patron… Maximilian, a été tué trois semaines après mon arrivée. Après, il ne restait plus que Rodrigo et moi, et il… Il a essayé de…

Et alors, Dee comprit exactement pourquoi Mara avait pénétré chez elle.

Elle retira rapidement la chaise de la porte et l'ouvrit.

Mara s'était tassée dans l'espace entre le lave-linge et le mur. Ses longs cheveux masquaient partiellement son visage, mais ses yeux verts étaient rouges et gonflés, ses joues baignées de larmes. La jeune fille s'essuya le visage avec la manche de son pull en tricot puis se glissa hors du placard.

– Merci, dit-elle d'une voix peu assurée. Je suis désolée de t'avoir fait peur.

Puis elle se précipita vers l'arrière-cour.

– Comment as-tu fait pour manger jusqu'ici ? demanda rapidement Dee, avant que sa voisine disparaisse.

Mara s'arrêta sur la terrasse en béton.

– J'avais économisé de l'argent. Et de la nourriture. Maximilian disait que je pouvais rapporter chez moi les trucs expirés, donc j'avais un stock.

– Tu avais ?

Mara baissa les yeux, et une rougeur gagna ses joues diaphanes.

– Il ne me reste plus rien depuis deux jours.

– Alors tu cherchais de la nourriture dans ma cuisine.

Ce n'était même pas une question. Dee ne reprochait rien à Mara. Allez savoir avec quels restes et quelle nourriture semi-rance elle avait survécu depuis la dernière fois où elle avait travaillé à l'épicerie !

– Et tu t'es cachée dans le cagibi quand tu as entendu la porte d'entrée.

Mara acquiesça, les yeux toujours fixés au sol.

Sans réfléchir, Dee fouilla dans son sac à provisions et en sortit une portion de lasagnes à réchauffer au micro-ondes et le paquet de deux burritos.

– Tiens, dit-elle en les lui tendant à travers la porte ouverte. Prends-les.

Les yeux de Mara s'agrandirent tellement que Dee eut peur qu'ils lui sortent de la tête.

– Ne t'inquiète pas, je peux en avoir d'autres.

Même si elle n'était pas persuadée de ce qu'elle disait, Dee ne pouvait pas profiter de son repas en sachant que la fille d'à côté mourait littéralement de faim.

Mara regarda les provisions que tenait Dee, puis tendit les mains avec hésitation.

– Merci. Je te rembourserai, c'est promis.

Plusieurs grosses larmes coulèrent sur ses joues. Puis, sans un mot supplémentaire, Mara partit.

***

Le lendemain matin, Dee était affalée au comptoir de la cuisine en train de boire sa deuxième tasse de café instantané, après trois heures de sommeil insuffisantes, quand Mara apparut à sa porte de derrière. Elle lui fit signe de la main et leva un sac en papier.

Est-ce la nourriture que je lui ai donnée hier ?

Peut-être que Mara ne voulait pas avoir l'impression de lui devoir quelque chose.

Perplexe, Dee détacha son piège bricolé avec du fil dentaire et lui ouvrit.

– Salut, dit Mara avec un petit sourire.

– Salut.

Mara fourra le sac de papier froissé dans les mains de Dee.

– Je t'ai apporté quelque chose.

C'était lourd, beaucoup plus lourd que les lasagnes et les burritos de la veille. Ne sachant pas à quoi s'attendre, Dee ouvrit lentement le sac et trouva dedans une collection de vis, d'écrous et de boulons en métal.

– J'ai remarqué tes pièges, ils sont à peu près similaires aux miens, expliqua rapidement Mara, comme si elle craignait de se dégonfler avant d'avoir tout dit. Mais j'utilise ça à la place des cuillères-fourchettes en plastique. Ils font plus de bruit.

– Où tu les as trouvés ?

– À l'épicerie. Il y avait de vieux distributeurs dans l'arrière-boutique. Maximilian les avait démontés pour les pièces détachées. Pendant ma première semaine sur l'île, j'en ai emporté tout un tas chez moi pour me faire un système d'alarme.

Mara avait raison : ces objets métalliques feraient beaucoup mieux l'affaire pour avertir Dee de la présence d'un intrus. C'était un cadeau incroyablement attentionné.

– Merci, fit Dee en lui souriant. Sincèrement.

Sa voisine haussa les épaules comme si ce n'était rien, mais Dee crut remarquer une légère rougeur envahir ses joues alors qu'elle se tournait pour partir.

– Hé ! lança Dee pour l'arrêter. Je peux te demander quelque chose ?

Mara se raidit, immédiatement sur ses gardes.

– Quoi ?

– Comment es-tu entrée chez moi hier ?

– Oh ! répondit-elle, visiblement soulagée par la nature sans conséquence de la question de Dee. Ta porte coulissante n'était pas verrouillée.

Pas verrouillée ? Dee essaya de se rappeler la matinée de la veille, quand elle s'était adressée à Mara dans la cour. Avait-elle fermé la porte derrière elle ? Elle pensait l'avoir fait, mais elle avait l'impression qu'un mois s'était écoulé depuis.

– Ouah, c'était stupide de ma part.

– Pas vraiment, rétorqua Mara. Les tueurs du Postman n'ont pas besoin d'une clé pour entrer.

Très juste.

– Je suis heureuse que tu n'aies pas été Molly la Déchiqueteuse cachée dans mon cagibi.

– Moi aussi, déclara Mara avec beaucoup de sérieux. Dans la vie civile, Molly est une mère au foyer de quarante-trois ans qui vit à Marquette, dans le Michigan. Les intérieurs de maisons, c'est clairement son terrain de prédilection. Ah oui, et elle conduit un minivan Honda et organise des covoiturages les lundis, mercredis et vendredis.

Dee cligna des yeux.

– Hein ?

Avant qu'elle ne puisse lui demander de développer, Mara s'empressa de faire le tour de la haie et disparut dans sa propre maison.

Vingt

Tandis que Dee marchait pour se rendre à Ice Crime, la théorie de Mara sur la véritable identité de Molly la Déchiqueteuse l'obsédait.

Elle savait que les fanfictions sur les Maliaques avaient beaucoup d'importance sur les forums du Postman. Monica lui avait décrit certaines de ses théories préférées à propos de Gucci.

1. Il avait été créateur pour une grande marque de mode et avait craqué après avoir été licencié.

2. Sa femme et lui possédaient une boutique de luxe à Manhattan, et il organisait des formations estivales intensives dans le domaine de la mode pour les jeunes.

3. C'était un comique de South Beach qui avait participé à *Drag Race*, l'émission de télé-réalité sur les drag-queens du célèbre RuPaul.

4. C'était un chauffeur routier longue distance originaire du Mississippi qui avait transformé son semi-remorque en chambre de torture mobile.

Toutes ces histoires avaient été imaginées par les fans les plus fervents de Gucci le Bourreau. Les affirmations de Mara au sujet de Molly la Déchiqueteuse auraient pu être de même nature : fictionnelles.

Les identités réelles des Maliaques étaient des secrets bien gardés. Les médias et les tabloïds avaient tenté de les rechercher, en vain. Impossible de les démasquer. Pas même après la mort du Capucin à la Cape, qui avait déclenché une frénésie dans les médias. Les notices nécrologiques avaient été passées au crible, les captures d'écran du Capucin analysées par des experts et comparées à des photos d'hommes récemment décédés partout à travers le pays. Il y avait eu des dizaines de théories, mais au final, rien n'avait été confirmé, et le sujet avait été abandonné.

Ainsi, la version de Mara selon laquelle Molly la Déchiqueteuse faisait du covoiturage et menait une vie de mère au foyer était certainement de la pure spéculation, hein ? Sa voisine ne pouvait pas connaître la véritable identité d'un Maliaque, n'est-ce pas ?

Cela semblait improbable, mais s'il existait la moindre chance qu'elle ait des informations privilégiées sur l'un des tueurs du Postman, Dee avait besoin de le savoir. Tout était bon pour l'aider à survivre aux vingt-sept prochaines heures.

Dans vingt-sept heures, Nyles rencontrerait ses avocats et leur demanderait de contacter le père de Dee avec un message spécial : « Gucci le Bourreau a tué Monica. Votre fille a été piégée. »

Dee n'était pas 100 % sûre que Gucci soit le tueur de Monica mais la situation serait trop longue à expliquer. Cette version était simple, efficace, et avec un peu de chance son père agirait en conséquence.

Il le fera. Je sais qu'il le fera.

J'espère qu'il le fera.

Ice Crime était une distraction bienvenue. À choisir, Dee n'aurait pas traîné avec Griselda pour passer sa journée, mais la boutique était très fréquentée, si bien que les heures défilèrent à toute vitesse. À croire que tous les détenus de l'île voulaient un sundae comme dernier repas.

La présence de Nyles, qui arriva vers midi, la distraya. Il fit en sorte que le ton de la conversation reste léger, ne fit jamais référence à Alcatraz 2.0, aux Maliaques ou à son rendez-vous du lendemain au poste de garde. Ils parlèrent de la Californie et de la poésie britannique, et de qui faisait le meilleur Sherlock Holmes – Cumberbatch ou Robert Downey Jr. Avant que Dee ne se rende compte du temps écoulé, Ethan était arrivé pour leur trajet de retour aux Baraquements.

Mais juste au moment où elle pensait passer une journée sans un meurtre à Alcatraz 2.0, un son résonna à travers la boutique, lui donnant des frissons.

Ding-dong ! Ding-dong !

– Et c'est reparti ! déclara Griselda, apparemment insensible à l'alerte.

Ne craignait-elle jamais cet endroit ?

Quand Dee se tourna vers l'écran, son cœur se mit à battre à tout rompre.

La scène se déroulait dans un autre entrepôt, assez lugubre. Une lumière menaçante s'infiltrait dans la quasi-obscurité, juste assez pour éclairer les détritus abandonnés à l'intérieur : des caisses en bois empilées n'importe comment contre le mur, des carcasses de machines et d'épaisses chaînes suspendues au plafond comme des lianes dans une jungle industrielle. Les détails étaient flous et impossibles à distinguer, ce qui permettait à l'esprit de Dee de combler ces vides par des images de torture et de brutalité.

Le faisceau d'un projecteur déchira l'entrepôt. Il glissa à gauche sur les chaînes métalliques rouillées, puis se posa sur un disque géant posé à la verticale au beau milieu de la pièce. Une cible de tir à l'arc y était peinte en rouge, jaune et bleu. Une femme était attachée en son centre, bras et jambes écartés.

– C'est étrange, je ne l'ai jamais vue, commenta Nyles, visiblement agacé. Je suis toujours informé de l'arrivée de nouveaux détenus. C'est mon travail.

La femme portait un justaucorps doré à paillettes qui aurait convenu à l'assistante d'un magicien. Ses cheveux noirs avaient été bouclés pour leur donner la forme de larges anglaises. Sa tête pendait mollement en avant et ses mèches ondulées recouvraient son visage. Quand l'inconnue reprit connaissance et fit face à la caméra, Dee la reconnut aussitôt, même si sa bouche était bâillonnée. Elle n'oublierait jamais ses traits.

– Putain de merde, c'est le Dr Farooq !

Sauf que ces mots n'étaient pas ceux de Dee. C'était Griselda qui les avait prononcés.

– Tu la connais ? demanda Dee.

À la manière d'un chien enragé, Griselda retroussa sa lèvre supérieure.

– C'est la garce de psychiatre qui a témoigné contre moi à mon procès.

Les mains de Dee commencèrent à trembler.

– C'est la même garce de psychiatre qui a témoigné contre moi.

– Contre moi aussi, ajouta Ethan. Une garce, je confirme.

Pour la première fois depuis que Dee l'avait rencontrée, la carapace calme et froide de Griselda se fissura.

– Mon procès s'est déroulé à Chicago. Celui d'Ethan à New York. Le tien à Los Angeles, dit-elle, la voix tremblante. Ce n'est pas possible…

– Il semblerait pourtant que si, la contra Dee.

Si le Dr Farooq avait témoigné contre eux trois, peut-être que Griselda était effectivement innocente, en fin de compte !

– Le procès de Dee s'est terminé il y a seulement trois jours, enchaîna Nyles. Comment elle a pu atterrir ici aussi vite ? Il aurait fallu qu'elle soit arrêtée, jugée !

Dee pensait exactement la même chose.

Comment le Dr Farooq s'est-elle retrouvée sur Alcatraz 2.0 ?

Une voix s'éleva du poste de télévision :

– Soyez la bienvenue, madame. Savez-vous qui je suis ?

Le Dr Farooq acquiesça docilement. Toute personne avec un peu de cervelle pouvait reconnaître l'un des décors de Robin des Bois.

– Savez-vous où vous vous trouvez ?

Elle acquiesça de nouveau.

– Savez-vous pourquoi vous êtes ici ?

Cette fois-ci, le Dr Farooq secoua violemment la tête et tenta de parler à travers son bâillon, la voix étouffée et indistincte.

– Docteur Farooq, dit Robin plus fort, comme un crieur public sur le point de lire une proclamation, vous avez été reconnue coupable de faute professionnelle pendant votre temps passé à l'hôpital psychiatrique de Western Sierra, ce qui a entraîné la mort d'un patient par négligence.

Dee fut sous le choc. L'hôpital psychiatrique de Western Sierra, c'était là que Kimmi avait été internée.

– Tu vas bien ? demanda Nyles, la main sur le dos de Dee. On dirait que tu vas être malade.

– Je... Je vais bien.

Prise de vertiges, Dee s'assit sur la chaise la plus proche. D'abord, le lien entre Gucci et la mort de Monica. Maintenant, le Dr Farooq, qui avait joué un rôle déterminant dans sa condamnation, avait travaillé à l'hôpital où sa ravisseuse avait été envoyée six ans plus tôt.

Quelle était la véritable ampleur de ce complot ?

Pendant ce temps-là, la psychiatre hurlait à travers son bâillon, moins par peur que par indignation. Elle tentait désespérément de cracher le tissu et elle avait l'air furieuse. La cible de tir à l'arc commença à tourner lentement et les cris de la captive furent rapidement étouffés par un morceau d'orgue sinistre.

– L'heure de votre trépas est venue, déclara Robin. Que Dieu ait pitié de votre âme éternelle.

La tête du Dr Farooq bascula d'un côté à l'autre à mesure que la cible en rotation prenait de la vitesse. Tout comme l'avait fait Dee quelques jours auparavant, la victime cherchait une échappatoire. Sa colère s'était évanouie, laissant place à la panique. Le Dr Farooq se tordit dans tous les sens afin de se libérer de ses liens, sans succès.

– Ne vous tortillez pas tant, ricana Robin. Ne voulez-vous pas que je fasse mouche ?

Avec un *zoum* et un *clac*, une flèche vola dans les airs et atteignit la cible à cinq centimètres à gauche de la tête de la prisonnière. Un autre sifflement dans l'air, et une deuxième flèche se ficha sous son bras droit. Puis une troisième, entre ses jambes.

À présent, Le Dr Farooq était hystérique, les larmes coulaient sur ses joues. La peur de la psychiatre était si palpable que Dee avait presque l'impression d'être attachée à sa place. Pas d'échappatoire. Pas de sursis. Une fin imminente. Malgré sa colère envers le Dr Farooq, Dee ne pouvait s'empêcher de la plaindre.

Robin ricana.

– Désirez-vous que j'utilise une arme plus grosse ?

La tension monta d'un cran quand la musique s'arrêta. Le silence fut brisé par un *crac* provoqué par un énorme pieu de bois propulsé sur le Dr Farooq, avec une telle force qu'il empala son ventre. Cette fois, elle poussa un cri à glacer le sang. Ses yeux s'écarquillèrent de douleur et de terreur quand elle sentit la vie la quitter lentement.

Lorsque la roue cessa de tourner, la tête du Dr Farooq reposait sur sa poitrine.

– Écoute le son de ma voix, dit Robin, abandonnant étrangement son rôle. Détends-toi, remonte dans le passé et dis-moi ce que tu vois.

Puis l'écran devint noir.

Vingt et un

– Écoute le son de ma voix, dit le Dr Farooq. Détends-toi, remonte dans le passé et dis-moi ce que tu vois.

Dee avait les yeux fermés, mais elle pouvait sentir sur sa joue le souffle de la pyschiatre.

– Détends-toi et remonte dans le passé, répéta le Dr Farooq. Il n'y a pas de présent. Il n'y a pas d'avenir. Juste toi et tes souvenirs.

Dee était à peu près sûre que l'hypnose, c'était des conneries, mais comme sa vie était en jeu avec ce procès, elle se devait d'essayer. Si le Dr Farooq était réellement capable de lui faire revivre dans le moindre détail la mort de Monica une semaine auparavant, son témoignage sous hypnose prouverait son innocence.

Alors elle se détendit, comme le Dr Farooq le lui avait demandé, et s'autorisa à replonger dans le passé.

– Tu es à la maison après l'école, dans ta chambre.

La voix du Dr Farooq semblait traînante et lointaine. Dee avait le sentiment de l'entendre à travers une paire de bouchons d'oreilles.

– Ta sœur Monica est dans la chambre d'à côté. C'est exact ?

– Euh…

Dee avait l'impression d'être dans un rêve, de flotter dans une piscine d'eau tiède.

– Comment sais-tu que Monica est dans sa chambre ?

– On est revenues à pied ensemble du lycée.

– Oui, mais comment le sais-tu ?

Le ton du Dr Farooq était acerbe, ce qui la désarçonna et lui donna l'impression d'être réprimandée après avoir donné une mauvaise réponse à un problème de maths.

– Je…

– Est-ce que tu l'entends ?

– Non. Elle fait ses devoirs.

– Mais tu peux sûrement l'entendre. Vos chambres sont proches.

Dee eut la sensation que quelque chose la retenait, lui liait les bras et les jambes, et elle lutta pour rester libre.

– Non, dit-elle, criant presque le mot.

– Détends-toi.

Ces paroles l'apaisèrent instantanément, et Dee se sentit à nouveau libre, sa panique atténuée.

– Détends-toi. Maintenant, tu es allongée sur ton lit, et tu peux entendre ta sœur, Monica, dans sa chambre.

Non, pensa Dee. Ce fut pourtant un mot différent qu'elle prononça :

– Oui.

– Tu entends Monica au téléphone. Avec une de ses amies.

Non. Monica ne parlait jamais au téléphone. Elle se contentait d'envoyer des SMS ou elle postait sur les réseaux sociaux.

– Oui.

– Elles parlent de toi, Dee. Elles disent qu'elles ne t'aiment pas. Qu'elles ne veulent plus être amies avec toi.

– NON !

Le mot franchit la barrière de ses lèvres. Elle avait dû se battre pour le faire sortir – chaque muscle de son corps lui donnait l'impression d'être contrôlé par quelqu'un d'autre –, mais Dee n'était pas d'accord avec ce que le Dr Farooq disait. Ce n'était pas vrai. Impossible.

N'est-ce pas ?

– Détends-toi, Dee. Il n'y a pas de présent. Il n'y a pas d'avenir. Détends-toi et remonte dans le passé. Tu dois te détendre.

– Me détendre…, lâcha Dee, hagarde.

– Tu pensais que Monica était ton amie.

La voix du Dr Farooq était douce comme de la soie. Tellement agréable à écouter.

– Tu pensais qu'elle t'aimait. Mais tu t'es rendu compte qu'elle voulait seulement t'humilier.

– Oui.

– Et maintenant tu la détestes. Tu veux qu'elle éprouve la même douleur que toi.

– Oui.

– Tu vas vers sa chambre, tu ouvres silencieusement la porte. Elle ne t'entend pas.

Non.

– Tes mains sont autour du cou de Monica. Tu serres. Tu la détestes. Tu veux qu'elle meure. Tu attends depuis longtemps d'exprimer ta colère.

Les liens étaient de retour, comme des cordes épaisses autour des bras et des jambes de Dee. Ils entaillaient sa chair, entraînant son corps sous la surface de l'eau. Elle se débattit pour y échapper, s'agitant pour remonter à l'air libre. *Non ! Non ! Non !* Elle n'avait pas fait ça. Elle n'avait pas tué Monica.

– Les yeux de Monica ressortent de leurs orbites. Son visage devient rouge, puis violet. Ses forces l'abandonnent, et tu peux sentir le cartilage dans sa gorge se briser lorsque tu écrases sa trachée.

Non !

– Maintenant, elle ne bouge plus. Sa poitrine ne se soulève plus. Son cœur ne bat plus. Et tu laisses son cadavre tomber sur le sol. N'est-ce pas, Dee ?

Oui. Cette rage la dévorait depuis son séjour dans la pièce blanche. Six ans. La colère devait éclater, n'est-ce pas ? C'est ce que le Dr Farooq disait. Et elle savait. Elle savait tout.

– Oui.

Dee entendit un léger *clic* en arrière-plan, comme un doigt sur un clavier.

– Maintenant, Dee, dis-moi avec tes propres mots ce qui s'est passé ce jour-là chez toi.

***

Dee était assise, immobile, à côté de son avocat, et écoutait le son de sa propre voix sur l'enregistrement : « Je me dirige vers sa chambre, j'ouvre silencieusement la porte. Mes mains sont autour du cou de Monica. Je serre. Je la déteste. Je veux qu'elle meure. J'attends depuis longtemps d'exprimer ma colère. »

– Non, intervint Dee, c'est un mensonge ! Ça ne s'est pas passé comme ça !

– La prévenue doit garder le silence, ordonna le juge. Vous aurez l'opportunité de témoigner.

Elle bondit sur ses pieds et montra le Dr Farooq du doigt.

– Mais elle ment ! Elle m'a fait dire ces choses !

Le Dr Farooq se tourna vers le juge.

– Parfois, lors d'une régression hypnotique, le sujet transpose sa culpabilité sur le guide. Dans le cas présent, le subconscient de Dee a bloqué sa participation au meurtre de Monica et, à la place, elle rejette désormais la faute sur moi.

Elle sourit ensuite au jury.

– C'est vraiment très courant dans mon travail, je vous l'assure.

Les jurés lui rendirent son sourire. Ils étaient de son côté.

– Je n'ai pas fait ça, insista Dee, voulant à tout prix que quelqu'un la croie.

– Mademoiselle Guerrera, dit le juge, asseyez-vous ou je vous condamne pour outrage à la cour.

Mais Dee s'en foutait. Elle se retourna pour chercher son père dans le palais de justice bondé. Il était assis deux rangées derrière elle, le visage lugubre. Des larmes coulaient sur ses joues.

– Papa, tu dois me croire, le supplia Dee. Elle ment ! Je n'ai pas fait ça !

Son avocat essaya de la faire rasseoir, et le juge mit fin à l'audience d'un coup de marteau.

– Je suis innocente ! hurla Dee. Je suis innocente ! Je suis innocente ! Je suis innocente !

***

– Je ne l'ai pas tuée, déclara Dee.

– On sait, princesse, dit Griselda, tu nous l'as dit environ un milliard de fois.

Ses mots étaient toujours désinvoltes, mais son ton était plus doux.

– Qu'est-ce qui ne va pas, Dee ?

Nyles s'agenouilla près d'elle, sa main sur la sienne.

– Le Dr Farooq a essayé de me faire croire que j'avais tué Monica, expliqua-t-elle.

Sa vision de la mort de Monica provoquée par l'hypnose lui semblait si viscéralement réelle. Mais elle était fausse, forcément.

– Elle est morte, maintenant, continua Nyles. Peut-être que pour une fois, la justice a été rendue sur Alcatraz.

Dee se tourna pour croiser son regard.

– Mais tu ne comprends pas ? Il y a une raison à sa mort.

– Ouais, intervint Griselda, pour nous avoir tous fait atterrir ici.

– Je me trompe ou Robin a dit qu'elle était là à cause d'une faute professionnelle ? interrogea Ethan.

– En tout cas, une chose est sûre, c'est qu'elle n'a jamais eu de procès, répliqua Dee, choisissant de ne pas expliquer à Ethan qu'une faute professionnelle n'était pas un crime passible de la peine capitale. Je parie que Robin n'a fait que raconter des bobards. Le Postman voulait s'en débarrasser pour qu'elle ne puisse jamais témoigner *contre lui* pour la mort de ma sœur.

– Contre le Postman ? demanda Nyles. Je pensais que Gucci le Bourreau avait tué ta sœur !

Dee secoua la tête. D'abord Gucci le Bourreau, puis Robin des Bois. Tous les deux lui avaient donné des indices. Les Maliaques n'avaient probablement aucune idée de ce qu'ils signifiaient. Ils avaient reçu des informations d'en haut et ne faisaient que suivre les ordres. La mort de Monica n'avait pas été le fait d'un Maliaque solitaire et déséquilibré. Son assassinat était lié à quelque chose de plus important : à Kimmi, à la pièce blanche et au Postman.

– Une chose est certaine, dit Ethan, pensif. Quelqu'un ne veut vraiment pas que nos procès soient rouverts.

Forum du Postman * Tueurs * Robin des Bois *

Sujet : Dr Farooq ?

9 nov., 16 : 46 **#1**
M. Hef
Les femmes sont fans de moi
Membre depuis : Février 2018
Messages : 34

Mais qui c'est cette nana ? Franchement… Il n'y a eu aucune annonce concernant l'arrivée d'une nouvelle détenue, pas d'images de son procès. Qu'est-ce qui se passe ?

---

9 nov., 16 : 46 **#2**
Domino Joe
DomiNoPanic
Membre depuis : Octobre 2017
Messages : 3 422

Tous les procès ne sont pas télévisés. Juste ceux qui sont croustillants.

---

9 nov., 16 : 48 **#3**
M. Hef
Les femmes sont fans de moi
Membre depuis : Février 2018
Messages : 35

J'imagine. Mais ça paraît quand même étrange. D'abord #CendrillonLaSurvivante est jetée dans le labyrinthe de Tranchant dès son premier jour, et maintenant cette Dr Farooq ? D'habitude, le Postman laisse à tous les détenus une semaine ou deux avant de lâcher l'un de ses bourreaux sur eux. Pourquoi ce changement ?

---

9 nov., 16 : 49 **#4**
Aliette, Gentille Alouette
Alouette, je te plumerai
Membre depuis : Juillet 2017
Messages : 850

Peut-être que cette prétendue docteur était trop ennuyeuse pour rester longtemps sur l'île ? Il n'y a pas beaucoup de boosts sur cette vidéo. Même les #JoyeuxCompagnons de Robin ne la commentent pas.

9 nov., 16 : 50 | **#5**
L'Informateur | Membre depuis : Juillet 2017
Réveillé Les Yeux Grands Ouverts | Messages : 37138

OUVREZ LES YEUX, LES GENS ! Vous ne vous souvenez pas de qui est le Dr Farooq ? Elle a témoigné contre #CendrillonLaSurvivante la semaine dernière. Vous voyez ? C'EST UN COMPLOT !!!!!

---

9 nov., 16 : 52 | **#6**
Dr Mendez | Membre depuis : Février 2018
Appelez-moi Monsieur Docteur | Messages : 1163

Euh, mais de quel genre de complot on parle, là ? Un complot qui punit les criminels condamnés ? Un complot qui réduit le taux de criminalité du pays ? Il nous faudrait plus de complots comme ça ! Vous avez vu les dernières statistiques du ministère de la Justice ? Les homicides sont en baisse de 25 % par rapport à l'été dernier. Vous pensez que c'est une coïncidence ? Pas moi.

---

9 nov., 16 : 55 | **#7**
L'Informateur | Membre depuis : Juillet 2017
Réveillé Les Yeux Grands Ouverts | Messages : 37139

« Posté par Dr Mendez »
Les homicides sont en baisse de 25 % par rapport à l'été dernier.
Vous pensez que c'est une coïncidence ? Pas moi.
S'il y a moins de meurtres, pourquoi le Postman a-t-il annoncé la semaine dernière une arrivée importante de prisonniers sur Alcatraz 2.0 ? Et vous n'avez pas remarqué comme tous les nouveaux sont jeunes et séduisants ? OUVREZ LES YEUX ! C'est de la manipulation de base des audiences ! Je parierais un million de dollars que les futurs détenus vont tous ressembler à des mannequins.

---

9 nov., 16 : 56 | **#8**
Domino Joe | Membre depuis : Octobre 2017
DomiNoPanic | Messages : 3 423

Ouais, comme si tu avais un million de dollars ! Retourne vivre dans le sous-sol de ta mère, mon pote !

9 nov., 16 : 59 **#9**
M. Hef Membre depuis : Février 2018
Les femmes sont fans de moi Messages : 36

Je dois admettre que L'Informateur n'a pas tort. Ça paraît étrange... et potentiellement illégal. Je pensais que le procureur général était censé superviser personnellement Alcatraz 2.0, mais vous avez entendu sa dernière conférence de presse ? Il a déclaré qu'Alcatraz 2.0 était totalement sous le contrôle du Postman. Sauf que personne ne sait qui est le Postman ! Est-ce que c'est vraiment un producteur hollywoodien comme le disent les rumeurs ? Ou peut-être que c'est juste une figure de proue du département de la Justice ? Ou bien le Président en personne ?

Vingt-deux

Pour la première fois depuis son arrivée, le brouillard n'avait pas envahi Alcatraz 2.0 depuis la baie. Le soleil avait disparu derrière l'horizon, et la nuit était claire et sans lune. Bien que l'humidité ait disparu, Dee se sentait glacée jusqu'à l'os.

Depuis le meurtre du Dr Farooq, elle était abasourdie. Fermer Ice Crime, acheter un dîner à l'épicerie, retourner aux Baraquements, tout lui paraissait lointain, comme si le brouillard qui entourait généralement l'île avait enveloppé son esprit.

Kimmi. Le Dr Farooq. L'hôpital psychiatrique de Western Sierra.

Le Dr Farooq y avait travaillé. Kimmi y était une patiente. Elles étaient toutes les deux liées à Dee. Pouvaient-elles également être toutes deux liées au Postman ?

Je tuerai tous ceux que tu aimes.

Se pouvait-il que le père de Kimmi soit le Postman ?

***

Tu veux être ma sœur ?

Kimmi avait posé la même question maintes et maintes fois à Dee par la bouche d'aération. Au début, Dee lui répondait par d'autres questions : « Qui es-tu ? », « Tu vas à mon école ? », « Où suis-je ? » Et la plus importante de toutes : « Pourquoi moi ? »

Entre deux visites de Kimmi, cette question hantait Dee. Elle était assise dans le silence de sa cellule, essayant de comprendre. Avait-elle fait quelque chose de mal ? Était-ce pour cela qu'elle se trouvait dans la pièce blanche ? Kimmi était-elle en colère contre elle ? La punissait-elle ?

Tu veux être ma sœur ?

Dee ne savait pas trop comment répondre. Elle avait toujours voulu une sœur. Elle avait même écrit un poème à ce sujet. On pouvait se sentir seul en étant enfant unique, surtout avec un parent célibataire travaillant tard. Dee avait passé beaucoup de temps sous la surveillance de baby-sitters et à faire des activités après les cours. Elle avait des amis, et c'était amusant, mais ce n'était pas la même chose qu'avoir quelqu'un avec qui passer du temps, un compagnon à demeure.

Mais maintenant, Dee aurait souhaité ne jamais avoir écrit ce poème, ne jamais avoir espéré une sœur. Parce que Kimmi lui fichait totalement la trouille.

– Tu veux être ma sœur ?

– Pourquoi moi ? pleura Dee. Pourquoi tu me fais ça ?

Kimmi pencha la tête sur le côté, perplexe qu'elle ne connaisse pas encore la réponse.

– Parce que nous sommes pareilles, voyons !

***

Dee avait toujours eu en tête l'idée qu'elle était aussi impitoyable et tordue que sa ravisseuse. Les psychologues avaient essayé de la convaincre du contraire, en utilisant de grands concepts comme le « syndrome de Stockholm » et l'« imprégnation psychologique ». Mais au fond d'elle-même, elle avait toujours eu le sentiment que Kimmi avait peut-être raison.

Et l'enregistrement du Dr Farooq semblait le prouver.

Arrête.

Dee n'était pas Kimmi. Elle ne serait jamais Kimmi. Elle n'était pas égoïste, elle se souciait des gens. Comme Mara.

C'était allumé chez cette dernière, toutes les fenêtres étaient vivement éclairées. Cela paraissait presque chaleureux et accueillant comparé au froid de la nuit. Bien que Dee sache qu'on n'était jamais en sécurité nulle part sur Alcatraz 2.0, avoir une voisine faisait presque illusion.

Elle frappa légèrement à la porte.

– Mara ? C'est Dee.

Elle n'obtint que du silence en retour. Aucun bruit ne provenait de l'intérieur. Pas de craquement de plancher, pas de bruits de pas. Immédiatement, son cœur se mit à battre plus fort dans sa poitrine. Quelque chose n'allait pas. Mara connaissait sa voix, et Dee était à peu près sûre qu'elle lui ouvrirait si elle le pouvait.

– Mara ?

Dee frappa violemment à la porte, ressentant la même panique que lorsqu'elle avait trouvé le cadavre de Monica sur le sol de sa chambre.

– Mara, est-ce que ça…

La porte s'ouvrit alors qu'elle s'apprêtait à taper à nouveau. Mara s'appuya dessus, les yeux lourds de sommeil.

– Désolée, dit-elle dans un bâillement. J'ai dû m'assoupir.

Sans réfléchir, Dee attrapa Mara par l'épaule et la serra dans ses bras.

C'était complètement ridicule. Elle connaissait à peine cette fille. Mara n'était pas Monica, Dee devait s'en souvenir. Elle libéra rapidement sa voisine de son étreinte et laissa un étrange malaise flotter entre elles.

– Désolée, dit-elle précipitamment. Je t'ai apporté à dîner.

– Vraiment ? s'étonna Mara, qui semblait ne pas y croire.

Dee lui tendit le sac.

– Encore des lasagnes. L'épicerie était un peu vide.

– Ça m'est égal.

Mara fixa pensivement le sac.

– C'est bizarre, quand même, ils auraient dû avoir une livraison de nourriture hier.

– Peut-être que Nyles peut demander...

Dee s'interrompit. Elle allait dire qu'il pourrait poser une question sur la livraison de nourriture à son avocat le lendemain, mais elle perçut un mouvement du coin de l'œil. De l'autre côté de la rue, une des caméras en forme de corbeau venait de pivoter pour leur faire face.

Les condamnés d'Alcatraz 2.0 étaient constamment sous surveillance, constamment sur écoute : informer le Postman du véritable objectif du rendez-vous de Nyles était la dernière chose que Dee souhaitait.

– Non, rien, dit-elle. Hé, si tu veux venir demain matin, j'ai du café et des bananes. Pour le petit déjeuner.

Mara se mordit la lèvre, réfléchissant à l'offre. Dee savait ce qu'elle pensait : *Tu ne peux faire confiance à personne.* Pourtant, elle espérait vraiment que Mara accepterait.

– OK, répondit cette dernière. À demain, alors.

Sa voisine ferma sa porte d'entrée, et Dee attendit jusqu'à ce qu'elle entende le verrou se refermer. Puis elle rentra chez elle et commença à y chercher des intrus.

Le rez-de-chaussée étant vide, elle passa à l'étage : la salle de bain, la baignoire, les placards des deux chambres. D'après les voyants rouges sur toutes les caméras de sa maison, elle était filmée, ce qui lui donnait la chair de poule et l'impression que quelque chose d'horrible était sur le point de se produire. Pourtant, aucun tueur masqué n'était tapi nulle part.

De retour dans la cuisine, la jeune fille regarda les autres lasagnes au fond de son sac. Bien qu'elle n'ait pas beaucoup mangé ce jour-là, elle n'avait pas du tout faim. Elle était juste épuisée.

Tout ce qu'elle désirait, c'était dormir. Elle savait pourtant pertinemment que cela pourrait être une erreur fatale. Si rester en vie signifiait ne plus dormir tant qu'elle serait sur Alcatraz 2.0, qu'il en soit ainsi.

Cette résolution ne soulageait en rien sa fatigue. Peut-être qu'une douche la réveillerait ? Dee avait vu suffisamment de films d'horreur pour savoir que ce n'était pas une bonne idée. Se passer sur le visage un gant de toilette trempé dans de l'eau froide suffirait peut-être à la revigorer.

Dee monta les escaliers en bâillant. Elle ouvrit la porte du placard et se figea.

Un message tracé avec du rouge à lèvres rose vif avait été inscrit au dos de la porte :

« TU SERAS TOUJOURS MA SŒUR, DOLORES. TOUJOURS. »

Vingt-trois

Toute la nuit, Dee resta assise dans l'escalier. C'était l'endroit le plus stratégique de la maison. Si quelqu'un entrait par les fenêtres du haut, elle pourrait se précipiter en bas. Par mesure de précaution, elle avait attaché ensemble des draps afin de former une sorte de corde qu'elle avait arrimée à la commode de la chambre qui donnait sur la rue. Ainsi, si quelqu'un fracassait la porte coulissante ou enfonçait celle de l'entrée, elle pourrait s'échapper par la fenêtre. Comme une vraie princesse de conte de fées qui descend de sa tour. Cette méthode inspirée de Raiponce lui ferait peut-être marquer des points sur les forums de fans.

Bien sûr, si les sœurs Impitoyables se séparaient et entraient chez elle sur les deux niveaux en même temps, elle serait probablement fichue.

Si elle s'était sentie éreintée en montant se laver le visage, le message laissé à son intention l'avait immédiatement réveillée.

Les doutes qu'elle avait pu avoir quant aux possibles liens entre Kimmi et le Postman s'étaient évaporés en un instant : personne d'autre ne connaissait son vrai nom.

Six ans plus tôt, le procès s'était déroulé à huis clos, puisque sa ravisseuse et elle étaient mineures. Des pseudonymes avaient été utilisés pour toutes les deux, et aucun journaliste n'avait été autorisé dans la salle d'audience. Kimmi avait seulement quatorze ans à l'époque. Le tribunal pour enfants avait considéré qu'elle n'avait pas physiquement fait de mal à Dee en la maintenant enfermée dans la chambre forte de sa famille pendant presque une semaine et avait accepté une négociation de peine. Bien que l'avocat de Dee ait insisté sur le manque de nourriture et l'absence d'hygiène, ces arguments n'avaient pas été jugés importants. Kimmi avait été condamnée à rester à l'hôpital psychiatrique de Western Sierra pour une période d'au moins dix ans. Ce qui voulait dire qu'elle devait toujours être là-bas.

Non ?

Après la condamnation, Dee et son père avaient tenté de retrouver une vie normale. Son père était retourné au travail et Dee à l'école. Malgré ses insomnies, sa peur constante d'être seule et deux séances par semaine chez le psy, le quotidien avait repris son cours.

Puis, deux mois après la fin du procès, son père avait vendu leur appartement à Manhattan Beach et avait déménagé à Burbank avec sa fille.

Le déménagement avait été soudain, et son père n'avait pas prévenu Dee. Il était venu la chercher à l'école un vendredi après-midi et, à leur retour chez eux, les déménageurs avaient déjà tout emballé. Ils étaient partis ce jour-là et s'étaient rendus en voiture à Burbank à l'heure de pointe. Son père lui avait dit que désormais, elle ne s'appelait plus Dolores Hernandez, mais Dee Guerrera. Elle ne devrait jamais dire à personne qui elle était vraiment et elle ne pourrait jamais recontacter ses anciens amis. Il lui avait demandé son téléphone portable, l'avait remplacé par un nouveau et avait effacé tous ses contacts dans le cloud. Son père n'avait jamais été particulièrement strict avec les règles, mais sur ce point-là, il avait été catégorique : ils devaient laisser leur ancienne vie derrière eux.

Ils avaient pris un nouveau départ.

Et à partir de ce jour, le nom Dolores n'avait plus jamais été prononcé.

Alors qui d'autre était au courant ? Kimmi, bien sûr. Le père de Kimmi. Le père de Dee. Les inspecteurs de police qui avaient recueilli son premier témoignage, le Dr Farooq et le psychologue que Dee avait vu juste après son enlèvement. La liste était courte.

Le Postman aurait-il pu mettre la main sur les détails de son procès ? Peut-être. Il paraissait tout-puissant. Mais la solution la plus évidente était qu'il devait connaître Kimmi et Dee.

Était-il vraiment possible que le père de Kimmi soit le Postman ? Et pourquoi pas ? Personne ne semblait rien savoir du Postman, mis à part que ce supposé producteur hollywoodien avait trouvé le moyen idéal pour endiguer la prétendue recrudescence des homicides aux États-Unis. La plupart des reportages que Dee avait vus assuraient pourtant que leur nombre était historiquement bas. Apparemment, la véracité des faits n'avait pas d'importance sous cette présidence. Le gouvernement avait conclu un accord avec le Postman et lui avait confié la gestion d'une partie du système pénitentiaire. Dès le lancement de l'appli, qui avait fait découvrir à 250 millions d'Américains la peine capitale télévisée, plus personne ne s'était soucié de la vérité. Les audiences étaient si élevées qu'elles faisaient facilement oublier les *fake news*.

Mais pourquoi un producteur voudrait-il diriger un couloir de la mort ? Même si cette émission était le *nec plus ultra* de la télé-réalité et qu'elle était immensément populaire, elle devait aussi coûter un prix fou. Cela valait-il vraiment le coup ? Qu'est-ce que le Postman y gagnait : le pouvoir ? La célébrité ? L'excitation tordue d'avoir autant de vies entre ses mains ?

La pièce blanche. Kimmi avait raconté que son père tuait des gens là-bas. Et si c'était vrai ? Et si le but réel d'Alcatraz 2.0 était de satisfaire la soif de sang du Postman ?

Dee avait besoin de parler à Nyles. Il se rendrait au poste de garde dans quelques heures pour sa réunion de midi avec ses avocats. Elle devrait lui confier ce secret de son passé. Même si cette idée la répugnait, il n'y avait pas moyen d'y couper. Si elle avait raison, le monde avait besoin de le savoir.

Il était sept heures et demie lorsque Dee se leva lentement de l'endroit où elle avait veillé dans l'escalier. Elle ne prit pas la peine de se changer, elle s'aspergea juste le visage d'eau, ignorant les produits cosmétiques à paillettes à sa disposition, et descendit au rez-de-chaussée. Elle attendrait Nyles devant chez elle. Elle ne voulait pas le manquer.

Quand Mara apparut à la porte de derrière, Dee était en train de boire son café.

De toute évidence, sa voisine ne s'attendait pas à ce qu'elle donne suite à son invitation à petit-déjeuner. Elle frappa à la porte vitrée mais garda ses bras serrés autour d'elle, comme si elle pensait que Dee allait lui dire d'aller voir ailleurs.

En toute honnêteté, une partie de Dee souhaitait agir de la sorte. Pas parce qu'elle n'appréciait pas sa voisine, mais parce qu'elle craignait pour sa sécurité.

C'était simple, les personnes liées à elle finissaient par mourir. Monica, Blair. Même le Dr Farooq. C'était déjà assez grave que Nyles, Ethan et même cette emmerdeuse de Griselda puissent être dans la ligne de mire du Postman. Voulait-elle vraiment ajouter un autre nom à la liste ?

Pourtant, elle n'eut pas le cœur d'ignorer Mara. Après tout, ce n'était qu'une simple tasse de café. Dee lui ouvrit la porte après avoir retiré son piège-gobelet.

– Salut, dit-elle. Tu as faim ?

Mara n'entra pas.

– T'es sûre ? Il me reste du burrito. Je peux juste manger…

Dee lui fourra une banane dans la main.

– Je suis sûre.

Elles mangèrent des bananes et sirotèrent un café à l'extérieur, sur les fauteuils en osier moisis, tout en échangeant des banalités. Dee apprit que Mara venait du comté d'Orange, à seulement une heure et demie de sa maison à Burbank. Elle était sur le point de commencer l'université quand elle avait été arrêtée pendant l'été.

– M. Carpenter était professeur dans mon lycée, lui raconta Mara. Il donnait des cours de soutien de maths. Ils ont dit que je l'avais tué par balle dans sa classe après les cours d'été. Une crise de jalousie préméditée.

Elle inclina la tête, visiblement embarrassée.

– J'aurais soi-disant été amoureuse de lui et mal supporté qu'il me rejette.

– Et c'était le cas ?

– Beurk, non ! Je ne le connaissais même pas !

– Que s'est-il passé pendant le procès ?

– Toutes ces horribles filles du lycée ont témoigné et dit que j'avais l'habitude de traîner dans sa salle de classe.

Mara serra la mâchoire, les doigts si crispés autour de son gobelet de café que Dee eut peur qu'elle ne l'écrase.

– Ils auraient trouvé mes empreintes digitales sur l'arme du crime, alors que je n'ai jamais vu une vraie arme à feu, encore moins tiré avec. Je n'aurais aucune idée de comment m'en servir. Tout ça ressemblait aux procès des sorcières de Salem, tu vois ? J'étais coupable quoi qu'il arrive.

Dee sourit, désabusée.

– Je sais exactement ce que tu ressens.

– Eh bien, merci pour le petit déjeuner, dit Mara en se levant. Je devrais te laisser aller au travail.

– Je peux te demander quelque chose ? demanda Dee avant qu'elle se précipite pour retourner chez elle.

Mara la regarda avec appréhension.

– D'accord.

– Est-ce que tu as déjà écrit une fanfiction sur le forum du Postman ?

Les yeux verts de Mara s'écarquillèrent.

– Je ne ferais jamais ce genre de chose !

Elle semblait mortellement offensée.

– Oh, désolée, dit rapidement Dee. Je pensais juste à ces trucs que tu as mentionnés au sujet de Molly…

– Ce n'est pas de la fiction.

Quelque chose dans le ton de Mara – aigu et sérieux, comme un enfant qui raconte une histoire fantaisiste mais insiste sur le fait que cela s'est réellement passé – fit faire une pause à Dee.

– Tu veux dire que Molly la Déchiqueteuse est vraiment une mère de famille de quarante-trois ans originaire du Michigan ?

Mara hocha la tête de façon catégorique, puis baissa la voix :

– Son vrai nom est Ruth Martinello et elle vit au n° 157 de l'avenue Hillcrest.

– Ça ne peut pas être vrai !

– Et pourtant, ça l'est, murmura Mara. Et j'ai mieux encore : je connais toutes les identités secrètes des tueurs. Où ils vivent, ce qu'ils font et, plus important, où ils tuent sur l'île.

Elle se pencha en avant.

– C'est pour ça que je suis toujours en vie.

Vingt-quatre

Dee fixa Mara, son cœur battant la chamade. Cela pouvait-il être vrai ? Y avait-il effectivement un secret pour rester en vie sur Alcatraz 2.0 ? Elle jeta un coup d'œil autour de la cour. La caméra corbeau la plus proche était perchée sur la palissade à environ six mètres. Peut-être que si elles faisaient attention et parlaient à voix basse, on ne les entendrait pas.

– Comment tu sais tout ça ? chuchota Dee.

– La logique.

La logique, ça permettait de gagner une partie de Cluedo, pas de découvrir le secret bien gardé de l'identité des tueurs du Postman.

– Chaque tueur en série a un style unique, expliqua rapidement Mara. C'est comme une empreinte digitale de leurs meurtres. La façon dont ils s'habillent, comment ils parlent, leur manière de tuer et où. Ils aiment l'ordre et la routine. Si tu analyses ces éléments, une image commence à se former.

Dee songea à la pièce blanche de Kimmi et aux meurtres que son père y avait soi-disant perpétués. De la routine. De l'ordre.

Elle doutait cependant que regarder une douzaine de vidéos de Molly la Déchiqueteuse confrontant ses victimes à des lions affamés révélerait suffisamment d'indices pour que Mara devine son identité.

– Tu as fait toutes ces recherches ici ? demanda-t-elle. Sur Alcatraz 2.0 ?

– Bien sûr que non. J'étudie les tueurs du Postman depuis plus d'un an.

Mara ne semblait pas du tout embarrassée d'être une sorte de superfan postmanatique. Dee ne voulait pas juger : après tout, Monica avait été l'une des plus ferventes admiratrices de Gucci le Bourreau. Pourtant, analyser les Maliaques et leurs assassinats était une activité qu'elle trouvait particulièrement perturbante.

– Tu ne me crois pas, dit Mara, interprétant mal son silence.

– Non, c'est juste que je…

Je trouve ça bizarre ? Ça me fout les jetons ?

Mara pinça les lèvres, prit une profonde respiration et se rassit sur son fauteuil en osier.

– Mon premier indice a été l'accent. Molly ne semble pas en avoir un, mais si on ralentit la vidéo et qu'on utilise un filtre antiparasites pour supprimer les interférences du micro et les bruits de fond, on remarque toutes les nuances de prononciation dans son discours. Ça m'a permis de conclure qu'elle venait de la région des Grands Lacs. Deuxièmement, elle a une façon de moduler les voyelles typiques des villes du Nord de cette région. Enfin, quand Molly a lancé une meute de chimpanzés enragés sur Daniel Yssap, l'ancien membre du Congrès du Michigan condamné pour le meurtre de la stagiaire avec laquelle il avait eu une liaison, Molly l'a qualifié de « crétin de *yooper* » : c'est une expression typique de la péninsule supérieure du Michigan. À partir de ces indices, la retrouver est devenu relativement simple : une traque sur Facebook, un suivi de ses déplacements et une analyse de ses publications sur Instagram…

Dee la regarda d'un air interdit.

– Ouah.

Mara sourit, visiblement fière d'elle.

– Et une fois que j'ai su d'où elle venait exactement, j'ai compris pourquoi elle lui avait donné ce surnom avant de le tuer.

– Comment ça ?

– Eh bien, quand Molly la Déchiqueteuse a utilisé le terme « *yooper* », cela m'a permis de réduire considérablement la zone géographique de mes recherches, et je n'ai pas tardé à découvrir qu'elle était de Marquette, dans le Michigan.

L'engouement de Mara quant à ses déductions était quelque chose de familier pour Dee, cela lui rappelait la façon dont Monica parlait de Gucci.

– Pourquoi tu es si gentille avec moi ? laissa échapper Mara.

Elle ne murmurait plus.

C'était une question intelligente, compte tenu de l'endroit où elles se trouvaient. Dee ne connaissait pas du tout Mara, et elle s'aperçut qu'elle avait enfreint la première règle de Blair concernant Alcatraz 2.0 : « N'aide personne. »

Mais elle ne pouvait pas s'en empêcher et elle savait exactement pourquoi.

– Parce que tu me fais penser à ma sœur.

– Vraiment ?

Dee acquiesça.

– Elle est morte.

Mara la regarda fixement. Sa voisine savait-elle qu'elle avait été reconnue coupable du meurtre de Monica ? Probablement. La chaîne principale du Postman avait forcément dû l'annoncer. Mais Mara n'y avait jamais fait allusion.

– Parle-moi de…

Comme à point nommé, la notification avec une double sonnerie retentit dans le salon.

Ding-dong ! ding-dong !

Dee et Mara restèrent figées sur leurs fauteuils. Dee ne voulait pas regarder, mais elle savait qu'elle devait le faire. Et si c'était quelqu'un d'autre lié à son procès ? Le juge ? Un des policiers ? Son avocat ?

Elle prit une profonde inspiration, retourna dans la maison, traversa la cuisine et pénétra dans le salon, suivie de près par Mara. Bien qu'elle soit préparée à quelque chose d'horrible, ce qu'elle vit à l'écran lui donna l'impression que son sang se glaçait dans ses veines.

Nyles et Griselda étaient suspendus par les poignets, plusieurs mètres au-dessus d'un sol en béton. La pièce avait la hauteur de l'un des anciens entrepôts de l'île. Cet espace était peint en jaune pâle, avec des poutres de soutien en métal apparentes, et éclairé d'une lumière naturelle. Nyles et Griselda étaient bâillonnés, les chevilles entravées et leurs poignets liés par de lourdes cordes fixées à des crochets eux-mêmes attachés à d'épaisses chaînes rouillées. Nyles portait un bas de pyjama à motif écossais et un T-shirt à manches longues, mais Griselda avait toujours ses vêtements à la mode qu'elle portait la veille. Ils avaient dû être kidnappés aux Baraquements tard dans la nuit. Ou alors ce matin, et Griselda, comme Dee, ne s'était probablement pas couchée la nuit dernière.

Griselda fixait la caméra avec colère, ses dents blanches mordant le tissu noir de son bâillon. À l'instar de Blair, elle essayait à tout prix de résister. Malgré leurs différends, Dee admirait son courage.

Quant à Nyles, il avait l'air complètement perdu. Il avait les sourcils froncés et essayait de parler à travers son bâillon. Ses mots étaient incompréhensibles, mais Dee savait précisément ce qu'il disait.

– Immunité diplomatique, déclara-t-elle à haute voix.

– Hein ? demanda Mara.

Dee s'essuya le front : paniquée, elle transpirait à grosses gouttes.

– Ça n'a aucun sens ! L'affaire de Nyles est en appel. Il a l'immunité diplomatique. Il était censé rencontrer son avocat aujourd'hui et…

Elle s'interrompit. Voulait-elle vraiment impliquer Mara dans son plan ? Sa voisine avait survécu sur Alcatraz 2.0 en restant à l'abri des regards. Et tous ceux qui se rapprochaient de Dee semblaient promis à une mort certaine. Mara serait-elle la prochaine ?

– Et quoi ? demanda cette dernière.

– Je…

Une voix sur la chaîne principale lui évita de s'expliquer. Elle était modifiée électroniquement pour paraître métallique et robotique. Cela ne ressemblait à rien de ce que Dee avait entendu auparavant dans le programme du Postman.

– Cendrillon la Survivante.

Il y eut un craquement.

– Nous avons tes amis.

Oh, mon Dieu, non ! Ça recommence !

Tout comme Blair, Nyles et Griselda allaient mourir, et tout était de sa faute.

– Mes sœurs meurent d'envie de jouer avec eux.

Les sœurs Impitoyables entrèrent dans le cadre, se tenant par la main. Comme d'habitude, elles étaient déguisées à l'image d'un duo célèbre. Aujourd'hui, elles portaient des robes bleu pastel à manches bouffantes, des chaussettes blanches en dentelle et des souliers noirs en cuir verni. Leurs visages étaient dissimulés derrières des masques blancs qui épousaient parfaitement leurs traits.

Toutes deux s'arrêtèrent juste sous Nyles et Griselda, et firent une révérence.

– Les filles prennent des cours de natation, continua la voix désincarnée. Et elles aimeraient amener de nouveaux amis à la piscine.

Les sœurs Impitoyables sortirent du cadre de la caméra. Elles revinrent quelques instants plus tard en poussant un grand aquarium posé sur des roulettes. Dee était à peu près sûre d'avoir reconnu l'aquarium que Molly la Déchiqueteuse avait rempli de piranhas quelques semaines auparavant pour une exécution. Tandis que les sœurs Impitoyables le positionnaient juste sous ses compagnons, elle se souvint de la victime qui y avait été enfermée avec les poissons carnivores. L'eau claire était lentement devenue rouge et écumeuse, pleine de sang et de morceaux de chair.

Une fois l'aquarium parfaitement disposé, les sœurs disparurent dans deux coins de la pièce. Dee entendit le grincement d'une roue qui tournait. Quelques secondes plus tard, le bassin commença à se remplir d'eau par le biais d'un épais tuyau fixé sur l'un de ses côtés.

Immédiatement, les crochets maintenant les poignets de Nyles et de Griselda cédèrent, et ils tombèrent violemment dans le réservoir.

Autour d'eux, l'eau, déjà profonde de trois centimètres, montait à une vitesse affolante. Nyles et Griselda ne semblèrent pas le remarquer, trop occupés qu'ils étaient à tenter de se libérer de leurs liens. Pendant ce temps-là, les sœurs Impitoyables positionnèrent un panneau transparent sur la partie supérieure de l'aquarium. Une fois le couvercle installé, elles le cadenassèrent.

Leur plan était évident : l'eau finirait par remplir le réservoir. Même si Nyles et Griselda parvenaient à se libérer des cordes, il leur serait impossible de s'échapper et ils se noieraient. La voix artificielle s'éleva à nouveau :

– L'aquarium sera complètement plein dans vingt minutes.

Un chronomètre numérique rouge apparut dans un coin de l'écran.

– Pourras-tu les sauver, Cendrillon la Survivante ? Leur sort est entre tes mains.

Vingt-cinq

Dee fixa le chronomètre. Dix-neuf minutes et cinquante-cinq secondes. Cinquante-quatre secondes. Cinquante-trois.

Leur sort est entre mes mains.

– Ouah, laissa échapper Mara dans un soupir, le Postman doit vraiment te détester.

Tu n'as pas idée.

– J'ai de la peine pour Nyles. Il a vraiment été gentil avec moi, le jour de mon arrivée.

– Je dois les sauver, lâcha Dee.

Mara rit.

– Les sauver ? Pourquoi ?

Parce que ce sont mes amis.

Dee s'arrêta avant de prononcer ces mots. Personne n'avait d'amis sur Alcatraz 2.0, pourtant son instinct lui disait l'inverse. Nyles et même Griselda étaient ses amis. Ils avaient risqué leur propre sécurité pour l'aider. Elle ne comptait pas les laisser mourir.

– Parce que ce sont mes…

Sa réponse fut interrompue par une série de coups rapides à la porte d'entrée. Puis celle-ci s'ouvrit à la volée, ce qui déchira le fil dentaire à la menthe verte et fit tomber du mur le dispositif d'alerte à base de cuillères-fourchettes. Ethan fit irruption dans le salon. Mara hurla et s'enfuit dans la cour arrière.

– Mara ! s'écria Dee. Tout va bien, c'est un ami !

– Dee ! s'exclama Ethan. Qu'est-ce que tu vas faire ?

Il ne semblait pas s'être rendu compte de la présence de Mara. Il marqua une pause et se retourna.

– Et pourquoi ta porte n'était pas fermée ?

Il renifla l'air.

– Et pourquoi ton salon sent la menthe ?

– Je veux les sauver, déclara Dee, qui se sentait totalement impuissante. Mais avec tous ces entrepôts sur l'île, ce sera un miracle si je retrouve Griselda et Nyles à temps.

– La… la vieille prison de la marine, dit timidement Mara.

Les regardant furtivement depuis la cuisine, elle semblait prête à déguerpir à nouveau au moindre signe de danger.

– Quoi ?

Elle parla d'une petite voix, mais avec une conviction absolue :

– Quand les sœurs Impitoyables ont tué Nikolai Ivankov en le gavant de mûres au sucre jusqu'à ce que son estomac explose, j'ai comparé des photos de leur salle d'exécution à celle de la vieille prison navale de l'île. Une partie de celle-ci a été transformée en une salle de dégustation de vin il y a vingt ans, mais il y a quatre vingt quinze pour cent de chances que ce soit le même endroit.

– Dis donc, elle déchire celle-là ! s'exclama Ethan.

Et il ajouta, en penchant la tête sur le côté :

– Au fait, qui es-tu au juste ?

– C'est Mara, ma voisine.

Ethan hocha la tête.

– Tu travaillais à l'épicerie ! Je me souviens de tes cheveux roux. Tu sais pourquoi il n'y a plus rien à manger là-bas ?

Ce n'était pas *du tout* le moment de s'inquiéter de ça !

– Ethan, tu sais où se trouve la prison de la marine ?

– Pas vraiment. Mais nous pouvons probablement la trouver.

Elle appréciait qu'il utilise le pronom « nous », mais sans connaître la localisation exacte de la prison, ils n'avaient aucune chance d'atteindre Nyles et Griselda à temps. Ils avaient besoin d'un guide.

– Mara, commença doucement Dee, tu peux nous y conduire ?

Celle-ci fit un bond en arrière, se recroquevillant sur elle-même.

– Aller dans une salle d'exécution ? Volontairement ?

Dix-huit minutes et quarante-neuf secondes.

– Nous n'avons pas le temps de la trouver par nos propres moyens. S'il te plaît, Mara !

– Je...

– Tu n'auras même pas à entrer. Il suffit que tu nous indiques où c'est et tu pourras rentrer chez toi.

Les yeux de Mara passèrent du visage de Dee à l'écran de télévision. Nyles avait réussi à dégager ses poignets des cordes et s'efforçait de détacher Griselda. L'eau avait dépassé leurs chevilles. Avaient-ils vraiment vingt minutes devant eux ? Dee n'aurait pas été étonnée que le Postman leur mente.

– Mara, s'il te plaît !

Elle déglutit.

– D'accord.

– Génial ! s'exclama Ethan.

Puis il tourna les talons et se précipita dehors.

– Je te retrouve au coin de la rue.

– Où est-ce que tu vas ? s'étonna Dee.

– J'ai besoin de me mettre en tenue ! cria-t-il par-dessus son épaule.

En tenue ? Dee baissa les yeux sur ses propres vêtements de la veille : une robe jaune ajustée et évasée avec des manches à volants et des chaussures plates en cuir verni. Courir dans cet accoutrement à travers l'île serait un beau spectacle pour les caméras du Postman. Hélas, elle n'avait pas le temps de se changer en une tenue plus pratique. Elle attrapa son trousseau sur le comptoir de la cuisine et suivit Ethan.

Mara resta silencieuse, mais se mordit la lèvre inférieure quand Dee ferma la porte de chez elle.

– Ça va aller, lui dit cette dernière en jetant un dernier coup d'œil au compte à rebours à travers la fenêtre du salon. Dix-huit minutes, quatre secondes.

– Je sais.

Toutes les deux racontaient des conneries pour se rassurer, mais qui pouvait le leur interdire ?

Elles étaient presque au coin de la rue quand Ethan sortit précipitamment de chez lui. Il portait un treillis de camouflage avec des baskets, un bandana assorti autour de son crâne rasé, et c'était tout. Il était torse nu, ses muscles bien dessinés et ses nombreux tatouages se contractant à chaque pas. Quand il les rejoignit, Dee se rendit compte qu'il s'était barbouillé à la hâte deux lignes parallèles sur le visage avec une sorte d'enduit noir.

– Dis-moi que c'est une blague, dit-elle.

– Quoi ?

Ethan banda ses pectoraux en alternant un côté puis l'autre.

– Je suis Arnold Schwarzenegger dans *Commando*.

Il se racla la gorge et tenta un accent autrichien :

– Crache ta vapeur, sale pourriture.

Parfait. Ethan pensait qu'il était dans un film d'action des années 1980. Dee avait l'air d'une cosplayeuse déguisée en princesse, et ils étaient sur le point d'affronter deux tueuses adultes faisant semblant d'être des petites filles. Dee endurait probablement la pire journée de sa vie, non ?

Ethan jeta un œil à son chronomètre.

– Seize minutes. En route.

Dee soupira. Ils n'avaient aucun plan, seulement une vague idée de leur destination, et leurs vies étaient en jeu.

– Montre-nous le chemin, Mara.

– Au bout de la 9e Rue, dit-elle en pointant du doigt la direction d'un air convaincu.

Ethan sprinta devant, si rapidement que Dee et Mara peinèrent à le suivre.

– C'est ton bagage. Si tu perds du temps, démerde-toi tout seul, cria-t-il, imitant toujours Arnold Schwarzenegger.

– C'est une réplique de *Predator,* non ? demanda Mara.

– On s'en moque ! Joue juste le jeu, répondit Dee, impressionnée qu'elle puisse identifier l'une des citations d'Ethan.

En partant du principe qu'il lui fallait une seconde pour faire un pas, Dee essayait d'estimer le nombre de secondes en train de s'écouler. À cause de son cœur qui battait à un rythme inquiétant et martelait dans ses oreilles, c'était impossible. Ils passèrent devant les terrains de sport et la rue principale, leur progression ralentie par un vent de face mêlé d'embruns. Ethan avait pris beaucoup d'avance sur elles lorsque Mara s'arrêta devant ce qui semblait être une école abandonnée.

Dee appela Ethan :

– Hé ! C'est par ici, Magellan !

– Super !

Il rebroussa chemin à toute vitesse.

– Ça vient de quel film ?

– Euh… c'est tiré de l'histoire !

– Oui, je me doute ! Mais l'histoire de quel film ?

Dee commençait à comprendre l'exaspération de Griselda.

Ils suivirent Mara dans une rue inconnue. La jeune fille s'arrêta près d'un bâtiment en pierre claire situé derrière un parking envahi par la végétation.

Une énorme clôture entourait la propriété. Ce n'était pas un simple grillage mais un imposant treillis métallique. À environ trois mètres de hauteur, il s'inclinait jusqu'au bâtiment selon un angle de quarante-cinq degrés, empêchant ainsi toute personne à l'intérieur de grimper dessus afin de prendre la fuite. Ici, de vieilles caméras de sécurité qui ressemblaient à de grandes boîtes à lettres métalliques perchées sur des bras rotatifs remplaçaient les caméras corbeaux. Elles balayaient l'intérieur de l'ancienne cour, probablement comme il y a cinquante ans, quand la marine utilisait encore les lieux.

Au moins, le Postman était du genre à recycler.

Au-delà du treillis, un bâtiment de trois étages en ardoise beige se profilait dans le soleil du matin. Avec ses nombreuses vitres teintées en bleu, il paraissait moins inquiétant que la clôture. Dee réalisa cependant en s'approchant que toute la partie supérieure du bâtiment était privée de la lumière du jour : de larges panneaux en acier avaient été installés derrière chaque fenêtre.

– Douze minutes, trois secondes, déclara Ethan, même pas essoufflé. Je vais vérifier le périmètre.

– On devrait rester ensemble, souffla Dee, haletante.

Trop tard. Il se précipita au coin de la clôture dans une vieille allée et disparut.

– Merde, Ethan !

– Je crois qu'il y a une ouverture dans le grillage un peu plus loin, l'informa Mara.

Elle se tenait au milieu de la rue, refusant de s'approcher de la propriété.

Dee sourit.

– D'accord, merci.

– Sois prudente.

Dee hocha la tête, puis alla rejoindre Ethan de l'autre côté de la palissade. Ce dernier était accroupi derrière des buissons comme le chef d'un commando de marine sur le point d'attaquer une forteresse ennemie. Dee ne comprit pas trop pourquoi il prenait la peine de se cacher, vu qu'il était filmé sous une douzaine d'angles différents, mais peu importait. Ethan jouait son propre film d'action dans sa tête, et les caméras venaient ajouter à son fantasme.

Une fois la porte d'entrée atteinte, il y plaqua son dos comme pour éviter de se faire repérer. Puis, après avoir regardé à gauche et à droite en faisant semblant de chercher des caméras de surveillance, il fit une roulade sur le côté et se retrouva sous le rebord d'une fenêtre.

Au moins, il s'amusait.

Quand Dee arriva, il était toujours recroquevillé. Les mains autour des yeux, il essayait de regarder à travers une vitre.

– Tu vois quelque chose ? l'interrogea-t-elle.

Poussant un cri aigu, il bondit en arrière.

– Merde, ma pote ! Tu m'as fait flipper !

Sérieusement ?

– Tu vois quelque chose ? répéta Dee.

– On dirait que c'est vide.

Dee jeta un coup d'œil à la montre d'Ethan. Onze minutes.

– Espérons que non.

Ethan et elle étaient probablement sur le point de mourir, mais l'alternative était de rentrer chez eux et de regarder en boucle Nyles et Griselda se noyer.

Autant dire qu'ils n'avaient pas d'autre choix qu'entrer.

Dee prit une profonde inspiration et s'approcha de la porte.

– Je pourrais peut-être l'enfoncer, déclara Ethan.

Il se leva et plia son genou droit, attrapant son pied dans sa main de façon à pouvoir étirer son quadriceps.

– Un bon coup façon ninja pourrait faire l'affaire.

Dee n'avait aucune idée de ce dont il s'agissait, mais elle décida d'essayer d'ouvrir la porte avant qu'Ethan ne commence à tout casser. Elle fut complètement surprise quand cela fonctionna.

– Ou on pourrait simplement l'ouvrir, dit Ethan en bondissant derrière elle. Bien joué !

Entrer dans le hall de l'ancienne prison de la marine était comme remonter dans le temps. Un comptoir bas recouvert d'une épaisse couche de poussière se trouvait à leur droite. Un panneau fixé au mur indiquait « LES ARMES À FEU NE SONT PAS AUTORISÉES AU-DELÀ DE CETTE LIMITE ».

Une rangée de petits casiers leur faisait face, ils étaient tous ouverts, vides et rouillés. Un couloir partait sur la droite. Tout semblait délabré et abandonné, à l'exception des caméras de sécurité toutes neuves en forme de demi-sphère. Identiques à celles de chez Dee et d'Ice Crime, elles avaient été installées au plafond et leurs voyants rouges étaient allumés.

Si on les observait, cela voulait forcément dire qu'ils étaient au bon endroit.

Dee attira l'attention d'Ethan en lui tapotant l'épaule. D'un mouvement de menton, elle désigna l'objectif le plus proche.

– C'est un piège.

– Oh, totalement, dit-il, l'air excité. C'est pour ça que je suis venu. Boo-yah !

Génial ! Avec Rambo comme partenaire, ça ne pouvait pas aller de travers !

Ethan se retourna, scrutant le hall d'entrée, puis s'arrêta près du comptoir où un extincteur était fixé au mur.

– Ha ha !

Il posa une main sur le comptoir et sauta par-dessus, faisant voler un nuage de grosses particules de poussière, puis arracha l'extincteur de sa fixation. Il plaça le cylindre sous un bras et tint le tuyau dans sa main comme un pistolet.

– Tu dois te poser qu'une question.

– Hein ?

– Tu dois te poser qu'une question. Est-ce que je tente ma chance ? reprit Ethan. Vas-y, tu la tentes ou pas ?

– C'est une autre référence à un film, c'est ça ? demanda Dee avec lassitude, souhaitant presque avoir Mara à ses côtés pour faire l'interprète.

Ethan fronça les sourcils.

– Putain, c'est *L'Inspecteur Harry* ! Tu as grandi sur une autre planète ou quoi ?

Tu n'imagines pas.

– Tu vois quelque chose que moi, je pourrais utiliser ?

– Euh...

Les lèvres plissées, il jeta un coup d'œil sous le comptoir. Soudain, son visage s'éclaira.

– Madame est servie !

Il lui lança une agrafeuse rouillée.

– Quelle arme redoutable !

– C'est mieux que rien, rétorqua-t-il. Allons-y !

Ethan ressauta par-dessus le comptoir avec le grand extincteur tout aussi facilement que lorsqu'il ne l'avait pas. Agrafeuse à la main, Dee le suivit.

PARIONSTRAZ.COM

(une filiale de Postman Enterprises)

DÉTENUE : Dee Guerrera (#CendrillonLaSurvivante)
NOMBRE DE JOURS EN VIE : 3
DÉTENU : Ethan Robinson (#EthanMonsieurMuscle)
NOMBRE DE JOURS EN VIE : >27
PÉRIODE : 10 novembre 0 : 00 – 10 novembre 23 : 59
CONDITIONS : Intérieur, bien éclairé

TEMPS AVANT LA MORT (arrondi)	**COTE**	**GAIN POUR UNE MISE DE 2 $**
5 minutes	10-1	22,00 $
10 minutes	9-2	11,00 $
15 minutes	9-5	5,60 $
20 minutes	1-1	4,00 $
25 minutes	3-5	3,20 $
30 minutes	11-1	24,00 $
PAS DE MORT	16-1	34,00 $

Vingt-six

Dee ne savait pas vraiment à quoi elle s'était attendue. Une obscurité totale. Une gigantesque prison avec une multitude de cellules et des passerelles. Ou un couloir bordé de tronçonneuses géantes. De l'Alcatraz 2.0 tout craché, quoi !

Au lieu de cela, elle vit juste un couloir. Ordinaire. Démodé. Presque accueillant.

Des plafonniers en forme de cloche éclairaient des portes les unes en face des autres, espacées de quelques mètres. Le sol était recouvert d'une moquette industrielle bleue et grise. Chose étrange, les murs étaient tapissés. D'un papier blanc avec des fleurs mauve. Du lilas peut-être ? Ou des jacinthes ? Dee était nulle en botanique.

– On se croirait chez ma grand-mère dans le New Jersey.

Ethan renifla l'air.

– Même l'odeur est pareille : journal humide et odeurs corporelles.

– C'est... familier, ici, ajouta Dee. Comme si j'en avais rêvé ou quelque chose comme ça...

– Tes rêves sont pourris.

– Trop aimable !

Tout au bout du couloir, deux personnes apparurent pile dans l'axe d'une caméra allumée. Les sœurs Impitoyables. Toujours habillées de la même manière – des robes bleu pastel assorties, des chaussettes montantes blanches, des souliers vernis noirs et des masques –, elles se tenaient la main.

Tout à coup, Dee comprit pourquoi le couloir était décoré de cette étrange façon. Pour leur petit numéro de sœurs sociopathes, les tueuses étaient déguisées en fantômes des sœurs Grady. Ils étaient dans une reconstitution de l'hôtel Overlook de *Shining*.

– On est mal, souffla Dee.

– Viens jouer avec nous, DeeDee ! dirent-elles à l'unisson d'une voix chantante. Pour toujours… pour toujours.

– Allez, venez vous battre ! cria Ethan, le tuyau de l'extincteur à la main.

Les sœurs Impitoyables ne bougèrent pas. À la place, Dee entendit un petit moteur au loin. Le son devint plus fort et se rapprocha. Deux objets apparurent derrière les sœurs, immédiatement suivis de deux autres. Ils ressemblaient à des tricycles à l'ancienne, avec chacun un siège en plastique bleu, une armature rouge, un guidon en métal, deux grosses roues à l'arrière et une seule plus grande à l'avant. Au lieu d'être montés par des enfants, les tricycles étaient télécommandés et semblaient pédaler tout seuls : ils progressaient le long du couloir vers Dee et Ethan.

– C'est tout ? rit ce dernier en baissant sa garde. C'est tout ce que vous avez ?

Dee devait admettre qu'il était plutôt ridicule que les sœurs Impitoyables les attaquent avec des jouets télécommandés, mais elle savait aussi que sous-estimer l'un des Maliaques était le plus sûr moyen de mourir rapidement. Toutes les caméras dans le couloir étaient dirigées vers les tricycles, ils devaient donc être plus dangereux qu'il n'y paraissait. Dee commença à s'éloigner à reculons.

– Ne les approche pas ! cria-t-elle à l'attention d'Ethan.

– Pourquoi ?

Les tricycles avaient traversé la moitié du couloir et avançaient rapidement.

– Ce sont que des jouets ! Ils ne peuvent pas nous faire de mal…

Sans avertissement, l'un des engins vira brusquement à gauche et s'écrasa contre le mur. Au moment de l'impact, il explosa. La détonation fut si violente que le couloir trembla. Dee fut secouée par l'onde de choc.

– Putain de merde !

Ethan commença à courir dans la direction opposée, juste derrière Dee. De retour dans le hall, ils sautèrent par-dessus le comptoir juste au moment où un deuxième tricycle faisait un virage trop serré et s'écrasait contre les casiers. Du métal tordu ricocha dans tous les sens et ils durent se rouler en boule derrière le comptoir pour ne pas se faire embrocher.

– Ce comptoir ne nous protégera pas longtemps ! gronda Dee.

Ils n'avaient pourtant pas de temps à perdre. Pendant qu'ils jouaient à cache-cache avec des tricycles explosifs, Nyles et Griselda étaient sur le point de se noyer quelque part dans ce bâtiment.

Les deux derniers tricycles débarquèrent dans la grande salle pour leur faire la peau.

– Je ne pensais pas mourir comme ça… éliminé par un jouet, déplora Ethan.

Dee repéra une caméra placée juste au-dessus d'elle. Son dôme avait été détruit par les éclats des casiers qui avaient explosé. Pour le moment du moins, personne ne pouvait les voir.

– Tu ne vas pas mourir ici.

Elle se concentra sur la porte qui se trouvait juste derrière le comptoir : elle s'ouvrait probablement sur un autre couloir, mais au moins ils bénéficieraient de l'effet de surprise. Ils devaient prendre le risque.

– Allez !

Elle attrapa Ethan par le bras et ouvrit la porte avec précipitation.

Au lieu de la reconstitution effrayante de l'hôtel Overlook, ils se trouvaient désormais dans un passage sombre et étroit. Au moment où Dee y poussa Ethan, l'un des tricycles fonça dans le comptoir. La force de l'explosion fit claquer la porte derrière elle, les projetant dans l'obscurité totale.

Trois de détruits, il n'en restait plus qu'un.

Dee et Ethan étaient pressés entre un mur en métal lisse de l'ancienne prison et les poutres en bois qui le soutenaient.

– Ça doit être l'envers du couloir, murmura Dee, ses yeux s'adaptant au manque de lumière. Nous sommes derrière le décor.

– Cool.

Dee garda la main sur le bras d'Ethan pendant leur progression tâtonnante. Elle retint son souffle, essayant d'entendre le moteur du dernier tricycle, mais l'endroit était étrangement silencieux. Se pouvait-il que le Postman ou les sœur Impitoyables aient perdu leur trace ?

Ils atteignirent une imposante porte en métal qu'Ethan ouvrit facilement. Quand ils la franchirent, Dee pensa qu'ils avaient dû prendre un mauvais tournant.

– Est-ce que c'est le même couloir ? demanda Ethan.

Il paraissait identique à celui inspiré de *Shining*. Même papier peint, même tapis, mêmes plafonniers, même placement de caméras. Sauf qu'il n'y avait aucune trace de l'explosion que le premier tricycle avait provoquée en emportant une partie du mur, juste du papier peint mauve et blanc impeccable.

– Je ne pense pas.

Dee regarda par-dessus son épaule pour s'assurer qu'ils n'avaient pas été suivis.

– Mais ce sont les mêmes nanas, hein ?

Dee se retourna. Les sœurs Impitoyables étaient de retour, se tenant l'une à côté de l'autre au bout du couloir. Seulement, cette fois, elles brandissaient chacune une hache à manche rouge.

– VIENS JOUER AVEC NOUS, DEEDEE !

Dee pouvait entendre, au loin, le bourdonnement aigu d'un moteur de jouet. Le dernier tricycle télécommandé arrivait derrière eux. Ils avaient été piégés.

– Bon, ça commence à bien faire, s'exclama Ethan. J'ai pas le temps de saigner !

Il dégoupilla l'extincteur et s'avança en direction des sœurs Impitoyables. Le liquide chimique qui sortait du tuyau en un jet fin se mettait à gonfler et mousser au contact des surfaces dures. Rapidement, la moquette fut recouverte d'un amas collant.

– Vise les caméras ! cria Dee.

Ethan obéit en agitant son tuyau vers le plafond.

Les sœurs Impitoyables semblèrent momentanément abasourdies. Ethan était pratiquement à leur niveau quand elles passèrent finalement à l'action. La plus grande sœur agrippa sa hache des deux mains, la brandit au-dessus de sa tête et chargea.

Mais Ethan était plus rapide et plus agile : il utilisa le cylindre de l'extincteur comme bouclier. La lame s'enfonça dans le métal et de l'air sous pression commença à s'en échapper. Maintenant liés l'un à l'autre, l'extincteur et la hache volèrent des mains d'Ethan et allèrent s'écraser contre le mur. Ethan plongea pour saisir le manche de la hache mais perdit l'équilibre à cause du sol glissant. Il termina sa course dans le décor.

La plus petite sœur Impitoyable ne perdit pas de temps. À son tour, elle tenta de lui balancer sa hache dans la tête, laissant échapper un cri à glacer le sang.

Dee n'eut même pas l'opportunité de réfléchir. La moquette glissante lui rappelait le vieux ventriglisse que son père installait sur la pelouse quand elle était enfant. Elle pensait pouvoir couvrir plus de distance en glissant tête la première dessus que si elle courait. Elle fit plusieurs pas vers l'agresseur d'Ethan, puis plongea en avant.

Elle fit environ trois mètres, puis atterrit dans les jambes de la sœur Impitoyable comme une boule de bowling renversant la dernière quille d'un jeu. Dans sa chute, la tueuse lâcha sa hache, qui s'encastra dans le contreplaqué sous la moquette. Dee roula sur le côté, arrêtant son élan juste à temps pour voir l'autre sœur se jeter sur elle. Mais Ethan était à nouveau debout.

Dee savait qu'il était fort, mais elle ne s'était pas rendu compte à quel point : il balança la tueuse comme une poupée de chiffon. Elle sembla en suspens dans les airs, les bras et les jambes écartés, poussant un hurlement déchirant. Au même moment, le dernier tricycle apparut dans le couloir et accéléra vers eux.

Personne n'aurait pu anticiper ça. Pas même la sœur Impitoyable qui heurta le sol avec un bruit sourd après son vol plané et eut juste le temps de se redresser et de voir le tricycle avant l'impact.

La fumée emplit le faux couloir et la force de l'explosion ébranla ses fondations, fauchant Ethan qui se retrouva à genoux. Ce qui en soi était une bonne chose, puisque des morceaux de la sœur Impitoyable volèrent dans toutes les directions. Une de ses mains effleura la joue d'Ethan avant de percuter le mur, comme un assaut final, même dans la mort. Il ne restait plus d'elle qu'une tache de sang calciné sur le sol, quelques membres sectionnés et un amas de tissus humains sur les murs.

Dee cligna des yeux, pleurant à cause de la fumée, et roula sur le côté. Elle s'attendait à ce que l'autre sœur se précipite sur elle avec sa hache. Pourtant, quand l'air vicié se dissipa suffisamment, Dee n'eut sous les yeux qu'un champ de bataille fait de mousse, de morceaux de cadavre et d'Ethan en train de se relever lentement.

L'autre sœur, et son arme, avaient disparu.

Vingt-sept

– Combien de temps nous reste-t-il ? demanda Dee, se hissant péniblement sur ses pieds.

Ethan jeta un coup d'œil à sa montre.

– Deux minutes trente.

– Merde.

Dee marcha sur un pied coupé et toujours dans son soulier noir, puis jeta un coup d'œil alentour. Elle s'attendait à ce que la sœur manquante sorte de l'ombre pour lui sauter dessus. Enfin, son regard se posa sur le mur du fond, où se trouvait une double porte qui donnait sans doute sur la pièce suivante.

– On doit se dépêcher.

– Je m'en occupe.

Ethan posa un pied sur l'extincteur et dégagea la hache du cylindre.

– Maintenant, j'ai une mitraillette. Ho-ho-ho.

– Ce n'est pas une mitraillette.

Ethan leva les yeux au ciel.

– C'est une citation de *Die Hard*.

Son film préféré.

Les portes s'ouvrirent sur un espace immense : les murs étaient jaune pâle et la pièce éclairée par des néons si lumineux qu'ils lui piquaient les yeux. Entre deux clignements de paupières, Dee aperçut l'aquarium au centre de la pièce.

Ils avaient trouvé Nyles et Griselda.

L'eau arrivait presque en haut du bassin, à moins de cinq centimètres du couvercle que les sœurs Impitoyables avaient cadenassé. Nyles et Griselda s'étaient débarrassés de leurs chaussures et avaient réussi à se libérer des cordes. Ils faisaient du surplace, leurs visages à peine visibles au-dessus du niveau de l'eau.

La caméra, une énorme machine coiffée d'une capuche semblable à celles utilisées sur les plateaux de cinéma et de télévision, était installée sur un trépied de l'autre côté de la pièce. Rien n'aurait fait plus plaisir à Dee que de voir Ethan la détruire à la hache, mais ils n'avaient pas le temps.

– Ethan ! cria-t-elle. Brise la paroi !

– C'est parti !

Il courut, la hache levée au-dessus de sa tête, et frappa de toutes ses forces sur le côté du réservoir.

Une minuscule fissure apparut dans le verre.

– Merde ! s'exclama-t-il.

– Continue, l'encouragea Dee, je vais essayer d'arrêter l'eau.

Dee s'accroupit près de l'épais tuyau de pompier : il semblait pouvoir se dévisser facilement, mais la grande quantité d'eau qui y déferlait le rendait incroyablement lourd. Elle essaya d'en tordre le bout, mais la pression maintenait le dispositif d'amarrage fermement en place.

Peut-être Ethan pourrait-il le faire bouger ? Il avait réussi à élargir la fissure, mais ce n'était pas encore suffisant pour percer l'aquarium. Dee commença à l'appeler, mais les mots ne sortirent jamais de sa bouche.

En levant les yeux, elle se trouva face à Nyles immergé, son visage à moitié caché par ses cheveux blond cendré qui tourbillonnaient. Il désignait avec acharnement quelque chose derrière elle.

Dee avait tout juste compris l'avertissement du Britannique quand elle aperçut un reflet dans la vitre, un éclat furtif de métal brillant. D'un geste ample, la survivante des sœurs Impitoyables était en train d'abattre sa hache directement sur sa tête.

Dee n'eut qu'une fraction de seconde pour réagir : elle plongea en avant, sur le tuyau, et sentit un courant d'air. La lame la manqua de peu, mais ne rata pas le tuyau. Coupé en deux, il retomba sur le sol comme un serpent décapité. Il ondula, projetant de l'eau sur le béton. Plus important encore, sans son tuyau d'alimentation, l'aquarium commença à se vider.

Ce qui était génial pour Nyles et Griselda, sur le point d'être complètement submergés. Mais pas autant pour Dee, que la sœur Impitoyable avait à sa merci.

– Tu as tué ma sœur ! hurla-t-elle.

Elle avait complètement abandonné la voix chantante des sœurs Grady.

Dee recula. Ses bras et ses jambes glissaient dans la flaque sur le sol.

– Ethan ! cria-t-elle.

Mais il frappait toujours sur l'aquarium et ne semblait pas l'entendre par-dessus le bruit de l'eau et du craquement du verre de sécurité.

La sœur Impitoyable leva à nouveau la hache au-dessus de sa tête.

– Personne ne va t'aider, la Survivante ! Grâce à toi, je vais obtenir cent millions de boosts.

Dee plaça le bras devant son visage, s'attendant à sentir la lame lui entailler la peau. Au lieu de cela, elle entendit un bruit sourd, puis la sœur Impitoyable chancela. Sa hache heurta le sol et elle s'effondra, la tête inclinée selon un angle impossible.

Mara se trouvait derrière elle, un extincteur à la main.

***

Il leur fallut encore quelques efforts pour sortir Nyles et Griselda de l'aquarium. Ethan réussit finalement à percer l'épais double vitrage, mais celui-ci ne vola pas en éclats. Les fissures s'étendirent sur le verre telle une toile d'araignée depuis l'épicentre des coups de hache, comme un pare-brise abîmé dans un accident. Puis Ethan utilisa la lame de la hache pour arracher des morceaux de vitre jusqu'à obtenir un espace suffisant pour laisser passer les deux captifs. Il attacha l'arme au passant de son pantalon et souleva Griselda pour la mettre à l'abri.

– Je n'ai pas le droit à un baiser de remerciement ? demanda-t-il.

– Si par baiser tu veux dire coup…

Elle le frappa à l'épaule.

– Alors si.

Ethan la reposa et se frotta l'épaule.

– Bordel, ma belle, c'est la dernière fois de ma vie que je sauve la tienne !

Nyles jeta ses chaussures hors de l'aquarium et essaya de sortir du trou. Il dut contorsionner son corps long et mince pour se faufiler, et tourna tant les hanches qu'il finit par se retrouver sur le dos, coincé.

– Je pourrais avoir un peu d'aide ?

Ethan passa ses bras autour de son torse et le tira jusqu'à lui. Une fois Nyles en sécurité, Ethan le remit sur ses pieds.

– Euh, tu veux aussi que je t'embrasse pour te remercier ? demanda Nyles.

Ethan leva la main.

– Nan, je n'aime que les mecs canon.

Nyles plissa la lèvre supérieure pendant qu'il retirait des morceaux de verre émietté de son bas de pyjama trempé.

– Est-ce que quelqu'un peut me dire ce qui vient de se passer, bordel ?

– C'est simple pourtant, on a frôlé la mort, répondit Griselda.

Mais Nyles n'écoutait pas.

– L'ambassadeur va en entendre parler. J'ai l'immunité diplomatique !

– Attends ! cria Ethan.

Nyles le regarda, perplexe.

– Hein ?

Ethan s'accroupit devant lui, sa main droite formant un pistolet visant directement Nyles.

– Redis-le.

– Redire quoi ?

– La chose que tu dis, disons, vingt fois par jour.

Nyles pencha la tête sur le côté.

– Que j'ai l'immunité diplomatique ?

Ethan fit semblant de tirer.

– BAM ! Eh ben, elle vient juste d'être annulée.

Nyles se tourna vers Dee.

– Tu as une idée de quoi il parle ?

Elle ne put s'empêcher de rire.

– Je pense que ça vient d'un de ses films d'action.

Ethan souffla sur son doigt supposé être une arme.

– *L'Arme fatale* 2. Ça fait des semaines que j'attends que quelqu'un essaie de te tuer pour pouvoir utiliser cette réplique.

– Tu te rends compte combien tu as l'air dérangé en disant ça, hein ? rétorqua Nyles.

Ethan soupira, rayonnant de bonheur.

– C'était mieux qu'un baiser. Merci, mon pote !

– Est-ce qu'on peut partir, maintenant ?

Dee se retourna et son rire mourut sur ses lèvres. Mara se tenait toujours devant la sœur Impitoyable qu'elle venait de tuer et la fixait sans ciller. Elle avait l'air fragile, comme si elle était sur le point de vomir ou de s'évanouir, ou alors les deux.

– Qu'est-ce qu'elle fait ici, putain ? demanda Griselda.

Même si ses paroles étaient aussi dures que d'habitude, son visage était plus pâle. C'était le signe le plus visible de peur que Dee avait pu remarquer chez sa collègue depuis son arrivée sur l'île.

– Voici Mara, dit-elle en se précipitant à ses côtés. Ma voisine.

– Elle travaillait à l'épicerie, ajouta Ethan.

– Je sais qui c'est, répliqua sèchement Griselda. Mais pourquoi elle est là ?

Dee sourit.

– C'est elle qui a su où vous trouver.

Nyles fut aussitôt intéressé.

– Comment ?

Mara cligna des yeux et se détourna du cadavre. Elle était blême.

– Les sœurs Impitoyables utilisent toujours le même endroit pour leurs exécutions. J'ai utilisé de vieilles photos pour comparer les bâtiments sur l'île…

– Jusqu'à ce que tu en trouves un d'une taille similaire, intervint Nyles en terminant sa phrase pour elle, visiblement excité. Et ensuite, tu as comparé ça avec les archives et fini par trouver une correspondance parfaite ?

– Euh, oui, confirma Mara. Je passais mon temps à étudier les assassins du Postman. Enfin, avant.

– Un passe-temps tout ce qu'il y a de plus normal, dit sarcastiquement Griselda.

Mais au lieu d'être intimidée, Mara l'évalua comme un médecin qui examinerait un patient.

– Je pensais que ça pourrait être utile si je me retrouvais ici un jour.

– Et comme ces informations nous ont sauvé la vie, je dis « bravo » ! s'exclama Nyles avec son plus bel accent britannique.

Il attrapa la main de Mara et la secoua vigoureusement de haut en bas.

– Tu as utilisé la méthode scientifique de façon absolument brillante.

– Eh ! Nous aussi, on a aidé ! enchaîna Ethan.

– Oui, bien sûr.

Il serra la main d'Ethan, puis attrapa Dee et la serra fort dans ses bras.

– Je te suis vraiment reconnaissant.

Dee sentit le rouge lui monter aux joues.

– Tu aurais fait la même chose pour moi.

– Tu en es sûre, princesse ? intervint Griselda.

En toute honnêteté, Dee n'était pas certaine que Nyles, Ethan ou Griselda seraient venus à son secours. Elle ne savait pas non plus si ses actions faisaient d'elle une personne meilleure ou tout simplement quelqu'un d'incroyablement stupide.

– Oui, dit-elle en rencontrant le regard froid de Griselda. Oui, j'en suis sûre.

⏲ 7 min

BozzieJ @RougeNeige1
Euh, est-ce que quelqu'un peut m'expliquer comment Andrew, Claire, Brian, Bender et Allison[2] viennent juste de réussir à éliminer les DEUX sœurs Impitoyables ?
#ChasserLesChasseurs #PasMaConceptionDuPostman
⟵ 1361 ∞ 471

⏲ 7 min

Nikola Testicla @NikolaTesticla
J'ai l'impression que @SoeursImpitoyables se sont fait avoir car elles ont trop collé à leur thème. J'aime les tricycles et les haches (la double noyade c'était bof), mais si elles avaient fait preuve de créativité, les choses auraient pu se terminer différemment.
#ÇaNeVautPasUnBoost #MêmeDansLaMort
#PasMaConceptionDuPostman
⟵ 244 ∞ 63

⏲ 6 min

Benny Nda Jetts @EltonJohnPourToujours
Pas de réaction de la part des adeptes de la théorie du complot ? Étonnant ! #NeFaitesPasConfianceAuxAntiPostman
#ViensJouerAvecNous
⟵ 52 ∞ 98

⏲ 6 min

Ella Au Pays Enchanté @EllaAuPaysEnchanté2
@RougeNeige1 MAIS DE QUI TU PARLES ?
⟵ 38 ∞ 5

⏲ 6 min

Fan Ultime des Giants @SaigneOrangeEtNoir
Où est le replay ? D'habitude @LePostman le poste juste après les exécutions.
⟵ 380 ∞ 221

---

2. (N.D.T.) : Personnages principaux de *Breakfast Club* (1985), film américain de John Hughes mettant en scène un groupe de lycéens : un intello, une détraquée, un sportif, une fille à papa et un délinquant.

6 min

BozzieJ @RougeNeige1
Le Breakfast Club.

6 min

Ella Au Pays Enchanté @EllaAuPaysEnchanté2
@RougeNeige1 MAIS DE QUI TU PARLES ?

← 171 ∞ 20

---

5 min

L'Informateur @réveillélesyeuxgrandsouverts
ALERTE !! Des sources me disent qu'il y a un problème sur Alcatraz 2.0. Vous avez remarqué que l'épicerie est vide ? Il n'y a eu AUCUNE livraison. Et aucune vidéo éditée des sœurs Impitoyables n'est encore en ligne. #FakeNews #OuvrezLesYeux #NeCroyezPasCeQuonVousMontre

← 590 ∞ 402

---

5 min

Benny Nda Jetts @EltonJohnPourToujours
Je retire ce que j'ai dit.

5 min

L'Informateur @réveillélesyeuxgrandsouverts
ALERTE !! Des sources me disent qu'il y a un problème sur Alcatraz 2.0. Vous avez remarqué que l'épicerie est vide ? Il n'y a eu AUCUNE livraison. Et aucune vidéo éditée des sœurs Impitoyables n'est encore en ligne. #FakeNews #OuvrezLesYeux #NeCroyezPasCeQuonVousMontre

← 52 ∞ 18

---

5 min

Le Fantôme du Capucin @FantômeDuCapucinÀLaCape
@RougeNeige1 Ce serait plutôt le Breakfast Death Club. Est-ce tous les autres followers de @LePostman sont d'accord pour adopter ce surnom ? #BreakfastDeathClub #BDC

← 12 553 ∞ 78 003

Vingt-huit

C'est sous le soleil que Dee et ses amis débraillés émergèrent de la prison de la marine et retournèrent à la rue principale. Sur le chemin, Ethan passa son temps à raconter son rôle dans leur sauvetage en ajoutant des éléments de ses films d'action préférés. Il trottait à reculons pour faire face à Griselda.

– Et il y a eu cette énorme explosion ! Ça volait dans tous les sens ! Je me suis jeté devant Dee pour la protéger.

– Quelle chance que tu n'aies pas été tué, commenta Griselda.

– C'est clair ! répondit-il, totalement inconscient de son sarcasme. Et pourtant, j'ai bien failli y passer cinq fois. Peut-être dix.

Il tapota sa hache.

– Mais il faut plus que deux nanas avec des haches pour m'éliminer.

Dee ne le corrigea pas sur les détails, cela n'en valait pas la peine. Elle n'aurait pas pu sauver Nyles et Griselda sans lui. Elle considéra qu'en risquant sa vie pour les aider, Ethan avait gagné le droit de raconter l'histoire de la façon dont il le souhaitait.

– J'ai trop hâte de me voir en vidéo, ajouta celui-ci.

– Oui oui, nous aussi, dit Nyles distraitement.

En comparaison d'Ethan, qui se délectait à l'avance de son propre film d'action, Nyles était étrangement silencieux, son humeur plus sombre à chaque minute. Il restait à la traîne et, une ou deux fois, Dee le surprit en train de l'observer. Son visage troublé reflétait ses pensées, qui n'étaient pas difficiles à deviner.

Il avait failli mourir. Et tout était de la faute de Dee.

La jeune fille ralentit pour marcher à sa hauteur.

– Je suis désolée, dit-elle doucement.

– Pourquoi ?

– Ce qui s'est passé avec les sœurs Impitoyables… c'est à cause de moi.

Il afficha un sourire un peu forcé.

– C'était sans doute inévitable.

Nyles essayait d'alléger sa culpabilité, mais tout deux connaissaient la vérité : Dee était la cause des événements de la journée. Puis le jeune homme abandonna son humeur morose pour laisser la place à son charme habituel.

– Je n'aurais pas dû m'endormir. Je le savais, pourtant, qu'ils en profitaient pour nous enlever…

D'abord Blair avait été kidnappée la nuit, puis ça avait été le tour de Griselda et Nyles. Dee était presque certaine qu'elle ne dormirait plus jamais.

Ils se dirigèrent vers la salle de sport, où Ethan se débarrassa de la peinture de camouflage étalée sur son visage. Pendant que Nyles et Griselda se changeaient et enfilaient des vêtements secs, Mara était assise tranquillement sur un banc de musculation. Son calme apparent contrastait fortement avec l'agitation et le tremblement de ses mains.

– Pourquoi tu n'es pas retournée aux Baraquements ? lui demanda Dee.

Elle n'avait jamais voulu l'impliquer.

Un petit sourire apparut sur le visage de Mara.

– J'en avais l'intention, mais je me suis rendu compte que tu aurais peut-être besoin d'aide.

– Merci. Tu m'as sauvé la vie.

Les mots lui semblèrent totalement inadéquats.

– De rien.

– Cent millions de boosts ?

Tout juste sorti des toilettes, Ethan était planté devant la télé, bouche bée.

– Ça alors, ça doit être un record !

La vidéo, diffusée en boucle, débutait à partir du moment où Dee et Ethan étaient entrés dans la vieille prison. En temps normal, le Postman l'aurait montée en ajoutant des passages au ralenti et des commentaires. L'écran aurait été divisé en plusieurs fenêtres afin de diffuser des séquences filmées sous différents angles. Cette fois, il n'en fut rien : les fans devaient se contenter de voir apparaître leurs commentaires dans une simple barre latérale.

Vingt minutes seulement s'étaient écoulées depuis le sauvetage, mais les Postmanatiques avaient déjà choisi un nom particulier pour Dee et ses amis.

Le Breakfast Death Club, accompagné de son hashtag #BDC, était très tendance.

Quelqu'un avait même photoshoppé une affiche du film *Breakfast Club* avec les visages de Dee, Mara, Griselda, Ethan et Nyles superposés à ceux des acteurs et actrices.

Dee se renfrogna en réalisant qu'elle avait été choisie pour incarner Claire, la princesse coincée. Si on se basait sur sa garde-robe, elle devait bien admettre que les fans n'avaient pas tort.

Ethan était clairement désigné comme le sportif du groupe et Mara correspondait plutôt bien à la détraquée. Le sexe mis à part, s'il y avait un petit malin agaçant comme Bender parmi eux, c'était bien Griselda. Et Nyles était parfait en tant que…

– L'intello ? grogna-t-il. Ils ne peuvent pas être sérieux !

Appuyé contre le mur, il regardait l'écran d'un air abattu. Griselda arqua un sourcil.

– Tu t'attendais à être qui, le sportif ?

– Non, pas exactement.

– Le canon ? insista-t-elle.

Nyles plissa la lèvre supérieure.

– Si par canon, tu sous-entends le type grand et masculin, alors oui, je suppose que je rentre plus dans cette catégorie que toi. Tu ne crois pas ?

– Pourquoi ? demanda Mara. Simplement parce que c'est une fille ?

Ethan tendit le poing vers Nyles pour qu'il le frappe avec le sien.

– Ça va aller, mon pote. Cet acteur est devenu hyper sexy en vieillissant. Il y a encore de l'espoir pour toi.

Nyles expira lentement, loin d'être apaisé.

– C'est peut-être la conversation la plus déprimante de ma vie.

La pièce devint silencieuse et l'atmosphère lourde de non-dits. Personne ne voulait engager une vraie conversation devant les caméras, mais Dee n'avait pas besoin que ses amis parlent pour savoir ce qu'ils pensaient. Désormais, elle n'était plus la seule à avoir une cible sur le dos. Le Breakfast Death Club avait déjoué les plans du Postman et tué deux autres de ses Maliaques. Il ne pouvait pas laisser passer ça.

– Je suis surpris qu'il montre la vidéo de bout en bout, déclara Mara, les yeux rivés sur les images d'Ethan aspergeant le couloir de mousse. Il veut vraiment que le monde nous regarde en train de tuer deux de ses bourreaux ?

– La raison est pourtant très simple : il y a cent millions de vues, intervint Nyles. Je n'ai jamais vu un aussi grand nombre de boosts.

– Et moi, je n'ai jamais eu aussi faim de toute ma vie, se plaignit Ethan.

– Comme c'est étonnant ! rétorqua Griselda.

Après s'être levé, Ethan attrapa un T-shirt propre et le passa par-dessus sa tête.

– Allons à l'épicerie.

– Mince, j'ai oublié de prendre ma carte quand je me suis fait kidnapper ! s'exclama Nyles.

– Ça va, mon pote, c'est moi qui régale.

N'ayant pas de meilleur plan, ils suivirent Ethan hors de la salle de sport. Ce dernier était si impatient qu'il en sautillait comme un enfant.

– Je vais me prendre deux bols de riz au bœuf, poursuivit-il. Et une barre protéinée...

Quand ils arrivèrent devant l'épicerie, Ethan saisit fermement la poignée mais celle-ci ne bougea pas d'un pouce. Le magasin était verrouillé.

– C'est quoi ce bordel ? s'exclama-t-il en secouant les portes.

Ethan était si énervé que Dee fut presque surprise que la serrure ne cède pas.

– C'est l'heure du repas, Rodrigo ! Ouvre !

Nyles jeta un coup d'œil par la vitre.

– Les lumières sont éteintes. Je pense qu'il n'y a personne aujourd'hui.

Dee n'aimait pas cela. D'abord les livraisons manquantes, et maintenant...

– Il y a une porte à l'arrière ?

Mara acquiesça.

– Généralement elle est verrouillée, mais on ne sait jamais.

Ils durent repasser devant la salle de sport pour accéder à la ruelle derrière les commerces de la rue principale. Elle était jonchée de cartons, très probablement éparpillées après la dernière livraison, et de caisses à lait poussiéreuses.

– Quel jour on est ? demanda Mara tandis qu'Ethan martelait sur la porte arrière.

– Mercredi.

– Il aurait dû y avoir une livraison hier.

Griselda acquiesça puis se dirigea vers la porte dérobée du glacier à quelques mètres de là.

– C'est la même chose à Ice Crime, dit-elle. Je ne vois rien.

– Les gars, je meurs de faim ! se lamenta Ethan. Qu'est-ce qu'on va faire ?

– On va devoir retourner aux Baraquements pour aller chercher la clé, dit Griselda.

– Certainement pas, enchaîna Ethan en courant jusqu'à la porte d'Ice Crime.

Sans ralentir, il fonça dessus. Dee s'attendait presque à ce que la porte en métal implose sous la force de l'impact, mais elle tint bon, Ethan rebondit comme une balle de tennis.

– Putain ! s'exclama-t-il avant de se frotter l'avant-bras. Ça fait vraiment mal !

Griselda grogna.

– Essaie avec ta tête, la prochaine fois.

– Ou ta hache ? suggéra Mara.

Ethan regarda la porte avec regret.

– Schwarzenegger aurait utilisé son épaule.

– Ou… tout simplement la poignée, déclara Nyles calmement.

– J'ai fermé à clé, précisa Griselda. Hier soir.

Mais lorsque Nyles tira dessus, la porte s'ouvrit facilement.

– Mais qu'est-ce qui se passe, bordel ?

La voix de Griselda était aiguë et tendue.

Mara prit une inspiration.

– C'est un piège. L'un des tueurs est à l'intérieur.

– Et alors, on s'en fout ! protesta Ethan. J'ai une putain de hache maintenant !

Il empoigna son arme et s'engouffra dans la boutique.

Après une mince hésitation, ils décidèrent de le suivre : ils le trouvèrent en train de ratisser Ice Crime, sa hache levée au-dessus de la tête comme s'il s'attendait à trouver un Maliaque tapi sous une table. Il était pourtant clair qu'il n'y avait personne de caché dans le magasin.

Même s'il était visiblement déçu, Ethan se consola en se préparant le petit déjeuner rêvé de tous les enfants : un banana split.

La Dee de six ans aurait été ravie de manger un dessert le matin, mais aujourd'hui elle n'avait pas faim. Sur l'écran, la vidéo du sauvetage venait de se réinitialiser, montrant Dee, Mara et Ethan courant dans la 9e Rue en direction de l'ancienne prison de la marine. Les boosts avaient doublé depuis leur passage à la salle de sport. *Deux cent millions ?* C'était environ les deux tiers des États-Unis. Dans quel genre de monde tordu regardait-on avec autant d'intérêt des tueurs en série tarés tenter d'assassiner des adolescents ?

Les commentaires, un flot de critiques et d'observations, défilaient non-stop. Dee ne prêtait pas vraiment attention au replay, mais au bout de quelques minutes, son cerveau releva des mots et des expressions que les Postmanatiques n'utilisaient généralement pas : « injuste », « je pensais qu'il y avait des règles » ou encore « immunité diplomatique ».

Elle sourit à cette dernière mention et s'apprêtait à la montrer à Nyles quand ses yeux se posèrent sur les commentaires les plus récents. Ce qu'elle lut lui fit froid dans le dos.

⏲ 5 min

Tamara Gucci @MmeGucci_troisième_du_nom
C'est quoi ce bordel avec les caméras ? La moitié des chaînes ne sont pas disponibles pour le moment ! Je ne peux plus DU TOUT mater chez le #BibliothécaireBellâtreGrisonnant. Sérieusement, c'est une blague, @LePostman ???
← 26 434 ∞ 7110

⏲ 5 min

Viktor Heinz @ViktorViktorViktor
@MmeGucci_troisième_du_nom Euh. T'as raison. Je ne peux voir que la rue principal, la 9e et Ice Crime. Il y a aussi les cadavres des @SœursImpitoyables. Et…
← 35 ∞ 12

⏲ 4 min

Jo Le Barjo @jobarjosept
#CendrillonLaSurvivante a maintenant tué TROIS des bourreaux de @LePostman ! Pourquoi personne n'en parle ???
Comment elle a réussi un truc pareil ?!
← 4 531 ∞ 222

⏲ 4 min

Mini Buteur @MusicBoxDancer11
On pourrait penser que @LePostman aurait une meilleure cote pour #CendrillonLaSurvivante sur @ParionsTraz.
← 78 ∞ 40

⏲ 4 min

Alfred E. Mnémotechnique @AlfredMémo
Selon moi, il y a une panne de réseau Internet sur #Alcatraz2.
Vous pouvez réparer ça rapidos, sivouplaît ?
← 11 845 ∞ 536

◷ 3 min

L'Informateur @réveillélesyeuxgrandsouverts
@AlfredMémo Il n'y a pas de panne d'Internet. @LePostman ne veut simplement pas que tu saches ce qui se passe sur son île ! La plupart des caméras ne fonctionnent plus ? Comme c'est pratique ! Je suis sûr que le reste des détenus est juste en pause déjeuner. #NeCroyezPasCeQuonVousMontre #OuvrezLesYeux

⟵ 3 430 ∞ 74

◷ 2 min

Johnson Tyne @johnsons_johnso
Au moins il y a encore des canons. Vous avez entendu #EthanMonsieurMuscle dire à #NylesLeBritish qu'il n'était pas son genre ? Vous pensez qu'il y a d'autres mecs qui sont son genre ? Je croyais qu'il craquait pour #Garceselda ?

⟵ 318 ∞ 72

◷ 2 min

JusticePourMoi @justice_perso_pour_moi
Salut ! Je pensais que #NylesLeBritish avait l'immunité diplomatique ! Il est pas censé être intouchable ?

⟵ 76 ∞ 30

◷ 1 min

Monica LaMeilleure @LeMeilleurDuStyle
Kimmi libérée il y a trois semaines. Je gère. Reste en vie. – p

⟵ 4 ∞ 0

Vingt-neuf

– Tu veux être ma sœur ?

Les yeux de Dee s'ouvrirent brusquement. La question était familière à présent, mais cette fois quelque chose lui parut différent. La voix de Kimmi était plus proche. Elle ne venait pas de la bouche d'aération, mais de juste derrière elle.

Kimmi était dans la pièce blanche.

Elle avait dû entrer quand Dee dormait, même si celle-ci ne savait pas du tout comment : elle avait touché chaque centimètre des murs à la recherche d'une porte, en vain. Kimmi était-elle descendue par la bouche d'aération ? Était-ce le seul moyen de sortir ?

– Tu veux être ma sœur ? répéta-t-elle.

Dee entendit Kimmi expirer faiblement, tout près. Elle ne bougea pas. Peut-être que si Kimmi pensait qu'elle était encore endormie, elle partirait.

– Je sais que tu ne dors pas, Dolores. Tu ne veux pas être ma sœur ?

Son ton était méchant, si bien que Dee retint son souffle.

– Tu veux que je pense que tu ne m'aimes pas ?

– Non ! s'écria Dee.

Elle se rassit et se retourna pour faire face à Kimmi.

Sa persécutrice était installée en tailleur sur le sol. Elle portait un jean et une chemise grise à manches longues, et ses cheveux blonds descendaient de chaque côté de son visage dur et sévère.

– Alors ? insista-t-elle.

Dee déglutit. Sa langue était sèche et gonflée à cause du manque d'eau, et son ventre lui faisait mal tant elle avait faim. Que Kimmi voulait-elle qu'elle dise ? Quelle était la bonne réponse ?

– Je… je veux être ta sœur, bafouilla Dee.

– Plus que tout ?

Elle acquiesça, ravalant un sanglot.

– Joue avec moi.

Dee jeta un coup d'œil autour de la pièce : il n'y avait qu'elles deux et un sac de fast-food froissé.

– Jouer ?

Kimmi leva les yeux au ciel de façon dramatique, au point d'en faire disparaître ses iris bleus.

– Fais semblant, bêtasse. Dis-moi à quoi on va jouer.

Dee n'arrivait même pas à se rappeler avec quel genre de jouets elle s'était amusée plus petite. C'était comme si rien d'autre n'existait – pas de souvenirs, pas de passé – au-delà des murs de la pièce blanche.

– À la poupée ?

– Non !

– Aux jeux vidéo ?

Kimmi fit claquer sa langue.

– Je peux faire ça avec mon frère.

– Tu as un frère ?

– C'EST MOI QUI POSE LES QUESTIONS !

Le cœur de Dee s'emballa. Si elle ne trouvait pas de réponse acceptable, Kimmi pourrait devenir violente. *D'accord, d'accord. Réfléchis.* Qu'est-ce que les adolescentes aimaient faire ?

– On peut aller faire du shopping.

Kimmi prit une inspiration.

– Oooooh !

– Et... et essayer des vêtements.

– Et ?

– Et tu pourras me choisir des affaires ?

Kimmi poussa un cri de joie :

– Oh, mon Dieu, on va tellement s'amuser ! Tu veux vraiment être ma sœur ?

– Oui.

Un sourire sournois apparut sur le visage de Kimmi.

– Tu veux tresser mes cheveux ?

Dee avait la tête qui tournait. Épuisée, elle commençait à perdre espoir de pouvoir jamais s'échapper, mais de ses mains tremblantes, elle s'occupa des cheveux de Kimmi. Ses tresses étaient de travers et inégales, mais soit Kimmi n'en avait pas conscience, soit elle s'en fichait. La coiffure terminée, Kimmi fit pivoter Dee pour qu'elles échangent leurs places.

Sa technique était brutale. Kimmi tira les cheveux de Dee sans pitié, lui faisant des tresses si serrées qu'elle avait mal au cuir chevelu. Puis elle défit les tresses tout aussi brutalement. Sous l'effet de la douleur, Dee eut les larmes aux yeux.

– Encore une fois, déclara Kimmi avant de recommencer à la coiffer.

Dee ne pipa mot, elle n'exprima pas sa souffrance et ne posa aucune question. Assise, elle endura son supplice. Kimmi, elle, n'arrêtait pas de jacasser. Elle lui disait combien elles allaient s'amuser ensemble, qu'elles feraient des jeux, du shopping, de la corde à sauter, qu'elles vivraient des aventures et se raconteraient des potins et des secrets. Pour l'éternité.

Au moment même où Dee était sûre que tous ses cheveux avaient été arrachés par les racines, Kimmi se leva soudain et dit :

– C'était un jeu amusant.

Puis son ton changea.

– Va au coin. Face au mur.

Dee se redressa, les jambes flageolantes, et elle trébucha jusqu'au coin le plus éloigné de la pièce. Elle ne pouvait pas voir ce que faisait Kimmi, mais elle entendit un *bip* léger suivi d'un *clic*.

– On jouera ensemble pour toujours, Dolores, enchaîna-t-elle avant de soupirer, comme si elle était désolée de quitter la pièce blanche. On est des sœurs et des meilleures amies. Je ne te laisserai jamais partir.

Dee continua de faire face au mur jusqu'à ce qu'elle entende un second *clic*. Lorsqu'elle se retourna, Kimmi avait disparu.

***

Nyles donna un gros coup sur la table.

– Merci, JusticePourMoi ! s'exclama-t-il. J'ai effectivement l'immunité diplomatique.

Il se tourna vers Dee.

– Vraiment, je veux dire. Il est censé y avoir des règles pour ça, et…

Il s'interrompit.

– Dee, ça va ?

Elle se secoua, comme si elle sortait d'un cauchemar.

Ethan tira la chaise placée à côté d'elle.

– Sérieusement, ma pote, on dirait que t'as vu un fantôme.

J'en ai vu un.

– Qu'est-ce qu'il y a ? intervint Mara d'une voix inquiète. Qu'est-ce que tu as vu ?

– Ma sœur…

Ce fut tout ce que Dee put dire. Un sanglot étouffa sa voix.

Son père essayait de la prévenir. De l'aider. Elle avait toujours espéré, sans jamais vraiment y croire, que son père la pensait innocente. Maintenant, elle en avait la preuve. Elle n'était pas seule. Quelque part dans le monde réel, quelqu'un se souciait encore d'elle.

Nyles passa son bras autour de ses épaules.

– Gris, je crois que j'aimerais…

– Ouais, ouais, le coupa-t-elle, un milkshake. Je te sers ça.

Nyles attendit que le mixeur commence à écraser des glaçons pour se remettre à parler. Entre-temps, Dee avait réussi à se calmer.

– Ça va aller. Nous savons que tu ne l'as pas tuée et nous allons découvrir qui l'a fait, d'accord ?

Son accent britannique était étrangement apaisant.

Dee appuya ses paumes sur ses yeux.

– Son pseudo était dans les commentaires.

Les yeux d'Ethan s'écarquillèrent.

– Un jour, j'ai vu un magicien tatoué torse nu envoyer des SMS depuis un cercueil enfoui sous six mètres de béton. Tu penses qu'elle est peut-être en vie dans sa tombe ?

Dee s'imagina son cadavre froid et sans vie, et en douta sérieusement.

– Quelqu'un se sert de son compte et essaie de t'envoyer un message, suggéra Mara.

– Mon père. Il a dit…

Merde !

Leur parler de Kimmi était la dernière chose qu'elle souhaitait. Non seulement ils étaient filmés, mais connaître son passé traumatisant les inciterait-il à la croire davantage ? Non, ce serait plutôt le contraire.

– Son message disait qu'ils étaient en train d'essayer de faire appel pour mon affaire. Mon père pense savoir qui a vraiment tué Monica, mentit-elle.

Aucun d'eux n'avait vu le commentaire, alors personne ne la contredirait.

Nyles sourit.

– Ah, maintenant nous serons deux à avoir l'immunité !

Mara secoua la tête.

– Et si en fait c'était le Postman qui faisait semblant d'être ton père ?

– Non.

Dee était convaincue que le message venait de son père. Il l'avait même signé avec un *p* pour Papa. C'était ainsi qu'il signait les petits messages qu'il lui laissait dans sa boîte à repas quand elle était enfant.

– Même si c'est ton père, renchérit Mara, comment vas-tu rester en vie assez longtemps pour qu'il te fasse sortir d'ici ?

Dee laissa échapper un long soupir. Mara avait raison. Plus que jamais, elle était la cible numéro un sur Alcatraz 2.0. Survivrait-elle à la nuit à venir ? Sans parler d'une semaine ou plus, jusqu'à ce que son père puisse obtenir sa libération... si c'était bien ce qui était en train de se jouer !

Gris éteignit le mixeur, et la pièce redevint silencieuse.

– Encore des glaçons, Gris ! cria Nyles par-dessus son épaule.

La jeune femme revint vers eux avec un pichet de granité.

– Y en a plus. Pas de livraison, tu te souviens ?

– Je n'aime pas ça...

Ethan se servit dans le pichet.

– Le granité ?

Mara ignora sa question et poursuivit :

– Vous n'avez pas l'impression que c'est un peu vide dans le coin ?

Dee regarda par la vitrine. Mara avait raison. Habituellement, les prisonniers se déplaçaient, allaient et venaient de leur travail, mais aujourd'hui, la rue principale paraissait abandonnée.

– Il est tôt, intervint Nyles, qui ne semblait absolument pas inquiet. Il y a plus de monde dans l'après-midi, non ?

– Mais il est presque onze heures, répliqua Dee. Hier, on avait déjà servi la moitié de l'île à cette heure.

– Puisque j'ai failli mourir et tout le tralala, ils se sont peut-être dit qu'on n'allait pas ouvrir, suggéra Griselda.

Dee tendit le cou pour voir dans la rue.

– La bibliothèque a l'air fermée aussi. Pareil pour le coiffeur.

Le visage d'Ethan s'éclaira.

– Un jour férié sur Alcatraz ! Comme Noël. Ou l'anniversaire d'Arnold Schwarzenegger.

Dee n'était pas vraiment excitée à la perspective d'un jour férié en prison. Mara avait raison : quelque chose ne tournait pas rond.

– Ce n'est pas normal que des boutiques de la rue principale soient fermées, n'est-ce pas ?

– Vraiment pas, reconnut Nyles.

Dee eut soudain la chair de poule.

– Où est passé tout le monde ?

– Peut-être qu'ils se cachent ? proposa Mara.

– On doit aller aux Baraquements, intervint Dee. Et faire du porte-à-porte pour découvrir ce qui se passe.

Griselda leva les bras en l'air.

– À quoi ça servirait ? S'ils sont chez eux, super. S'ils n'y sont pas, super. S'ils sont morts, super.

– Morts ? couina Mara. Qui a dit que tout le monde était mort ?

– Et s'ils envoyaient les gardiens, hein ? continua Griselda. Et s'ils décidaient de tous nous liquider et de recommencer avec de nouveaux stocks ?

– Gris a raison, approuva Nyles.

– Je préfère être abattue en me battant plutôt que de ne rien faire pour me défendre, rétorqua Dee.

– Les perdants disent qu'ils ont fait de leur mieux, dit Ethan d'une voix qu'il voulait empreinte de sagesse. Les gagnants rentrent et se font la reine du bal. Ça vient du film *Rock*, et c'est tout à fait approprié à la situation, vu que ça se passe sur Alcatraz.

– Putain, cria Griselda, y en a marre de tes conneries de films d'action ! On est pas dans un film ! Il n'y a pas de scénario.

Se disputer ne les mènerait nulle part.

– Le seul moyen de savoir où se trouvent les autres, c'est de fouiller l'île, déclara Dee. D'accord ?

Ethan donna un coup de poing en l'air.

– D'accord !

– Vous avez gagné, répondit Griselda de mauvaise grâce. Finissons-en.

Trente

Le trajet à travers l'île jusqu'aux Baraquements rappela à Dee sa première nuit sur Alcatraz 2.0.

Ce soir-là, submergée par la peur et le sentiment d'isolement, elle avait suivi Blair et les autres sous l'œil persistant des caméras.

Mais aujourd'hui, alors qu'ils se dépêchaient de traverser la 9e Rue en passant devant les terrains de sport, les caméras corbeaux étaient étrangement immobiles.

Quand ils atteignirent les Baraquements, Dee prit la tête du groupe et activa le pas jusqu'aux premières maisons. Elle ne se sentait pas courageuse pour autant, mais comme ses amis avaient souffert à cause d'elle, elle considérait que c'était son tour d'être en première ligne.

Après avoir pris une profonde inspiration, elle appuya sur la sonnette d'entrée.

Tout ce qu'elle obtint en retour fut le silence.

Ce n'était pas étonnant : sur Alcatraz 2.0, un coup de sonnette pouvait très bien être un piège tendu par l'un des tueurs du Postman. Dee elle-même n'aurait jamais répondu.

– Quelqu'un sait qui habite ici ? demanda-t-elle.

– Le type de la bibliothèque, répondit Ethan. Grand, les cheveux poivre et sel. Je crois qu'il s'appelle Steve. Steven ? Steve-O ?

– Après tout, Steve-O est un prénom tellement courant ! commenta Griselda.

Elle se tenait à l'écart sur le trottoir, les bras croisés sur la poitrine, refusant de participer.

Dee essaya à nouveau, frappant à la porte cette fois.

– Bonjour, Steve ! dit-elle d'une voix qu'elle voulait amicale. C'est Dee, du bout de la rue. Vous êtes là ?

Griselda soupira.

– Je suis *sûre* que ça va marcher.

– Je vais partir en reconnaissance, déclara Ethan.

Il sauta du bord du porche et effectua un salto avant de tourner à l'angle de la maison.

– Essaie la poignée, suggéra Nyles, peut-être que ce n'est pas verrouillé.

Il se tenait près de Dee. Mara, elle, se trouvait derrière lui et essayait de voir par-dessus ses épaules.

Dee le regarda du coin de l'œil.

– Au cours de tes sept mois, une semaine et six jours sur Alcatraz 2.0, tu as connu quelqu'un qui laissait sa porte ouverte ?

Nyles pinça les lèvres.

– Non, mais rien ne se déroule normalement aujourd'hui. Alors pourquoi est-ce que les Baraquements ne seraient pas ouverts ?

– Bien vu.

Dee saisit la poignée et la tourna. La porte s'ouvrit.

– Les stores sont tirés, fit remarquer Ethan, remontant vers le porche en courant. On voit que dalle. Vous voulez que j'enfonce la…

Lorsqu'il constata que ce n'était plus la peine, son visage s'assombrit.

– Oh, non ! Je ne peux jamais m'amuser !

– Tu peux entrer en premier, lui proposa Dee. Comme ça, tu pourras t'éclater !

Il lui fit un clin d'œil.

– Tu me connais trop bien.

– Oui, oui, dit Nyles, irrité, vous êtes des âmes sœurs. Allons-y, d'accord ?

Il passa délibérément devant Ethan et pénétra dans le salon.

– Je m'appelle Nyles ! annonça-t-il d'une voix forte et ferme. Je viens juste voir si vous allez bien.

Comme pour la sonnette, il n'y eut pas de réponse.

– C'est une mauvaise idée, chuchota Mara en entrant sur la pointe des pieds derrière Dee.

Cette dernière était d'accord. L'impression que l'île était abandonnée et le silence qui régnait dans la maison mettaient ses nerfs à vif.

– Ça va aller, mentit-elle.

La maison sentait le moisi, comme une crypte. Dee se fraya un chemin à l'intérieur, scrutant son environnement. Le salon était plongé dans le noir. Le seul éclairage provenait de la télévision qui baignait la pièce d'une lueur bleuâtre. À l'écran, leur affrontement avec les sœurs Impitoyables tournait en boucle.

– Je passe super bien à la caméra ! commenta Ethan derrière Dee. Je devrais adopter ce look plus souvent.

– On dirait un abruti déguisé en commando, intervint Griselda. Alors ouais, adopte-le.

Visiblement, elle n'avait pas voulu rester dehors toute seule, bien que le plan de Dee lui déplaise.

Nyles les guida dans la salle à manger puis jusqu'à la cuisine. Il ouvrit le réfrigérateur, sautant sur le côté comme si une personne pouvait être cachée à l'intérieur. Ethan se chargea du cagibi et prit une position façon arts martiaux. Mais au lieu de tomber sur Al Gaz-Toxique armé d'une bonbonne de gaz sarin, ils découvrirent que le placard, comme tout le reste du rez-de-chaussée, était vide.

– Ça nous laisse l'étage, annonça Dee, les yeux rivés sur l'escalier plongé dans la pénombre.

Griselda lui fit signe d'y aller en premier.

– Après toi.

Dès qu'elle commença à grimper les marches, Dee sut qu'elle était en présence de la mort, même si elle n'aurait pas pu l'expliquer. Était-ce une odeur ? Une lourdeur dans l'atmosphère ? Une prémonition ? Les auteurs utilisent fréquemment des expressions telles que « la mort planait dans l'air » pour décrire la découverte d'une scène de meurtre. Elle s'était toujours moquée de ces clichés… jusqu'à ce qu'elle en fasse elle-même l'expérience.

Elle avait su que quelque chose n'allait pas dans la chambre de Monica. Lorsqu'on cohabite avec une personne suffisamment longtemps, on assimile les sons et les rythmes de sa vie quotidienne. Or, cet après-midi-là, quelque chose lui avait paru anormal, bizarre. Quand elle avait vu le cadavre sur le sol, elle n'avait pas immédiatement réalisé que Monica était morte.

Par la suite, elle avait compris ce dont parlaient les auteurs en question. Dans la chambre de sa sœur régnait une odeur dont Dee n'était pas parvenue à se débarrasser par la suite. Cette odeur s'était accrochée à ses vêtements, à ses cheveux, à l'intérieur de ses narines… Qu'importe le nombre de douches, la quantité de savon ou de parfum, elle n'avait pas pu s'en défaire. C'était indéfinissable, pas sucré, épicé ou acide. Juste lourd. Sombre.

L'odeur de la mort.

Et Dee la sentit à nouveau au sommet des escaliers.

– Steve est mort.

– Quoi ? s'écria Mara.

Nyles attrapa Dee par les épaules et l'éloigna.

– Où il est ? Qu'est-ce qui s'est passé ? Ne regarde pas, d'accord ?

Dee combattit son envie de rire. Malgré les cours de médecine que le jeune homme suivait à l'université, elle avait probablement vu la mort de plus près que lui.

Ils trouvèrent Steve dans son lit, allongé sur son côté gauche, face à la porte, les couvertures remontées sur ses épaules. Son corps en position fœtale pouvait laisser croire qu'il dormait, mais sa peau avait une teinte gris violacé, sa poitrine ne bougeait plus.

Dee savait qu'il ne se réveillerait plus jamais.

***

Il ne fallut qu'une demi-heure pour vérifier tous les Baraquements d'Alcatraz 2.0. Au début, Dee et ses amis restèrent en groupe, mais après trois ou quatre maisons, ils se séparèrent et fouillèrent deux duplex à la fois.

L'histoire était la même dans chaque maison, avec très peu de variations : un cadavre au lit, un cadavre sur le canapé, un cadavre effondré sur la table de la salle à manger. Aucun n'avait de marque sur le corps, il n'y avait pas d'indice sur la façon dont les prisonniers avaient été assassinés. C'était comme si la mort les avait pris de court. Un type était au milieu d'une partie de solitaire, un autre en train de lire un roman dans un fauteuil près de la cheminée en brique. Rodrigo s'était effondré sur le sol de la salle de bain, son pantalon autour des chevilles.

– Je parie vingt dollars qu'il était en train de se tripoter, déclara Ethan.

– C'est dégoûtant ! s'exclama Mara.

Dee sortit de la salle de bain et referma la porte derrière elle, comme s'ils n'étaient jamais passés par là.

– Ce n'est pas comme si on pouvait lui poser la question.

– C'est vrai, admit Ethan. Et de toute façon, je ne les ai pas, ces vingt dollars.

Il suivit Dee et Mara en bas, où Nyles et Griselda les attendaient à l'extérieur.

– Pareil ? demanda le premier.

Dee acquiesça.

– Et vous ?

– Il n'y a plus personne de vivant, dit Griselda. Tout est normal !

– Ça en fait vingt-deux en tout, annonça Mara.

Vingt-deux vies perdues en un clin d'œil. Dee pouvait à peine le croire. Elle avait vu beaucoup de morts ces dernières semaines, mais autant en même temps ? Prise de vertiges, elle dut s'asseoir sur le trottoir, le front dans les mains.

– Je ne comprends pas, déclara-t-elle. Pourquoi sont-ils tous morts ?

Mara s'installa près d'elle.

– Et pourquoi est-ce que rien n'a été filmé ?

Dee redressa la tête.

– C'est vrai, ça ! Les caméras à l'intérieur des Baraquements semblaient toutes éteintes. Et la chaîne du Postman ne diffuse que des images du Breakfast Death Club.

Nyles s'éclaircit la gorge.

– On pourrait arrêter de se surnommer comme ça ?

– Ne t'inquiète pas, mon petit geek en cardigan, intervint Griselda avec un demi-sourire malicieux. Tu seras toujours Anthony Michael Hall, qu'ils utilisent le hashtag ou non.

Nyles se renfrogna.

– Je te déteste.

– Sérieusement, enchaîna Dee, si le but de cette île est de filmer nos morts pour le plus grand plaisir du public, alors pourquoi le Postman tuerait-il les trois quarts des…

– Plutôt les quatre cinquièmes, la corrigea Nyles.

Fallait-il toujours qu'il soit si précis ? Pas étonnant qu'il soit étudiant en médecine !

– Pourquoi le Postman tuerait-il la plupart des habitants de l'île sans en tirer profit ?

Dee jeta un coup d'œil autour d'elle, scrutant le ciel d'un bleu éclatant à la recherche de drones.

– Même maintenant, il devrait nous filmer en train de découvrir tous les cadavres.

– Affirmatif, dit Ethan, reprenant son rôle de héros de film d'action, incarnant cette fois un militaire. Pas d'avion ennemi en vue, alpha delta.

Griselda secoua la tête.

– Je ne comprends absolument rien à ce que tu racontes.

– Peut-être qu'il s'apprête à recevoir une nouvelle vague de prisonniers, suggéra Mara, et qu'il a besoin de faire de la place ?

– Rodrigo a effectivement mentionné une rumeur concernant de nouveaux détenus, renchérit Nyles, songeur. Mais ça m'étonnerait que la nouvelle cargaison soit assez importante pour remplir tous les Baraquements. Nous étions cent quatorze à mon arrivée, et il peut y avoir presque le double sur l'île.

Une cargaison. Comme si les condamnés étaient des marchandises.

– Même si c'est vrai, enchaîna Dee, pourquoi laisser passer l'occasion de filmer ce qui s'est passé ?

– Ben, parce qu'il y avait quelque chose de mieux à filmer, intervint Griselda. Nous.

Dee était frustrée.

– Comme s'il ne pouvait pas filmer plus d'une chose à la fois !

Tout cela n'avait aucun sens.

– En plus, il a orchestré tout ça : toi et Nyles, les sœurs Impitoyables, le fait de me narguer pour que je vienne vous sauver. C'était une distraction pendant qu'il éliminait tout le monde sur l'île.

– Les pauvres n'ont certainement rien vu venir, dit Nyles.

– Peut-être que le Postman n'y est pour rien et que c'est Dieu qui a rappelé leurs âmes à lui ? proposa Ethan.

Personne ne répondit.

– Du poison ? suggéra Mara après un blanc.

– Ils ne semblent pas avoir souffert au moment de mourir, déclara Griselda. Je suis à peu près sûre que mourir empoisonné, c'est douloureux.

Dee dut admettre qu'elle avait raison.

– Des somnifères, alors ?

Nyles fixait la dernière maison en se frottant le menton.

– Je ne vois pas comment ils auraient pu amener tout le monde à les absorber volontairement, et si quelque chose avait été mis dans l'eau ou les boissons, ils s'en seraient rendu compte, à cause du goût.

Ethan se prit la gorge à deux mains.

– Tu penses que c'était dans la nourriture ?

Griselda secoua la tête.

– On serait déjà morts, crétin.

– Leur peau violacée indique une réaction cyanotique, commenta Nyles. Et les pétéchies sur le visage suggèrent une asphyxie. Je dirais qu'ils ont été gazés. Les maisons doivent être équipées pour ça.

Il désigna un conduit d'aération placé à l'extérieur de la maison la plus proche.

– Le Postman aurait pu installer une valve pour couper l'air frais et le remplacer par un gaz asphyxiant rapide et mortel. C'est probablement arrivé très vite.

Face à cette hypothèse, le salon piégé de Dee lui parut encore plus ridicule. Aucune cuillère-fourchette ne la sauverait d'une attaque au gaz.

– Donc, la seule raison pour laquelle on est toujours en vie, c'est qu'on est allés sauver vos miches ? demanda Ethan. Comme quoi, c'est parfois préférable de se montrer altruistes.

Nyles secoua la tête.

– Non, ils sont morts depuis au moins douze heures.

– Quoi ? s'écria Dee.

– Oh oui, confirma Nyles, nous étions tous dans nos propres appartements lorsque le reste des détenus a été exterminé. Ça signifie que nous avons un tout autre problème.

Bien que Dee ne veuille pas l'admettre, il avait raison.

– Le Postman nous veut en vie pour ce qui est à venir.

Trente et un

– Il a quand même un tout petit peu essayé de nous noyer, déclara Griselda. Il a une drôle de façon de nous garder en vie !

– S'il ne nous a pas gazés, c'est qu'il y a une raison, intervint Nyles. Que cette raison ait été de nous tuer plus tard ou pas, ça ne tient qu'à lui.

– Putain, je suis totalement perdu, avoua Ethan.

– Comme c'est étonnant…, marmonna Griselda.

Nyles croisa les bras sur son torse, se tenant le menton dans une main.

– Je ne comprends pas pourquoi rien de tout ça n'a été filmé. Je n'ai jamais vu une seule mort sur Alcatraz 2.0 qui n'ait pas été rendue publique. Ou qui n'ait pas été monétisée.

Dee était d'accord avec lui.

– Et vous avez remarqué les caméras corbeaux quand on rentrait aux Baraquements ? Elles n'ont même pas bougé.

Mara se tourna, à la recherche de la plus proche caméra montée sur un lampadaire.

– Tu as raison. Celle-là n'est pas non plus dirigée vers nous.

– Et je n'ai pas non plus vu de drones voler aujourd'hui, déclara Dee. C'est comme si le Postman faisait tout pour que personne ne sache rien !

– Nous devons parler à quelqu'un ! s'écria Mara, commençant à haleter. Tout le monde a besoin de savoir ce qu'il a fait.

Griselda grogna :

– Quelle bonne idée ! Appelons simplement notre agent de liaison de la prison pour lui faire savoir que notre expérience d'Alcatraz 2.0 n'est pas satisfaisante.

– Parler à quelqu'un, répéta Dee. C'est ça !

Elle attrapa le poignet d'Ethan et le tordit pour voir sa montre.

– Midi moins dix.

Ils avaient encore le temps d'aller au rendez-vous avec les avocats de Nyles.

– Mon Dieu, s'exclama ce dernier, j'avais totalement oublié !

Comme d'habitude, Nyles semblait lire dans les pensées de Dee. Si cela avait pu la destabiliser auparavant, elle réalisa que ça ne la dérangeait plus autant.

– On peut y arriver à temps ?

– À temps pour quoi ? demanda Ethan. Déjeuner ? J'ai faim.

Nyles ignora la question d'Ethan et saisit la main de Dee.

– Absolument, s'exclama-t-il, par ici !

La jeune fille sentit un courant électrique lui parcourir le bras.

***

Dee et Nyles traversèrent rapidement les Baraquements, suivis de près par Griselda, Ethan et Mara.

Tous avaient conscience de l'urgence de la situation. Les avocats de Nyles représentaient leur seul lien avec le monde extérieur. Peut-être leur seule chance de survie.

Nyles avait lâché la main de Dee. Même si cela aurait dû être la dernière de ses préoccupations, elle resta bloquée sur ce détail. Avait-il simplement pris sa main sous le coup de l'excitation ? Était-ce un geste irréfléchi dans le feu de l'action ?

Bon sang, mais pourquoi tu t'inquiètes de ça, là, maintenant ?

Dee secoua la tête et força son cerveau à se concentrer sur les dangers immédiats. Vingt-deux vies s'étaient éteintes en un battement de paupières. Le Postman avait violé ses propres règles, et si les avocats de Nyles pouvaient le faire savoir au monde entier, elle et ses amis auraient peut-être une chance.

Ils longèrent la mer, dépassant l'endroit où Jeremy était mort de façon sanglante quelques nuits auparavant, et se dirigèrent vers l'extrémité sud d'Alcatraz 2.0. La route montait brusquement à l'endroit où l'île se rétrécissait en un isthme. Au-dessus d'eux, à flanc de coteau, se trouvait le poste de garde.

Tandis que le reste d'Alcatraz 2.0 semblait tout droit sorti d'une banlieue résidentielle des années 1980, le poste de garde était 100 % moderne, 100 % industriel, 100 % intimidant. La structure en béton se dressait sur les hauteurs, entourée d'un mur d'acier de sept mètres de haut surmonté d'une quantité impressionnante de fil barbelé. Les balustrades et les tourelles faisaient face à la fois à l'eau et à la terre, avec des saillies très prononcées pour que chaque centimètre d'Alcatraz 2.0 soit visible. Un héliport sur pilotis avait été construit d'un côté du bâtiment principal. De l'autre, il y avait sur l'eau un court appontement où étaient amarrés deux hors-bord. Dee se rendit compte que c'était par là qu'arrivaient et repartaient les Maliaques. Combien d'entre eux étaient encore sur l'île ? Combien étaient dans le poste de garde en ce moment même ? L'idée la fit frémir.

Dee s'attendait presque à ce que les projecteurs s'allument dès qu'ils commenceraient leur ascension et à ce que des dizaines de gardiens apparaissent sur la passerelle, avec des armes automatiques chargées et prêtes à l'usage. Mais au lieu de cela, ses compagnons et elle furent accueillis par un silence inquiétant.

Nyles ralentit le pas quand ils atteignirent la porte principale : elle avait été découpée dans le mur en acier massif. Elle était ouverte, et par l'embrasure on voyait un bout de la cour intérieure de l'enceinte. Une petite guérite, entourée de barrières de circulation massives, se dressait devant, à côté d'un énorme drapeau américain qui pendait mollement sur son mât.

– C'est étrange, dit Nyles. D'habitude, la porte n'est jamais ouverte.

– Alors comment tu entres ? demanda Ethan.

– La sentinelle appelle le centre de contrôle. Puis quelqu'un vient me chercher. Le système d'ouverture ne peut s'actionner que de l'intérieur.

– Comme ça, dit Mara, toujours aussi prompte à trouver des explications, si les détenus décident de se révolter, ils ne peuvent pas entrer, même s'ils parviennent à maîtriser la sentinelle.

Nyles s'approcha de la guérite pour voir à l'intérieur.

– Bonjour, c'est Nyles Harding ! J'ai rendez-vous avec mes avocats.

Une brise souffla sur eux, faisant onduler la bannière étoilée, mais à part cela, il n'y avait aucun mouvement.

Nyles jeta un coup d'œil à Dee.

– Ce n'est pas normal.

– Est-ce que quelque chose s'est déroulé normalement aujourd'hui ?

– Tu as raison.

Puis Nyles attrapa à nouveau sa main et ils entrèrent ensemble dans la guérite.

Un porte-bloc était abandonné sur une chaise haute, comme si le gardien l'avait laissé là quand il avait dû quitter son poste.

Un combiné téléphonique rouge, le seul moyen de communication à l'intérieur de la station, reposait sur son socle, mais le reste de la guérite était vide.

Rester assis tout seul avec pour seule vue les immeubles de San Francisco et Alcatraz 2.0 devait être un travail incroyablement ennuyeux. Ennuyeux mais dangereux. Dans l'hypothèse où les détenus décideraient de se soulever contre leurs gardiens, la sentinelle ferait clairement office d'agneau sacrificiel.

Et si c'était pour cette raison que la guérite était abandonnée ? Avec désormais seulement cinq prisonniers en vie sur l'île, les gardiens ne s'inquiétaient probablement plus autant pour leur sécurité ?

Gardant la main de Dee fermement serrée dans la sienne, Nyles décrocha le téléphone de sécurité.

– Allô, dit-il d'une voix hésitante, y a quelqu'un ?

Il attendit quelques secondes, réitéra sa question, puis finit par raccrocher.

– Personne ne répond, et de toute façon il n'y a pas de tonalité.

– Rien à foutre, s'exclama Ethan, à bout de patience, j'entre !

– Attends ! cria Nyles.

Trop tard. Ethan se précipita dans la cour par la porte ouverte, comme un commando en mission suicide.

Sans réfléchir, Dee le suivit, entraînant Nyles avec elle. Ethan avait été là quand elle avait eu besoin d'aide pour sauver Nyles et Griselda, et elle ne le laisserait pas faire face au poste de garde seul. Elle atteignit la porte étroite, où Ethan se tenait figé.

– Putain ! souffla celui-ci.

Il ne s'adressait à personne en particulier.

Ses yeux étaient fixés sur quelque chose situé de l'autre côté de la cour.

Dee passa devant lui et vit exactement ce qui l'avait arrêté : une douzaine de corps, tous vêtus des uniformes gris et noir des gardiens d'Alcatraz 2.0, étaient étendus sur le sol ; certains avaient les mains sur la gorge, d'autres semblaient avoir tenté de ramper sur le bitume, tous avaient la peau d'une teinte violacée familière.

Tous étaient morts.

***

Ethan s'assit sur le sol, les jambes repliées devant lui et le dos appuyé contre le mur du poste de garde.

– Je meurs de faim.

Griselda pencha la tête sur le côté.

– Nous sommes pris au piège sur une île pleine de cadavres, et tu t'inquiètes pour ton estomac ?

– Je n'ai eu que des bananes et de la glace au petit déj, se plaignit Ethan. Pas de protéines. Et puis, on devrait tous s'inquiéter pour notre prochain repas.

– On devrait tous s'inquiéter de la façon dont on va quitter cette île, corrigea Nyles.

Il avait raison. D'abord la scène aux Baraquements, et maintenant ce qu'ils avaient trouvé à l'intérieur du poste de garde… c'était tout simplement terrifiant.

Tous les gardiens semblaient avoir voulu fuir par la même sortie : le cadavre de l'un d'entre eux maintenait la porte du bâtiment ouverte. Après que Nyles eut établi que les gardiens étaient décédés à peu près au même moment que les autres détenus, et que le gaz mortel s'était probablement dissipé comme dans les Baraquements, Dee voulut les conduire à l'intérieur, à la recherche de survivants.

Ethan était d'accord, bien sûr. Nyles et Mara n'étaient pas sûrs que ce soit une bonne idée. Étonnamment, c'est Griselda qui fit pencher la balance en faveur de Dee. Son argument était convaincant :

– Trouve-moi un ordinateur, dit-elle, et en cinq minutes, je m'assurerai que le monde entier soit au courant de ce qui se passe ici.

Malheureusement, ni Dee ni elle ne trouvèrent ce qu'elles cherchaient. Pas d'ordinateurs ni de survivants.

Après avoir enjambé un gardien mort, le groupe pénétra dans une grande salle de réunion. Toute la garnison semblait s'y être rassemblée à l'improviste. Quelques chaises pliantes avaient été installées n'importe comment, mais la plupart des gardiens avaient dû être debout, face à l'énorme écran placé au fond de la pièce.

Bien sûr, tout cela n'était que des suppositions, car il ne restait plus personne pour témoigner. Les gardiens étaient couchés là où ils étaient tombés, des corps les uns sur les autres. Ils ne s'étaient probablement pas rendu compte de ce qui se passait avant qu'il ne soit trop tard.

Il en allait différemment pour les cadavres trouvés dans la cour. À en juger par leur répartition, cette douzaine de victimes avait dû se trouver au fond de la salle de réunion, près de la porte. Sans doute plus éloignés que les autres des conduits d'aération qui avaient propagé le gaz mortel, ils avaient eu quelques secondes supplémentaires pour réagir. Pas assez, cependant. Même ceux qui avaient réussi à sortir à l'air libre étaient condamnés.

Entre la salle de réunion et la cour, Nyles estimait le nombre de cadavres à soixante. Ethan et lui essayèrent d'ouvrir deux portes intérieures pour sortir de la pièce, mais elles étaient toutes deux dotées de fermetures de sécurité et ne cédèrent pas.

Ils fouillèrent quelques corps près de là, à la recherche de tout ce qui pourrait leur être utile : des clés, des téléphones portables, des armes. Mais chaque gardien n'avait qu'une chose sur lui : un badge d'identification. Rien d'autre.

Et ainsi, le Breakfast Death Club retourna à l'extérieur pour déterminer ce qu'il allait faire ensuite.

Ethan regarda l'héliport vide.

– J'aimerais qu'il y ait un hélicoptère sur cet héliport. Je nous ferais décoller en un rien de temps ! Monte dans l'hélico ! cria-t-il en imitant la voix de Schwarzenegger, avant de soupirer rêveusement.

– Tu sais piloter un hélicoptère ? demanda Nyles.

– Nan, mais ce serait tellement génial d'essayer.

Griselda secoua la tête.

– Oui, parce que mourir dans une boule de feu, ce serait tellement génial !

– Peut-être qu'on pourrait prendre l'un des bateaux, suggéra Mara.

Nyles se passa la main dans les cheveux.

– Seulement si on peut trouver les clés. À moins que le Terminator ici présent ne sache trafiquer un des hors-bord pour le faire démarrer.

Ethan tourna le pouce vers le bas.

– J'y connais que dalle.

– On peut probablement entrer par effraction dans l'épicerie si on a besoin de nourriture, déclara Dee.

Mara écarquilla les yeux.

– Mais c'est contre les règles !

– Et qui va les faire respecter ? rétorqua Griselda. Regarde autour de toi, tout le monde est mort !

– De toute façon, il ne restait presque plus rien à l'épicerie, intervint Ethan, dépité. À peine assez pour un jour.

Mara fixa le bâtiment derrière eux.

– Le poste de garde doit avoir une cuisine, vous ne croyez pas ?

Ethan se leva d'un bond.

– Mais oui ! Nyles, mon pote, tu sais où se trouve la cantine ?

Celui-ci soupira.

– Je ne suis allé que dans une cellule de détention. Ils ne m'ont pas vraiment invité à partager leurs repas.

– Mince alors ! Pas cool !

Ethan jeta un coup d'œil aux gardiens morts dans la cour. Puis il se dirigea vers le cadavre le plus proche et le tapota.

– Qu'est-ce que tu fais ? demanda Dee, perplexe.

En guise de réponse, Ethan brandit le badge d'identification du gardien.

– Je nous trouve juste un moyen d'entrer.

Forum du Postman * Alcatraz 2.0 * Logistique * Caméras

Sujet : Caméras

10 nov., 12 : 02 **#52101**
L'Informateur Membre depuis : Juillet 2017
Réveillé Les Yeux Grands Ouverts Messages : 37 302

C'EST EN TRAIN D'ARRIVER, LES GENS ! On dirait que tout part en sucette sur Alcatraz 2.0 ! Les retransmissions sont coupées ou figées sur toute l'île – on ne peut rien suivre, les capteurs de mouvement ne sont pas activés. Pourquoi ? S'agit-il juste d'un HASARD EXTRAORDINAIRE ? D'une panne d'électricité ? D'un bug ? Bien sûr que non. Les caméras sont en « panne » pour que nous ne puissions pas voir ce qui se passe.
Le Postman ne veut pas qu'on s'intéresse à l'envers du décor, à l'homme qui tire les ficelles... Pas cette fois, mon pote !
On en a la preuve irréfutable : Alcatraz 2.0, c'est du pipeau, et tout le monde est sur le point de le découvrir !

---

10 nov., 12 : 04 **#52102**
Haru Tanaka Membre depuis : Mai 2018
Trésor éternel Messages : 251

Quelqu'un peut-il voir le #BDC ? Ils sont retournés aux Baraquements, mais toutes les caméras ont l'air en panne là-bas. Ils les ont peut-être démontées comme ils ont démonté les sœurs Impitoyables !

---

10 nov., 12 : 05 **#52103**
Theo Kojak Membre depuis : Mars 2018
Who loves ya, baby? Messages : 1145

Je travaille dans le secteur du maquillage pour effets spéciaux à Atlanta, et je peux vous le certifier : il n'y a eu aucun trucage lors de la décapitation de l'autre jour. C'était à 100 % réel, je parierais ma réputation là-dessus.

10 nov., 12 : 10 **#52104**
Peggy Flynn Membre depuis : Février 2018
Que les chemins viennent toujours à votre rencontre Messages : 2027

Le problème n'est pas de savoir si Alcatraz 2.0 est truqué ou pas, l'Informateur, mais de savoir ce qui est arrivé au Postman. Vous avez remarqué qu'il n'a rien posté depuis hier ? Vous pensez qu'il est en vacances ?

---

10 nov., 12 :10 **#52105**
Whitey Kahn Membre depuis : Novembre 2017
Vous avez un message Messages : 8873

J'ai pris une capture d'écran de la chaîne 327 il y a environ une demi-heure. On peut y voir distinctement le #BDC remonter la route côtière en direction du poste de garde, mais après ça, je ne suis arrivé à les trouver nulle part. Le suivi automatique des caméras est désactivé partout. Et à part ces cinq-là, je ne suis parvenu à voir personne d'autre sur l'île ? C'est quoi ce bordel ?

---

10 nov., 12 :11 **#52106**
Postman Op 5 (Modérateur) Membre depuis : Juin 2017
J'ai banni un homme pour moins que ça Messages : 25696

Nous, les modérateurs, n'aimons pas effacer les messages, mais L'Informateur, vous avez déjà été averti par le passé qu'il ne faut pas faire des déclarations insensés sans preuves à l'appui. Ce forum est censé accueillir des discussions constructives sur tous les aspects du Postman et d'Alcatraz 2.0. Ce n'est pas ici qu'il faut tester vos théories conspirationnistes antigouvernementales. Soit vous démarrez de VRAIES conversations, soit vous gardez vos messages pour vous.

10 nov., 12 : 17
Tim Timmerson
J'aime l'argent

#52107
Membre depuis : Mai 2018
Messages : 82

Je ne sais pas pourquoi les caméras sont éteintes, mais je peux vous assurer que ce qui se passe sur Alcatraz 2.0 n'est pas truqué. L'ex-fiancé de ma sœur a un voilier à Sausalito. Une nuit, il se dirigeait vers le sud, et quand il est passé à côté d'Alcatraz 2.0, il a entendu les cris de quelqu'un qu'on était en train de tuer. Il a dit qu'il ne pourrait jamais plus regarder l'appli après ça.

---

10 nov., 12 : 18
Hannibal le Cannibale
J'adore quand un plan se déroule sans accroc

#52108
Membre depuis : Janvier 2018
Messages : 560

Et si L'Informateur avait raison ? Je sais que c'est un peu la risée de tout le monde ici, mais sérieusement, quelque chose ne va clairement pas sur Alcatraz 2.0. Peut-être que c'est plus sérieux qu'on ne le pensait ! Peut-être que la raison pour laquelle on ne peut voir personne, c'est qu'ils sont tous morts !

---

10 nov., 12 : 22
L'Informateur
Réveillé Les Yeux Grands Ouverts

#52109
Membre depuis : Juillet 2017
Messages : 37 303

[CONTENU EFFACÉ PAR UN MODÉRATEUR]

Trente-deux

– Et s'il y a encore quelqu'un de vivant à l'intérieur ? demanda Mara, inquiète.

Griselda haussa les épaules.

– Alors ils va probablement nous tirer dessus.

Sa désinvolture n'était qu'apparente, elle marchait si près derrière Ethan qu'on aurait presque dit qu'il la portait sur son dos. Dee tenta de les rassurer :

– Aucun des gardiens dans la salle de réunion n'avait d'arme. Et s'il y a des survivants, ils seront de notre côté, maintenant.

Mara n'était pas convaincue :

– Ce n'est pas une bonne idée.

Dee était bien incapable de dire si Mara avait tort ou raison. L'atmosphère du poste de garde, dans lequel le groupe continuait à progresser, était perturbante. Du carrelage gris, des murs de la même couleur, des rangées de néons suspendus unifor mément entre les portes de sécurité. Tout avait un côté institutionnel et stérile. Ils auraient pu être dans un hôpital, dans un immeuble gouvernemental ou dans une prison quelconque.

Le badge d'identification volé par Ethan fut efficace dans la majorité des cas : la plupart des portes s'ouvrirent facilement quand il glissait la carte dans le lecteur approprié. Pourtant, tous les bureaux correspondant à des postes importants – celui du capitaine Untel, des ressources humaines, du service d'admission – leur furent inaccessibles. De toute évidence, le propriétaire n'avait pas eu l'habilitation la plus élevée.

Mais même un badge avec toutes les autorisations ne les aurait pas aidés à mettre la main sur un pistolet. Ils aperçurent deux casiers à armes dissimulés dans les renfoncements du mur de chaque couloir. Ceux-ci étaient bien sûr verrouillés. Il n'y avait aucun moyen visible de les ouvrir : pas de cadenas, pas de lecteur de carte.

Le Postman semblait vouloir s'assurer que personne n'ait les moyens de se protéger à moins qu'il ne l'autorise.

Ni les détenus, ni les gardiens.

Enfin, après deux autres longs couloirs, le groupe entra dans l'aile résidentielle du complexe. Au lieu de bureaux et de couloirs gris, ils y découvrirent une salle de détente peinte d'une joyeuse couleur pêche. On y retrouvait tout le confort nécessaire : une table de ping-pong, une table de billard, une installation pour les jeux vidéo avec un téléviseur géant, ainsi que des canapés, des fauteuils inclinables et des magazines.

Et aussi un ordinateur.

Dès qu'elle l'aperçut, Griselda se précipita dessus. Un économiseur d'écran avec un crâne qui tournait s'interrompit quand elle toucha la souris, faisant apparaître l'interface du bureau. Elle recula la chaise de la table, s'assit et tapa frénétiquement sur le clavier.

Dee était juste derrière elle. Elle se pencha par-dessus l'épaule de Griselda, les yeux rivés à l'écran. S'ils parvenaient à accéder à Internet, ils pourraient envoyer un message au monde extérieur.

– Ça fonctionne ?

– J'en ai bien l'impression...

– Génial ! s'exclama Ethan. Je pense que la cantine est par ici. Le temps que tu te connectes, je vais nous trouver des encas !

– Et je vais faire quelque chose d'utile, ajouta Nyles. Comme trouver un téléphone.

Dee envisagea de le suivre, mais il sortit de la pièce juste au moment où l'écran de l'ordinateur s'animait, affichant le symbole de Postman Enterprises. Sous le logo se trouvait un champ intitulé « MOT DE PASSE ».

– Merde, lâcha Dee.

Ils n'arriveraient jamais à trouver le bon mot de passe.

Cela ne sembla absolument pas perturber Griselda.

– Donne-moi une seconde.

Elle tapa sur le clavier et fit apparaître dans le coin de l'écran une fenêtre de type MS-DOS. Elle entra une commande, puis une autre, et l'écran, devenu dingue, se transforma en un énorme méli-mélo de pixels avant de redevenir lisible.

Au lieu du logo de Postman Enterprises, Griselda et elle fixaient désormais un courrier électronique. La dernière personne ayant utilisé l'ordinateur devait être en train vérifier sa boîte de réception au moment où elle avait été convoquée à cette réunion mortelle. Le contenu du message laissait penser que la victime travaillait pour le service d'admission. Quand elle vit l'adresse de l'expéditeur, le cœur de Dee fit une embardée dans sa poitrine.

– C'est de Postman Enterprises.

– Je parie que c'est un message du big boss en personne, enchaîna Griselda. J'ai entendu dire qu'il ne faisait pas confiance à son personnel pour quoi que ce soit.

Dee lut l'objet.

– « Horaires d'arrivée, le 9 novembre. »

Griselda enchaîna :

– Hier, donc. « Bateau A, arrivée à 20 heures. Contenu : SI. » Ça doit correspondre aux sœurs Impitoyables, dit-elle sèchement. C'est bon à savoir.

– « Bateau B, arrivée à 22 heures », poursuivit Dee.

– Seulement quelques heures avant que tous les autres habitants de l'île se fassent gazer…

– « AGT, BB, HV, YLB, CDV, MLD. »

La signification était claire : Al Gaz-Toxique, le Barista Barbare, Hannah Vorace, Ynona la Bricoleuse, Cecil B. DeViolent, et Molly la Déchiqueteuse.

– Si Robin des Bois et Gucci le Bourreau ne sont jamais partis, ça signifie que tous les Maliaques sont sur l'île depuis hier soir.

– Il faut se barrer d'ici, dit Griselda qui s'apprêtait à cliquer sur le bouton d'actualisation de la messagerie.

Mais Dee lui saisit la main.

– Attends.

Elle fit tourner la molette pour voir le reste du message.

– « Veuillez noter que les nouveaux bourreaux sont en route. Annulez immédiatement les accréditations de la liste actuelle. Pas de sortie. »

Dee leva les yeux vers Griselda.

– Qu'est-ce que ça signifie ?

– Je pense que le Postman remplace les Maliaques. Et si ça se trouve, les sœurs Impitoyables…

Le cerveau de Dee tournait à plein régime. Si le Postman voulait se débarrasser de ses Maliaques actuels, se pouvait-il que son coup avec les sœurs Impitoyables fasse partie de ce plan ? Et s'il n'avait jamais eu l'intention de faire de Dee une victime ? Et s'il avait toujours souhaité liquider ses tueurs ?

Griselda actualisa la page.

– Raison de plus de quitter cette île.

Dee retint son souffle. Ils devaient se connecter à Internet pour mettre fin à ce cauchemar. Au lieu d'une page actualisée, un message d'erreur s'afficha alors à l'écran.

« PAS DE CONNEXION INTERNET TROUVÉE. »

– Merde !

Dee frappa sa paume contre la table. Elle aurait dû savoir que ce ne serait pas si facile. Après tout, le Postman avait toujours eu une longueur d'avance sur eux. Pourquoi commettrait-il une gaffe maintenant ?

Mais Griselda semblait imperturbable. Elle avait réduit la page du navigateur et ouvert une autre fenêtre de commande. Elle se mit à pianoter frénétiquement sur son clavier.

– Ça pourrait être un pare-feu. Que je peux contourner.

Dee attendit pendant qu'elle essayait plusieurs solutions pour parvenir à ses fins : toutes étaient totalement au-dessus de ses propres compétences en informatique. Mais quelques minutes plus tard, Griselda repoussa le clavier, visiblement dégoûtée.

– L'ensemble du réseau est indisponible.

– Il y a un moyen de le réparer ?

Griselda jeta un coup d'œil par-dessus l'écran et dit :

– Il y a un câble réseau connecté. Il passe à travers le mur. Je vais voir où ça mène.

Elle s'éloigna d'un pas rapide.

Dee scruta la salle de détente. Mara devait être partie avec Nyles ou Ethan ; aucun des deux n'était revenu. Ils s'étaient promis de rester ensemble une fois à l'intérieur du poste de garde, et voilà qu'ils se retrouvaient seuls et séparés. *C'est le moment idéal pour qu'ils nous attrapent.*

– Il y a un téléphone dans un bureau ouvert à côté, dit Nyles en revenant, légèrement essoufflé. Il y en a deux autres plus loin dans le couloir, dans une autre salle commune. Comme celui de la guérite, ils ne marchent pas.

– Super…

– Où sont les autres ?

– Griselda essaie de trouver le routeur Internet. Il n'y a pas de connexion, expliqua-t-elle avant que Nyles ne pose la question.

– Ça ne m'étonne pas.

– Et Mara est allée avec Ethan essayer de trouver la cuisine.

Nyles fronça les sourcils.

– Ils devraient être revenus. Cette aile n'est pas si grande.

Griselda arriva en secouant la tête.

– J'ai trouvé le routeur. Il est allumé, mais ça ne fonctionne pas. J'ai aussi trouvé ce téléphone portable dans l'un des bureaux, mais quelque chose bloque le signal du réseau.

Elle brandit un portable Android d'un modèle récent, mais sans barres de réseau sur l'écran d'accueil.

– Quelque chose, c'est-à-dire ? demanda Nyles.

– Un dispositif militaire de brouillage de réseau, à mon avis.

Il pinça les lèvres.

– On peut l'éteindre ?

Griselda haussa les épaules.

– Bien sûr, mais pour ça, il faudrait le trouver. Il pourrait être n'importe où dans le bâtiment.

– Pas de téléphone, pas d'Internet, récapitula Dee. Nous sommes complètement coupés du monde.

Nyles se laissa tomber sur le canapé.

– C'est un putain de cauchemar ! Pourquoi le Postman a-t-il tué tout le monde à part nous ? Ça n'a aucun sens !

– Tu as raison, acquiesça Dee.

Sauf qu'elle mentait. Cela avait du sens. C'était même parfaitement compréhensible. Elle songea au message inscrit dans son placard à linge, à la tentative désespérée de son père de lui parler de Kimmi, à son lien probable avec le Postman.

Kimmi était sortie de l'hôpital psychiatrique de Western Sierra et se vengeait d'elle.

Kimmi avait voulu Dee pour elle seule. Comme un jouet. Comme une compagne dévouée. Maintenant, elle déroulait le reste du scénario qu'elle avait prévu pour elle. *Je tuerai tous ceux que tu aimes.*

Comme avec Monica et Blair, la mort de ses amis serait sa faute. Ne méritaient-ils pas de savoir pourquoi ?

– Je..., commença-t-elle avant d'arrêter.

Elle avait parlé de Kimmi à Monica, et seulement quelques jours plus tard, celle-ci était décédée. Aiderait-elle Nyles et Griselda en leur disant la vérité, ou signerait-elle leur arrêt de mort ? Et à ce stade, cela avait-il vraiment de l'importance ?

Avant qu'elle puisse terminer sa phrase, Mara entra dans la pièce, à bout de souffle.

– Ethan ! Vous l'avez vu ?

Dee secoua la tête.

– Pas depuis qu'il est parti chercher de la nourriture.

– Merde !

Dee n'avait jamais entendu Mara jurer, et la panique sur son visage et dans sa voix était manifeste. Un picotement remonta le long de la nuque de Dee.

Les yeux de Mara passèrent de cette dernière à Griselda.

– Ethan a disparu.

Trente-trois

Griselda attrapa Mara par les épaules.

– Où l'as-tu vu pour la dernière fois ?

– On avait trouvé la cafétéria, expliqua Mara, la voix tremblante. Mais le badge d'identification n'ouvrait pas la porte de la cuisine, donc il a essayé de trouver un autre moyen d'entrer. J'ai attendu, mais il n'est jamais revenu.

– Montre-nous.

Tous sortirent en courant de la salle de détente, prirent un petit couloir et finirent par se retrouver dans la cafétéria. Elle ressemblait étonnamment à celle du lycée de Dee : un plafond immense, une douzaine de tables rondes flanquées de chaises en plastique. À l'une des extrémités du réfectoire, un énorme écran vidéo était encastré dans le mur et montrait encore le sauvetage de Nyles et de Griselda : les bruits de la bataille dans le couloir de la reconstitution de *Shining* résonnaient à travers la salle. À l'opposé se trouvait le comptoir de la cafétéria, où l'on servait la nourriture. Sa vitrine était fermée et verrouillée par des rideaux métalliques. Ethan devait être quelque part de l'autre côté.

– Ethan ! cria Griselda. Où es-tu ?

En guise de réponse, l'écœurante double sonnerie s'éleva dans la cafétéria.

Ding-dong ! Ding-dong !

– Non, murmura Dee, je vous en prie, non !

Ils se tournèrent tous vers la télévision : Ethan était à l'écran.

Il était dans une pièce en verre. Des vitres de tous les côtés l'enfermaient comme dans une cellule de prison, mais il n'était ni attaché ni retenu de quelque autre façon. Au lieu de rester sans rien faire, il cognait sur le verre pour essayer de se libérer.

– Tu ne m'auras pas sans que je me batte ! hurla-t-il.

Quand il frappait la paroi avec son poing nu, celle-ci semblait fléchir sans pour autant se casser.

– Quelqu'un peut-il entendre où il est ? demanda désespérément Dee.

Tous restèrent immobiles, les oreilles tendues pour capter les réverbérations des coups d'Ethan, mais il était impossible d'entendre autre chose que ce qui sortait des haut-parleurs.

– On doit le trouver ! cria Griselda.

Elle se précipita vers la vitrine de la cafétéria et sauta sur le comptoir avec la grâce d'une coureuse de haies olympique. Là, elle tira les rideaux métalliques, essayant frénétiquement de briser le verrou qui les maintenait en place. Mara grimpa aussi pour l'aider.

– Putain ! hurla Griselda de frustration. Pourquoi on a laissé la hache à la boutique ?

Pendant ce temps, Nyles et Dee essayaient les portes. Celle du mur du fond s'ouvrit facilement. La lumière du soleil pénétra dans la pièce. Au-delà, Dee pouvait voir la cour principale du poste de garde.

– Il n'avait aucune raison de sortir, dit-elle en laissant la porte se refermer.

Il n'y avait qu'une autre option : la porte à côté de la vitrine.

Nyles donna un coup d'épaule contre le battant métallique, mais il ne bougea pas.

La voix d'Ethan retentit alors :

– Les gars !

Elle semblait presque venir de l'intérieur de la cafétéria plutôt que des haut-parleurs. Nyles, Dee, Griselda et Mara s'immobilisèrent et regardèrent la vidéo.

– Les gars, c'est terminé pour moi.

Ethan fixait l'objectif de la caméra. Son visage était étrangement calme. Il sourit.

– Gris... Tu sais que je sais.

Griselda pressa les lèvres si fort qu'elles disparurent pratiquement.

Ses sentiments pour Ethan devaient être plus profonds que Dee ne l'avait cru.

– Reste en vie, d'accord ? Tu dois parler au monde entier de...

La voix d'Ethan devint inaudible au moment où quelqu'un entra dans le cadre. Dans l'ombre, le nouveau venu portait un mégaphone à l'ancienne, semblable à ceux qu'on voit dans les films en noir et blanc, ce qui ne pouvait signifier qu'une chose :

– Cecil B. DeViolent, cracha Griselda, ce fils de pute.

Cecil porta le mégaphone jusqu'à sa bouche et se tourna sur le côté pour que la caméra filme toute sa silhouette.

– Lumières !

Immédiatement, des douzaines de lampes à incandescence s'allumèrent, inondant d'une lueur chaleureuse l'obscurité qui régnait jusque-là autour de la cellule en verre.

Dee réalisa que le décor était une sorte d'open space. Il y avait plusieurs bureaux – en métal blanc cassé avec une rangée de tiroirs et des écrans d'ordinateur dessus – flanqués de chaises à roulettes. À cela s'ajoutaient des meubles de rangement, des imprimantes et de vieux serveurs. Un environnement de bureau, certes, mais pas du tout moderne. Les ordinateurs ressemblaient aux vieux Apple qu'elle avait vus dans un musée de la technologie.

Et pour rendre le tout encore plus étrange, l'endroit était décoré pour Noël. Un petit sapin de Noël en plastique était disposé sur chaque bureau, et des guirlandes avaient été accrochées le long du mur derrière la cage en verre.

Cecil leva de nouveau le mégaphone.

– Tout le monde en place sur le plateau !

Il disparut hors du cadre. À son retour, il portait un mannequin homme à perruque blonde.

Dos tourné à la caméra, Cecil transporta la poupée à taille humaine et la disposa sur le sol, à côté d'un des bureaux. Celle-ci était vêtue d'un pantalon et d'une chemise noirs. Une fausse mitraillette en bandoulière lui barrait le torse.

Quelque part dans les profondeurs du cerveau de Dee, cela remua un souvenir. Cette scène lui était familière. Quelque chose qu'elle avait déjà vu auparavant. Mais qu'est-ce que c'était ?

Quand il fut satisfait de la façon dont il avait positionné le mannequin, Cecil traversa la pièce et s'accroupit derrière l'un des serveurs informatiques. Une fois qu'il fut dans la lumière, Dee réalisa qu'il était habillé pour coller à l'ambiance du décor : un tailleur noir, une chemise bleu clair et une cravate bordeaux. Il avait même accessoirisé son visage d'une fausse barbe et d'une large paire de lunettes de soleil. À côté de lui se trouvait un pistolet.

Ethan arrêta de marteler le verre et l'observa attentivement préparer le plateau. Lentement, un sourire se dessina sur son visage.

– Oh putain, t'es vraiment sérieux ? *Die Hard* ? C'est génial !

Il n'y avait qu'Ethan pour s'enthousiasmer du fait que sa mort imminente imiterait une scène de son film préféré.

– Mais j'ai besoin d'une mitraillette, Cecil, dit-il avec sérieux. John McClane en a une, tu te souviens ? Tu ne suis pas le scénario.

Cecil fit une pause, comme s'il réfléchissait. Allait-il vraiment donner une mitraillette à Ethan ? Une vraie ? Ainsi, il aurait une chance. Le cœur de Dee s'emballa. C'était tout ce dont Ethan avait besoin.

L'espoir de Dee fut aussitôt anéanti. Cecil secoua la tête.

– Commençons à filmer. Eeeeeeet action !

– Mec, t'es nul ! dit Ethan.

Mais Cecil n'écoutait pas. Il se tourna vers le mannequin blond.

– Karl, *schiess auf das Fenster.*

– Coupez ! cria Ethan.

Il paraissait plus furieux qu'effrayé.

– Hé, trou du cul ! Hans dit « *Schiess dem Fenster* » ! Est-ce que tu as au moins regardé le film ?

Les épaules de Cecil s'affaissèrent. Irrité, il fixa Ethan pendant un moment, comme s'il allait débattre de la question, puis murmura :

– D'accord.

– Sérieusement, enchaîna Ethan en croisant les bras sur sa poitrine, je m'attendais à un peu plus de professionnalisme de ta part.

Cecil prit une profonde respiration, puis émit un lent sifflement.

– On recommence. Eeeeeeet action !

Le tueur se remit dans son personnage :

– Karl, *schiess dem Fenster.*

Ethan sembla apprécier.

– Merci.

Bien entendu, comme Karl était un mannequin, il ne répondit pas. Alors Cecil, alias Hans, clarifia sa déclaration :

– Tu as entendu ce que je t'ai dit : les vitres !

Comme la poupée était bien entendu incapable de viser une quelconque fenêtre, Ethan se prépara et sortit sa réplique :

— Yipeekaï, pauvre con !

Des coups de feu éclatèrent en direction de la pièce en verre dans laquelle il était emprisonné. Sous l'impact, celle-ci explosa.

Ethan ne broncha même pas. Il se tint debout au milieu de la pièce tandis que son corps était criblé de balles et coupé par des milliers de fragments de verre.

Aussi soudainement que cela avait commencé, les coups de feu cessèrent. Ethan, en sang, presque méconnaissable, s'effondra. Il avait toujours un sourire collé aux lèvres.

Forum du Postman * Tueurs * Cecil B. DeViolent * Die Hard

Sujet : Die Hard

10 nov., 13 :17 **#1**
Ahmed Sulari Membre depuis : Janvier 2018
Carnage Messages : 1487

Écoutez, comme tout le monde, j'adore *Die Hard* et j'apprécie les impros autour du personnage de John McClane, surtout quand il y a une exécution à la clé, mais… quelqu'un peut m'expliquer ce qu'il vient de se passer ?
C'est du grand n'importe quoi ! On n'a pas vu le #BDC depuis qu'ils ont grimpé la colline pour aller au poste de garde.
Il n'y a presque plus aucune retransmission en direct, et maintenant ça ? Où était Ethan quand il a été capturé ? Où est le reste du #BDC ?

---

10 nov., 13 : 20 **#2**
Super Woman Membre depuis : Mai 2018
Femme de personne Messages : 215

Ouais, et vous en pensez quoi du dernier message d'Ethan à Griselda ? De quoi ils doivent parler au monde entier ? C'était un code ? #TotalementPerplexe

---

10 nov., 13 : 23 **#3**
Broyeur de Crânes Chic Membre depuis : Juillet 2017
« Le chaos est une échelle » Messages : 26213

Sur un plan grammatical, le « *schiess auf das Fenster* » de Cecil est correct, à mon avis. Alors, mis à part le fait que Hans parle un allemand horrible, pourquoi est-ce que Karl, qui est censé être son compatriote, ne comprend pas ce qu'il veut dire ?

---

10 nov., 13 : 24 **#4**
L'Informateur Membre depuis : Juillet 2017
Réveillé Les Yeux Grands Ouverts Messages : 37317

Je dois vous parler du complot ! Le monde entier doit savoir ! Tout prend forme. Le Breakfast Death Club a révélé un sombre secret concernant Alcatraz 2.0 que le Postman ne veut pas qu'on connaisse. C'est pour ça que toutes les caméras ne fonctionnent plus.

10 nov., 13 : 27 **#5**
Ji-Woo S. Membre depuis : Avril 2018
Débarrassons-nous de ceux qui propagent la haine Messages : 339

Je pense que le Postman a perdu le contrôle de l'île. Vous avez vu le communiqué de presse du ministère de la Justice ce matin ? En admettant qu'ils ne supervisent pas la prison, on aurait dit que les membres du gouvernement essayaient délibérément de prendre leurs distances vis-à-vis du Postman et d'Alcatraz 2.0. C'est un sacré changement de ton, puisqu'ils s'attribuaient le mérite des audiences élevées depuis le début !

---

10 nov., 13 : 30 **#6**
Chol K'Golmad Membre depuis : Janvier 2018
tlhIngan Hol Dajatlh'a ? Messages : 840

Personnellement, je pense que tout ça fait partie du jeu. Le Postman fait monter les enchères. Je parie que les autres détenus sont tous en quarantaine, en cellule d'isolement ou en résidence surveillée jusqu'à ce qu'il ait fini de s'occuper de ces abrutis du #BDC. Il leur a laissé penser qu'ils pourraient gagner en simulant la mort des sœurs Impitoyables et maintenant, il va les liquider un par un. C'EST BRILLANT !

---

10 nov., 13 : 34 **#7**
Nehir Asuman Membre depuis : Décembre 2017
Celui qui lutte contre les classes Messages : 559

Et comment le Postman a-t-il simulé le cou brisé de la sœur Impitoyable ? La rousse lui a donné un énorme coup d'extincteur dans la tronche : soit elle n'avait aucune force, soit elle était dans la combine. Sinon, ta théorie ne vaut rien !

---

10 nov., 13 : 35 **#8**
Randy Lahey Membre depuis : Septembre 2017
Directeur adjoint de lotissement de mobile homes Messages : 2712

Une détenue qui serait un agent double du Postman ?
Ce serait vraiment le plus joli coup que j'aie jamais vu pour booster les audiences ! Hé, Postman, est-ce que tu es là ????

Trente-quatre

– NON !

Griselda poussa un hurlement, comme si son âme se déchirait. Elle tomba à genoux.

Même si ce n'était pas le grand amour entre elles deux, Dee se précipita sur la jeune femme pour la prendre dans ses bras.

– Je suis désolée… je suis tellement désolée !

Il n'y avait pas grand-chose d'autre à dire. Rien ne ramènerait Ethan.

– Je pense, commença Nyles d'une voix tremblante, que si Ethan avait pu scénariser sa propre mort, elle se serait déroulée exactement comme ça.

C'était vrai. Reconstituer une scène de *Die Hard* était pratiquement un rêve devenu réalité pour Ethan, enfin, probablement sans la mort sanglante et horrible à la fin. Personne n'avait jamais tiré sur Dee, mais elle se consola, comme elle l'avait fait pour Blair, en se disant que la mort d'Ethan avait été rapide.

– Oui, dit Griselda, la voix rauque, il aurait…

Elle ne termina pas sa phrase et se figea.

Dee s'écarta.

– Qu'est-ce qu'il y a ?

– Il aurait voulu que ça se passe comme ça, répondit Griselda, les yeux rivés sur l'écran qui rediffusait déjà les images de l'exécution d'Ethan.

– Tout le monde en place sur le plateau ! cria Cecil sur le replay.

– Ouais, acquiesça Dee, c'est ce qu'il aurait voulu.

Le visage de Griselda se durcit, ses yeux brillaient de colère.

– C'est le genre de mort qu'Ethan aurait voulue. Seulement lui.

– De quoi tu parles ? demanda Nyles.

Griselda se retourna.

– Ce décor, le mannequin... Cecil avait dû tout prévoir.

– Tous les meurtres du Postman sont planifiés bien à l'avance, confirma Mara.

– Exactement. Et il y a eu, quoi, environ dix minutes entre le moment où il a été kidnappé et celui où la diffusion en direct a commencé ?

– C'est étrange, commenta Mara en secouant la tête. Cecil utilise toujours l'entrepôt 214B. C'était un ancien plateau de tournage pour une société qui produisait de la pornographie. Mais c'est de l'autre côté de l'île. Cecil n'aurait jamais eu le temps d'y transporter Ethan entre le moment où il a disparu et le début de la vidéo.

– Ça signifie que Cecil a installé la scène de *Die Hard* ici, dans le poste de garde.

– Et si c'est vrai, enchaîna Dee, comprenant où Griselda voulait en venir, comment le Postman pouvait-il être au courant qu'Ethan serait ici aujourd'hui ?

Lors de sa capture, Ethan n'était pas en train de faire du jogging autour de l'île. Il n'était pas non plus aux Baraquements ou dans la salle de sport, des endroits où l'on aurait pu s'attendre à le trouver. Nyles était censé être au poste de garde aujourd'hui, mais pas les autres. Ils y étaient allés sur un coup de tête.

– Il est en train de nous balader. On est pires que des veaux qu'on conduirait à l'abattoir, déclara Dee, l'estomac serré. Il savait que les gardiens étaient tous morts et que si Nyles survivait aux sœurs Impitoyables, il découvrirait ce qui s'était passé ici.

– Ça n'explique pas comment il a deviné qu'Ethan l'accompagnerait, rétorqua Griselda.

– Peut-être pas, enchaîna Mara, mais, Nyles, quelle est la première chose que tu aurais faite si tu étais venu seul ici et avais trouvé tout le monde mort ?

Cette fois, Nyles ne s'adressa qu'à Dee :

– J'aurais foncé pour te retrouver et m'assurer que tu allais bien.

Dee lui sourit.

– Et logiquement, nous serions tous revenus ici. Avec Ethan.

– Il y a quand même beaucoup d'incertitudes dans ta théorie, commenta Griselda, qui ne paraissait pas convaincue.

– Tu aurais une meilleure explication ? demanda Dee.

– Non.

Les yeux de Griselda allèrent de Dee à Mara, avant de se fixer sur cette dernière.

– À moins que l'un d'entre nous ne soit un traître.

Et par « l'un d'entre nous », Griselda sous-entendait Mara.

La rouquine recula involontairement d'un pas.

– Moi ? Tu... tu penses que je suis à la solde du Po-Postman ? bégaya-t-elle.

– Elle a aidé à te sauver la vie ! intervint Dee.

– Gris, enchaîna Nyles, je ne pense pas qu'on devrait se retourner les uns contre...

– Mais ce n'est pas vraiment l'une des nôtres, n'est-ce pas ? l'interrompit Griselda. Et elle en sait vraiment beaucoup sur tous les Maliaques. Beaucoup trop.

Dee se tenait à côté de Mara, prête à la défendre.

– Si elle travaille pour le Postman, fit-elle remarquer, alors pourquoi elle a tué la dernière des sœurs ?

– Tu as lu les ordres du Postman, dit Griselda. Il remplace ses tueurs.

– QUOI ? s'exclamèrent Nyles et Mara en chœur.

– Ah oui, vous n'êtes pas au courant ! répondit Griselda, pleine de morgue. Nous sommes tombées sur un message du Postman. Il a demandé à tous les anciens Maliaques de revenir sur Alcatraz 2.0 hier, et une toute nouvelle fournée est en route. Princesse pense que le Postman veut faire place nette et se débarrasser de ses vieux tueurs. Comme les sœurs Impitoyables par exemple.

Dee songea à la réticence de Mara à s'impliquer au début, à la façon dont elle avait dû la supplier de les aider : hors de question que Griselda lui mette tout sur le dos.

– C'était mon idée qu'on vienne tous ici ! Pas celle de Mara.

Griselda planta les mains sur ses hanches.

– OK. Alors peut-être que c'est toi la traîtresse. Tous nos problèmes ont commencé quand tu es arrivée de toute façon.

– Là, tu deviens ridicule, dit Nyles. Il y avait déjà un couperet au-dessus de nos têtes, ça n'a rien à voir avec Dee.

Griselda s'arrêta un instant. Visiblement, elle non plus ne croyait pas à la culpabilité de Dee. Elle soupira profondément et sembla s'affaisser.

– Eh bien, même si elle n'est pas avec eux, ça ne change rien au fait que l'île est pleine de cadavres et qu'une petite armée de tueurs lancée à nos trousses pourrait se trouver n'importe où sur Alcatraz 2.0.

Elle leva les mains au ciel.

– Tu as un plan pour nous sauver de ça, princesse ?

N'importe où sur Alcatraz 2.0...

Était-ce vraiment le cas ?

Dee se tourna vers Mara.

– Où est-ce qu'Ynona la Bricoleuse procède à ses exécutions ?

– À l'ancienne chapelle. Et à en juger par les fenêtres et ce qu'il reste de l'autel, elle a fait beaucoup de travaux de décoration.

– Et le Barista Barbare ?

– À Coffee Unlimited, enchaîna Mara sans hésiter. C'était une entreprise d'importation d'expresso avec un petit café non loin de la rue principale.

Mara connaissait tout sur les Maliaques, où ils tuaient et de quelle façon. Jusqu'à présent, le Postman avait eu une longueur d'avance sur eux, dictant leurs actions, manipulant leurs pensées. Il avait eu l'avantage parce qu'il avait le contrôle total de l'île.

Et s'ils pouvaient changer cela ?

– On doit dire à quelqu'un ce qui se passe ici, déclara Dee.

Sa mâchoire se serra lorsqu'elle réalisa ce qu'elle aurait à faire.

– Ouah, merveilleuse idée, rétorqua Griselda, sarcastique. On n'y aurait jamais pensé nous-mêmes...

Mais Nyles remarqua le changement d'attitude de Dee.

– Qu'est-ce que tu as en tête ?

– Il n'y a qu'un seul moyen d'obtenir à coup sûr du temps d'antenne sur Alcatraz 2.0.

En repensant à Ethan qui s'était adressé directement à Griselda juste avant son exécution, Dee s'était souvenue d'un principe fondamental de l'île : sur Alcatraz 2.0, aucune mise à mort ne survenait sans qu'une caméra ne tourne. À l'heure actuelle, ce dont Dee avait le plus besoin, c'était d'une retransmission vidéo en direct. Et Mara était la clé pour l'obtenir.

– Dee, non…, commença Mara.

Sans un mot, Dee se retourna et sortit de la cafétéria.

Sa décision était prise.

Trente-cinq

Quand Dee, Nyles, Griselda et Mara émergèrent de la maison de Dee, il faisait sombre. Même si les lumières étincelantes de l'Embarcadero de San Francisco scintillaient sur l'eau, seuls les réverbères à la lumière sourde combattaient l'obscurité sur Alcatraz 2.0.

Le brouillard était heureusement resté en retrait. Si l'île avait été enveloppée de brume, de celle qui évoque des images de Jack l'Éventreur et les rues obscures de Londres, cela aurait affecté les caméras et obscurci ce qu'elles pouvaient filmer.

Dee détestait ces caméras. Depuis son arrivée, elles étaient synonymes de peur, de douleur et de mort. Mais ce soir, elle afficha un sourire contrit en jetant un coup d'œil à la plus proche, soulagée de la voir pivoter vers eux. Le Postman les avait peut-être désactivées à ses propres fins, mais elles fonctionnaient de nouveau et étaient capables de détecter les mouvements. Ce qui était une bonne chose : plus que jamais, le monde devait la voir.

Nyles, Griselda, Mara et Dee s'étaient tous arrêtés chez eux pour se changer et réunir de la nourriture ; ils avaient ensuite partagé un repas silencieux dans la cuisine de Dee. Tandis que ses compagnons étaient habillés pour une nuit d'automne glaciale (ils avaient enfilé des pantalons épais pour avoir chaud), Dee avait décidé de jouer le rôle de la victime obéissante. Au lieu de mélanger ses costumes de princesse, elle avait choisi un modèle pré-assorti en accord avec le surnom que lui avaient donné les fans : une robe mi-longue bleu pâle en tissu damassé, lacée dans le dos, avec une légère crinoline en dessous. Elle avait même mis le ras-de-cou noir qu'elle portait lors de son premier jour sur l'île, et les chaussures à petits talons en plexiglas transparents qui faisaient penser aux pantoufles de verre de Cendrillon. Pour couronner le tout, elle avait appliqué une épaisse couche d'highlighter brillant sur ses pommettes et du gloss rose sur ses lèvres.

Quand le petit groupe prit la direction de la 9e Rue, Griselda se plaça derrière Dee.

– Tu ressembles à ma nièce de quatre ans le jour du carnaval à la maternelle.

Dee haussa les épaules.

– Si le Postman veut Cendrillon la Survivante, alors c'est ce que je vais lui donner.

– Tu es plus courageuse que moi.

Le plan était simple : ils devaient se faire capturer.

« Le nombre de spectateurs augmente entre 20 heures et 2 heures du matin », avait expliqué Blair. Eh bien, Dee et ses amis étaient sur le point d'offrir au Postman une audience record. Ils allaient se jeter directement dans la gueule du loup en visitant chaque salle d'exécution de l'île jusqu'à tomber sur un Maliaque.

– Par où on commence ? demanda Dee à proximité du terrain de football.

– Molly la Déchiqueteuse utilise toujours l'auditorium de l'ancienne école primaire, indiqua Mara.

Au moins, ses déductions dignes de Sherlock Holmes leur garantiraient d'être bien préparés à ce qui les attendait.

– J'ai reconnu la scène Art déco et le balcon d'où Molly regarde le massacre.

– C'est celui qui se trouve dans la même rue que l'ancienne prison de la marine ? demanda Dee.

– Ouais.

– Si Molly a bien son habituel arsenal d'animaux mangeurs d'hommes avec elle, on devrait pouvoir les entendre de l'extérieur, dit Nyles.

– Oh, super, intervint Griselda, comme ça, on sera en mesure d'identifier quelle espèce va nous arracher un membre ! Youpi !

– Comme ça, nous serons avertis, répliqua sèchement Nyles.

Dee l'espérait vraiment. De toutes les façons de mourir sur Alcatraz 2.0, se faire dévorer vivant semblait être la pire.

– Après Molly, expliqua rapidement Mara, comme pour s'assurer de leur fournir toutes les informations nécessaires, nous essaierons Robin des Bois à la vieille cale sèche.

Dee acquiesça.

– Robin a tendance à attacher ses victimes encore plus fort que les autres Maliaques, alors il faudra être prudents.

C'est vrai, ça ! Ne pas oublier la prudence, surtout quand on est sur le point de s'offrir en sacrifice à un tueur en série !

Toujours encerclé par les caméras, le groupe continuait à dresser la liste des autres Maliaques. L'entrepôt de Gucci le Bourreau était idéalement situé à côté de la cale sèche de Robin. Dee espérait presque que Gucci y serait : elle avait des comptes à régler avec lui pour Blair.

Après lui, ils essaieraient le Barista Barbare, dont les exécutions ne nécessitaient pas autant de temps de préparation que celles des autres Maliaques. BB avait une chambre de torture pour hipster, du moulin à café artisanal à la chaise de barbier à l'ancienne où les victimes se faisaient raser de bien plus près que nécessaire. S'ils tombaient dans une embuscade tendue par lui, le bûcheron barbu à chignon, Dee espérait pouvoir, grâce à sa connaissance des groupes indés de Los Angeles, le distraire suffisamment longtemps pour que leur plan fonctionne.

Les informations de Mara sur la chef cannibale Hannah Vorace étaient un peu moins fiables. La raison principale étant que de tous les tueurs du Postman, Hannah était la recrue la plus récente, avec seulement une demi-douzaine de meurtres à son actif. Pourtant, d'après Mara, le restaurant *De la bière et des morveux* était le seul endroit de l'île disposant de l'installation nécessaire pour accueillir les ustensiles de cuisine de la tueuse : une marmite à taille humaine, un énorme poussoir à saucisses et une gigantesque friteuse à deux niveaux.

En ce qui concernait Cecil B. DeViolent, cela paraissait mission impossible. Après l'assassinat d'Ethan, huit heures plus tôt, les chances qu'il prépare un nouveau « tournage » dans l'ancien studio de films pornographiques étaient minces.

Mais selon Mara, plusieurs semaines s'étaient écoulées depuis le dernier meurtre d'Ynona la Bricoleuse. Comme la chapelle était toujours aménagée de la même façon et qu'on y trouvait un large choix de matériel de loisirs créatifs, la tueuse pourrait être prête à agir à tout moment.

Ils ne pouvaient pas non plus ignorer Al Gaz-Toxique. La chambre à gaz qui était sa marque de fabrique était hermétique, avec des portes et un haut plafond vitrés à travers lesquels les téléspectateurs du Postman avaient une vue à trois cent soixante degrés sur les tourments de la victime. Mara avait déduit que celle-ci ne pouvait se situer qu'à un seul endroit sur l'île.

– Si je devais parier de l'argent, déclara-t-elle, pensive, je dirais que nous risquons fort de trouver Al Gaz-Toxique dans l'ancien pavillon de Treasure Island, près de l'appontement. Il portera sans doute sa fameuse capuche noire de bourreau.

– Très impressionnant ! Je me suis toujours demandé où cette chambre à gaz pouvait bien être, dit Nyles. Comment en es-tu arrivée à ces déductions ?

Manifestement pas habituée à être complimentée, Mara baissa les yeux.

– J'ai comparé le plan d'origine de la structure avec la dernière photo prise du lieu sur Google Earth. Ils ont fait construire une enceinte autour du bâtiment. Ça ne pouvait pas être un simple hasard...

Elle semblait fière, comme si ses connaissances sur les Maliaques étaient enfin appréciées à leur juste valeur. Ce qui était vrai. Certes, l'obsession de Mara pour l'appli Postman était un peu dérangeante aux yeux de Dee, mais elle était sur le point de s'avérer utile.

– Mais Al ne porte pas de capuche, remarqua Griselda après une pause. Tu confonds avec Robin.

Mara rougit, mortifiée par son erreur.

– C'est vrai, désolée. En tout cas, je suis certaine de ce que je dis en ce qui concerne le pavillon.

Griselda secoua la tête.

– J'espère bien.

– Je suis sûre que Mara a raison, enchaîna Dee. Nous nous attaquerons à Al en dernier...

... et au prince Tranchant, songea Dee.

Il était mort, Nyles en était sûr à 100 %. Il avait palpé la jugulaire du tueur et n'avait senti aucun pouls. C'était impossible à simuler. Pourtant, s'ils ne rencontraient aucun des Maliaques lors de leur tournée, Dee était persuadée que le labyrinthe de Tranchant serait leur dernier arrêt.

Si le Postman souhaitait vraiment marquer les esprits, c'était le lieu idéal.

Neuf lieux. Dee et ses amis finiraient bien par tomber sur un Maliaque, et ainsi capter l'attention des caméras.

La jeune fille réalisa que le Postman verrait rapidement clair dans leur jeu. Conscient de leurs intentions, il couperait l'image. Ou le son. Ou les deux. De toute façon, cela n'était pas grave. Ils n'avaient besoin que de quelques secondes pour dire au monde ce qui se passait réellement sur Alcatraz 2.0.

Bien sûr, ils auraient alors un problème totalement différent : survivre.

Mais ils étaient quatre. Et leur combat contre les sœurs Impitoyables avait prouvé qu'en travaillant ensemble et en se faisant confiance, ils étaient capables de l'emporter.

Es-tu sûre de pouvoir leur faire confiance ?

Cette voix tenace dans un coin de la tête de Dee refusait de partir. Elle s'était autorisée à faire confiance à ces gens, tout comme elle s'était autrefois autorisée à faire confiance à Kimmi.

Et vu comment les choses avaient tourné...

Trente-six

Allongée sur le sol, Dee faisait semblant de dormir. À deux reprises maintenant, Kimmi était apparue dans la pièce blanche, émergeant par la porte cachée pendant qu'elle était profondément assoupie. La dernière fois, elle l'avait réveillée avec un violent coup de pied dans le bas du dos. La douleur avait été presque aussi terrifiante que l'imprévisibilité de l'humeur de sa ravisseuse : elle était complètement instable. Dès que Dee s'était assise, Kimmi avait été tout sourire.

– Chante-moi une chanson, avait-elle dit gentiment. Une chanson sur ta jolie nouvelle sœur qui dit à quel point tu l'aimes. Tu dois apprendre à donner du tien…

Dee avait joué le jeu, inventant aussitôt des paroles sur la beauté de Kimmi et sur sa chance de l'avoir comme grande sœur. Kimmi l'avait forcée à supplier pour obtenir de la nourriture. À tresser ses cheveux, peindre ses ongles de pied et « jouer » à d'autres « jeux », le nom de code de Kimmi pour désigner la torture. Mais, pour une raison qui lui échappait, cette stupide petite chanson sur la merveilleuse et belle Kimmi avait été la goutte d'eau qui avait fait déborder le vase.

Alors, même si elle avait continué à chanter, intérieurement, Dee complotait.

La porte. Elle l'avait cherchée, avait essayé de la trouver, mais sans succès. Kimmi était la seule à pouvoir l'ouvrir. Dee devait donc être prête la prochaine fois que sa ravisseuse entrerait dans la pièce blanche.

Quand Kimmi était partie ce jour-là, non sans laisser tomber sur le sol un cornet de frites froides couvert de gras, Dee avait essayé d'agir aussi normalement que possible. Assise dans son coin, elle avait ouvert les yeux, avait sauté sur le cornet et en avait avalé le contenu. Exactement ce à quoi Kimmi s'attendait. Après avoir fini, elle s'était assise par terre et avait attendu.

Il était impossible de savoir combien de temps s'écoulait dans sa cellule, car les lumières étaient toujours allumées. Dee n'avait aucune idée du passage du jour ou de la nuit, mais elle essayait de reproduire le plus fidèlement possible sa « routine » quotidienne. Après avoir fixé les murs pendant un moment, elle effectua une fouille de la pièce pour la dixième fois au moins. Elle fit glisser ses mains le long des parois lisses, de haut en bas, comme si elle cherchait un moyen de s'échapper. Elle prit un air réjoui dans un angle de la pièce, comme si elle pensait avoir trouvé quelque chose, mais après un examen approfondi de l'endroit, elle fit mine d'abandonner et fondit en larmes. Puis elle se recroquevilla sur elle-même et, s'assurant que ses cheveux couvraient son visage, fit semblant de s'endormir.

Seulement, Dee était bien réveillée et sur ses gardes. Elle régula sa respiration et resta totalement immobile pendant ce qui lui sembla une éternité. Ses muscles lui faisaient mal, comme s'ils souhaitaient désespérément qu'elle change de position. Mais elle ne bougea pas, sûre que Kimmi l'observait. Dee devait être prête à agir dès l'instant où elle entendrait...

Clic.

Elle avait mémorisé le bruit de la porte qu'on déverrouille. Kimmi était sur le point d'entrer dans la pièce blanche. À travers ses cheveux emmêlés, Dee vit une partie du mur du fond s'ouvrir.

Maintenant!

Elle bondit sur ses pieds et fonça vers la porte. Elle arriva juste au moment où Kimmi franchissait le seuil. Cette dernière fut choquée de la voir se précipiter dans sa direction, ce qui ralentit ses réflexes. Dee était plus petite, mais elle avait l'avantage de l'élan. Elle poussa Kimmi si fort que celle-ci trébucha et s'affala sur un escalier raide.

Dee courut pour sauver sa vie. Elle força ses jambes affaiblies à grimper aussi vite que possible. Elle entendit un cri de rage derrière elle, puis des pas martelant le sol.

Kimmi était à sa poursuite.

– À l'aide ! cria Dee.

Peut-être y avait-il quelqu'un d'autre à la maison. Si oui, était-ce une bonne chose ? Kimmi lui avait raconté que son père avait utilisé la pièce blanche pour tuer des gens. Serait-elle sa prochaine victime ?

Elle devait tenter sa chance.

– Au secours ! À l'aide !

La porte qui se trouvait en haut des escaliers était fermée, mais lorsqu'elle tourna la poignée, elle s'ouvrit facilement.

– Arrête ! hurla Kimmi. Tu es à moi !

Dee franchit la porte et déboucha dans un couloir inondé par un soleil radieux. On était sans doute en pleine journée. Même si personne d'autre n'était à la maison, il devait y avoir du monde à l'extérieur : des jardiniers, des parents au foyer, des livreurs. Elle courut à la recherche d'une porte de sortie, ses baskets grinçant sur le parquet brillant.

– Au secours ! À l'aide !

Elle entendit un coup au loin.

– Bonjour ! Est-ce que tout va bien là-dedans ?

Quelqu'un était à la porte d'entrée. Quelqu'un l'avait *entendue*.

Dee courut en direction de la voix, à travers ce qui ressemblait à une grande cuisine, puis pénétra dans un vestibule voûté.

– J'ai été kidnappée ! hurla-t-elle.

Elle vit une silhouette se dessiner à travers la vitre biseautée de la porte.

– Je m'appelle Dolores Hernandez et j'ai été...

Au moment où Dee posait la main sur la poignée, elle fut agrippée par-derrière.

– Non, cracha Kimmi. Je ne te laisserai pas partir ! Je ne te laisserai jamais partir !

Elle la traîna loin de la porte d'entrée, loin de la liberté, vers la pièce blanche. Dee lutta, mais elle était trop faible pour la repousser.

– Appelez les secours ! cria-t-elle, le visage couvert de larmes. Ne la laissez pas me reprendre ! S'il vous plaît !

Il y eut un bruit de bois éclaté. Un flot de lumière de l'extérieur se déversa dans le vestibule. Un homme traversa l'entrée en courant vers elle, les contours de son corps accentués par le soleil. Dee sentit les mains de l'inconnu la prendre à bras-le-corps et l'éloigner de Kimmi.

– C'est terminé, dit-il en se précipitant dehors.

Sa camionnette était garée devant la maison. Dee put reconnaître sur le côté du véhicule le logo du service postal des États-Unis avant que l'homme ne la dépose sur le siège du conducteur. Son sauveur avait déjà saisi son téléphone.

– Allô, le 911 ? Je voudrais signaler une urgence.

***

Nyles n'est pas Kimmi, se dit Dee. *Mara ou Griselda non plus. Tu peux leur faire confiance.*

Elle marchait au milieu de la 9e Rue, la peau glacée, les orteils partiellement engourdis par ses chaussures ridicules. Elle avait volontairement quitté la maison sans veste pour ne pas dissimuler sa tenue. Pour autant, elle se maudit silencieusement d'avoir pris cette décision. Elle enroula ses bras autour de sa taille pour ne pas frissonner.

Nyles retira la veste en velours qu'il portait et proposa à Dee :

– Tu la veux ?

Ce qui était totalement adorable de sa part.

– C'est gentil, mais non merci. Cette tenue est un piège à clics, tu te souviens ?

– Plutôt un piège à pédophiles, intervint Griselda.

Devant eux, Mara s'arrêta.

– C'est ici.

L'auditorium de l'école primaire abandonnée ne semblait pas être à sa place à cet endroit. Au milieu d'un désordre de préfabriqués, conteneurs en tôle ondulée et autres bâtiments bas, c'était une masse imposante dans l'obscurité qui dominait tout le reste. Non seulement il était plus haut que le reste de l'école, mais son style Art déco paraissait complètement anachronique. Ses fioritures sculpturales et autres lignes géométriques décorées laissaient penser qu'ils avaient affaire à un vestige de l'exposition internationale qui avait motivé l'aménagement de l'île.

Nyles prit la main de Dee, qu'il aida à monter la petite volée de marches délabrées. Les quatre compagnons s'arrêtèrent devant les doubles portes métalliques, plus modernes que le reste du bâtiment et dans un bien meilleur état. La lumière était tamisée, mais suffisante pour que Dee puisse constater que le matériau était solide, non rouillé et probablement impénétrable.

– Elles sont censées empêcher les habitants de l'île d'entrer ou bien les garder captifs à l'intérieur ? s'interrogea Nyles.

Dee soupira.

– Il n'y a qu'une seule façon de le savoir.

Elle ouvrit.

Ce fut l'odeur qui la frappa d'abord, un mélange de chien mouillé et de fumier qui lui rappela instantanément une de ses sorties au zoo de Los Angeles. Debout sur le seuil, Dee s'attendait presque à entendre le rugissement assourdissant d'un lion ou un petit rire fou de hyène.

Heureusement, l'auditorium était silencieux.

Le clair de lune traversant la porte d'entrée illumina une petite partie du hall, juste assez pour que Dee puisse en discerner la moquette usée, tachée et déchirée par des années de manque d'entretien. Elle suivit Nyles à l'intérieur. Une fois ses yeux habitués à l'obscurité, elle vit que les portes menant du hall d'entrée à la pièce principale de l'auditorium étaient grandes ouvertes.

Une douzaine de longues et fines fenêtres qui s'étiraient jusqu'au plafond voûté donnaient à l'ancien auditorium l'apparence d'une petite cathédrale. La salle polyvalente avait été débarrassée des chaises et des tables qui la remplissaient probablement pendant les déjeuners d'école ou les spectacles.

En fait, les lieux étaient quasiment vides à l'exception des deux grands enclos pour animaux qui se trouvaient au centre de la scène.

– Tu avais raison, déclara Griselda, qui se tenait à côté de Mara, c'est sans aucun doute une installation de Molly.

– Merci, répondit la rouquine, dont l'éclairage environnant rendait la peau quasiment translucide. Mais où est Molly ?

Dee, dont les chaussures à talons claquaient contre le carrelage, traversa la pièce avec Nyles. Les cages se profilaient devant eux. Elles étaient parfaitement identiques : rectangulaires, hautes d'environ trois mètres et dotées d'épais barreaux de fer rouillés et vétustes. Sur chacune, un côté était manquant. Dee monta sur la scène pour y voir de plus près.

– C'est bizarre, remarqua-t-elle, les charnières de ce côté ont disparu.

Nyles la rejoignit.

– C'est vrai… les portes coulissantes ont été retirées.

– Pourquoi Molly démonterait-elle ses cages ? demanda Griselda depuis l'escalier près de l'avant-scène. C'est son truc. C'est comme si Robin des Bois brûlait son arc et ses flèches !

– Regardez !

Nyles désigna un ensemble de profondes rainures sur le plancher : de toute évidence, quelque chose avait été récemment traîné hors de la scène.

Griselda monta à son tour sur la scène et croisa les bras sur sa poitrine.

– J'ai un mauvais pressentiment.

Les yeux de Dee passèrent des marques à une tache sombre qui s'étalait à côté d'eux sur la vieille scène en bois.

Du sang.

Elle n'eut aucun mal à imaginer la scène qui s'était déroulée ici. Un détenu, probablement drogué pour faciliter son enlèvement, se réveille au bruit assourdissant du rugissement de tigres du Bengale. Les gros matous font les cent pas dans leurs cages. Ils sont affamés, prêts pour l'heure du repas. Le condamné panique, il cherche désespérément à fuir, Molly le fait profiter de ses remarques sarcastiques. Puis l'inévitable se produit. Des cris d'agonie, un corps auquel on arrache ses membres l'un après l'autre, les restes de la victime, l'odeur cuivrée du sang qui emplit l'air…

Un bruit sourd sortit Dee de ses pensées. Elle se figea, oublia ses visions de corps mutilé et de bêtes voraces. Qu'est-ce que c'était ? Des pas ? Une porte qui se fermait ? Molly était-elle finalement arrivée ?

Elle regarda autour d'elle.

– Est-ce que quelqu'un a entendu…

Mais le reste de la phrase mourut sur ses lèvres. Il n'y avait personne sur le sol de l'auditorium.

Mara avait disparu.

Trente-sept

– Mara ! cria Dee avant de descendre les marches pour quitter l'estrade. Mara, où es-tu ?

Nyles, désormais à ses côtés, lui attrapa la main.

– Dehors ! dit-il. Je crois que j'ai entendu une porte se refermer !

Ils se précipitèrent vers la sortie. Dee courut aussi vite que le lui permettaient ses stupides chaussures à talons, suivie de près par Griselda. Tous trois franchirent les portes en métal et se retrouvèrent dans la nuit noire et fraîche. La rue était déserte.

– MARA !

Dee écouta, souhaitant à tout prix que Mara lui réponde, mais tout ce qu'elle entendit fut le doux frémissement du vent nocturne.

Mara avait été enlevée quand ils étaient montés sur la scène au fond de l'auditorium, pour examiner les cages. Dee le savait. L'un des Maliaques avait pu se glisser dans l'école derrière eux et attraper Mara à un moment où personne d'autre ne regardait.

Quand cela s'était-il produit ? Deux minutes plus tôt ? Cinq ? Celui qui avait capturé Mara ne pouvait pas avoir beaucoup d'avance sur eux.

Dee se retourna et saisit les bras de Nyles.

– Nous devons retrouver Monica !

Celui-ci inclina la tête sur le côté, perplexe.

– Mara, tu veux dire.

– Oui, Mara ! Nous devons retrouver Mara, répéta-t-elle.

Pourquoi réagit-il comme ça ? Qui d'autre veut-il sauver ?

– Tu as dit Monica.

– Tu es sûr ?

Il acquiesça.

– J'ai dû... ça n'a pas d'importance ! On peut encore la sauver ! enchaîna Dee.

Griselda plissa les lèvres.

– Tu veux dire de la même manière qu'on a réussi à sauver Ethan ?

– Il faut essayer ! Mais ne t'inquiète pas, on ne se donnera pas cette peine quand ton tour viendra ! riposta Dee.

L'attitude merdique de Griselda la fatiguait.

Cette dernière arqua un sourcil.

– Il y a sept autres endroits à visiter sur l'île. On ne la trouvera jamais à temps.

Elle avait raison. S'ils les fouillaient un à un, Mara mourrait avant d'être retrouvée.

– Alors on se sépare.

– T'es sérieuse, princesse ? Tu dérailles complètement...

Mais Dee n'écoutait pas. Elle dévalait déjà les marches abîmées du bâtiment.

– Je prends le pavillon d'Al Gaz-Toxique, les prévint-elle.

– Dee, attends ! l'appela Nyles.

– Va d'abord à la cale sèche et au café ! cria-t-elle par-dessus son épaule. S'il te plaît !

Nyles ouvrit la bouche pour protester, puis s'interrompit et acquiesça d'un bref signe de tête.

Dee sprinta en direction de l'autre bout de l'île.

***

Ses pieds, probablement recouverts d'ampoules, la faisaient souffrir, mais Dee ne ralentit pas sa course avant d'atteindre sa destination. Son choix de commencer par la salle d'Al Gaz-Toxique n'avait rien d'un hasard. Mara semblait penser qu'il était celui qu'ils auraient le plus de chances de rencontrer. Dee pria pour qu'elle ait raison.

Quand elle aperçut le pavillon, son cœur se serra.

Tout était sombre et silencieux.

En boitant, Dee s'approcha du bâtiment, avec l'espoir d'apercevoir des signes de vie. Un mur de parpaings avait été construit autour du pavillon aux parois de verre. Côté nord se trouvait une impressionnante porte en métal que Dee réussit cependant à ouvrir sans la moindre difficulté. Le mur d'enceinte, qui encerclait la cour intérieure, était surmonté de dizaines de caméras : le « show » devait être parfaitement visible sous tous les angles.

Autrefois utilisé pour les mariages et les événements spéciaux, le pavillon avait des murs en verre transparents et un magnifique plafond voûté qui faisait penser à un chapiteau. À son apogée, l'édifice devait offrir un spectacle de rêve : sans le mur qui l'entourait, il aurait fait face à l'eau, offrant aux visiteurs une vue panoramique sur San Francisco. Dee imaginait sans mal les événements somptueux qui s'étaient certainement déroulés ici.

Comme Gucci, Al aimait les décors aux thèmes très variés allant de reconstitutions historiques comme l'attentat au gaz sarin dans le métro de Tokyo à un couloir de la mort de l'époque de la Grande Dépression, en passant par des fantasmes post-apocalyptiques inspirés par *Mad Max*.

Mais pas ce soir. L'endroit était désert.

Prête à partir, Dee se retourna et dépassa le mobilier de jardin en bois, espérant que Nyles et Griselda avaient déjà trouvé et sauvé Mara.

CRASH!

Juste au moment où Dee l'atteignait, la porte en métal se rabattit, l'enfermant dans la cour.

Soudain, les lumières à l'intérieur du pavillon s'allumèrent, inondant la cour d'une blancheur intense.

Dee plissa les paupières. Ses yeux lui faisaient atrocement mal, mais à mesure qu'ils s'adaptaient, elle constata qu'elle se trouvait devant une scène familière.

C'était une chambre de fille, reconstituée avec de faux murs qui se dressaient sur trois côtés. Un grand lit digne d'une princesse se trouvait au milieu de l'espace : son cadre à volutes était en fer forgé blanc et sa peinture, écaillée par endroits. Ce lit était probablement destiné à un enfant. Mais à en juger par les posters qui ornaient les faux murs, c'était de toute évidence une chambre d'adolescente : un pan entier était dédié aux frères Hemsworth ainsi qu'à Michael B. Jordan. Quant au mur d'en face, il était entièrement consacré aux tenues portées par Gucci le Bourreau, avec des échantillons de tissu, des photos de modèles de vêtements aperçus dans des défilés et des croquis.

Dee connaissait cette chambre.

Les Hemsworth et Michael B. Jordan étaient les célébrités pour lesquelles Monica avait eu un gros faible; et elle était obsédee par Gucci le Bourreau. La couverture en crochet sur le lit. Un réveil en forme de cube diffusant une lumière bleu violacé sur la table de chevet. Une bouteille d'eau pétillante au citron vert à moitié vide. Chaque détail était exact.

Dee se trouvait face à la chambre de Monica.

Bien entendu, sa demi-soeur n'était pas étendue sur le sol, avec son visage violet et ses yeux exorbités sans vie. À la place, Mara était à plat ventre sur le lit.

Trente-huit

– Réveille-toi !

Dee frappa avec ses poings sur la vitre : elle était aussi solide que le mur d'enceinte qui entourait le pavillon.

– Mara ! Debout ! Tu dois te lever !

La silhouette couchée sur le lit ne bougea pas.

– Tu veux qu'elle se réveille ? demanda une voix.

Elle était robotique et sans inflexion, comme générée par un ordinateur. Dee tourna sur elle-même, guettant l'arrivée d'Al Gaz-Toxique, en vain. Il n'y avait personne. Juste un haut-parleur perché en haut du mur.

– Je peux faire en sorte que ça arrive.

Le son d'une rafale de vent emplit les oreilles de Dee. Mara commença à remuer. Al avait dû la droguer, puis la réveiller avec une bouffée d'oxygène, comme lorsque Dee s'était réveillée dans la pièce blanche ou dans l'entrepôt poussiéreux de Tranchant.

Il fallut quelques secondes à Mara pour reprendre pleinement conscience. Elle s'assit, les paupières lourdes, et balaya la

« chambre » des yeux. Instantanément, elle réalisa le danger et se leva d'un coup.

Dee la regarda attentivement. Non seulement elle avait été emprisonnée dans une réplique parfaite de la chambre de Monica, mais elle était aussi habillée avec une tenue similaire à celle que portait sa demi-sœur le jour de sa mort : un legging de couleur sombre, une tunique cintrée avec une large ceinture argentée et des tongs.

Al Gaz-Toxique, le Postman ou quiconque était aux commandes en savait *beaucoup* trop sur le meurtre de Monica.

Quand Mara, totalement paniquée, aperçut Dee, elle courut vers elle et plaqua les paumes contre la vitre.

– Aide-moi ! hurla-t-elle, sa voix étouffée par l'épaisse cloison de verre qui les séparait. Dee, fais-moi sortir d'ici !

– Ça te rappelle quelque chose ? demanda la voix désincarnée.

– Laisse-la partir ! s'écria Dee. C'est moi que tu veux !

La voix l'ignora, comme si elle n'avait pas entendu un traître mot de ce qu'elle avait dit.

– Tu dois apprendre à donner du tien…

Dee se figea. C'était exactement ce que Kimmi disait quand elle se moquait d'elle.

– Qu'est-ce que ça veut dire ? l'interrogea Mara, les yeux écarquillés de terreur.

Avant que Dee ne puisse s'expliquer, un inquiétant sifflement emplit le haut-parleur. Le pavillon commençait à se remplir de gaz.

– Uragan D2 concentré, annonça la voix. Fréquemment utilisé comme pesticide. Incroyablement efficace.

Toute intention de révéler la vérité sur le Postman et les atrocités commises sur Alcatraz 2.0 avait fui le cerveau de Dee. Tout ce à quoi elle songeait, c'était sauver Mara.

– Couvre-toi la bouche ! cria-t-elle.

Elle remonta l'ourlet de sa robe à hauteur de son visage pour lui mimer quoi faire. En faisant ce geste, elle avait dû montrer ses sous-vêtements à la moitié des États-Unis, mais elle s'en foutait. Garder Mara en vie était tout ce qui comptait.

Mara hocha la tête pour lui signifier qu'elle avait compris. Elle défit sa ceinture et, sans hésiter, retira sa tunique, dévoilant la brassière en dentelle qu'elle portait en dessous. Elle roula son vêtement en boule et le porta à sa bouche et à son nez. Puis, quand elle repéra l'eau gazeuse sur la table de chevet, elle en imbiba le tissu.

Puis elle resta là, incapable de bouger. Pendant un instant, Dee pensa que tout était fini. Que les effets du gaz commençaient déjà à se faire sentir et que bientôt, Mara convulserait sur le sol. Mais au lieu de tomber comme une masse, Mara se retourna et monta sur le lit, puis sauta gracieusement de celui-ci à la commode. Enfin, elle s'installa sur la partie supérieure du faux mur, dont l'épaisseur lui permettait de se tenir accroupie.

Dee avait tout oublié de ses cours de chimie, à part le fait que certains gaz étaient plus légers que l'air et, d'autres plus lourds. Elle ne pouvait qu'espérer que Mara ait fait la bonne supposition et que le poison se concentrerait près du sol de la chambre, ce qui lui donnerait du temps supplémentaire avant que le gaz se mélange complètement à l'air respirable.

Du temps. C'était exactement ce dont Dee allait avoir besoin. La vitre était solide et épaisse, exactement comme l'aquarium des sœurs Impitoyables. Dee n'avait pas la hache d'Ethan, elle n'avait donc aucun moyen de briser les parois. Elle ne voyait pas non plus de porte pour accéder à l'intérieur du pavillon. Ce qui ne lui laissait qu'une seule alternative : le toit.

Dee retira ses chaussures et en coinça une dans le corsage de sa robe. Le toit du pavillon, en forme de chapiteau, était composé d'une toile tendue, et elle espérait pouvoir la déchirer. Pieds nus, elle retira les coussins des chaises et entassa tout le mobilier de jardin afin d'obtenir une tour de chaises branlante. Cette dernière lui permettait d'atteindre les deux tiers de la hauteur de la cloison vitrée, quasiment au niveau du bord du toit. Sans hésiter, elle gravit tant bien que mal son échelle de fortune et se retrouva en équilibre précaire sur la chaise la plus haute. À présent, la jeune fille pouvait toucher le toit du bout des doigts… hélas, il n'y avait rien à quoi s'accrocher, aucun rebord ou prise pour se hisser. Dee pouvait cependant atteindre facilement le sommet du mur de parpaings derrière elle. Elle se pencha en arrière, faisant chanceler la tour de chaises sous son poids, et grimpa dessus.

L'espace entre le sommet du mur et le toit voûté du pavillon était d'environ trois mètres. Si Dee avait été James Bond ou Natasha Romanoff, elle aurait sauté sans effort sur le toit blanc en pente. Mais elle n'était pas une super espionne ni une superhéroïne, juste une élève de terminale peu sportive, pieds nus, vêtue d'une robe de bal corsetée. Il y avait au moins cinquante pour cent de chances qu'elle manque le toit et atterrisse violemment sur le sol.

Pendant ce temps, Mara, toujours perchée sur le faux mur, continuait à couvrir son nez et sa bouche à l'aide du tissu humide. Ses épaules s'agitaient lorsqu'elle toussait.

Dee était à court de temps. Sans refléchir, elle inspira profondément, s'accroupit aussi bas que possible et se jeta dans le vide.

En atterrissant sur le ventre, elle se prit l'angle entre le toit et la vitre juste sous la cage thoracique. Sous le choc, elle eut le souffle coupé. C'est uniquement quand elle commença à glisser en arrière qu'elle réalisa qu'elle avait bel et bien sauté, et ce que cela pouvait impliquer. Elle se rattrapa désespérément au tissu du chapiteau et hissa sa jambe par-dessus le rebord du toit. Elle s'était attendue à ce que la toile de tente ploie sous son poids, mais elle bougea à peine. Dee leva les yeux vers la pente du toit.

Mara se trouvait au milieu du pavillon. Pour l'atteindre, Dee devait escalader le côté de la tente entre les deux sommets du toit. Ce serait comme faire l'ascension d'un glacier.

Mais au moins, elle était équipée.

Elle sortit la chaussure de son corset et la retourna pour utiliser le talon comme un pic à glace.

Le premier coup laissa une empreinte dans la toile mais n'endommagea pas la surface. Dee frappa plus fort. Le talon perça un petit trou bien net. Ses chaussures stupides étaient enfin utiles.

Elle utilisa le trou comme prise pour l'aider dans son ascension. Elle recommença l'opération. Un trou à la fois. Au moins, elle laissait entrer de l'air frais dans le pavillon.

– Dee ! Qu'est-ce que tu fais ?

Elle jeta un coup d'œil par-dessus son épaule et vit Nyles à l'extérieur du mur de la cour, Griselda à ses côtés.

– Mara est là-dedans, expliqua-t-elle rapidement.

– Attends-nous ! répondit-il.

Et puis quoi encore ? Comme si Dee allait se contenter de rester là pendant que Mara suffoquait à l'intérieur. Impossible.

Désormais au point culminant du toit, elle devait être juste au-dessus de Mara. Ou du moins, elle l'espérait. Elle continua à s'attaquer au tissu avec sa fidèle chaussure. Quand elle eut fait une demi-douzaine de trous, elle put voir le pavillon en dessous.

Mara était pile au bon endroit. Repliée sur elle-même, elle se protégeait toujours le visage.

Dee ne perdit pas de temps. Elle enfonça ses doigts dans les trous et déchira le tissu pour se faire une ouverture. Prenant une grande bouffée d'air frais, elle passa la tête dans le pavillon rempli de gaz.

– Mara ! Attrape ma main !

Avec de la chance, le toit soutiendrait leurs deux poids.

Mara leva les yeux. Ils étaient rouges et gonflés, ce qui signifiait que le gaz avait atteint sa cachette au sommet du mur. Mais elle était toujours consciente, elle pouvait encore se battre. En équilibre instable, elle se mit debout sur le faux mur de la chambre.

– Ne regarde pas en bas ! lança Dee.

Calant son épaule contre le toit en tissu, elle tendit son bras aussi loin que possible. Elle sentait le chapiteau s'affaisser sous elle. Si la toile cédait, Mara et elle mourraient à coup sûr.

– Dee, fais attention !

La voix de Nyles était plus proche désormais.

Dee regarda par-dessus son épaule et vit le haut du crâne de Nyles. Il était quasiment arrivé à son niveau. *Génial.* Il venait la « sauver ». C'était la dernière chose dont elle avait besoin dans l'immédiat.

Mara laissa tomber la tunique au sol et se mit sur la pointe des pieds pour atteindre Dee.

Leurs doigts se frôlèrent, mais Mara n'était pas assez grande pour atteindre la main de Dee.

– Tic-tac, tic-tac ! Le temps presse, dit la voix électronique.

Comme si Dee avait besoin qu'on le lui rappelle !

– Saute ! cria-t-elle. Tu vas devoir sauter pour attraper ma main !

Elle s'avança davantage dans l'ouverture du toit, se sentant glisser plus loin dans le pavillon. Elles étaient si proches… Dee pouvait presque toucher Mara.

Mais la distance entre elles était encore trop importante. Tout à coup, Mara se mit à convulser. Son corps tremblait de la tête aux pieds. Au bout de quelques secondes, sa mâchoire se relâcha et de la mousse blanche coula du coin de sa bouche. Avec horreur, Dee vit Mara se retourner, perdre l'équilibre et tomber du mur.

– Non !

Mara atterrit au milieu du matelas.

Les convulsions étaient plus violentes désormais. Sous l'effet du gaz toxique, Mara se roula en boule avant de retomber sur le dos, le visage tourné vers le toit. Dee put voir la terreur et la douleur dans ses yeux.

Après une dernière convulsion d'une force spectaculaire, la tête de Mara retomba sur sa poitrine.

4 min

Zingelbert Bembledack @zingelbertpasgerry
S'il vous plaît, quelqu'un peut m'expliquer ce que signifie ce gros bordel délirant ?

← 13 522 ∞ 6 212

---

4 min

Fusion de Gluons @ParticuleÉlémentaire
J'ai tellement de questions ! Pourquoi sont-ils allés à cet auditorium ? Comment ils ont fait pour ne pas remarquer la disparition de la rousse ? Et c'est quoi le délire avec ce décor de chambre, @AlGazToxique ?

← 5 960 ∞ 1201

---

4 min

Eureka Samantha @eureka_sammy150
Il n'existe pas encore de GIF pour exprimer mon niveau de « WTF » ! #LePostmanAPerduTouteCrédibilité #IlsSontOùTous #ViveLesFrèresHemsworth

← 5 003 ∞ 1558

---

3 min

Fusion de Gluons @ParticuleÉlémentaire
Dites-moi, est-ce que c'est la chambre de la rouquine ? Ou celle d'une série télé ? C'est un décor qu'on est censés reconnaître ?

← 2 597 ∞ 1163

---

3 min

Dennis Purgatoire @habitantdupurgatoire
Je continue à dire que @réveillélesyeuxgrandsouverts a visé juste. Il y a quelque chose de pourri au royaume d'#Alcatraz2. #OuvrezLesYeux #FakeNews #NeCroyezPasCeQuonVousMontre

← 712 ∞ 207

🕒 2 min

Janeisha Barrett @janeishaEavantl
Je me contrefous de ce qui passe, tant qu'ils continuent avec les exécutions en direct. Vous connaissez @ParionsTraz ? C'est vrai qu'on peut s'y faire une fortune ?

← 💧991 ∞ 569

🕒 2 min

Hamilton Ramilton @CommunautéBear
J'ai l'impression d'avoir été roulé dans la farine. On n'a pas du tout vu @AlGazToxique ! #Gazolites #CommunautéBear #GrandEtBeau

← 💧142 ∞ 57

🕒 2 min

L'Informateur @réveillélesyeuxgrandsouverts
MERCI @habitantdupurgatoire !!!!

🕒 3 min

Dennis Purgatoire @habitantdupurgatoire
Je continue à dire que @réveillélesyeuxgrandsouverts a visé juste. Il y a quelque chose de pourri au royaume d'#Alcatraz2. #OuvrezLesYeux #FakeNews #NeCroyezPasCeQuonVousMontre

← 💧1000 ∞ 624

🕒 1 min

Benny Nda Jetts @EltonJohnPourToujours
J'ai remarqué que @LePostman est silencieux depuis plus de 24 heures. ÇA N'ÉTAIT JAMAIS ARRIVÉ.

← 💧287 ∞199

🕒 1 min

Bradley Fornow @BradleyForever
Peut-être que @LePostman s'est lui-même rendu sur #Alcatraz2 ! Ça expliquerait pourquoi les caméras ont été désactivées de manière « sélective ». Il essaie peut-être de protéger son identité !

← 💧17 ∞ 3

Trente-neuf

Le visage de Mara était caché par un rideau de cheveux roux. Dee regarda son cadavre étendu sur le lit. Habillé comme Monica, dans la chambre de Monica.

Elle sentit la rage monter en elle. Une colère brûlante et ardente comme elle n'en avait jamais ressenti de toute sa vie. À quoi bon pleurer ? À quoi celui lui servirait-il ?

Elle se détourna de la scène de la chambre en dessous et se laissa glisser jusqu'au rebord du chapiteau.

– Attention ! cria Nyles pour la millionième fois.

Il se tenait au sommet de la tour de chaises de jardin.

– Fais en sorte de venir jusqu'à moi, et je t'aiderai à descendre.

Comme un crabe longeant une falaise, Dee se fraya lentement un passage sur le bas du toit, insensible à la paroi de verre qui s'enfonçait dans la plante de ses pieds. La douleur ne la dérangeait pas. Cela attisait seulement en elle le feu de la colère.

– Je te tiens, dit Nyles en attrapant sa main. Pas de précipitation, vas-y lentement…

Mais Dee ne ferait plus jamais rien lentement. Elle se laissa tomber directement sur Nyles. Les chaises de jardin basculèrent, et tous deux s'effondrèrent sur la pile de coussins que Dee avait jetés plus tôt. Griselda sauta sur le côté juste à temps pour éviter d'être percutée par ses compagnons. Nyles grogna sous le poids de Dee. Mais celle-ci ne s'arrêta même pas pour lui demander s'il allait bien. Elle se remit rapidement sur ses pieds et se retourna pour faire face à la caméra, qu'elle pointa du doigt.

– Je sais que c'est toi, Kimmi ! cria-t-elle.

– Qui est Kimmi ? demanda Griselda en aidant Nyles à se relever.

Dee l'ignora.

– Mais le Postman et toi, vous n'allez pas gagner, tu m'entends ? Nous allons mettre fin à tout ça.

Des larmes d'énervement avaient commencé à couler sur ses joues. Mais Dee ne prit pas le temps de les essuyer.

– Mes chers concitoyens, écoutez-moi ! Le Postman a tué quasiment toutes les personnes qui étaient sur l'île. Les gardiens. Les détenus. Et rien de tout ça n'a été filmé.

– C'est un complot ! ajouta Nyles.

Il se tenait à ses côtés, face à la caméra.

– Nous avons tous été condamnés à tort.

– Vous vous souvenez de la dernière victime de Robin des Bois ? intervint Griselda. C'était la pyschiatre judiciaire qui a témoigné contre nous. Le Postman élimine quiconque peut prouver que les procès ont été truqués.

– Et si nous avons été condamnés à venir ici, ajouta Dee, cela pourrait vous arriver aussi. Cela pourrait arriver à chacun d'entre vous.

Le Postman devait être démasqué. Alcatraz 2.0 devait être fermée. Plus personne ne devait mourir ici.

– Alcatraz 2.0 est une imposture, poursuivit Dee. Il n'y a pas de justice ici. Le seul coupable de meurtre est le Postman.

Soudain, la lumière rouge de la caméra s'éteignit.

Le Postman avait coupé la retransmission.

– Nous avons réussi, souffla Nyles. Je n'arrive pas à y croire !

Il attrapa Dee par la taille et la serra fort contre lui.

Dee laissa son corps se détendre. C'était comme si un poids énorme avait été retiré de ses épaules.

– Vous pensez que ça a fonctionné ? demanda Griselda.

Nyles libéra Dee.

– Nous devons vérifier sur un écran.

Il avait raison. Ils devaient s'assurer que le message avait bien été transmis. Les fans allaient sans doute inonder le fil de commentaires et demander à ce qu'une enquête soit menée. Dee suivit Nyles et Griselda hors de la cour, mais, avant de franchir la porte en métal, elle se retourna et jeta un dernier regard à Mara, à son cadavre étendu sur le lit de Monica.

– Je suis désolée, murmura-t-elle. Je n'aurais jamais dû t'impliquer dans tout ça.

Dee contourna rapidement le pavillon pour contempler le visage de Mara une dernière fois. C'est à ce moment-là qu'elle la vit. Quelque chose qu'elle n'aurait pas remarqué en se tenant face à la scène. Derrière les faux murs de la chambre de Monica, il y avait une main.

Dee cligna des yeux. Était-elle victime d'hallucinations ? Elle s'approcha lentement et découvrit un corps massif d'homme en surpoids.

Il était vêtu de noir, avec une cagoule dont seuls deux trous laissaient apparaître les yeux. Une capuche de bourreau. L'accessoire ne faisait clairement pas partie d'un attirail de professionnel : les ouvertures avaient été découpées à la hâte avec des ciseaux et on pouvait presque voir à travers le tissu, fragile et usé.

L'homme était allongé sur le côté, la tête appuyée sur le bras, comme pelotonné pour faire la sieste. L'énorme lame dépassant de son sternum laissait cependant présager qu'il ne se réveillerait jamais.

Dee s'approcha encore un peu plus du cadavre : le devant de son habit n'était pas humide. Le sang provenant de sa blessure fatale avait séché depuis longtemps.

Ce fut à cet instant précis que Dee eut une révélation.

Kimmi, Monica, la perversion d'Alcatraz 2.0… tout lui parut soudain logique.

Elle n'arrivait pas à y croire. Comment n'avait-elle pas compris plus tôt ? Tout était si simple. Elle regarda le pavillon et se mit à rire.

– Dee ? l'appela Nyles d'une voix paniquée. Où tu es ? Qu'est-ce qui ne va pas ?

– Rien.

Elle se calma. Elle avait besoin d'un plan pour mettre fin à ce cauchemar une bonne fois pour toutes. Elle avait besoin de temps pour réfléchir.

– Tu vois quelque chose de drôle là-bas ? demanda Griselda, les sourcils arqués.

Tu n'as pas idée.

– Je vais bien.

Nyles semblait vouloir lui poser une question, mais il ne le fit pas.

– On devrait retourner aux Baraquements.

– Carrément.

Laissant le pavillon derrière eux, Dee prit la tête de leur trio et les guida dans le noir. Puis son esprit s'emballa. *Pas aux Baraquements. Je dois retourner à la boutique.*

– Euh, allons plutôt à Ice Crime.

– Les Baraquements sont plus près, dit Griselda. Pourquoi on retournerait jusqu'à la rue principale ?

Les yeux de Dee se tournèrent vers la caméra la plus proche, installée au sommet d'un réverbère à la lumière sourde.

– Je meurs de faim.

– Là, maintenant, tout de suite ? demanda Griselda, sceptique.

Nyles jeta un coup d'œil à la caméra, puis revint à Dee.

– Tu meurs de faim, dit-il doucement, comprenant son code. D'accord.

Puis il se racla la gorge et parla rapidement :

– Je suis sûr que ça nous ferait du bien à tous de manger quelque chose.

***

Ils entrèrent dans Ice Crime par la porte de derrière, qui était toujours ouverte, exactement comme ce matin. Les lumières inondèrent la boutique rose et blanche d'une lueur anormalement joyeuse. Dee parcourut l'intérieur du regard et trouva presque aussitôt ce qu'elle cherchait. Sur le comptoir à côté des mixeurs. Une hache rouge.

Nyles s'installa devant l'écran de télévision.

– OK. Allez, les Postmanatiques, commentez tout ce que vous voyez ! Ça nous donnera des infos pour sortir d'ici.

Griselda se tenait à côté de lui, la main sur le dossier de sa chaise. Tous deux lurent en silence les commentaires qui défilaient sans cesse. Pendant ce temps-là, Dee se glissa derrière le comptoir et souleva silencieusement la hache de la surface en Formica, puis la plaça derrière son dos.

– Mais qu'est-ce qui se passe, bordel ? s'exclama Nyles après quelques instants.

Ses yeux étaient fixés sur l'écran qui montrait Mara en train de tomber puis convulser sur le lit dans le pavillon.

– « Le Breakfast Death Club, c'est du déjà-vu, lut-il à voix haute. Est-ce que le Postman ne peut pas nous donner autre chose ? »

– « J'ai adoré la façon dont de la mousse est sortie de la bouche d'Ally Sheedy version rouquine alors qu'elle clamsait, continua Griselda. Je parie ma maison que #CendrillonLaSurvivante est celle qui va crever en dernier. »

Elle se retourna vers Dee.

– Ils n'ont donc pas écouté un traître mot de ce qu'on a dit ?

Dee secoua la tête calmement.

– Non, parce qu'ils n'ont rien entendu.

Nyles se releva brusquement.

– Quoi ?

Dee désigna l'écran de sa main libre.

– Regardez.

Ils apparaissaient tous les trois côte à côte en train de crier face caméra, mais il n'y avait aucun son. En dessous, une légende indiquait « LE #BDC MENACE LE POSTMAN ».

– Espèce de sale… ! hurla Griselda.

– Il ne nous aurait jamais laissés le dénoncer, la coupa Dee. Vous savez bien qu'il a toujours une longueur d'avance sur nous…

Griselda inclina la tête, perplexe.

– On dirait que tu avais anticipé tout ça.

Dee contourna le comptoir et se dirigea vers la porte arrière à reculons.

– J'ai eu une idée.

– Et tu vas la partager avec nous ?

Dee agrippa fermement la hache toujours cachée dans son dos. Elle était sur le point de jouer cartes sur table et elle espérait vraiment, vraiment avoir raison.

– Il faut que je vous raconte une histoire, commença-t-elle.

Quarante

Depuis sa salle d'observation, le Postman assistait à la scène. Il ne pouvait détourner son regard de l'écran.

Je n'arrive pas à croire qu'elle leur ait parlé de Kimmi.

Nyles et Griselda restèrent bouche bée. Ils étaient totalement abasourdis. Sans surprise, ce fut Griselda qui revint à la raison la première et attaqua Dee.

– Mais bordel, tu te fous de nous ? Comment t'as pu nous cacher un truc pareil ?

– J'essayais de vous protéger.

– Arrête tes conneries !

– Tous ceux à qui j'en parle meurent.

Dee était calme. Trop calme. Le Postman sourit. Peut-être avait-elle finalement pété les plombs ? Il avait espéré que, pour elle, perdre Mara reviendrait à perdre Monica. *On dirait que ça a fonctionné.*

– Mais tu nous as quand même mis en danger, intervint Nyles.

Au lieu de répondre, Dee éclata de rire.

– Vous n'avez jamais été en danger.

Nyles et Griselda échangèrent un regard.

– Euh, dit-il, et l'aquarium, tu t'en souviens ? Nous nous sommes pratiquement noyés !

Dee secoua la tête lentement.

– Le Postman ne laisserait jamais mourir ses propres enfants.

– Pardon ?

– Elle a carrément disjoncté, putain, enchaîna Griselda.

Dee prit une profonde inspiration et se concentra.

– Je ne suis pas folle. Kimmi avait quatorze ans quand elle m'a kidnappée, et puisque j'ai dix-sept ans maintenant, ça lui en ferait vingt. Le même âge que toi, Griselda. Elle aussi était blonde aux yeux bleus.

– Elle t'a séquestrée dans une putain de pièce pendant une semaine, la contra Griselda en levant les yeux au ciel. Si j'avais été elle, je suis à peu près sûre que tu l'aurais su à la minute où tu m'as rencontrée.

Dee eut un rictus mauvais.

– Pas forcément. La chirurgie esthétique, ça existe, non ? Ton nez est trop parfait pour être vrai.

– Mais bien sûr !

– Ou peut-être que le traumatisme a affecté ma mémoire. Un syndrome de stress post-traumatique peut avoir cet effet.

Griselda pointa son propre visage du doigt.

– Je ne suis pas Kimmi.

Dee l'ignora et poursuivit :

– En plus, Kimmi avait un frère.

Ce fut au tour de Nyles de rire.

– Tu penses que Gris et moi…

– Depuis mon arrivée ici, je me dis que vous ressemblez à un frère et une sœur, enchaîna Dee à toute vitesse, comme si sa folie s'accentuait. Et comme par hasard, tu as l'immunité diplomatique et Gris n'a jamais été kidnappée, même si elle est sur l'île depuis des mois.

– Mais..., commença Nyles.

– Le Postman *voulait* qu'Ethan et Mara tuent les sœurs Impitoyables. Il est en train de remplacer ses Maliaques, alors pourquoi ne pas nous en laisser tuer quelques-uns et améliorer ses audiences ? Je suis sûre que si nous n'étions pas arrivés à temps, une des sœurs Impitoyables vous aurait libérés.

Griselda se renfrogna.

– J'aurais aimé t'y voir, dans cet aquarium !

Le Postman sourit.

– Tu as essayé de me mettre sur une fausse piste, poursuivit Dee en faisant face à la jeune femme. Au poste de garde, tu as suggéré que Mara était une traîtresse pour que je ne vous soupçonne pas ni l'un ni l'autre.

Les doux traits du visage de Griselda se durcirent.

– Tu penses que j'ai tué Ethan, c'est ça ?

– Je pense que tu l'as livré à Cecil, rétorqua Dee. Quand tu es allée vérifier le câble réseau.

Elle se tourna vers Nyles.

– Ou bien ton frère s'en est occupé, quand il cherchait un téléphone.

Les sourcils froncés, les yeux pleins de rage, Griselda semblait vouloir arracher la tête de Dee.

– Je te déteste ! Je te hais, putain !

Ça fonctionne encore mieux que prévu. Ils se sont retournés les uns contre les autres plus vite que je ne le pensais.

– J'aurais dû comprendre plus tôt que le père de Kimmi et le Postman sont la même personne. Vous lui avez fourni des informations pendant tout ce temps.

Dee jeta un regard noir à Griselda.

– Tu as essayé de finir ce que tu avais commencé, Kimmi.

Nyles avait l'air désemparé.

– Dee, c'est pas possible que tu croies ça !

– Tranchant a parlé, juste avant que je le tue, répliqua-t-elle. Et il avait un accent britannique. Comme toi.

– Mais, Dee, la supplia Nyles, toi et moi… nous…

– Tu m'as bien fait marcher.

Elle déglutit.

– Je pensais vraiment que tu m'aimais bien.

Nyles prit une profonde inspiration.

– Je pense que tu devrais te calmer. Je sais que la mort de Mara a été un choc, mais pour le moment, nous devons rester unis et trouver un moyen de quitter cette île.

Il s'avança vers Dee, puis s'arrêta net quand elle sortit la hache de derrière son dos.

– Éloigne-toi ! cria-t-elle.

Son visage était rouge, ses yeux fous.

Griselda leva les mains devant elle.

– Lâche ça, tu vas te couper !

– Il faut toujours que tu te moques de tout, s'exclama Dee. Tu ne montres jamais aucune émotion… comme les sociopathes… comme Kimmi !

Nyles resta calme et s'approcha d'elle comme s'il tentait de dissuader un lion d'attaquer.

– Dee, pose cette hache.

– Je pense que le Postman est sur l'île, déclara-t-elle.

Griselda rit :

– Tu délires. Pourquoi il serait ici ?

– Sans cela, vous n'auriez pas pu communiquer avec lui. Donc, je vais le trouver, je vais le tuer et je vais faire fermer cette prison.

– OK…, dit lentement Nyles. Comment ?

– Le Postman doit avoir une connexion Internet pour poster les vidéos. Si je peux la trouver, je pourrai révéler toutes vos manigances.

– On est déjà allés au poste de garde, rétorqua Nyles. Internet ne fonctionne pas. Où comptes-tu aller ?

Dee plissa les yeux.

– Dans le seul endroit où je n'aurais jamais pensé à chercher.

Griselda haussa les épaules comme si elle s'en fichait.

– Bien. C'est à tes risques et périls.

Pendant un instant, l'assurance de Dee vacilla. Le Postman pouvait voir la confusion dans ses yeux. *Elle se demande pourquoi ils n'essayent pas de l'arrêter.* Dee jeta un coup d'œil à la porte, son seul moyen de s'échapper.

Au moment où elle rompit le contact visuel, Nyles passa à l'action. Il se précipita à travers la pièce, et, d'une manière étonnamment habile, enlaça Dee.

Je n'aurais pas mieux scénarisé cette scène moi-même.

– Lâche-moi ! hurla-t-elle en essayant de soulever la hache.

Mais Nyles la tenait fermement, maintenant ses bras le long de son corps. Elle donna une ruade et prit son élan en appuyant ses pieds contre le mur. Nyles, Dee et la hache valdinguèrent à travers la boutique et s'écrasèrent contre une table. Ils se relevèrent aussitôt et se firent face. Griselda ramassa calmement la hache qui avait glissé un peu plus loin. Elle adressa un sourire carnassier à Dee.

– Regarde qui a la hache, maintenant.

– Tu ne m'auras pas, Kimmi. Plutôt mourir !

Avant que Griselda ou Nyles puissent répliquer, Dee s'enfuit du magasin.

Parfait.

Le Postman vérifia les caméras, parcourant celles qui couvraient la ruelle derrière la rue principale. Dee, pieds nus et toujours dans cette ridicule tenue de Cendrillon, courait dans l'allée sombre, trébuchant de temps en temps sur le bitume inégal. Lorsqu'elle atteignit la 9e Rue, elle n'hésita même pas : elle tourna à gauche et se dirigea vers l'est.

Satisfait, le Postman se laissa retomber sur le dossier de son fauteuil. Dee avait mordu à l'hameçon, mais était-elle assez intelligente pour savoir ce qui l'attendait ?

Je l'espère. Je l'espère vraiment.

Quarante et un

Dee n'avait pas bluffé quand elle avait dit savoir exactement où se cachait le Postman. Selon elle, il s'agissait de l'endroit où tout avait commencé : le labyrinthe de Tranchant.

Et si elle avait eu des doutes, ils disparurent quand elle s'approcha de l'imposant entrepôt. Les corbeaux alignés le long des toits de tous les bâtiments du pâté de maisons – ceux qu'elle avait si naïvement pris pour de simples oiseaux lors de son premier jour sur l'île – étaient allumés. À l'unisson, toutes les caméras opérèrent un mouvement de gauche à droite quand elle dévala la rue. Dee était la principale attraction du show en direct orchestré par le Postman.

L'entrepôt lui paraissait étrange. Était-ce à cause de l'obscurité, maintenant que la lune argentée avait disparu sous l'horizon ? Ou bien parce qu'elle s'apprêtait à y pénétrer de son plein gré au lieu de s'enfuir ?

Elle ne savait pas vraiment ce qu'elle trouverait dans le labyrinthe, mais elle pouvait le deviner. Le Postman l'attendrait, elle en était absolument certaine. Aurait-il avec lui les Maliaques restants ? C'était très probable. Mais au moins, grâce aux connaissances de Mara sur eux, leurs tactiques et leurs faiblesses, Dee était préparée à les affronter. Et après avoir trouvé le cadavre d'Al Gaz-Toxique dissimulé dans le pavillon, elle avait compris ce que le Postman voulait qu'elle fasse.

Tout ce qui lui manquait pour passer à l'action, c'était une paire de chaussures. La seule chose pire que de porter des chaussures à petits talons en plexiglas était d'entrer pieds nus dans le labyrinthe de Tranchant.

Tant pis, impossible d'y faire grand-chose pour le moment.

Dee ouvrit sans mal la porte de l'entrepôt.

Une partie des imposants murs du labyrinthe de Tranchant avait été dégagée, laissant apparaître un grand espace rectangulaire recouvert de gazon synthétique quadrillé avec des lignes de peinture blanche. Cela ressemblait à un petit terrain de football américain avec des zones de but. Au-dessus du centre du terrain était suspendu un grand projecteur. Des caméras de sécurité noires, semblables à celles des banques, étaient perchées au sommet des murs, toutes dirigées directement vers la pelouse.

L'herbe, en plastique, était étrangement agréable sous ses pieds, plus chaude que le froid impénétrable du sol en béton, et les brins avaient un effet massant sur ses ampoules. Peut-être que cet endroit n'était pas si horrible après tout…

Puis de la musique retentit.

Des haut-parleurs, disséminés un peu partout sur les murs de l'entrepôt, s'éleva un mélange de folk rock, techno et chant à la tyrolienne. Avant même de le voir, Dee sut que son premier adversaire serait le Barista Barbare.

Crispée, elle se tint immobile au bord du terrain, tentant d'entendre quoi que ce soit par-dessus la musique techno alpine.

Soudain, une clochette tinta. C'était un son familier, vintage même, mais facilement reconnaissable : celui d'une sonnette de bicyclette.

Rrrrrring !

Le Barista Barbare arriva dans un coin sur un vélo de plage bleu pastel.

S'il n'avait pas été un sociopathe reconnu, Dee aurait ri aux éclats en le voyant. BB était vêtu d'une chemise en flanelle à carreaux rouges et noirs soigneusement ajustée et d'un pantalon chino lavande moulant. Ses yeux étaient protégés par une paire de lunettes de soleil à monture d'écaille surdimensionnées. Il pédalait avec des tongs en cuir aux pieds et portait un sac à bandoulière plein à craquer ; le tout était couronné par un chignon attaché lâchement sur le dessus de sa tête.

Et puis il y avait sa barbe.

La télévision de la cellule de prison de Dee n'avait pas vraiment rendu justice à l'énorme masse de poils grisonnants sur son visage. Soigneusement taillée, sa barbe brune faisait au moins vingt centimètres de long : elle grimpait sur ses joues, disparaissait dans ses favoris et incluait une moustache en guidon arrangée avec de la cire, qui donnait l'impression qu'il souriait en permanence.

Mara avait partagé avec Dee une information primordiale à propos de BB : il était incroyablement vaniteux. Sa barbe était sa fierté et sa joie… et peut-être son talon d'Achille.

Mara avait suggéré qu'il vivait dans la Mecque des hipsters de Brooklyn, Williamsburg. Si cela ressemblait au quartier de Silver Lake, à Los Angeles, Dee pouvait très facilement l'imaginer s'y fondre dans la masse.

Tout comme un tueur en série.

Le Barista Barbare pédalait mollement quand il s'adressa à Dee :

– Aimes-tu les jeux, Cendrillon ?

Sa voix était mielleuse, avec une inflexion ironique.

Les jeux. Comme ceux auxquels Kimmi jouait.

– Pas particulièrement.

Il l'ignora.

– J'aime les jeux.

– Ça ne m'étonne pas.

– Ce que je préfère, c'est l'ultimate frisbee, poursuivit-il comme s'il lisait un script. Tu y as déjà joué ?

Au moins, je sais ce qu'il a dans son sac.

Désormais, Dee était sur le qui-vive. Les frisbees de BB étaient-ils suffisamment aiguisés pour lui couper les mains ? Et s'il s'agissait de frisbees qui tiraient des rayons laser ? Ou alors des chiens enragés qui couraient après les frisbees ?

Le tueur recula, puis appuya sur les freins, provoquant un couinement étranglé. Lorsque son vélo s'arrêta pour de bon, il descendit, mit la béquille et balança son sac devant lui.

– Généralement, on y joue en équipe, mais comme il n'y a que toi et moi aujourd'hui, je me suis dit que j'allais inventer mes propres règles.

– Quelle bonne surprise !

Il sortit un frisbee de son sac. L'objet en plastique rouge semblait tout droit sorti d'un magasin de jouets. Dee remarqua que BB le manipulait avec précaution, comme s'il craignait qu'il se brise.

– Je te le lance, et tu essaies de l'attraper, proposa BB. C'est facile, non ?

– OK.

Dee devait être sur ses gardes. Impossible de savoir ce que lui réserverait son jeu d'ultimate frisbee.

– Super ! cria BB. Le dernier debout gagne.

Puis il se contorsionna et lança le frisbee.

C'était un bon tireur. Le disque prit une trajectoire basse avant de s'élever gracieusement en traversant le terrain. Il progressait en ligne droite, et si Dee était restée immobile, elle aurait facilement pu le réceptionner. Mais il était hors de question qu'elle se plie aux règles du psychopathe. Elle attendit que le jouet ne soit plus qu'à quelques mètres d'elle, puis se précipita sur le côté.

Le jouet perdit lentement de l'altitude jusqu'à atteindre le mur l'entrepôt situé derrière Dee. Dès que le bord du disque en plastique rouge entra en contact avec la paroi, il explosa, laissant un trou de cinquante centimètres de large dans la tôle.

– Merde !

Des frisbees explosifs ? Vraiment ? Comment c'est possible ?

Dee n'eut pas le temps de réfléchir à la physique et à l'aérodynamique : BB avait déjà lancé un autre projectile. Celui-ci s'approchait encore plus vite que le premier, si bien qu'elle eut à peine le temps de plonger sur sa droite. Le frisbee explosa dans le gazon artificiel. Les ondes de choc coupèrent temporairement le souffle de Dee. Des morceaux d'herbe synthétiques pleuvaient partout autour d'elle. L'odeur était acide et agressive. En se relevant, la jeune fille se demanda combien de substances cancérigènes étaient en train d'envahir ses poumons.

Avec acharnement, BB lança sur elle une pluie de disques, si bien qu'elle dut garder l'œil sur deux ou trois projectiles en même temps tout en sillonnant le terrain.

– Je peux faire ça toute la nuit, Cendrillon, ricana le Barista Barbare.

Dee remarqua une pointe d'irritation dans sa voix. Bien. L'idée de le contrarier lui plaisait particulièrement.

– Tu vas finir par manquer de frisbees, haleta-t-elle.

– Tu ne tiendras pas aussi longtemps !

Elle dut s'accroupir pour éviter un frisbee bas, puis elle roula immédiatement sur le côté pour échapper à un autre. Les deux disques explosèrent instantanément. Comment BB faisait-il pour ne pas se faire sauter en manipulant ces jouets instables chargés d'explosif ?

Dee s'accroupit, évitant de justesse un autre frisbee. Cette fois-ci, elle remarqua une lumière rouge clignotante provenant d'une petite boîte noire placée sous le jouet.

C'est comme ça qu'il peut les transporter dans son sac.

La boîte avait probablement un interrupteur, et BB armait les frisbees juste avant de les lancer. L'impact provoquait l'explosion. Peut-être que si Dee pouvait atteindre le sac et en activer un, elle pourrait faire exploser le tueur du Postman !

Cela valait le coup d'essayer. Tout d'abord, il fallait qu'elle fasse diversion.

Elle se releva et cria :

– Oh, mon Dieu !

Elle écarquilla les yeux et désigna BB.

– Qu'est-ce qui est arrivé à ta barbe ?

– Quoi, quoi ?

Horrifié, le Barista Barbare, haletant, laissa tomber son frisbee au sol. Il baissa les yeux sur ses précieux poils, les attrapant à deux mains. Comme l'avait prédit Mara, sa barbe était sa faiblesse.

Son attention ne fut détournée qu'une petite minute, mais c'était tout ce dont Dee avait besoin.

Elle courut droit dans sa direction et lui tacla les jambes. Tous deux roulèrent sur le gazon synthétique. Profitant de la confusion du moment, Dee fourra sa main dans le sac de BB, cherchant du bout des doigts un bouton sous l'un des frisbees. Elle trouva quelque chose qui ressemblait à du plastique dur. Avec satisfaction, elle sentit le clic de l'interrupteur, activant l'explosif. Puis elle retira la main du sac et prit la fuite.

Hélas, dans la précipitation, elle glissa sur l'herbe en plastique et se tordit la cheville. Criant de douleur, elle se retrouva à quatre pattes. Elle se laissa tomber sur le dos, s'attendant presque à voir le Barista Barbare foncer droit sur elle.

Mais ce dernier avait dû comprendre qu'elle avait activé l'un des disques, car il était figé sur place au bord du terrain. Lentement, avec toutes les précautions possibles, il se mit à retirer la sangle de son sac à bandoulière. Conscient du peu de temps dont il disposait, il tenta d'accélerer le mouvement, mais la bretelle était trop serée.

Ses yeux rencontrèrent ceux de Dee juste avant la détonation.

– Espèce de petite…

Le Barista Barbare explosa avant de pouvoir terminer sa phrase.

Quarante-deux

La seule chose pire que l'odeur d'herbe synthétique en train de brûler était cette même odeur associée à celle d'un hipster venant tout juste d'exploser.

Dee traversa le terrain en boitant, enjambant avec précaution des bouts en combustion du Barista Barbare. Sa cheville tordue palpitait de douleur, mais elle n'était ni foulée, ni cassée. Elle devrait juste faire avec. Si seulement elle avait une paire de…

Arrivée du bord du terrain, elle s'arrêta. L'une à côté de l'autre, donnant l'impression d'être arrivées là comme par magie, se trouvaient les tongs de BB.

Dee était à peu près certaine d'avoir marché à proximité de l'une des jambes de BB tranchée à la cheville, mais les sandales en cuir brun semblaient être impeccables.

Qu'est-ce qui était pire, se balader pieds nus ou porter les chaussures d'un tueur hipster décédé ?

Avec un haussement d'épaules, Dee glissa ses pieds dans les tongs. Elles étaient trop grandes d'une taille, mais elle s'en accommoderait.

Un problème de résolu, il ne lui en restait qu'environ un million d'autres.

Tout d'abord, elle devait trouver une réponse à une question capitale : qu'était-elle censée faire ensuite ?

Le Barista Barbare l'avait attendue. Le terrain de sport, les frisbees explosifs, tout cela avait été planifié. Les yeux de Dee se dirigèrent vers la caméra la plus proche, dont le voyant rouge lui faisait directement face. Le Postman n'avait pas loupé une minute de sa confrontation avec un autre de ses Maliaques.

Donc, son intuition avait été la bonne : le Postman voulait la mort de ses tueurs. Les Maliaques actuels savaient-ils qu'une nouvelle fournée de bourreaux était en chemin ? Peut-être pourrait-elle utiliser cette information à son avantage. Il n'y avait qu'un moyen de le savoir.

Non sans hésiter, Dee passa la tête dans le couloir par lequel BB était arrivé. Elle s'attendait presque à ce que quelqu'un lui saute dessus avec une machette ou un serpent venimeux, mais elle trouva simplement un autre sac à bandoulière.

Il était identique à celui que portait le Barista Barbare. Quand elle souleva prudemment le rabat du bout de son pied, elle put voir qu'il contenait une douzaine de frisbees rouges. BB avait dû apporter d'autres munitions et les cacher ici au cas où il en aurait eu besoin. Ce n'était pas vraiment une planque, mais peu importait.

Dee doutait d'être douée pour viser avec ces frisbees, mais maintenant qu'elle savait comment ils fonctionnaient, elle avait au moins une arme. Elle passa le sac par-dessus son épaule.

Ho-ho-ho ! songea-t-elle avec une pensée pour Ethan. *Maintenant, j'ai des frisbees explosifs.*

Elle sourit. Son ami aurait été si fier d'elle !

Le couloir était étroit, à peine assez large pour qu'une personne s'y faufile. Il serpentait, avec des angles à quatre-vingt-dix degrés. Si bien que, bientôt, Dee fut totalement perdue, ne sachant pas de quelle direction elle venait ni où elle allait. Il faisait noir et, à chaque virage, elle craignait de tomber dans un piège mortel ou, pire, sur un autre Maliaque. Mais tout ce qu'elle vit, ce furent les caméras. Des caméras partout.

Elle avança dans le labyrinthe en claudiquant pendant ce qui lui sembla une éternité... jusqu'à ce qu'un projectile enflammé passe à côté de son visage et s'enfonce dans le mur : une flèche.

Il y eut un fracas derrière Dee, comme si quelque chose de lourd et de métallique était tombé au sol. Elle se retourna et trouva une porte de fer qui l'empêchait de battre en retraite. Eh bien, maintenant elle savait où se trouvait l'une des portes des cages de Molly. Dee était donc coincée avec Robin des Bois.

Elle réalisa rapidement qu'il ne représentait que la moitié du défi. Robin était là, bien sûr, près d'un jacuzzi bouillonnant, un arc dans une main et un briquet allumé dans l'autre, mais il n'était pas seul : Hannah Vorace se tenait derrière lui, sur un échafaudage.

La tenue de Robin semblait improvisée. Ses collants noirs n'étaient pas tout à fait opaques (le tissu était plus clair au niveau des genoux), et il portait une longue chemise d'un gris délavé en guise de tunique. Le cuir de ses bottes noires était défraîchi et bien usé, comme si Robin avait parcouru la moitié du pays avec. Seule la capuche de bourreau (emblématique de son look) paraissait avoir été fabriquée de façon professionnelle.

Ce Robin des Bois n'avait rien à voir avec sa traditionnelle image de bandit de grand chemin dandy et élégant. Dee trouva cela hautement suspect, jusqu'à ce qu'elle se souvienne qu'il n'était pas apparu sur la vidéo du meurtre du Dr Farooq. Se pouvait-il que traquer Dee ait été une mission de dernière minute ? Cela expliquait-il pourquoi Robin n'avait pas eu le temps de se trouver une tenue appropriée ? Peut-être. En tout cas, il était évident qu'il n'avait pas quitté l'île après la mort du de la psychiatre et qu'il s'était bricolé une tenue avec les moyens du bord.

Hannah Vorace, par contre, était venue préparée. Bien sûr, son costume n'était pas aussi compliqué. La chef au penchant pour la chair humaine était habillée comme... une chef. Elle portait une veste de cuisine blanche croisée arborant deux rangées parallèles de boutons noirs sur le devant, et des manches avec des revers juste au-dessus des poignets, un pantalon blanc et des sabots de cuisine noirs. Ses cheveux sombres étaient coiffés en deux tresses serrées qui sortaient de sous sa toque. Au lieu de reposer sur son front, la coiffe était descendue sur l'arête du nez de la tueuse et couvrait le haut de son visage à l'exception de deux trous ovales découpés pour qu'elle puisse voir.

– Mes salutations, chère Cendrillon ! s'écria Robin, d'une voix forte et pompeuse le faisant ressembler à un acteur tout droit sorti d'un parc d'attraction médiéval. Nous sommes honorés d'être les premiers à vous accueillir dans ce labyrinthe de délices.

Les premiers ? Robin et Hannah n'étaient donc pas au courant qu'elle s'était déjà débarrassée du Barista Barbare ? Intéressant ! Dee se demanda ce que le Postman avait dit exactement à ses Maliaques pour qu'ils aillent dans l'entrepôt.

Il y eut une pause gênante, comme si Hannah et Robin attendaient chacun que l'autre parle. Autant que Dee le sache, il n'y avait jamais eu de collaboration entre Maliaques, et ces deux-là n'étaient manifestement pas habitués à travailler ensemble.

Après quelques secondes, Robin se racla la gorge et fit un signe de tête à Hannah, l'invitant à dire quelque chose.

– D'accord, désolée, marmonna-t-elle avant de relever le menton. Tu es arrivée juste à temps pour le dîner. J'ai prévu une de mes spécialités.

Aiguë et arrogante, sa voix faisait également partie de son rôle. On aurait dit une mauvaise imitation de Julia Child, la célèbre chef et animatrice.

Dee, s'inspirant du sarcasme de Griselda, répondit :

– Laisse-moi deviner. Du filet de Cendrillon ? Une fricassée de Cendrillon ? Un soufflé royal de princesse à la sauce Cendrillon ?

Robin échangea un regard perplexe avec Hannah.

– Euh... Non.

– Non ! répéta Hannah en tapant du pied, ce qui fit vaciller l'échafaudage dangereusement. Ce soir, je vais faire une démonstration de ma technique sous vide avec du kebab de Cendrillon.

Dee ne savait pas ce que pouvait être la technique sous vide, mais elle devina que cela avait quelque chose à voir avec le bassin bouillonnant.

– Ce jacuzzi a été chauffé à 100 degrés, la température exacte à laquelle l'eau bout, expliqua Hannah avec obligeance.

Super.

– Une fois empalée sur la brochette, poursuivit-elle, la viande est scellée dans un récipient en plastique hermétique, puis immergée dans le bain-marie, offrant ainsi une cuisson parfaitement homogène...

Robin l'interrompit :

– Ainsi, chère princesse, en plus de vous étouffer et de vous vider de votre sang, vous allez bouillir vivante !

Merci pour les infos !

Comme si Dee n'avait pas du tout compris ce qu'on lui réservait...

Clairement agacée d'avoir été coupée dans son exposé, Hanna reprit en insistant sur chaque mot :

– Une... cuisson... parfaitement... homogène.

Robin s'inclina jusqu'à la taille.

– Mille pardons, gente dame.

– Hum.

Hannah redressa les épaules et continua :

– Ce qui fait que l'intérieur de Cendrillon sera bien cuit sans que la chair délicate de l'extérieur soit carbonisée. Parallèlement à ça…

Dee en avait assez entendu. Il était hors de question qu'elle soit transformée en quoi que ce soit sous vide. Elle glissa la main dans le sac à bandoulière et en sortit un frisbee.

Elle n'aurait qu'une seule chance, peut-être deux, avant que Robin comprenne ce qui se passe et ne réplique avec des flèches enflammées. Contrairement au terrain de frisbee, cet espace étroit ne lui laissait que peu de marge de manœuvre. De plus, Robin, excellent tireur, possédait des projectiles qui volaient bien plus vite que des disques en plastique.

Dee n'avait pas fait de frisbee depuis son enfance : elle espérait que sa technique de lancer déplorable ne produirait pas d'effet boomerang, lui renvoyant directement l'explosif à la figure.

Il n'y avait qu'un moyen de le savoir. Elle arma le frisbee d'un geste du pouce, puis se contorsionna et libéra son arme.

C'était beau de voir ce disque en plastique rouge voler dans les airs : Dee aurait même juré que le temps ralentissait. Les deux Maliaques regardèrent le jouet glisser lentement vers le sol et se poser délicatement aux pieds de Robin.

– Merde ! jura Dee.

Sérieusement ? Dans tout l'arsenal de BB, elle avait choisi le seul accessoire défaillant ? Était-il possible d'être si peu chanceuse ?

Robin s'accroupit et ramassa le jouet.

– Quel est donc cet engin diabolique ? s'exclama-t-il, comme s'il n'avait jamais vu de frisbee auparavant.

Il le retourna dans tous les sens. Dee remarqua que le voyant rouge indiquant que le dispositif était armé ne clignotait pas.

– Elle essaie de te distraire, dit Hannah. Magne-toi et tire-lui dessus.

– Madame, dit Robin d'une voix hautaine, je ne me « magne » pas de faire quoi que ce soit.

Puis il laissa le frisbee tomber de sa main, prit une flèche dans son carquois et alluma le briquet.

Oh, et puis merde. Dee laissa tomber le sac à bandoulière sur le sol, enfonça ses deux mains à l'intérieur et arma le plus grand nombre d'appareils possible. Puis elle attrapa le sac par la poignée, pivota sur elle-même et le lança comme elle l'aurait fait avec un marteau à la tête de Robin.

Il atterrit à ses pieds à côté du frisbee abandonné. Pendant un instant, Dee pensa qu'elle était foutue et que tout le contenu du sac était défectueux. Mais avant même qu'elle puisse avoir peur, il explosa.

La main qui tenait le briquet vola dans un sens, le bras et la tête de Robin dans un autre. Le souffle de l'explosion secoua l'échafaudage. Hannah chancela et se rattrapa de justesse à l'une des poutres de support. Avant qu'elle puisse s'en saisir fermement, l'édifice céda et la plateforme sur laquelle elle se tenait s'inclina vers le jacuzzi.

Hannah, qui perdait l'équilibre, essaya désespérément de s'accrocher à tout ce qui était à sa portée, pour ne pas tomber. Trop tard. Avec un grand *plouf*, la chef atterrit dans l'eau bouillante, où des morceaux de Robin flottaient comme des légumes dans un bouillon.

Il y eut un cri, suivi d'un bruit écœurant de gargouillis quand Hannah se débattit frénétiquement dans l'eau à 100 degrés. Ses hurlements étaient si horribles que Dee en eut le ventre serré. Si elle avait mangé quelque chose au cours des douze dernières heures, elle l'aurait probablement vomi sur ses tongs volées.

Un bras émergea de l'eau et s'accrocha au bord du jacuzzi. La peau, cloquée et rouge, semblait bouillonner. Les doigts d'Hannah avaient gonflé et ressemblaient désormais plus à des saucisses crues. En saisissant le bord du jacuzzi en acrylique brillante, la chef parvint à lever la tête hors de l'eau.

Du moins, Dee pensait qu'il s'agissait de sa tête. La toque avait disparu, ainsi que la perruque brun foncé qu'Hannah portait. La plupart des vrais cheveux blonds de la tueuse avaient quitté son crâne quand elle avait été ébouillantée. Ne lui restaient plus que des petites touffes crépues dépassant de son cuir chevelu. Malgré ses paupières gonflées, ses yeux étaient écarquillés. Sa peau commençait à se décoller, révélant au-dessous le tissu adipeux rose, gonflé.

Instinctivement, Dee eut presque envie de courir jusqu'au jacuzzi pour tenter de sauver Hannah, même si la tueuse psychopathe l'aurait probablement entraînée avec elle sans ciller plutôt que d'échapper à une mort horrible. Cependant, la jeune fille n'eut même pas le temps d'amorcer un pas en direction du bassin : les forces d'Hanna la quittèrent, et elle replongea dans les profondeurs en ébullition.

Quarante-trois

Dee attendit quelques instants avant de s'approcher du jacuzzi : elle craignait presque qu'Hannah se relève et l'attaque. Elle imaginait sans mal la peau pendant lâchement du corps de la tueuse, comme des vêtements pourrissant sur un cadavre. C'est dans cette atmosphère lourde de l'odeur de chair en train de bouillir qu'elle réalisa qu'elle n'avait plus à craindre Hannah Vorace, pas plus que Robin des Bois et le Barista Barbare.

Trois d'éliminés, il lui en restait quatre. La jeune fille s'en voulut d'avoir utilisé tous les frisbees explosifs. Désormais, elle n'avait plus d'armes. L'arc et les flèches de Robin avaient été anéantis lors de l'explosion et, *a priori*, Hannah n'était pas venue équipée de ses couteaux. Ne restaient donc plus que le jacuzzi et le briquet de Robin.

Avec un haussement d'épaules résigné, Dee attrapa le briquet (non sans un mouvement de recul au moment de le retirer de la main arrachée qui le tenait toujours) et le glissa dans le corsage de sa robe. Puis elle contourna le jacuzzi, enjambant au passage des morceaux de Robin des Bois, et reprit sa route dans le labyrinthe.

Après qu'elle eut parcouru seulement quelques couloirs, une odeur de cire de bougie en train de brûler envahit les narines de Dee.

Elle fit une pause, inspira profondément. L'odeur était d'autant plus agréable que, depuis vingt minutes, elle avait la nausée à cause de la combustion de l'homme au chignon et de la chair humaine ébouillantée. Ce parfum évoquait en elle l'époque où elle allait à l'église avec son père tous les dimanches et y allumait une bougie à la mémoire de sa mère qu'elle n'avait jamais connue.

Elle devait encore affronter Gucci, Cecil, Molly et Ynona la Bricoleuse. Gucci faisait un usage quasi systématique des bougies dans ses scènes extravagantes, comme celle qu'il avait conçue pour l'assassinat de Blair. L'idée de s'en prendre au bourreau de son amie fit sourire Dee. Ainsi, la justice serait rendue.

Mais son sourire disparut bien vite. Combien de Maliaques étaient morts de sa main ? Bien sûr, tous étaient des tueurs en série, et sans eux, le monde ne se porterait que mieux… mais ce simple fait suffisait-il à l'absoudre ? En appliquant le concept d'Alcatraz 2.0 qui consistait à éxecuter les criminels, était-elle à son tour devenue une Maliaque ?

L'idée lui coupa le souffle. Non ! Elle n'était pas comme eux, ne serait jamais comme eux. Elle se battait pour survivre. C'était différent.

Elle prit une profonde inspiration et chassa le doute de son esprit. Le doute provoque l'hésitation. Si elle hésitait, elle mourrait. Pour le moment, elle devait se concentrer sur Gucci. Sur le point de pénétrer dans une nouvelle pièce, elle serra la mâchoire, s'armant de courage dans l'attente de ce qu'on lui réservait, et jeta un coup d'œil à l'intérieur.

La pièce en question était longue et étroite. Contrairement au mobilier rococo et aux tissus d'ameublement luxueux qui avaient servi de décor à l'exécution de Blair, Dee avait face à elle une salle similaire à celle dédiée aux arts plastiques de son lycée. Sa rencontre avec Gucci n'était donc pas pour tout de suite. Le long du mur étaient alignées des tables en stratifié blanc sur lesquelles différents objets avaient été déposés : des écheveaux de laine, des coupures de magazines avec des bacs de colle, des conserves, un tour à bois… Sur la table la plus proche de Dee se trouvait un énorme bocal rempli de perles de couleurs vives. Ynona la Bricoleuse était assise sur une chaise à roulettes, au fond de la pièce.

Elle était simplement vêtue d'un jean et d'un T-shirt. Ses cheveux gris et raides étaient attachés en une queue de cheval, et elle portait un tablier de cuir pour protéger ses vêtements lors de ses sessions de bricolage. À première vue, on aurait facilement pu la confondre avec une employée d'âge moyen d'un magasin de fournitures d'art. Même à cette distance, ses yeux semblaient plissés aux coins et joyeux. Il était cependant impossible de savoir si elle souriait ou non. Personne n'avait jamais vu le sourire d'Ynona la Bricoleuse : elle portait un respirateur portable sans bonbonne qui lui couvrait le nez et la bouche.

Dee fut frappée par la fragilité qu'Ynona affichait en comparaison avec les autres tueurs du Postman, qui semblaient tous jeunes et en forme. À travers la peau fine de ses mains parcheminées apparaissaient ses veines bleu foncé. Son corps était maigre et osseux et, quand elle fit rouler sa chaise en direction de Dee, cette dernière eut peur que la tueuse chavire sous le poids de son respirateur.

Dee savait pourtant pertinemment qu'il ne fallait pas sous-estimer cette Maliaque. Mara l'avait mise en garde contre les empalements à l'aiguille à tricoter, les embaumements au vernis, les reliures de livres à la peau humaine et la mort par tour de potier. Ynona adorait bricoler et elle s'énervait quand on ne la prenait pas au sérieux. Au moins, Dee connaissait le moyen de la déstabiliser.

– Oh, bonjour, ma chérie ! dit Ynona, la voix étouffée par son masque. Quelle belle surprise !

Comme si la vieille dame n'avait pas anticipé l'arrivée de Dee et que la moitié des stocks d'un magasin de loisirs créatifs avait été installée au milieu de l'entrepôt par hasard !

Madame, arrêtez de me prendre pour une imbécile.

Ynona pencha la tête sur le côté.

– Je suppose que tu as éliminé mes rivaux. Bien, ça signifie qu'on va pouvoir plus s'amuser toutes les deux.

Des rivaux ? Elle devait faire référence aux autres Maliaques. Donc, si Ynona savait que Dee avait déjà été confrontée aux autres et qu'elle s'en était débarrassée, pourquoi était-elle assise là, à l'attendre joyeusement ?

– Aujourd'hui, j'ai préparé un assortiment d'activités particulièrement passionnantes ! poursuivit Ynona. Des perles, du tricot, du tournage sur bois, du collage, de la fabrication de bougies.

Elle fit une pause, lui indiquant la rangée de tables.

– Tu veux bien en choisir une que tu aimes ?

Dee examina les fournitures de travaux manuels assemblées devant elle : la laine pour le tricot, les pots de perles, le tour, la colle et les magazines pour le collage, et les bocaux en verre qui devaient être pour les bougies. Elle renifla. L'odeur de cire était plus forte que jamais, mais d'où venait-elle ?

Elle ne regarda pas au-dessus d'elle – elle ne voulait pas qu'Ynona puisse deviner ce qu'elle pensait –, mais c'était le seul endroit logique où la cire pouvait être suspendue, dans une sorte de cuve géante surchauffée. Elle frissonna à l'idée d'en être recouverte. En comparaison, le jacuzzi d'Hannah ressemblait à une baignade amusante dans une piscine.

– Des perles, du tricot, du tournage sur bois, du collage, de la fabrication de bougies, répéta Ynona, dont la bonne humeur paraissait disparaître rapidement. Laquelle préfères-tu ?

OK. Elle voulait que Dee choisisse une activité. La jeune fille remarqua qu'Ynona restait au fond de la pièce, comme si elle voulait se maintenir à distance d'un éventuel bain de cire fondue. Comment la cuve se retournerait-elle ? Avec une télécommande ? Peut-être, mais alors Ynona devrait faire en sorte d'agir au bon moment.

– Avance, l'encouragea la tueuse. Choisis-en une.

Un piège avec un fil de détente. Ce devait être cela. Dès que Dee atteindrait une table accueillant des fournitures, *paf !*, elle se transformerait en bougie humaine.

Elle fit semblant de réfléchir.

– Hum, je ne sais pas tricoter, mais j'ai toujours voulu apprendre.

Dee prit son menton dans sa main, puis baissa les yeux au sol, faussement songeuse. À environ cinq pas devant elle, elle distingua un mince fil noir tendu à travers la pièce à hauteur de genoux.

– Vous pensez que vous pourriez me montrer ?

Ynona soupira. À cause de son respirateur, son souffle ressemblait énormément à celui de Dark Vador.

– Bien sûr, ma chérie. Assieds-toi d'abord…

– Ou peut-être du collage ? enchaîna Dee.

Si seulement j'arrivais à la faire venir jusqu'ici.

– Est-ce que c'est comme le scrapbooking ? ajouta Dee.

– Non, répondit Ynona d'un ton sec, ce n'est pas comme le scrapbooking !

Elle marmonna quelque chose qui ressemblait beaucoup à « ces jeunes stupides », avant de retrouver son calme.

– Le découpage, reprit-elle, est une ancienne pratique décorative remontant à l'art funéraire médiéval en Sibérie orientale.

Dee leva les yeux au ciel. Normalement, elle se serait retenue de le faire, ne voulant pas vexer son interlocutrice, mais énerver Ynona était son objectif numéro un. Si elle parvenait à la déconcentrer, peut-être pourrait-elle l'attirer dans son propre piège.

C'est pourquoi elle dit :

– Ça a l'air nul. En fait, toutes ces activités ont l'air nulles. Quel genre de personne gâche son temps avec des trucs sans intérêt comme ça ?

De rage, Ynona se leva, les poings serrés contre elle, et s'avança en direction de Dee.

– Espèce de petite morveuse !

Mais même en colère, la vieille tueuse ne serait pas assez stupide pour trébucher sur le fil. Si elles en venaient à se battre, Dee pensait être assez forte pour dominer Ynona. En agissant ainsi, elles prendraient toutefois le risque de déclencher le piège suspendu et de bénéficier toutes deux d'une séance d'épilation définitive.

Le regard de Dee sa posa alors sur le pot de perles.

– Viens ici ! lui ordonna Ynona.

Dee se comporta comme si elle allait obtempérer. Elle poussa un gros soupir.

– Bon, d'accord.

Elle fit quelques pas, retirant habilement ses tongs par la même occasion. Puis, juste au moment où elle était sur le point de toucher le fil tendu, elle sauta en l'air. Elle passa par-dessus le piège et atterrit la poitrine en avant sur la table la plus proche. D'un geste du bras, elle fit alors tomber le bocal de perles par terre.

Un millier de billes en plastique se dispersèrent sur le béton. Ynona posa le pied dessus et perdit aussitôt l'équilibre, agitant les bras dans tous les sens pour tenter de se redresser : elle ressemblait à une girafe en patins à roulettes.

Dee sauta de table en table pour s'éloigner du centre de la pièce. Quand Ynona tomba par terre, son respirateur se retrouva au niveau de son front.

La tueuse dut sentir le fil en atterrissant dessus, car elle essaya désespérément de s'éloigner de la zone cible. Au-dessus d'elle, une sorte d'énorme baril commença à basculer sur le côté.

À cause du sol recouvert de perles, Ynona fut incapable de se relever. Elle se débarrassa du respirateur, révélant son visage hideux et hargneux. Mais Dee n'eut qu'un bref aperçu de la vraie Ynona la Bricoleuse avant que celle-ci ne soit submergée par un déluge de cire liquide.

La tueuse du Postman essaya de crier, mais le liquide visqueux coula dans sa bouche et l'étouffa. Elle se tordit de douleur ; ses mouvements semblaient irréels, comme chorégraphiés.

La cire se solidifia immédiatement. Dee, horrifiée, vit les gestes d'Ynona, à l'agonie, ralentir. La Bricoleuse ressemblait aux moules en plâtre des victimes de Pompéi que Dee avait vus dans un musée.

Mais la jeune fille n'eut guère le temps de contempler la fin d'Ynona, car elle dut très vite faire de nouveau face à une situation de vie ou de mort. Le contenu de l'énorme chaudron qui avait recouvert la vieille dame de cire fondue devait être trop lourd pour les bras métalliques grâce auxquels il était suspendu au plafond : en quelques secondes, la structure céda, la cuve se détacha et vola dans les airs… droit sur Dee.

La jeune fille plongea de la table et manqua de justesse se faire écraser.

En percutant violemment le sol, elle sentit aussitôt un os de son bras se briser.

Poussant un cri de douleur, elle roula sur le côté, son bras blessé contre son ventre. Au même instant, le chaudron frappait de plein fouet la table où elle se tenait quelques secondes plus tôt. Dee entendit un craquement de bois tandis qu'il démolissait une partie du mur du labyrinthe. Mais la douleur dans son bras, qui semblait chauffé à blanc du coude au poignet, était dévorante. Sa vision devint floue. C'est à peine si Dee s'aperçut que le mur vacillait au-dessus d'elle. Une partie entière avait cédé sous l'impact, et le chaudron, toujours en plein élan, roulait vers elle.

Dee essaya péniblement d'atteindre la porte. Et juste au moment où elle avait abandonné l'idée de s'échapper et se préparait à l'impact, elle sentit un bras autour de sa taille. Quelqu'un la souleva du sol et la propulsa à travers la porte pour la mettre en sécurité.

PARIONSTRAZ.COM

(une filiale de Postman Enterprises)

DÉTENUE : Dee Guerrera (#CendrillonLaSurvivante)
NOMBRE DE JOURS EN VIE : 3
PÉRIODE : 10 novembre 0 : 00 – 10 novembre 23 : 59
CONDITIONS : Difficiles, environnement sombre

BOURREAU	PARI SUR LE VAINQUEUR	COTE	GAIN POUR UNE MISE DE 2 $
Barista Barbare	SUSPENDU		
Cecil B. DeViolent	7-2	9-2	11,00 $
Ynona la Bricoleuse	SUSPENDUE		
Al Gaz-Toxique	17-1	16-1	34,00 $
Gucci le Bourreau	7-2	9-2	11,00 $
Hannah Vorace	SUSPENDUE		
Sœurs Impitoyables	SUSPENDUES		
Molly la Déchiqueteuse	1-2	2-5	2,80 $
Prince Tranchant	SUSPENDU		
Robin des Bois	SUSPENDU		

Quarante-quatre

L'arrière de la tête de Dee percuta le sol en béton, ce qui ajouta une nouvelle douleur abrutissante à sa collection. Les yeux fermés, la jeune fille prit une profonde respiration. Sa poitrine lui paraissait lourde.

Dee cligna des yeux. De la poussière et des débris flottaient dans l'air, mais elle reconnut distinctement au-dessus d'elle une tête aux cheveux blonds ébouriffés.

– Ça va ? demanda Nyles.

Dee sourit.

– Tante Olympe ?

– Je ne reconnaissais pas les références d'Ethan… mais celle-ci oui : *Le Magicien d'Oz* !

Il plaça une main derrière le cou de Dee et l'aida à s'asseoir.

– Vas-y doucement, tu as fait une sacrée chute.

Ça, tu peux le dire.

Dee se redressa en grimaçant. Son bras gauche pulsait de douleur.

– Ynona était plus redoutable qu'elle n'en avait l'air.

Nyles pinça les lèvres.

– C'est ma faute. J'aurais dû arriver plus tôt.

– Tu t'es occupé de tout ? demanda-t-elle.

Il acquiesça en regardant la caméra placée directement au-dessus de leurs têtes.

– Tu n'as plus à te soucier de Griselda.

Dee acquiesça. À cause des caméras toujours allumées, leur subterfuge n'avait pas été facile. Et Dee avait parié gros en faisant confiance à Nyles pour qu'il comprenne ce qu'elle attendait de lui.

– Je suis contente que tu sois ici.

Elle eut aussitôt l'impression d'être une garce. Maintenant, ils étaient tous les deux piégés dans le labyrinthe de Tranchant. À cause d'elle, il allait une nouvelle fois mettre sa vie en danger. Elle ferait mieux de s'excuser au lieu d'être reconnaissante de ne pas avoir à affronter seule le reste des Maliaques.

Nyles rit.

– Moi aussi, je suis content d'être ici. Et si je jetais un coup d'œil à ton bras ?

Tendrement, il passa sa paume sur l'avant-bras gauche de la jeune fille, s'arrêtant près du poignet.

– Je crois que c'est une fracture. Ça commence déjà à enfler.

Nyles se débarrassa rapidement de sa veste, puis retira son T-shirt à manches longues. Sa peau était pâle, il ne devait pas souvent s'exposer au soleil, mais ses muscles étaient saillants, son corps mince. Il n'était peut-être pas aussi costaud qu'Ethan, mais Dee comprenait maintenant pourquoi Nyles était plus fort qu'elle ne l'avait supposé.

L'étudiant en médecine attrapa un morceau de bois du mur fracassé et en fit une attelle à l'aide de son T-shirt, qu'il noua en une écharpe de fortune autour de l'épaule de Dee.

– Ça n'arrêtera pas la douleur, dit Nyles, les yeux pleins d'inquiétude, mais ça immobilisera un peu la fracture. Jusqu'à ce que tu voies un médecin.

Ou jusqu'à ma mort.

Nyles remit sa veste et aida Dee à se relever.

– On y va ?

Dee acquiesça.

– Voyons ce qui nous attend.

***

Ils n'eurent pas besoin d'aller très loin pour tomber sur l'épreuve suivante. Après qu'ils eurent pris le premier tournant du couloir, le mur se referma derrière eux. Ils se retrouvèrent bloqués dans une pièce parallèle à celle qui servait désormais de dernière demeure à Ynona la Bricoleuse. Cet espace paraissait nettement plus large, mais c'était peut-être une illusion d'optique : le mur derrière eux était couvert de miroirs comme dans un studio de danse.

Illusion ou pas, la pièce était assez grande pour contenir une scène surélevée sur les deux tiers de sa longueur, ainsi qu'un assortiment aléatoire d'échafaudages métalliques et de caisses en bois empilées, disposées comme des gradins face aux miroirs.

Dee en savait assez sur les lubies de sa demi-sœur pour reconnaître un podium pour un défilé de mode quand elle en voyait un.

– Tout le monde en place sur le plateau ! lança une voix lointaine.

La fréquence cardiaque de Dee s'accéléra lorsque Cecil B. DeViolent sortit de derrière les caisses empilées.

Il portait un simple blazer noir par-dessus une chemise blanche, fermée à la gorge par un bouton noir brillant. Toujours avec ses lunettes de soleil, il avait abandonné la barbe et la perruque châtain de sa reconstitution de *Die Hard* et les avait remplacées par des cheveux blonds lâches qui atteignaient presque son menton. Son apparence était familière, mais aussi commune, Dee n'avait donc aucune idée de quel film était issue la scène qu'il allait reconstituer.

Ce qu'elle savait en revanche, c'était que ce salopard avait assassiné Ethan. Dee dut faire appel à tout son sang-froid pour ne pas foncer devant le podium, plaquer Cecil au sol et l'étouffer à mains nues. C'était tentant, car elle aurait bénéficié de l'effet de surprise. Même s'il faisait bien vingt centimètres de plus qu'elle, Cecil n'était pas quelqu'un de particulièrement imposant, elle pourrait probablement le battre.

Mais quelques instants plus tard, Dee fut heureuse d'avoir maîtrisé ses émotions. Quelqu'un d'autre apparut derrière lui. Il portait un tailleur-pantalon futuriste en lamé rouge et en lycra, ainsi que des bottines à plateformes en cuir verni assorties, avec des talons aiguilles de douze centimètres. Son crâne rasé et son foulard rouge et vert emblématique attaché autour de son nez et de sa bouche, comme un bandit du Far West, révélèrent qu'il s'agissait de Gucci le Bourreau.

Gucci et Cecil, un duo d'enfer.

Une main sur la hanche, le premier reluqua Nyles et Dee de la tête aux pieds avant de s'exclamer :

– Mais c'est quoi ce bordel ? Il n'était pas censé y en avoir deux.

Cecil, décontenancé, inclina la tête, comme s'il venait seulement de le constater.

– Ouais.

– Notre récompense n'est pas assez élevée s'il faut les tuer tous les deux, dit-il en tournant la tête vers Cecil. Surtout si on doit partager.

Il y avait donc une récompense en jeu pour éliminer Dee. C'était ainsi que le Postman s'était assuré que ses Maliaques seraient tous dans le labyrinthe : l'argent.

Cecil donna un coup de coude à Gucci.

– Tu préfères renoncer et accepter la sanction qui va avec ?

Gucci frémit, le premier signe de crainte que Dee ait jamais vu chez un Maliaque.

– D'accord. Alors allons-y, finissons-en.

Si l'argent était le prix, quelle était la sanction ? Dee pouvait facilement le deviner. Avec une nouvelle fournée de tueurs en route, perdre cette bataille signifiait être rayé de l'équation.

Tout comme Dee et Nyles, Gucci et Cecil se battaient pour leurs vies.

– Le contraire m'aurait étonné, enchaîna Cecil avant de se racler la gorge. Tout le monde en place sur le plateau, et... action !

Gucci se tourna vers les miroirs et arrangea sa tenue en cuir rouge.

– Que se passe-t-il ? chuchota Nyles à l'oreille de Dee.

– Je ne...

Elle observa attentivement l'ensemble de la scène, prenant en compte tous les détails du podium. Soudain, elle sut exactement où elle était, et qui Gucci et Cecil étaient censés incarner. Elle éclata de rire.

– Tu vas bien ? demanda Nyles.

– *Zoolander* ! s'exclama Dee.

C'était parfaitement logique, bien sûr ! Un film à succès sur l'industrie de la mode, c'était la fusion idéale de Gucci et Cecil. Dee était encore bébé à sa sortie au cinéma, mais comme c'était l'un des films préférés de Monica, elle connaissait assez bien cette scène.

C'est le défi défilé entre Zoolander et Hansel !

– C'est un autre de vos films américains, c'est ça ?

– Quoi, tu n'as pas vu *Zoolander* ? murmura Dee. Ben Stiller ? Owen Wilson ? Des hommes mannequins ?

– Non, mais j'ai l'impression que je vais détester.

– J'ai dit, tout le monde en place sur le plateau, répéta Cecil en se tournant vers Gucci, qui réarrangeait son foulard.

Avec un hochement de tête hautain, Gucci monta sur la scène.

– C'est un défi défilé réglo, commença Cecil avec un soupçon d'accent britannique alors qu'il essayait, sans succès, d'imiter la voix de David Bowie. On suit les codes de la vieille école. Le premier modèle fait son passage, le second modèle le copie, puis ajoute sa touche perso.

Gucci pencha la tête d'avant en arrière comme s'il essayait de détendre les muscles de son cou, puis acquiesça.

– Le perdant a droit à un combat à l'essence, ajouta Cecil.

Un combat à l'essence ? Cela ne faisait pas partie de la scène. Dee était à peu près sûre que Gucci et elle ou Nyles étaient supposés marcher à tour de rôle sur le podium, jusqu'à ce que Bowie déclare que Gucci-Zoolander était disqualifié et que, bam, la scène soit finie. Ce n'était pas le genre de reconstitutions dirigées par Cecil, qui normalement se terminaient par une explosion, un incendie, un requin mangeur d'hommes, des lasers ou une pluie de balles. Qu'est-ce que ces deux-là avaient prévu ?

– Je ne comprends rien…, grogna Nyles, dépité.

Dee le tira sur le côté.

– Tu vas devoir t'en charger, déclara Dee en baissant les yeux sur son bras attaché et sa cheville tordue. Je ne suis pas en état.

– D'accord. Qu'est-ce que je suis censé faire ?

Dee le lui expliqua rapidement :

– C'est un défi défilé. Gucci va aller jusqu'au bout du podium, puis revenir. Comme l'a dit Cecil, tu devras reproduire exactement ce qu'il a fait, puis ajouter ton propre mouvement.

Nyles écarquilla les yeux.
– Mon propre mouvement ?
Dee jeta un coup d'œil à Cecil, qui était monté sur les faux gradins : c'était lui qui allait juger la compétition.
– Fais durer le défi aussi longtemps que possible. Je vais essayer de trouver un moyen de nous sortir de là.
– Deux trimestres de médecine à Stanford, et voilà que je me retrouve à jouer les mannequins !
– L'âge avant la beauté, déclara Gucci, bien décidé à défiler en premier.
En guise d'entraînement, il passa devant eux avant d'atteindre le bout du podium, puis exécuta une pirouette presque parfaite sur la pointe d'une de ses bottines rouges avant de revenir à son point de départ, au début de la scène.
Installé sur une haute pile de caisses de bois, appuyé contre les échafaudages métalliques, Cecil affichait un sourire satisfait. Il croisa les jambes avant de crier :
– Eeeeeet action !
Dès que les mots eurent franchi ses lèvres, de la musique s'éleva d'enceintes montées sur les quatre murs. *Beat It* de Michael Jackson, tout comme dans le film. À l'image de Zoolander, Gucci planta les mains contre le mur du labyrinthe et se pencha en avant jusqu'à la taille, balançant ses fesses d'un côté à l'autre. Pendant ce temps-là, Dee guida Nyles jusqu'au podium.
– Tu vas être génial, tenta-t-elle de le rassurer.
Et avant même de se rendre compte de ce qu'elle faisait, elle l'embrassa légèrement sur les lèvres.
– Bonne chance.

Quarante-cinq

Dee se dirigea vers les gradins, essayant de ne pas peser trop lourdement sur sa cheville et de maintenir son bras bien en place le long de son corps pour que son état n'empire pas. Gucci démarra la compétition : il parcourut le podium, les mains plantées sur ses hanches qui oscillaient comme le pendule d'une horloge. Arrivé au bout de l'estrade, il déplaça son poids sur sa jambe droite, puis sur la gauche, et finalement tourna la tête avant de faire le trajet inverse.

Revenu à son point de départ, il fit signe à son adversaire de monter sur la scène.

Pendant un instant, Dee ne sut pas si Nyles serait capable de jouer le jeu. Il se tenait au début du podium, regardant son adversaire du coin de l'œil comme s'il cherchait l'inspiration. Après l'avoir observé, Gucci leva les yeux au ciel, ce qui sembla inciter Nyles à réagir.

Il posa les mains sur ses hanches, ouvrit sa veste pour révéler son torse nu et, exactement comme Gucci l'avait fait, commença à marcher.

« Copier, puis ajouter sa touche perso. » Dee pria pour que Nyles ait été attentif. S'il ne pouvait pas reproduire la performance de Gucci, il serait disqualifié. Et ensuite, de quoi Cecil avait-il parlé ? D'un combat à l'essence ?

Cela ne présageait rien de bon.

Mais les inquiétudes de Dee se révélèrent infondées. Nyles fit une excellente imitation de Gucci. Quand il arriva au bout du podium, il fit parfaitement une pause à droite puis à gauche et pour sa « touche perso », il enleva sa veste et la jeta par-dessus son épaule avant de repartir.

Dee laissa échapper un lent soupir : Nyles contrôlait la situation. Sa mission à elle consistait à comprendre ce que Cecil et Gucci avaient prévu. Elle lança un regard au premier, assis à proximité. Son attention était entièrement concentrée sur le prochain passage de Gucci. Avec un peu de chance, il ne la remarquerait pas si elle faisait un peu de reconnaissance.

Elle grimpa sur une caisse en bois un peu à l'écart pour avoir une vue complète des gradins, assemblés à partir de ce qui restait de l'infrastructure industrielle de l'entrepôt. Tout avait l'air sale, vieux, rouillé ou moisi, mais surtout, rien de tout cela ne semblait dangereux.

Un mouvement sur la gauche attira son attention. En bas, sous les gradins. Elle était convaincue d'avoir vu une ombre, comme si quelqu'un s'était précipité derrière une pile de caisses. Quand elle se pencha pour mieux voir, elle remarqua un éclat de couleur dans l'obscurité.

S'il avait été peint en gris ou en marron comme le reste du décor de Cecil, elle ne l'aurait peut-être pas remarqué, mais un bidon d'essence rouge vif d'environ un mètre de hauteur était facile à repérer. Monté sur un diable et équipé d'un tuyau et d'une pompe, il semblait pouvoir contenir plusieurs litres de d'essence.

Dee en eut la chair de poules. Cecil et Gucci envisageaient de les arroser Nyles et elle avec du carburant et de les brûler vifs.

À moins qu'elle n'atteigne le bidon la première.

Sur le podium, Gucci était au milieu d'un autre passage. Il fit un pas, puis leva la jambe en un coup de pied haut qui aurait impressionné les danseuses de cabaret. Nyles regarda Dee et secoua la tête afin de lui indiquer qu'il était incapable de reproduire une telle performance. Mais il n'avait pas le choix : il devait absolument monopoliser l'attention des deux Maliaques le plus longtemps possible.

Étire-toi, articula-t-elle silencieusement, espérant que Nyles serait capable de comprendre ce qu'elle voulait dire. Il inclina la tête sur le côté, perdu.

Ignorant une vague de douleur aiguë, Dee leva sa jambe blessée pour lui montrer comment faire. *Étire-toi*, articula-t-elle à nouveau silencieusement.

Le jeune homme acquiesça lentement. S'il y avait une fois où Nyles devait lire les pensées de Dee, eh bien, c'était maintenant.

Son coup de pied ne fut pas aussi haut, ni aussi droit ou impressionnant que celui de Gucci, mais Nyles s'en sortit, puis exécuta une série de pas de danse digne de Beyoncé.

Sa chorégraphie prolongée correspondait exactement à ce que Dee espérait. Gucci et Cecil étaient hypnotisés par sa démonstration, ce qui permit à la jeune fille d'avancer lentement le long du mur de caisses. Quand Nyles termina une sorte de mélange entre la Macarena et la danse des canards qui aurait probablement dû être banni des pistes de danse du monde entier, elle avait atteint le bidon.

Gucci lança un regard noir à Nyles lorsqu'il se retira au bout du podium.

– Sérieusement ?

– Copie et ajoute ta touche perso, dit Nyles en lui renvoyant ses règles à la figure. À moins que tu n'en sois pas capable ?

– Dans tes rêves.

Cecil prenait son rôle de juge très au sérieux : il faisait semblant de prendre des notes dans sa main à l'aide d'un stylo invisible.

Dee n'aurait qu'une chance, alors son plan devait fonctionner. Il lui fallut quelques secondes pour dévisser le tuyau du bidon et le renverser. Malgré l'obscurité, elle put voir le combustible couler sur le sol, accompagné d'une odeur âcre qui se dispersa dans l'air. Le liquide se répandit le long des caisses en bois. Au moment où elle émergea de derrière les gradins, la substance hautement inflammable s'accumulait autour de la base du podium.

Gucci venait juste de finir de copier le dernier mouvement improvisé par Nyles. Il y ajouta l'un des siens : un grand écart parfait.

Dee profita que le tueur tienne la pose pour sortir le briquet de Robin du corsage de sa robe. Elle le montra à Nyles et lui fit un signe de tête en direction du coin où elle se trouvait. Le jeune homme enfila sa veste et courut sur le podium en ignorant toute chorégraphie.

– Hé, s'écria Gucci, il ne copie pas mes mouvements ! Il ne copie pas !

Nyles sauta du podium et atterrit à côté de Dee. Gucci s'était relevé et le poursuivait en le pointant du doigt : on aurait dit un enfant en plein caprice.

Cecil se releva lentement.

– Je crois que nous avons un gagnant ! proclama-t-il.

Dee ne savait pas par quel mystère aucun des deux ne sentait l'essence sous ses pieds. Désormais, cela n'avait plus d'importance : elle alluma son briquet.

– C'est une victoire pour Blair et Ethan ! cria-t-elle. Vous êtes disqualifiés !

Elle jeta le briquet dans la flaque d'essence qui s'étalait au pied du podium. Puis Nyles et elle coururent comme des dératés.

🕒 3 min

Tonya Bologna @Tonya_à_Bologne
Vous avez regardé les chaînes 432 et 433 ? Il y a quelqu'un d'autre dans le labyrinthe. Sous les gradins. Quelqu'un aide #CendrillonLaSurvivante !

⟵ 💧137 ∞ 43

🕒 3 min

Staci McCandeless @StaciMcC_SaltLakeCity
Quelqu'un aide #CendrillonLaSurvivante ? Elle a un complice ? Ça explique TOUT ! Si elle a réussi à tenir aussi longtemps face à @LePostman, c'est UNIQUEMENT pour ça. J'ai l'impression d'avoir été bernée. Et qu'est-ce que c'est que ces conneries de maintenir le #SilenceRadio, @LePostman ? #OnVeutDesRéponses

⟵ 💧250 ∞ 141

🕒 3 min

Judy Kline @InfirmièreÀTempsPartielMamanÀTempsPlein_808
Attendez, je pensais que #CendrillonLaSurvivante détestait l'Angliche ringard ? Il n'y avait pas de son, mais je suis à peu près sûre qu'elle l'a menacé avec une hache il y a environ une heure. Et maintenant ils se roulent des pelles ? #LAmourEstÉtrange #UnBaiserAvecUneHacheVautMieuxQuePasdeBaiser

⟵ 💧38 ∞ 12

🕒 2 min

Phoebe La Tentatrice @LaVraiePhoebeLaTentatrice
Cher @GucciLeBourreau, ton coup de pied haut était parfait mais… c'était quoi cette monstruosité en lamé rouge ? J'ai capté la référence à Zoolander, mais respecte-toi ! #AMOUR-PROPRE !

⟵ 💧388 ∞ 202

⌚ 2 min

Mitchell M. David @Numéro1DuSudDakotaPourLesDivorces
Il n'y a pas de replays, mais je jurerais avoir vu quelqu'un se déplacer derrière les murs du labyrinthe juste avant que le @BarbaristaBarbare ne casse sa pipe.
Et ce nouveau sac de frisbees, il est apparu comme par miracle ? C'est comme si @LePostman VOULAIT que tous ses tueurs meurent. #OnVeutDesRéponses

← 17 ∞ 65

⌚ 1 min

L'Informateur @réveillélesyeuxgrandsouverts
Vraiment ? #NeCroyezPasCeQuonVousMontre #OuvrezLesYeux #Alcatraz2Complot #QueLeMinistèreDeLaJusticeEnquête #OnVeutDesRéponses

> ⌚ 2 min
>
> **Mitchell M. David** @Numéro1DuSudDakotaPourLesDivorces
> Il n'y a pas de replays, mais je jurerais avoir vu quelqu'un se déplacer derrière les murs du labyrinthe juste avant que le @BarbaristaBarbare ne casse sa pipe. Et ce nouveau sac de frisbees, il est apparu comme par miracle ? C'est comme si @LePostman VOULAIT que tous ses tueurs meurent. #OnVeutDesRéponses

← 47 ∞ 72

⌚ 1 min

Jo Le Barjo @jobarjosept
@réveillélesyeuxgrandsouverts @Numéro1DuSudDakotaPourLesDivorces Même si ça me fait du mal de le dire, vous avez peut-être raison. Où est @LeMinistèreDeLaJustice dans tout ça ? Et le @procureurgénéral ? OU @LePrésidentUSA ??? C'est lui qui a vendu le système carcéral à @LePostman au départ. #VotreResponsabilité #OnVeutDesRéponses

← 56 ∞ 31

Quarante-six

Comme le plateau de *Zoolander* n'avait pas de sortie visible, Nyles et Dee s'accroupirent dans le coin de la salle le plus éloigné des flammes. En quelques secondes, le feu se propagea dans plusieurs directions à la fois, le long du podium et des gradins improvisés. La totalité de la structure en bois fut ravagée par les flammes, et la musique de Michael Jackson en fond sonore s'interrompit. La scène était digne d'un film, et Dee se demanda si Cecil B. DeViolent appréciait l'ironie de la situation.

Probablement pas. Cecil n'avait pas réalisé l'imminence du danger : il avait observé avec perplexité les flammes se diriger vers Gucci le Bourreau et n'avait remarqué que trop tard la traînée de feu qui fonçait sous son siège. Dee ne pouvait pas voir ses yeux, mais elle put pratiquement distinguer le moment précis où il réalisa qu'il se trouvait au-dessus d'une flaque d'essence. Il se retourna pour chercher une issue et comprit rapidement qu'il était cerné.

Gucci ne se portait pas beaucoup mieux. Les flammes léchaient les côtés du podium et l'enveloppaient dans un mur de feu. Il n'y avait pour lui qu'un moyen de s'en sortir : tenant ses bras devant son visage, il s'élança à travers la muraille enflammée aussi rapidement que ses talons aiguilles de douze centimètres le lui permettaient. Emporté par son élan, il glissa et heurta l'un des miroirs. Il termina sa chute sur le béton et ne bougea plus.

Une gigantesque explosion ravagea ensuite l'entrepôt. La détonation détruisit les gradins, qui s'effondrèrent dans le feu qui faisait rage en dessous, entraînant Cecil B. DeViolent avec eux. Dee se blottit contre Nyles quand le mur de miroirs explosa. Tout autour d'eux pleuvaient des éclats de verre coupants, des morceaux de métal et des braises fumantes.

Au moment où Dee pensait que Nyles et elle étaient tirés d'affaire, Gucci le Bourreau releva la tête.

Pendant un instant, elle pensa qu'il était sorti indemne de ce brasier. Puis elle vit le feu se propager dans son dos.

Apparemment, le lamé rouge était très inflammable.

Gucci laissa échapper un cri encore plus terrifiant que celui d'Hannah Vorace, les yeux fixés sur Dee. À la force de ses ongles parfaitement manucurés, il rampa vers elle. Il était si près qu'elle pouvait sentir l'odeur de la chair du tueur en train de brûler.

Nyles se leva d'un bond et tira Dee par son bras valide.

– Allons-y !

Mais ils avaient oublié le verre brisé.

Quand des tessons lui transpercèrent la plante des pieds, Dee hurla de douleur. Elle s'effondra et entraîna Nyles dans sa chute. Il se dépêcha de se relever, se coupant les mains en même temps. Gucci continuait à s'approcher d'eux. Une fois arrivé à leur hauteur, le tueur tenta d'agripper la cheville de Dee qui essayait en vain de reculer.

Nyles se jeta sur elle pour la protéger. Gucci tendit encore une fois la main en direction de la jeune fille mais suspendit son geste avant que tout son corps retombe mollement, sans vie.

– Oh, mon Dieu ! haleta Dee.

Nyles et elle regardèrent, horrifiés, l'incendie engloutir Gucci le Bourreau. Son visage sembla fondre lorsque les flammes réduisirent en cendres son emblématique foulard. Dee eut l'impression de voir le visage du Diable en personne, un masque de feu avec deux trous noirs béants en guise d'yeux.

À ce moment précis, un système d'extincteurs automatiques suspendus se déclencha, arrosant l'entrepôt.

Le déluge sembla durer une éternité. Nyles essaya de garder Dee au sec, mais elle ne se souciait pas de l'eau. La fraîcheur contre sa peau lui faisait du bien, et même si les blessures à ses pieds la piquaient, la douleur brûlante de son poignet fracturé fut quelque peu atténuée par le froid. Finalement, la pression diminua, l'eau ne coula plus qu'au goutte-à-goutte puis s'arrêta complètement. Dee était allongée sur le dos, trempée jusqu'aux os. Elle regardait Nyles, penché au-dessus d'elle. Des gouttes dégringolaient des cheveux du jeune homme pour venir s'écraser sur le visage de Dee. Derrière eux, les ruines du plateau de *Zoolander* fumaient.

– Hé, dit Nyles en souriant. Tu es toujours en vie ?

– À peine.

– C'est suffisant.

Il roula sur le côté et posa les mains sur ses genoux. Une bonne douzaine d'éclats de miroir dépassaient de ses paumes. Il essaya d'en sortir un, mais ses mains tremblaient sous l'effet de la douleur et du choc.

– Laisse-moi faire.

Dee posa les mains de Nyles sur son propre bras blessé et, de sa main valide, elle retira le plus gros morceau de la zone charnue sous le pouce droit. Nyles grimaça et serra violemment la mâchoire pour ne pas crier. Dee tenta de le distraire :

– J'espère que tu n'avais pas l'intention de devenir chirurgien, Docteur Strange.

– Ah oui, là, j'ai la référence. Peut-être que moi aussi, je devrais avoir recours à la magie.

– Et pourquoi pas te laisser pousser la barbe, pour avoir le look complet ?

– Ça a commencé à te plaire quand tu as vu le Barista Barbare, hein ? répliqua-t-il en souriant. C'est vrai que je pourrais me faire pousser une belle barbe bien fournie.

Dee leva les yeux au ciel.

– Je te l'interdis.

– Tu n'aurais plus envie de m'embrasser si j'avais une moustache broussailleuse ?

Elle enleva le dernier morceau de verre et le regarda droit dans les yeux.

– Si. Je continuerais à t'embrasser.

Nyles lui fit un clin d'œil puis reporta son attention sur les pieds lacérés de Dee.

– À ton tour.

Elle observa le plafond de l'entrepôt et essaya de penser à autre chose qu'à la douleur cuisante. Avec une précision de chirurgien, Nyles lui retira les fragments de la plante des pieds.

Cela ressemblait à une scène de film, quelque chose que Dee avait déjà vu mais dont elle se souvenait à peine. Un film d'action, peut-être ? Ethan aurait su.

Elle était épuisée. Elle voulait juste fermer les yeux et dormir. Il aurait été si facile de rester ici avec Nyles, l'eau, l'odeur de chair carbonisée et de chien mouillé…

– De chien mouillé !

Nyles ne leva pas les yeux.

– Hein ?

Dee renifla l'air. La puanteur était indéniable.

– Il y a une odeur de chien mouillé. Ça signifie que Molly la Déchiqueteuse et ses animaux sauvages sont dans les parages.

– C'est forcément un piège, dit-il.

Il finit de s'occuper des pieds de Dee. Ensuite, à l'aide de ses dents, il déchira des bandelettes du T-shirt qui servait d'écharpe improvisée à Dee. Il utilisa les manches de son haut pour caler à nouveau le bras de la jeune fille en travers de sa poitrine et poursuivit :

– Même si on trouve le moyen de sortir d'ici, on va obligatoirement tourner dans le mauvais couloir, une porte va glisser derrière nous et bam, on sera servis à des lions comme hors-d'œuvre.

– Je refuse de finir comme ça, commenta Dee.

Quand Nyles noua fermement les bandelettes autour de ses pieds, Dee dut se mordre la lèvre pour s'empêcher de crier. Aussitôt après, la douleur commença à diminuer. Nyles enveloppa ensuite ses propres mains.

– Une chose est sûre, Molly ne sera pas avec nous dans la salle d'exécution. Elle ne prendra pas le risque de se faire dévorer aussi. Ce qui signifie qu'elle doit être en hauteur, quelque part, en train de surveiller.

Les yeux de Dee se posèrent sur l'échafaudage en métal. Il atteignait le sommet du mur et n'avait pas brûlé.

Nyles suivit le regard de son amie et comprit immédiatement où elle voulait en venir.

– Reste ici.

Il toucha du dos de la main l'un des piquets métalliques, comme s'il s'attendait à ce qu'il soit extrêmement chaud. Puis, comme il ne s'était pas brûlé, il leva un pied sur la barre la plus proche et commença à grimper.

Il atteignit assez facilement le sommet du mur, contre lequel il plaqua son corps. Il observa le labyrinthe pendant plusieurs minutes.

Une fois redescendu, il fit un topo à Dee :

– Il y a un moyen de sortir d'ici derrière l'échafaudage : le labyrinthe continue sur une quinzaine de mètres. J'ai vu un grand enclos dans l'un des coins de l'entrepôt.

– Et Molly ?

Nyles ne put réprimer un frisson avant de lui répondre :

– Elle est là. Elle surplomble l'enclos et s'est déguisée en clown flippant. Si on se déplaçait sur la largeur supérieure des murs du labyrinthe, on pourrait l'atteindre. Le problème, c'est qu'elle nous verrait arriver.

Un plan se formait dans l'esprit de Dee.

– Tu penses que tu peux mémoriser le chemin à parcourir entre ici et l'endroit où elle se trouve ?

– Bien sûr !

Dee tendit les mains.

– Alors, aide-moi à monter. Je pense connaître un moyen de faire descendre Molly de ce mur.

PARIONSTRAZ.COM

(une filiale de Postman Enterprises)

DÉTENUE : Dee Guerrera
(#CendrillonLaSurvivante)
ALERTE BLESSURE !
NOMBRE DE JOURS EN VIE : 3

DÉTENU : Nyles Harding
(#NylesLeBritish)
NOMBRE DE JOURS EN VIE : 227
PÉRIODE : 10 novembre 0 : 00 – 10 novembre 23 : 59
CONDITIONS : Difficiles, environnement sombre

BOURREAU	PARI SUR LE VAINQUEUR	COTE	GAIN POUR UNE MISE DE 2 $
Barista Barbare	SUSPENDU		
Cecil B. DeViolent	SUSPENDU		
Ynona la Bricoleuse	SUSPENDUE		
Al Gaz-Toxique	17-1	3-5	3,20 $
Gucci le Bourreau	SUSPENDU		
Hannah Vorace	SUSPENDUE		
Sœurs Impitoyables	SUSPENDUES		
Molly la Déchiqueteuse	1-2	1-5	2,40 $
Prince Tranchant	SUSPENDU		
Robin des Bois	SUSPENDU		

Quarante-sept

De toutes les choses dégoûtantes qui composèrent cette journée, la pire fut d'extraire Ynona de sa tombe de cire. C'était encore plus affreux que de pêcher la perruque tressée d'Hannah dans le jacuzzi toujours bouillant et d'en retirer les morceaux de peau et de graisse qui y avaient adhéré.

OK, c'était peut-être ça le plus dégoûtant, mais se débattre avec une Ynona recouverte d'une croûte de cire pour la mettre sur sa chaise à roulettes venait juste après.

Manipuler un cadavre ne perturbait pas vraiment Dee, car malheureusement, ce n'était pas une expérience nouvelle pour elle. En revanche, la couche de cire qui enveloppait Ynona était toujours chaude, ce qui donnait l'impression particulièrement dérangeante que la tueuse n'était pas tout à fait morte. Pour ne rien arranger, Ynona portait désormais la perruque d'Hannah.

– On dirait un cauchemar, dit Nyles en fixant le cadavre cireux. Comme un tableau dada. Ou une œuvre d'Ernst.

– Tu penses que Molly va y croire ?

– De près, impossible. Mais d'en haut, avec un mauvais éclairage ? Ça pourrait fonctionner.

Dee remua la chaise à roulettes d'avant en arrière pour s'assurer que le cadavre tenait bien en place. Même si elle ne tombait pas dans le panneau, Molly serait au moins intriguée par la vision d'Ynona portant la perruque d'Hannah.

Enfin, j'espère.

Nyles s'accroupit et frotta pour retirer la cire des pieds d'Ynona, révélant une paire de crocs en caoutchouc vert. Puis il s'agenouilla devant Dee et les lui présenta :

– Ce ne sont pas des pantoufles de verre, Cendrillon, mais elles pourraient aider.

– Merci, prince charmant.

Une fois les crocs aux pieds, Dee dut reconnaître que Nyles avait raison : bien que marcher soit toujours pénible, la douleur était atténuée.

– On y va ?

La jeune fille acquiesça.

– Cendrillon la Survivante 2.0 est prête à en découdre.

***

Dee monta avec précaution sur l'échafaudage de la salle *Zoolander* : elle prit garde à équilibrer son poids sur chaque pied et à s'assurer que sa prise était sécurisée. Si elle faisait trop de bruit, cela attirerait peut-être l'attention de Molly, et ils seraient foutus.

Lorsqu'elle atteignit le haut du mur, elle se plaqua contre celui-ci, comme l'avait fait Nyles, et scruta le labyrinthe.

Molly la Déchiqueteuse était assise à la jonction de deux poutres qu'elle utilisait comme siège dans un coin en hauteur. Comme Nyles l'avait décrite, elle portait une sorte de tenue de cirque : des collants rayés rouges et blancs, une jupe entièrement noire avec un grand jupon et un corset noir et blanc. Son visage était recouvert d'un maquillage de clown démoniaque : elle avait des sourcils arqués « diaboliques » qui remontaient jusqu'au milieu de son front, sa bouche formait un sourire à l'envers et, bien entendu, un nez en mousse rouge venait compléter son déguisement.

Comme une enfant qui s'ennuie et dont la patience est à bout, Molly balançait ses jambes dans le vide. Elle s'amusait avec un objet en plastique blanc qu'elle tenait dans sa main : elle appuyait sur un bouton et une cage commençait à s'ouvrir. Les loups à l'intérieur hurlaient quand les barreaux se soulevaient de quelques centimètres et continuaient quand Molly cliquait à nouveau sur le bouton pour refermer l'ouverture. Elle leur donnait également des coups de fouet pour qu'ils soient au comble de l'excitation, mais cela aussi, visiblement, commençait à l'agacer. Elle jeta un coup d'œil à sa montre, clairement fébrile.

Ta patience va être récompensée, Molly.

Les yeux de Dee dérivèrent vers la droite, où Nyles traversait en hâte les méandres du labyrinthe en poussant la chaise d'Ynona aussi vite que ses roues obstruées par la cire le permettaient. En approchant de la tanière de Molly, il ralentit. Gauche, droite, gauche, droite, droite, droite, gauche. Il s'arrêta net avant l'entrée, puis il poussa la chaise d'un grand coup.

Molly fut instantanément sur ses gardes.

– Il était temps, Cendrillon la Survivante ! gloussa-t-elle à l'intention de la silhouette dans son fauteuil. J'avais peur que les extincteurs automatiques ne t'aient noyée.

Elle attendit une réponse qu'Ynona couverte de cire n'était pas en mesure de lui donner.

– Tu as avalé ta langue ? dit Molly. Tu as donné ta langue... aux loups ?

Elle est bien trouvée, celle-là.

Cette fois, l'abscence de répondant de sa victime rendit Molly plus méfiante : elle se pencha en avant pour voir Cendrillon la Survivante de plus près.

– Elle est déjà descendue ? haleta Nyles, qui jeta un coup d'œil par-dessus le bord du mur.

Il était revenu en un temps record.

– Chut !

– Mais qu'est-ce que…, lança enfin Molly.

Elle posa la télécommande blanche à côté d'elle, puis fit basculer une échelle de corde le long du mur du fond. Percevant l'agitation ambiante, les loups recommencèrent à hurler. Molly amorça sa descente sous le regard de Dee.

Dès que la tête de la tueuse eut disparu de son champ de vision, la jeune fille se mit debout. Les poutres en bois qui composaient la partie supérieure des murs du labyrinthe mesuraient moins de trente centimètres de large et n'étaient pas particulièrement solides. Quand elle se déplaça, elle eut l'impression d'être une funambule aux pieds engourdis par des anesthésiants. Pour garder l'équilibre, elle serra les dents et garda les yeux rivés sur Nyles, qui avançait juste devant elle.

En bas, Molly examinait le cadavre attaché à la chaise. Elle souleva une tresse et tira sur la perruque. Les faux cheveux glissèrent facilement de la tête couverte de cire d'Ynona.

– C'est quoi ce bordel ?

Elle se tourna, leva la tête en l'air et repéra Dee. Elles se fixèrent pendant ce qui parut une éternité. Dee vit la confusion de Molly se transformer en colère et, pendant juste un instant, en peur. Puis les yeux de la tueuse se posèrent sur l'échelle.

Dès que Molly se mit à courir, Nyles se précipita sur l'échelle et commença à la relever. La tueuse se jeta dessus comme un ailier de la NBA sur le panier et réussit à attraper le barreau le plus bas.

Dee essaya d'aider Nyles, mais avec l'avantage de la gravité, Molly leur retira l'échelle de corde des mains. Le nylon lisse frotta contre ses paumes et, malgré les bandages, Nyles grogna de douleur. Les grondements gutturaux des loups ne firent qu'empirer à mesure que Molly commençait à grimper.

Mais Dee ne comptait pas abandonner. L'échelle était attachée à deux poteaux à l'aide de mousquetons à pince fixés à des anneaux de métal, eux-mêmes accrochés dans le bois.

– Nyles, les mousquetons ! s'écria-t-elle.

S'ils pouvaient les ouvrir, l'échelle et Molly tomberaient. Ils en atteignirent chacun un, luttant contre les cordes tendues par le poids de la meurtrière qui continuait son ascension. En plantant une jambe contre la poutre pour faire levier, Nyles put tirer le premier mousqueton suffisamment loin pour en détacher la corde.

L'extrémité de l'échelle qui n'était plus accrochée s'agita dans tous les sens : Molly commença à se cogner partout, au point de fragiliser le mur du labyrinthe, qui se mit à osciller. Elle percuta la cage où les loups devinrent fous, se projetant contre les barres de métal pour tenter de l'atteindre.

À cause de l'instabilité du mur, toujours branlant, Dee s'assit à califourchon dessus pour ne pas tomber. Mais Nyles ne fut pas assez rapide pour l'imiter et perdit l'équilibre. Horrifiée, elle regarda son ami chanceler vers l'enclos des loups. Le jeune homme agita les bras pour tenter de se stabiliser, mais en vain. Tandis que le mur continuait à vaciller, il trébucha, non pas vers la cage, mais de l'autre côté, où régnait une obscurité insondable.

– Nyles !

À cause des larmes qui brouillaient sa vision, Dee ne parvenait même pas à discerner les contours du corps de son ami sur le béton plus bas. Était-il mort ? Était-elle encore une fois responsable de la mort que quelqu'un à qui elle tenait ?

Un cri provenant de l'enclos lui rappela qu'elle n'était pas encore hors de danger. À travers les barreaux, les loups avaient réussi à attraper des mèches de cheveux de Molly dans leurs mâchoires acérées. La Déchiqueteuse poussa un hurlement de douleur quand la meute arracha des morceaux de son cuir chevelu. Puis elle essaya désespérément de s'échapper en tentant d'attraper l'un des barreaux de l'échelle.

Dee se précipita sur le second mousqueton : elle le déverrouilla rapidement et, avec un dernier effort, elle le retira de son anneau en métal et laissa Molly s'effondrer de tout son poids sur le sol.

La tueuse se releva lentement. Elle avait l'air encore plus démoniaque : son maquillage avait coulé, ses collants étaient déchirés, ses cheveux n'étaient plus qu'un amas informe parsemé de zones dégarnies.

Malgré l'horreur de la situation, Molly n'avait pas paniqué un instant. Dee devait au moins lui reconnaître ça.

– Quand je mettrai la main sur toi, dit la tueuse, la voix calme et inquiétante, je n'aurai pas besoin de l'un de mes animaux pour arracher tes membres un à un.

Ce n'était pas une menace que Dee prenait à la légère.

– Le Postman veut ta mort.

Elle songea à Nyles, à son corps étalé sur le sol en béton.

– Il veut notre mort à tous.

– Non, grogna Molly, juste la tienne !

– Je suis au courant pour la récompense.

Dee voulait que Molly comprenne ce qui était en train de se jouer.

– Et je sais qu'une nouvelle équipe de tueurs devrait arriver sur Alcatraz 2.0 la semaine prochaine, poursuivit-elle.

La rage de Molly s'atténua.

– Vraiment ?

Dee acquiesça.

– Je sais qu'il a promis de vous garder en échange de ma mort, mais crois-moi, ça ne se passera pas comme ça. Il va tous nous tuer. Ta seule chance est de me laisser partir.

Dee regarda Molly digérer ces nouvelles informations. Allait-elle la croire ? Ou sa méfiance et sa soif de sang l'emporteraient-elles ?

Molly ramassa un bout de l'échelle. En poussant un grognement, elle la jeta vers le sommet de la cage à loups.

Eh bien, Dee avait sa réponse.

L'échelle retomba sur le sol, mais Dee vit ce que Molly essayait de faire : il y avait un crochet en haut de l'enclos ; si la tueuse parvenait à y accrocher l'échelle, elle pourrait escalader le côté de la cage et, de là, sauter sur le mur sur lequel Dee était assise à califourchon.

Il n'y avait qu'un moyen de l'arrêter : Dee devait ouvrir la cage.

Elle avait espéré éviter ce scénario. Mais comme avec les autres tueurs du Postman, Dee ferait tout pour sauver sa peau. Pourtant, l'idée que quelqu'un soit dévoré vivant – même quelqu'un d'aussi répugnant que Molly la Déchiqueteuse, alias Ruth Martinello du n° 157 de l'avenue Hillcrest à Marquette, dans le Michigan – lui faisait mal au cœur. Mais elle ne pouvait pas laisser cette femme s'échapper et potentiellement la tuer.

Dee prit la télécommande blanche, ferma les yeux et appuya sur le bouton.

Les cris furent insupportables et se boucher les oreilles n'y changea rien.

Ce fut rapidement terminé. Dee se refusa à baisser les yeux pour constater le carnage. Molly la Déchiqueteuse s'était clairement fait déchiqueter.

Soudain, le mur trembla si violemment que Dee dut le saisir à deux mains pour ne pas tomber. Les loups avaient toujours faim. Ils se jetèrent sur le mur du labyrinthe, leurs pattes sanglantes et leurs museaux éclaboussant le bois des restes de Molly alors qu'ils essayaient d'atteindre Dee. Ils étaient tellement déchaînés que celle-ci craignit qu'ils fassent s'écrouler le mur à force de le percuter.

Il était temps de partir. Sans l'avantage de l'échelle de corde, ce serait difficile. Dee s'abaissa du côté opposé de l'enclos de Molly, descendit le plus loin possible en se maintenant avec son bras valide, puis elle se laissa tomber.

La douleur de l'impact la traversa de ses pieds engourdis jusqu'à ses tibias. Si sa cheville n'était pas foulée auparavant, c'était certainement le cas désormais. Seule sa jambe gauche semblait être restée intacte. Apercevant Nyles non loin, elle rampa jusqu'à lui, guettant chez lui le moindre signe de vie.

Un sanglot la prit à la gorge.

– Nyles ? Nyles, dis quelque chose !

Même si son épaule formait un angle peu naturel, Dee constata que la tête de son ami ne saignait pas. Elle posa fébrilement ses doigts sur la gorge de Nyles et… poussa un cri de joie. Son pouls était fort.

Il était toujours en vie.

Tout à son bonheur, elle faillit ne pas entendre la personne dans son dos qui se dirigeait vers elle.

– Bonjour, Cendrillon.

En entendant cette voix familière, Dee cessa aussitôt de pleurer. Elle sut sans même le regarder qui était son adversaire.

– Prince Tranchant.

Inconsciemment, Dee avait eu la certitude que c'était sur lui qu'elle tomberait au bout du labyrinthe.

Tranchant avait exactement la même apparence que lors de leur dernière rencontre. Enfin, presque. Sa tenue d'un blanc immaculé ne portait aucune trace de leur affrontement : pas de sang, pas de déchirure due au coup de couteau. Son costume était identique, et il était à nouveau affublé de ses énormes lunettes de vision nocturne et d'une lame longue comme le bras.

Si ce n'est que ce Tranchant était visiblement plus petit.

Il était temps de mettre fin à cette comédie une bonne fois pour toutes.

Dee se releva tant bien que mal et lâcha d'une voix remarquablement ferme :

– Je sais que c'est toi, Kimmi.

Tranchant resta immobile pendant un moment, puis il retira lentement ses énormes lunettes.

Mara adressa un grand sourire à Dee.

Quarante-huit

– Tu ne sembles pas surprise, dit Kimmi.

Elle paraissait déçue.

Dee avança en boitant de manière à s'interposer entre elle et Nyles.

– J'avais des soupçons.

– Raconte pas de conneries ! Tu pensais vraiment que Mara était morte.

Quand Mara a chuté, je n'ai pas pu voir son visage...

– Tu as très bien fait semblant.

– Tu trouves aussi ? Pourtant, le matelas était dur comme du béton ! Je crois même que j'ai un bleu.

Tu en auras plus quand j'en aurai terminé avec toi.

Kimmi se frotta le bas du dos et poursuivit :

– Quand tu as grimpé sur ce putain de toit, tu as carrément boosté la vidéo ! Les gens sont devenus fous !

– La vraie Mara, qui était-elle ?

Kimmi haussa les épaules.

– Une fille totalement morte de trouille. Papa pensait que ça améliorerait les audiences d'amener une flopée de jeunes et séduisants détenus, mais certains n'ont servi à rien une fois arrivés sur Alcatraz 2.0. Mara faisait de son mieux pour ne pas se faire remarquer, elle n'interagissait pas avec les gens. Elle n'avait que deux abonnés sur sa chaîne perso ! Deux seulement, tu le crois, ça ? Même un chat mort ferait plus d'audience. Elle était si ennuyeuse ! En toute honnêteté, je lui ai fait une faveur. Le jour précédant ton arrivée, je l'ai tuée ! J'ai teint mes cheveux, j'ai mis des lentilles, et hop ! Tu as eu une nouvelle meilleure amie.

Son insensibilité face au meurtre de la vraie Mara était dégoûtante, mais au vu de tout ce que Dee avait souffert aux mains de Kimmi, ce n'était pas surprenant.

– Tu ne m'as jamais reconnue, lança-t-elle. J'ai toujours eu une longueur d'avance sur toi.

Pas toujours.

– Je t'ai cherchée quand j'étais à l'hôpital, continua-t-elle, les yeux étrécis par la folie, la voix pleine de rage. Papa m'a aidée. Mais tu avais changé de nom.

– Ton père est le Postman, dit lentement Dee, comme si elle voulait s'assurer que Kimmi comprenne chaque mot.

Ses yeux bleus, désormais sans lentilles colorées, s'écarquillèrent.

– Oui ! Je suis impressionnée.

– Garde tes compliments pour toi.

– Papa est allé parler avec ton père quelques mois après la fin de mon procès. Il voulait faire de notre relation à toutes les deux une émission de télé-réalité. Est-ce que ça n'aurait pas été génial ?

À l'époque, Dee n'avait pas compris le raisonnement et les décisions précipitées de son père. Elle voulait être Dolores Hernandez, pas Dee Guerrera. Elle voulait rester dans la même école avec ses amis, et non pas déménager dans une ville totalement nouvelle. Dee savait désormais que son père avait agi pour le mieux.

– Comme ton père a refusé, ça n'a pas abouti. Mais ce n'est pas grave parce que Alcatraz 2.0 est une bien meilleure idée. Je voulais vraiment que tu la voies, alors nous t'avons cherchée dans toutes les écoles du pays. C'était intelligent de la part de ton père de t'avoir emmenée à Los Angeles. Nous n'avons jamais pensé à regarder là-bas.

– Nous sommes plus intelligents que tu le penses, dit Dee.

Kimmi baissa les yeux sur son couteau.

– Peut-être. Mais ton idiote de sœur ne l'était pas. Elle m'a conduite directement à toi. Elle m'a même envoyé un mail ! Tu le crois, ça ?

Cette fois, Dee était réellement surprise. Comment Monica avait-elle pu retrouver Kimmi ?

– Comment ça ?

– Elle m'a contactée en prétendant écrire un article sur la santé mentale des ados pour le journal de son lycée, expliqua-t-elle en levant le pouce en l'air. Ooooh, bien joué, Monica !

LA FERME ! Dee hurla les mots dans sa tête mais resta silencieuse. Elle avait à tout prix besoin que Kimmi continue de parler.

Kimmi eut un rire diabolique. Elle jubilait.

– Imagine ma réaction quand j'ai découvert que tu m'avais remplacée par une autre sœur !

Elle fit claquer sa langue.

– Comment as-tu osé ?

– Tu te rends compte que ce n'est pas comme ça que ça fonctionne, hein ? Mon père et ma belle-mère sont tombés amoureux. Je n'ai pas eu mon mot à dire dans l'histoire.

– Tu aurais pu ignorer Monica ! cria-t-elle. Mais non, tu n'as pas pu t'empêcher de te rapprocher d'elle, de lui raconter tes secrets. Comme à une sœur. Sais-tu à quel point ça m'a blessée ?

Dee serra la mâchoire.

– Tu n'es pas ma sœur.

Kimmi explosa.

– MAIS J'AURAIS DÛ L'ÊTRE ! Pas elle. Pas cette fille stupide qui ne se souciait que de la mode, des garçons et de Gucci le Bourreau !

– Alors tu l'as tuée.

– Non, ce n'est pas moi qui l'ai tuée, expliqua Kimmi. Papa s'en est chargé.

Elle soupira et pointa son couteau vers le sternum de Dee.

– C'était son truc. Il aimait vraiment ça.

Aimait ? Au passé ?

– Meurtrière !

Kimmi leva les yeux au ciel.

– N'en fais pas tout un plat. Elle n'a presque rien senti. Papa ne l'a même pas torturée avant. C'était son intention, mais j'ai refusé. Papa a toujours fait ce que je lui disais.

– Alors toi et ton psychopathe de père avez tué ma demi-sœur, puis m'avez fait inculper pour son meurtre ?

Kimmi écarta les mains en un geste d'impuissance, comme si elle n'était responsable de rien.

– Est-ce que j'avais un autre moyen de te faire venir ici ?

– Me faire venir sur cette île pleine de meurtriers ? Est-ce que tu réalises ce que tu dis ?

– Mais c'était juste un jeu ! s'exclama Kimmi. Un de nos petits jeux. On s'amusait tellement ! Tu t'en souviens ?

– Non, rétorqua Dee, qui se rappela la torture du tressage de cheveux dans la pièce blanche. Je ne m'en souviens pas.

– Tu n'as jamais été en danger de mort. Le jour de ton arrivée, je t'attendais dans ce labyrinthe. Mon plan était que « Mara » t'aide à échapper des mains de Tranchant ; tu aurais alors réalisé combien tu avais besoin de moi, et nous aurions pu vivre ici ensemble sur Alcatraz 2.0. Comme des meilleures amies. Comme des sœurs. Pour toujours.

Kimmi était encore plus folle que Dee l'avait imaginé.

– Jamais, rétorqua cette dernière.

– Oh, allez ! Ces derniers jours étaient absolument passionnants. Ça aurait pu être comme ça pour toujours !

Dans tes rêves !

– Mais encore une fois, tu as tout gâché, poursuivit Kimmi, contrariée. Et maintenant, voilà où nous en sommes !

Dee jeta un œil vers une caméra montée sur le mur de l'entrepôt. Kimmi devait à tout prix continuer à parler.

– Pourquoi as-tu envoyé des innocents sur Alcatraz 2.0 ? lâcha-t-elle, avec l'espoir que Kimmi mordrait à l'hameçon.

Sa cheville la lançait, elle avait du mal à rester concentrée, et elle devait faire de gros efforts pour se maintenir debout.

– Papa..., commença Kimmi.

Elle s'interrompit en secouant la tête, puis reprit :

– Papa s'y connaissait en audiences. C'était un génie en la matière. Il a vu le nombre de boosts diminuer et s'est rendu compte qu'il avait besoin de pimenter les choses ici. Qui veut voir un vieil homme dégoûtant se faire assassiner ? Personne. Mais une belle nana ? Ou un beau gosse musclé ? Les audiences montent instantanément.

Continue de parler.

– Et le Dr Farooq était dans la combine ?

– Cette salope ! cracha Kimmi. Elle a osé dire à Papa que j'étais dangereusement psychotique ! Folle, moi ? Quel genre de docteur peut dire un truc pareil ?

– Le genre qui acceptait des pots-de-vin pour témoigner contre des innocents, lui suggéra Dee.

– La cupidité a causé sa perte, enchaîna Kimmi avec entrain. Mais c'était le deal que Papa avait avec elle. Et une fois qu'il est mort, j'ai décidé de prendre ma revanche pour ce qu'elle avait dit à mon sujet. Qui est dangereusement psychotique maintenant, hein, docteur Farooq ? Oh, on ne le saura jamais, parce que tu es morte !

Mais Dee nota à peine la confession de la psychopathe au sujet du meurtre du Dr Farooq. Tout ce qu'elle entendit, c'est que le père de Kimmi était mort.

Le Postman est mort…

La dernière pièce du puzzle se mit en place dans l'esprit de Dee.

– Le prince Tranchant était le Postman, dit-elle lentement.

Continue de la faire parler.

Dee fit part à Kimmi de sa déduction :

– Ce qui signifie que tu diriges l'île depuis que je l'ai tué.

Les livraisons de nourriture non effectuées, l'infrastructure défaillante, et même les problèmes momentanés de caméras : Kimmi ne pouvait pas s'occuper de la logistique quand elle parcourait l'île avec Dee et ses amis.

– Je contrôle presque tout depuis mon smartphone, se vanta Kimmi. Même quand j'étais sur le lit et que tu pensais que j'étais morte. C'était vraiment le meilleur jeu qui soit, tu ne trouves pas ?

– Tu as tué tous les gardiens qui auraient pu se rendre compte que les choses avaient changé, continua Dee, qui ne perdait pas son objectif de vue. Et le reste des détenus, puisque tu savais que ton père avait prévu l'arrivée d'une nouvelle vague de prisonniers. Les seuls qui t'ont posé un problème, ce sont les Maliaques : ils auraient fini par se rendre compte que quelqu'un d'autre était aux commandes.

Kimmi eut l'air étonnée que Dee soit capable d'un tel raisonnement.

– C'est vrai, admit-elle. C'est pour ça que je les remplace eux aussi.

– Et pourquoi m'as-tu aidée à les éliminer ?

Kimmi hoqueta :

– Quoi ? Tu t'en es rendu compte ?

– Les frisbees, le bidon d'essence. Tu t'es même chargée de la dernière sœur Impitoyable et d'Al Gaz-Toxique. Et comme les gardiens étaient déjà morts, tu voulais que je m'occupe du reste des Maliaques dans le labyrinthe. Tu as tout fait pour que personne ne devine que tu étais le nouveau Postman.

– Peut-être.

Dee désigna une caméra au-dessus de leurs têtes.

– Mais maintenant, tout le monde est au courant. Tout est terminé, Kimmi.

Cette dernière se tourna vers l'objectif, puis éclata de rire.

– Tu rigoles ? Tu crois réellement que j'aurais laissé une caméra tourner pendant que j'avouais tout ça ? Tu me prends pour une idiote ou quoi ?

Dee ne répondit pas. Elle avait entendu tout ce dont elle avait besoin : la vérité à propos du meurtre de Monica, les procès truqués, l'innocence de ses amis, ainsi que le grand complot et la corruption qui alimentaient Alcatraz 2.0. Mais il y avait une dernière chose qu'elle devait savoir. Quelque chose de personnel.

– Pourquoi moi ?

Visiblement perplexe, Kimmi pencha la tête sur le côté, les sourcils froncés. Et soudain, Dee eut l'impression d'avoir à nouveau onze ans et de fixer son visage dans la bouche d'aération.

– Tu ne sais pas ?

Puis Kimmi se mit à rire – pas le rire diabolique d'un génie du mal ou d'un tueur en série, mais un rire surpris, de pur ravissement.

– « Mon cœur veut une sœur », cita-t-elle. « Une amie que je pourrais dire mienne, Mais je ne sais pas ce que cela signifie, Avoir une sœur ou un clone. »

Dee prit une inspiration.

– Mon poème.

– « À ma sœur inconnue », poursuivit Kimmi. Je suis tombée dessus sur Internet quand j'avais treize ans. C'était comme si tu m'avais retiré les mots de la bouche.

Ce stupide poème. Dee avait vu une annonce pour un concours de poésie près de chez elle, et comme elle voulait absolument soumettre quelque chose, elle avait écrit un texte à propos de ce qui l'obsédait à dix ans : une sœur. Ces vers ridicules avaient ruiné sa vie.

– Je voulais une sœur plus que tout au monde, répliqua Dee, la voix aussi tranchante qu'un rasoir. Mais je ne t'ai jamais voulue, toi.

Kimmi cessa de rire. Son visage afficha une expression de colère pure.

– Nous aurions pu rester ici pour toujours. Toi et moi. Comme des sœurs. J'aurais embauché de nouveaux Maliaques, et nous aurions pu continuer comme avant. Mais tu as tout gâché, et maintenant, tout ce que le monde trouvera sur l'île, c'est ton cadavre mutilé et ceux de tes amis. Bien sûr, j'aurai miraculeusement survécu à la mise en scène d'Al Gaz-Toxique et on me considérera comme une héroïne. Puis je partirai à la recherche d'une nouvelle sœur.

Kimmi s'approcha de Dee, le couteau levé.

Dee n'avait nulle part où aller, mais elle avait une surprise supplémentaire pour Kimmi.

– Est-ce que tu as tout ? cria-t-elle.

Kimmi s'arrêta net, dans l'expectative. Face au silence qui s'éternisait, Dee sentit la panique la gagner.

– J'ai dit : est-ce que tu as tout ? répéta-t-elle.

– Oui, c'est bon ! Tout est dans la boîte !

Griselda apparut au coin du labyrinthe, un ordinateur portable en équilibre sur l'avant-bras et la hache des sœurs Impitoyables glissée dans la ceinture de sa jupe.

– Désolée, j'ai raté mon entrée en scène ! J'étais obnubilée par tous les commentaires.

Elle leva les yeux de l'écran et regarda Nyles.

– Est-ce qu'il va bien ?

Celui-ci se redressa péniblement et agita son bras valide. L'autre pendait mollement le long de son corps.

– Je vais bien, répondit-il. Une épaule démise et potentiellement une commotion cérébrale, mais je survivrai.

– Je me suis fait *tellement* de souci, répondit sèchement Griselda, qui ne semblait pas en penser un mot.

De sa main libre, elle tapa sur le clavier.

– La retransmission en direct fonctionne ! Nous avons toutes les déclarations qu'il nous faut.

Kimmi se tourna vers Dee puis vers Griselda, et inversement.

– Mais... la dispute. Tu pensais que Griselda était moi !

Dee soupira. C'était petit de se sentir si satisfaite, mais après tout ce que Kimmi avait fait, avoir enfin l'avantage lui donnait pratiquement le vertige.

– Nous avons fait semblant, dit-elle simplement. Quand j'ai vu le cadavre d'Al Gaz-Toxique dans le pavillon, j'ai eu un déclic. Griselda avait raison : la capuche était l'accessoire emblématique de Robin, mais c'est ainsi que tu as décrit Al quand tu nous as fait ton topo sur les tueurs. Tu savais pertinemment qu'il en porterait une lors de notre rencontre puisque tu l'avais tué avant même que nous arrivions au pavillon.

– Ce n'est pas possible !

Kimmi se retourna et regarda toutes les caméras de l'entrepôt, l'une après l'autre. Chacune avait son voyant rouge allumé et enregistrait tout.

– J'ai tout le temps eu une longueur d'avance sur vous.

– Presque, dit Nyles, mais pas tout à fait. Dee l'a deviné à la dernière seconde.

– Elle nous a tout expliqué quand nous sommes retournés à Ice Crime. Nous devions faire semblant d'avoir une grosse dispute pour que tu penses que Dee se retrouvait toute seule, raconta Griselda, tout sourire. Crier sur elle n'avait absolument rien de compliqué… c'était même un plaisir !

– Pendant que tu étais focalisée sur moi, poursuivit cette dernière, qui gardait les yeux rivés sur Kimmi, Griselda a trouvé l'ordinateur portable que tu avais caché chez toi.

– Et le cadavre de la vraie Mara, ajouta Griselda en plissant le nez. En morceaux. Dans le frigo. Pour ton information, c'était totalement dégueu !

Griselda poursuivit son explication :

– J'ai dû défoncer une porte à la hache pour trouver ton ordi, mais ça valait vraiment le coup ! Et maintenant, le monde entier est au courant des horreurs que tu as commises. Notre départ est imminent !

Le visage de Kimmi devint rouge. Quant à ses doigts, ils serraient si fort son couteau que leurs jointures étaient blanches.

– Non, tu as tout gâché !

Elle se jeta sur Griselda avec le couteau.

Des images de la tête décapitée de Blair et du corps criblé de balles d'Ethan traversèrent l'esprit de Dee. Puis celle du cadavre de Monica sur le sol de sa chambre. Kimmi lui avait tant pris ! Elle ne la laisserait pas ajouter Griselda à cette liste.

Sa cheville tordue lui faisait terriblement mal, mais Dee s'avança et attrapa le dos du costume de Kimmi avec son bras valide. Puis, avec toute la force qu'il lui restait, elle la jeta par terre.

Kimmi s'affala sur le sol, mais, contrairement à son père, qui était commodément tombé sur sa lame, elle lâcha son couteau dans sa chute. Il glissa sur le béton et s'arrêta aux pieds de Dee.

– Dee ! cria Nyles. Attention !

Kimmi se releva d'un bond et chargea. Dee n'eut pas le temps de réfléchir. Elle tendit la main vers le couteau et empoigna fermement le manche juste au moment où Kimmi arrivait sur elle. Elle voulait l'arrêter, la maîtriser afin qu'elle puisse être jugée et punie pour ses crimes, mais elle n'en eut jamais l'occasion.

Kimmi fonça droit sur la lame.

Elles restèrent comme ça un moment, les mains de Kimmi autour de la gorge de Dee. Les deux jeunes filles étaient serrées l'une contre l'autre comme dans une étreinte, leurs visages éloignés de quelques centimètres seulement. Le couteau était profondément enfoncé dans l'abdomen de Kimmi.

Les traits de la tueuse se crispèrent. Ses yeux n'exprimaient que rage et douleur. Puis sa bouche se détendit et ses yeux plongèrent dans ceux de Dee. Elle sourit et souffla :

– Nous aurions été bien ensemble. Nous aurions été sœurs.

Mais Dee n'éprouvait aucune compassion envers son bourreau, qui n'en méritait aucune.

– Non, rétorqua-t-elle simplement.

Elle lâcha le couteau et recula. Kimmi se laissa tomber à genoux.

– Non, nous n'aurions jamais été sœurs.

Une vague de terreur passa sur le visage de Kimmi. Elle tendit le bras vers Dee avant de basculer en avant, la lame achevant de s'enfoncer dans son corps.

8 min

Bradley Fornow @BradleyForever
Ça vient d'être annoncé : le @PrésidentDesReprésentants a convoqué une session d'urgence du Congrès. Il y a de la destitution dans l'air, non ?
← 87 381 ∞ 71 226

---

7 min

Naydeen Doyle @NAYDEEEEEEEEEEEN
Putain de merde. #EnfermezLes

8 min

> **CNN** @BreakingNews
> Plusieurs sources rapportent que le FBI a investi les bureaux du ministère de la Justice à la suite du scandale Alcatraz 2.0. CNN a obtenu des e-mails divulgués par des membres du personnel du ministère montrant que le procureur général était au courant des procès truqués.

← 13 559 ∞ 7 671

---

7 min

321_Podcast @321_podcast_live
Les vannes sont ouvertes. Tout le monde à la Maison-Blanche et au ministère de la Justice va désespérément essayer de sauver sa peau. Je m'attends à ce que la preuve irréfutable de l'implication directe du Président apparaisse dans... 3... 2... 1... #EnfermezLes
← 2245 ∞ 830

---

7 min

Benny Nda Jetts @EltonJohnPourToujours
Je vis juste à côté de l'Observatory Circle, là où est la résidence du vice-président. Environ un million de voitures noires viennent de passer à toute vitesse dans cette direction, et il y a un hélicoptère militaire qui survole le secteur.
← 4254 ∞ 3 918

🕒 6 min
BozzieJ @RougeNeige1
Les paris sont ouverts sur @ParionsTraz ? #EnfermezLes

🕒 7 min
321_Podcast @321_podcast_live
Les vannes sont ouvertes. Tout le monde à la Maison-Blanche et au ministère de la Justice va désespérément essayer de sauver sa peau. Je m'attends à ce que la preuve irréfutable de l'implication directe du Président apparaisse dans... 3... 2... 1... #EnfermezLes

← 💧2403 ∞ 857

🕒 6 min
M. Hef @ToutesHefDeMoi
Qui d'autre est complice dans cette horrible histoire ? Le Président, le procureur général, ça c'est une évidence. Et le vice-président ? Le président de la Chambre des représentants ? Le chef de la majorité au Sénat ? Ils ont tous laissé faire et devraient être tenus pour responsables. #NeVotezPasPourEux #EnfermezLes

← 💧7540 ∞ 41007

🕒 5 min
L'Informateur @réveillélesyeuxgrandsouverts
J'ai entendu que l'Union américaine pour les libertés civiles intente des poursuites contre plusieurs membres de l'administration actuelle, invoquant une négligence en vertu de la loi sur la responsabilité délictuelle de l'administration fédérale. #OuvrezLesYeux #NeVotezPasPourEux #EnfermezLes

← 💧11312 ∞ 7977

Quarante-neuf

Dee se réveilla en sentant l'air vif de la nuit. Griselda la portait sur son dos le long de la 9e Rue, et Dee reprenait conscience par intermittence.

– Les autorités vont bientôt arriver, dit Nyles, traînant des pieds à côté d'elle.

Il tenait son bras démis près de son corps et titubait légèrement en marchant.

– Et ils vont te soigner.

La jambe et l'avant-bras de Dee la faisaient terriblement souffrir, mais elle ne pensait qu'à Nyles.

– Et ton bras ?

– Ça va aller, répondit-il gaiement. Ils vont simplement me le remettre en place, et je serai comme neuf.

Griselda ne put s'empêcher d'intervenir :

– Selon moi, ils vont devoir t'amputer.

Dee rit : les piques de Griselda avaient quelque chose de rassurant.

Il leur fallut une éternité pour atteindre l'extrémité ouest de l'île. Une fois qu'ils furent arrivés, Griselda déposa Dee sur les rochers au bord de l'eau et Nyles put enfin s'asseoir. De là, ils pourraient surveiller l'héliport du poste de garde ainsi que l'appontement. Quel que soit le moyen de transport des secours, ils les verraient arriver.

Griselda ouvrit l'ordinateur portable de Kimmi.

– Le FBI a émis des mandats d'arrêt contre le procureur général – cet abruti – et le Postman. Et on dirait que le Congrès va engager une procédure de destitution du Président.

– Bon débarras, dit Nyles, tous des foutus criminels !

– Oui, mais ça va laisser notre gouvernement dans un sacré bourbier, fit remarquer Griselda. Qui sait ce que l'avenir nous réserve…

Nyles passa son bras valide autour des épaules de Dee.

– Alors, il suffit qu'on s'installe tous au Royaume-Uni !

Dee écoutait à peine. Elle observait les lumières scintillantes de San Francisco, l'ondulation de leur reflet sur les eaux calmes de la baie.

– Ils vont venir nous chercher, hein ? Ils ne vont pas simplement nous laisser ici ?

Nyles sourit.

– Tu penses vraiment que ton père t'oublierait ?

– C'est un bon argument.

– Eh bien, si les autorités nous oublient, je vous assure que ce n'est pas le cas des Postmanatiques, ajouta Griselda, qui parcourait encore les différentes chaînes du Postman. La moitié d'entre eux veulent nous rouler des pelles, l'autre moitié veulent notre mort.

– Alors la vie après Alcatraz 2.0 pourrait être un peu comme la vie sur l'île, songea Nyles. Maintenant, je veux absolument retourner au Royaume-Uni.

– Vraiment ? dit rapidement Dee, qui comprit à ce moment-là combien elle serait déçue s'il partait.

Les yeux de Nyles trouvèrent les siens.

– Non, non, je ne pense pas que je pourrais y retourner maintenant.

Griselda grogna.

– Vous allez me faire vomir tous les deux.

Nyles posa la main sur le bras de son amie.

– La première chose que nous allons faire, c'est de sortir Ethan du poste de garde. Il mérite une cérémonie de héros.

– Oui, tu as raison, répondit-elle simplement.

Quand Griselda se tourna vers le poste, Dee vit qu'elle avait les larmes aux yeux.

– Et toi, dit Nyles en souriant à Dee, tu es certainement devenue la fille la plus célèbre au monde.

Elle eut un rire désabusé.

– Tu me l'as déjà dit dans le labyrinthe, après que j'ai tué Tranchant.

– Vraiment ?

– Tu radotes, Roméo, commenta Griselda.

– Ah, eh bien, cette fois c'est vrai ! Tu as bouleversé tout le système pénal américain en beauté.

Il détourna le regard.

– Tout le monde va vouloir te parler, t'interviewer. Tu... euh... Tu n'auras probablement le temps pour rien d'autre.

Dee ne voulait pas être célèbre. Elle ne voulait pas qu'on chante ses louanges ou même qu'on la félicite. Elle voulait mettre Kimmi, le Postman et tout ce qui était arrivé sur Alcatraz 2.0 derrière elle.

Tout sauf une chose. Elle posa sa main sur celle de Nyles.

– J'aurai du temps pour toi.

– Vraiment ?

Elle sourit.

– J'en aurai toujours.

Il se pencha pour l'embrasser. Lentement cette fois, pas dans la précipitation pour l'empêcher de dire quelque chose qu'il ne voulait pas que les caméras enregistrent. Et Dee releva la tête pour l'accueillir.

Mais à l'instant où leurs lèvres se rencontrèrent, un mouvement derrière eux attira l'attention de Dee : une caméra corbeau montée sur un lampadaire se tourna dans leur direction.

FIN ?

Remerciements

Il faut un village pour un faire un livre, et j'ai l'opportunité de remercier le mien.

J'adresse mes remerciements à Kieran Viola et Eric Geron, mes extraordinaires éditeurs, dont la vision et les précieux conseils ont façonné ce roman de bien des façons. Je vous serai éternellement reconnaissante pour votre foi en moi et votre confiance.

À Ginger Clark, ma complice littéraire depuis de nombreuses années. Une grande partie de ce livre est due à la vision que tu as de ma carrière, à ta confiance inébranlable en mon écriture et à ton sens des affaires.

À l'incroyable équipe de Freeform Books, notamment Emily Meehan, Mary Mudd, Guy Cunningham, Marci Senders, Sara Liebling, Cassie McGinty et Holly Nagel. Je suis impressionnée par vos talents et votre dévouement, et reconnaissante de pouvoir travailler avec vous.

Au reste de ma famille chez Curtis Brown, qui a travaillé d'arrache-pied pour moi afin de publier huit livres : Holly

Frederick, Madeline Tavis, Tess Callero, Jonathan Lyons et Sarah Perillo.

À la Meute de loups, le meilleur groupe de bêta-lecture au monde, pour m'avoir forcée à travailler davantage, à viser plus haut et à cuisiner… plus souvent : Julia Shahin Collard, B. T. Gottfred, Nadine Nettmann, James Raney et Jennifer Wolfe.

Et enfin, le meilleur pour la fin, à mon mari, John Griffin. Tu améliores littéralement tout, de mon écriture à ma vie en passant par mes corrections. Je suis vraiment la plus chanceuse des femmes.

Achevé d'imprimer au 4e trimestre 2019
en Espagne par Rodesa